HORROR & THRILLER
BAND 196

SIMONE ST. JAMES

DAS GEHEIMNIS VON WYCH ELM HOUSE

Aus dem Amerikanischen von Claudia Rapp

FESTA

Die amerikanische Originalausgabe *Lost Among the Living*
erschien 2016 im Verlag Berkley Books.

1. Auflage November 2024

Titelbild: »NeatDesign«/99Designs

ISBN 978-3-98676-179-0
eBook 978-3-98676-180-6

Für Adam

1

ENGLAND, 1921

Als wir Calais verließen, dachte ich, dass ich Dottie Forsyth vielleicht hasste.

Für Außenstehende gab es dafür keinen Grund, denn Dottie hatte mich durch die Anstellung als ihre Gesellschafterin sowohl vor der Armut als auch vor einem farblosen Leben in meiner Mietwohnung bewahrt, dem Leben, das ich ohne Alex zu führen versuchte. Allerdings hätten diese Außenstehenden auch nicht die letzten drei Monate damit verbringen müssen, mit ihr durch Europa zu reisen und ihr dabei zuzusehen, wie sie nach Kunst stöberte und diese so billig wie möglich erwarb, während sie ihre Zigaretten in dem langen schwarzen Halter rauchte.

»Manders«, sagte sie zu mir – ich hieß zwar Jo, aber eine ihrer Liebenswürdigkeiten war die Angewohnheit, mich beim Nachnamen zu nennen, als wäre ich das Hausmädchen – »Mrs. Carter-Hayes möchte meine Fotos sehen. Hol doch bitte mein Fotobuch aus meinem Gepäck, ja? Und frag den Dienstmann, ob sie Sherry servieren.«

Sie sagte es, als wären wir auf einem luxuriösen, transatlantischen Ozeandampfer und nicht auf einem einfachen Schiff, das die nächsten drei Stunden über den Ärmelkanal fuhr. Trotzdem erhob ich mich, um das Gepäck, das Fotobuch und den Dienstmann zu suchen, und mein Magen vollführte mehrere unruhige Saltos, während ich über das Deck ging. Der Kanal war heute nicht ganz ruhig, und das neblige Grau in der Ferne ließ den nahenden Regen erahnen. Die anderen Passagiere an Deck warfen mir nur kurze Blicke zu, als ich an ihnen vorbeiging. Ein Mädchen in einem Wollrock und einer Strickjacke war ein unauffälliger und äußerst englischer Anblick, auch wenn sie einigermaßen hübsch war.

Mithilfe des Dienstmanns, dessen überraschter Blick in Mitleid umschlug, als ich nach dem Sherry fragte, fand ich den Gepäckraum, und dort durchstöberte ich Dotties viele Taschen und Kisten auf der Suche nach dem schmalen Fotobüchlein mit den vergilbten Seiten. Ich glaubte nicht, dass Mrs. Carter-Hayes, die Dottie erst seit 20 Minuten kannte, ein wirkliches Interesse daran hatte, die Fotos zu sehen, aber vielleicht lag es an der Sinnlosigkeit der Mission, dass ich länger als nötig in der Ruhe und Abgeschiedenheit des Gepäckraums verweilte. Ich strich mir eine Haarsträhne hinters Ohr, atmete aus und setzte mich mit dem Rücken zu einem von Dotties Koffern auf den Boden. Wir fuhren zurück nach England.

Ohne Alex hatte ich dort nichts. Ich hatte nirgendwo etwas. Ich hatte meine Wohnung aufgegeben, als ich mit Dottie weggegangen war, und den letzten Rest meines Besitzes mitgenommen. Es war nicht viel. Etwas Kleidung sowie ein paar Päckchen mit geliebten Büchern, ohne die ich nicht leben konnte. Ich hatte bis dahin alle

Möbel verkauft und sogar das meiste von Alex' Kleidung, was mir immer noch ein mulmiges Gefühl in der Magengegend bereitete. Ich hatte keine Angst vor Armut; bevor Alex mich in das große Abenteuer unserer Ehe hineingezogen hatte, war Armut alles gewesen, was ich kannte, und sie war mir inzwischen so vertraut wie die alte Strickjacke, die ich trug. Wenn man arm war, gab es keinen Platz für Sentimentalitäten.

Das einzig Unnötige, was ich behalten hatte, war Alex' Kamera, für die ich ein paar Pfund bekommen hätte, von der ich mich aber nicht trennen konnte. Die Kamera hatte mich auf all meinen Reisen begleitet, auf jedem Schiff und in jedem Zug, obwohl ich die Tasche nicht ein Mal geöffnet hatte. Falls Dottie es bemerkt hatte, kommentiert hatte sie nichts.

Und so lag mein Leben in England nun wie eine absolute Leerstelle vor mir. Wir würden zu Dotties Haus in Sussex fahren, einem Ort, den ich noch nie gesehen hatte. Ich sollte weiterhin auf Dotties Gehaltsliste stehen, obwohl sie nicht mehr auf Reisen war und mir meine weiteren Aufgaben nicht erklärt worden waren. Als sie mir zum ersten Mal geschrieben und knapp erklärt hatte, dass sie Alex' Tante sei, dass sie gehört habe, dass ich in London sei, und dass sie eine weibliche Begleitung für ihre Reisen auf den Kontinent benötigte, hatte ich mir vorgestellt, das freundliche Kindermädchen einer anspruchslosen alten Dame zu spielen, ihr Tee zu servieren und Dickens und Collins vorzulesen, während sie einnickte. Dottie mit ihrem streng zurückgestriegelten Haar, ihren harten Urteilen und ihrem gierigen Streben nach Geld war ein ziemlicher Schock.

Ich versuchte, mir Schlüsselblumen, Hecken und sanften, kühlen Regen vorzustellen. Keine Hotels mehr, keine rauchgeschwängerten Speisewagen, keine mürrischen Kellner und keine Suche nach dem richtigen Tonicwater oder Magenmittel in fremden Städten. Keine schwülen Tage mehr im Kolosseum oder auf dem Eiffelturm, keine Touristen, die fröhlich ihre Kinder umherführten und Fotos schossen, als hätten wir nie einen Krieg gehabt. Ich würde nicht mehr ständig die Namen von Schlachtfeldern auf den Abfahrtstafeln der Züge sehen und mich fragen, ob auf diesem, jenem oder einem anderen die Leiche von Alex irgendwo unter dem frisch gewachsenen Gras vergessen lag.

Ich würde Mutter besuchen müssen, wenn ich zurück war; es gab kein Entrinnen. Und es gefiel mir nicht, von der Wohltätigkeit einer anderen Frau zu leben, etwas, das ich nie zuvor getan hatte. Aber wenigstens würde ich in Dotties Haus London und all den Orten aus dem Weg gehen können, an denen Alex und ich gewesen waren. Seit er das letzte Mal in den Krieg gezogen war, hatte mir alles in und an London einen Stich versetzt. Ich wollte es nie wieder sehen.

Schließlich gab ich die muffige Stille des Gepäckraums auf und kehrte mit dem Fotoalbum in der Hand an Deck zurück. »Was hat so lange gedauert?«, fragte Dottie, als ich mich ihr näherte. Sie saß auf einem hölzernen Klappstuhl, hatte ihre Cloche gegen den Wind heruntergezogen und die Füße in ihren praktischen Oxfords an den Knöcheln gekreuzt. Sie sah mich stirnrunzelnd an, und obwohl das trübe Licht die harten Kanten ihrer Gesichtszüge abschwächte, ließ ich mich nicht täuschen.

»Hier gibt es keinen Sherry«, antwortete ich und reichte ihr das Album.

Dotties Augen verengten sich zusehends. Ich glaube, sie war häufig davon überzeugt, dass ich sie anlog, obwohl sie nicht genau wusste, wann und warum. »Sherry wäre ausgesprochen angenehm gewesen«, sagte sie.

»Ja«, stimmte ich zu. »Ich weiß.«

Sie wandte sich an ihre Begleiterin, eine Frau um die 40 mit einem breitkrempigen Hut, die auf dem Klappstuhl neben ihr saß und bereits aussah, als wollte sie am liebsten fliehen. »Das ist meine Gesellschafterin.« Ich erkannte an ihrem Tonfall, dass sie ihrem Hohn mir gegenüber Ausdruck verleihen wollte. »Sie ist die Witwe meines lieben Neffen Alex, das arme Ding. Er ist im Krieg gefallen und hat sie ohne Kinder zurückgelassen.«

Mrs. Carter-Hayes schluckte. »Ach, herrje.« Sie sah mich an und schenkte mir ein mitfühlendes Lächeln; ein Ausdruck, der so echt und freundlich war, dass ich sie fast bemitleidete für die nächsten drei Stunden, die sie in Dotties Gesellschaft würde leiden müssen. Wenn Dottie in dieser Stimmung war, machte sie keine Gefangenen – und sie war immer öfter in dieser Stimmung, je näher wir England kamen.

»Können Sie sich das vorstellen?«, rief Dottie aus. »Es war ein schrecklicher Verlust für unsere Familie. Er war ein wunderbarer junger Mann, unser Alex, wie ich nur allzu gut weiß, da ich ihn mit aufgezogen habe. Er hat einige Jahre seiner Kindheit bei mir in Wych Elm House verbracht.«

Sie richtete den Blick auf mich, und im triumphierenden Schimmer ihrer Augen sah ich, dass sich mein

Schock auf meinem Gesicht abzeichnete. Dottie lächelte süßlich. »Hat er dir das nicht erzählt, Manders? Meine Güte, Männer sind so vergesslich. Aber so lange wart ihr dann ja auch nicht zusammen.« Sie wandte sich wieder an die verwirrte Mrs. Carter-Hayes. »Kinder sind die größte Freude im Leben, finden Sie nicht auch?«

Ich wusste, dass es so weitergehen würde, bis wir angedockt hatten: Dottie würde in Andeutungen und Doppeldeutigkeiten sprechen, getarnt als höflichen Small Talk. Ich entfernte mich, stellte mich an die Reling – es gab keinen Klappstuhl für mich – und überließ es dem Rauschen des Windes, die Worte wegzuwehen. Ich hatte mir nicht die Mühe gemacht, einen Hut aufzusetzen, und ich spürte, wie sich meine Locken aus ihrem Knoten lösten und mein Gesicht berührten, wie sich mein Haar verhedderte und meine Wangen rissig wurden, während ich auf das Wasser blickte, ohne etwas zu sehen.

Sie war nicht immer in dieser Stimmung, es war nur eine ihrer Launen, wenn auch die bösartigste und unglücklichste. In den vergangenen drei Monaten hatte ich gelernt, mich im Labyrinth von Dotties Höhen und Tiefen zurechtzufinden, eine Aufgabe, die ich mit Leichtigkeit erfüllte, da ich mich selbst gut mit dem Unglücklichsein auskannte. Sie war um die 50, ihr Körper schlank und seltsam muskulös, ihr Gesicht mit seinem graubraunen Rahmen aus sorgfältig zurückgestecktem Haar von Natur aus glatt, mit einem spitzen Kinn. Sie sah Alex überhaupt nicht ähnlich, obwohl sie die Schwester seiner Mutter war. Sie war nicht eitel und griff nie zu Puder oder Lippenstift, was auf ihrer gebräunten Haut und dem schmalen Strich ihres Mundes auch absurd ausgesehen hätte. Sie aß wenig, ging viel spazieren und hielt ihr Haar stets ordentlich und ihre Kleidung auf geheimnisvolle Weise makellos, selbst wenn sie auf Reisen war. Umso besser konnte sie ihre Beute jagen und verschlingen.

Ich blickte zu ihr zurück und stellte fest, dass sie Mrs. Carter-Hayes gerade die Fotos zeigte. Sie bewahrte sechs oder sieben davon in dem schmalen Fotobuch auf, für Gelegenheiten, bei denen sie eine Fremde in die Enge getrieben hatte und angeben wollte. Daran, wie Dotties Gesichtszüge weicher wurden, konnte ich ablesen, dass sie das Bild ihres Sohnes Martin in seiner Offiziersuniform betrachtete. Ich hatte das Foto schon oft gesehen, und ebenso oft hatte ich die dazugehörige Geschichte gehört. *Er kommt nach Hause, um zu heiraten. Er ist so ein lieber Junge, mein Sohn.* Die Zuhörenden waren immer zu höflich oder zu gelangweilt, um zu hinterfragen, warum Dottie Forsyths Sohn erst jetzt nach Hause kam, obwohl der Krieg schon vor drei Jahren zu Ende gegangen war. Und warum sie immer noch das Foto von Martin in Uniform zeigte, als ob sie ihn seit der Aufnahme nicht mehr gesehen hätte.

Es hatte auch eine Tochter gegeben – so viel wusste ich von Alex. *Meine seltsame Cousine Fran,* hatte er gesagt, in einem der wenigen Fälle, in denen er diese Seite der Familie überhaupt erwähnt hatte. Die seltsame Cousine Fran war 1917 gestorben, obwohl Alex' Brief von der Front nicht erklärt hatte, wie oder warum. *Sie ist gestorben, das arme Ding,* schrieb er. *Sind die Rationen zu Hause so schlecht, wie ich höre?* Er sprach nie wieder von ihr, und in den Monaten, in denen ich für sie arbeitete, hatte auch Dottie ihre seltsame Tochter Fran nie erwähnt. Ihr Foto war auch nicht in dem Buch.

Ich wandte mich wieder dem Wasser zu. Ich sollte kündigen. Ich hätte es schon längst tun sollen. Die Stelle war unangenehm und erniedrigend. Bevor ich Alex geheiratet hatte, war ich Schreibkraft gewesen, bevor mein Leben wie eine Daunenfeder nach oben geweht worden und dann wieder nach unten gefallen war. Meine Fähigkeiten waren nun eingerostet, aber es war 1921, und Mädchen fanden ständig Arbeit. Ich könnte es in Newcastle, Manchester oder Leeds versuchen. Dort brauchten sie sicher Schreibkräfte. Es wäre kein schönes Leben, aber ich wäre versorgt, was Essen und Kleidung anging, das Unterbringungsgeld meiner Mutter würde bezahlt werden, und ich könnte angenehm betäubt vor mich hin leben.

Aber ich würde nicht kündigen. Ich wusste das, und ich glaubte, Dottie wusste es auch. Es lag nicht an dem Gehalt, das ich erhielt, denn das war gering und sporadisch. Es lag nicht an der Reiserei, die mir wie ein Albtraum vorkam, als würde ich mit dem Zug über einen riesigen Kriegsfriedhof fahren, auf dem die zerbombten Gebäude langsam ihre verkohlte Schwärze verloren und die Leichen direkt unter der Oberfläche der noch immer zerstörten Felder begraben lagen. Ich würde nicht kündigen, denn Dottie, auch wenn sie eine giftige Natter sein konnte, war meine letzte Verbindung zu Alex. Und obwohl es mir wehtat, auch nur an ihn zu denken, konnte ich ihn nicht loslassen.

Ich hatte ihn zuletzt Anfang 1918 gesehen, als er auf Urlaub zu Hause war, bevor er nach Frankreich zurückkehrte, um weitere RAF-Einsätze zu fliegen, und vom letzten nicht zurückkehrte. Sein Flugzeug wurde vier Tage später gefunden, abgestürzt hinter den feindlichen Linien. Es gab keine Leiche. Der Rucksack mit seinem Fallschirm war verschwunden. Er war in keiner deutschen Kriegsgefangenenliste, in keiner Begräbnisliste und in keiner Todesliste aufgeführt. Er war kein Patient in irgendeinem bekannten Krankenhaus gewesen. Das Rote Kreuz hatte ihn in dem Chaos nach dem Waffenstillstand auf keiner Gefangenen- oder Flüchtlingsliste verzeichnet. In drei Jahren hatte es kein Telegramm, keinen Hilferuf, keine Sichtung von ihm gegeben. Er war verschwunden. Mein Leben war mit ihm verschwunden.

Er ist im Krieg gefallen, hatte Dottie gesagt, aber das war nur ein weiterer Stachel von ihr. Laut den offiziellen Unterlagen war mein Mann nicht im Krieg gestorben. Wenn es eine Leiche gab, ein Grab, dann war ein Mensch gestorben. Aber das sagte einem niemand: Was passierte, wenn man nichts mehr hatte außer dünner Luft? War man eine Witwe, wenn vom Leben nichts als ein klaffendes Loch geblieben war? Wer war man dann eigentlich? Drei Jahre lang war ich nun schon in Bernstein gefangen – zuerst in meiner Angst und Ungewissheit und dann schließlich in einem langsamen, kalten Ausatmen unaufhaltsamer Trauer.

Solange ich mit Dottie zusammen war, war ein Teil von mir die Ehefrau von Alex. Er existierte noch, wenn auch nur in Form von Dotties Andeutungen und Vorwürfen. Jemanden, irgendjemanden seinen Namen laut aussprechen zu hören war ein Balsam, von dem ich nicht lassen konnte. Dafür war ich ihr quer durch Europa gefolgt, und nun würde ich ihr nach Wych Elm House folgen, ihrem Familiensitz. Dort hatte Alex einen Teil seiner Kindheit verbracht, was er mir nie zu erzählen für nötig gehalten hatte.

Mit Unbehagen starrte ich aufs Wasser hinaus, während sich England am Horizont abzeichnete.

2

Als sie mich eingestellt hatte, war ich davon ausgegangen, dass es sich bei Dotties Reise auf den Kontinent um einen Vergnügungsausflug handelte, um etwas, das reiche Frauen mittleren Alters ohne Grund taten. Als wir in Rom ankamen, begriff ich, dass meine Arbeitgeberin ein ganz anderes Ziel verfolgte: Obwohl sie bereits reicher war, als ich es je sein könnte, war Dottie erpicht darauf, Geld zu verdienen.

Der Krieg, so erklärte mir Dottie, während wir in einem Zugwaggon saßen und sie eine Zigarette in den Halter steckte, hatte dafür gesorgt, dass viele Angehörige der Oberschicht ruiniert waren und keinerlei Liquidität mehr besaßen. Die Klugen hatten bei Kriegsausbruch in Waffenfabriken und Armeelieferungen investiert. Die Törichten, die auf ihren alten Vermögenswerten gesessen und darauf gewartet hatten, dass die Alte Welt sich selbst wieder in Ordnung brachte, hatten verloren, und Dottie wollte daraus einen Vorteil ziehen.

Ihre Währung, ihr großer weißer Wal, war die Kunst. Gemälde, Skulpturen, Skizzen; von Scherben antiker griechischer Meisterwerke bis zu zusammengerollten Leinwänden der Genies des letzten Jahrhunderts – all das konnte man auf dem Kontinent finden, im Besitz von jemandem, der verzweifelt Geld brauchte. Und Geld war etwas, das Dottie hatte. Sie bot ihnen niedrige Preise für den Inhalt ihrer Galerien an, bezahlte in bar und baute langsam einen Vorrat an Kunst auf, der unbezahlbar sein würde, sobald die Nachkriegsdepression nachließ, und sie war sicher, dass dies eintreten würde.

»Aber du *hast* doch schon Geld«, sagte ich an jenem Tag im Zugwaggon. »Du machst dir eine Menge Mühe dafür.«

»Hör gut zu, Manders«, erwiderte sie und gab mir ein Zeichen, damit ich ein Streichholz für ihre Zigarette anzündete. »Sieh dir diese Menschen an. Sieh dir an, was aus ihnen geworden ist, wenn ich sie besuchen komme. Reiche, alteingesessene Familien – einige von ihnen sind jahrhundertealt. Meine Familie ist jünger als ihre, und mein Geld ist es auch. Die Lektion ist, dass wir jetzt Geld haben, aber wir haben keine Ahnung, was in zehn oder 20 Jahren aus uns wird.« Sie nahm einen Zug von der Zigarette, während ich das Streichholz ausschüttelte. »Ich habe nicht die Absicht zuzulassen, dass meinem Sohn oder seinen Kindern etwas Derartiges widerfährt. Man kann nie zu viel Geld haben. Vielleicht macht mich das habsüchtig; ich nehme an, das tut es.« Sie nahm einen weiteren Zug und betrachtete mich. »Hätte meine Schwester etwas mehr Habsucht besessen, als sie heiratete und Alex bekam, wärst du jetzt nicht in dieser Situation.«

Wieder einer ihrer Stiche, aber es stimmte. Ich dachte an ihre Worte, als ich Monate später in einem anderen Zug saß, diesmal auf der Fahrt von London nach Hertford. Alex' Mutter hatte sich dem Wunsch ihrer Eltern widersetzt und einen ungeeigneten Mann geheiratet – sie hatte in einem Zustand des Glücks und begrenzter finanzieller Mittel gelebt, während ihr Mann Erfolg zu haben begann; bis beide unerwartet starben, als Alex noch klein war, und ihn als Waise zurückließen. In den folgenden Jahren war das wenige Geld, das ihnen geblieben war, aufgebraucht worden, und nun war es weg.

Ich starrte aus dem Fenster des Wagens der dritten Klasse, ohne etwas zu sehen. Ich war wieder in England, genau wie ich es befürchtet hatte. Ich hatte zwei Tage freibekommen, genug Zeit, um Mutter in Hertford zu besuchen, dort zu übernachten und nach London zurückzukehren, wo Dottie die Zeit damit verbrachte, die Lieferung ihrer geraubten Stücke zu organisieren und sie nach Wych Elm House zu bringen.

Dottie musste alles über Mutter wissen; das nahm ich als selbstverständlich an, obwohl wir nie darüber gesprochen hatten. Sie hatte sich bemüht, alles über mich in Erfahrung zu bringen. Sie konnte unmöglich damit einverstanden gewesen sein, dass jemand wie ich in ihre kostbare Familie eingeheiratet hatte – eine, die nicht einmal wusste, wer ihr Vater war, und deren Mutter in eine Klinik für Geisteskranke eingewiesen worden war. Und obwohl sie in ihren Launen an mir herumstocherte und herumschnüffelte, warf sie mir diese offensichtlichen Fehler nie vor. Sie war seltsam tolerant gegenüber der Tatsache, dass meine Mutter unheilbar verrückt war und dass ich freie Tage brauchte, um sie in der Klinik zu besuchen, deren Kosten ich von meinem Gehalt bezahlte. Ich stellte keine Fragen und nahm die Gnade des Schweigens dankbar an, denn Mutter war ein Thema, das ich nicht unter Dotties schonungslosem Blick sezieren wollte.

»Es geht ihr heute gut«, sagte die Krankenschwester zu mir, als sie mich in das Besuchszimmer führte. »Wir werden herumkommandiert wie eine Horde Dienstmädchen.« Sie schenkte mir ein Lächeln.

Ich lächelte höflich zurück. Dann also wieder einmal Mutters »Gutsherrinnen«-Stimmung, wie ich es nannte. Ich hatte sie schon oft erlebt. Sie war rätselhaft und manchmal ärgerlich, aber zumindest war es eine ihrer ruhigeren Phasen.

Mutter saß in einem Korbsessel im Besuchszimmer und blickte aus dem Fenster auf den Garten. Sie trug ein kariertes Kleid und weiche Pantoffeln, ihr langes Haar war zu einem lockeren Zopf auf dem Rücken gebunden. Man hatte ihr einen Morgenmantel gegeben, vermutlich weil sie irgendwann einmal über Kälte geklagt hatte, und sie hatte ihn als einen Haufen zu ihren Füßen auf dem Boden liegen lassen. Nach meiner letzten Zählung war sie 46, aber ihre Haut ließ sie jünger aussehen und ihre hängenden Schultern und ihre schmalen, ständig zappelnden Hände ließen sie älter wirken. Sie wandte mir ihre großen braunen Augen zu, als ich den Raum betrat.

»Hier ist Ihr Besuch«, sagte die Krankenschwester zu ihr, als ich meine Handtasche abstellte und mich auf den Stuhl ihr gegenüber sinken ließ.

»Wie schön«, sagte Mutter.

Das Krankenhaus befand sich in einem ehemaligen Privatanwesen auf einem grünen Hügel auf dem Land. Es hatte einen hübschen Garten und rustikale Fensterläden an den Fenstern. Der Blick fiel auf die sanft abfallende Landschaft, die mit Bäumen, Hecken und Zäunen durchsetzt war. Die Krankenschwestern sprachen leise und schrien nicht. Es gab keine Schlösser, Fesseln oder Kaltwasserbäder. Ich hätte sie an einem billigeren Ort unterbringen können, aber stattdessen gab ich das meiste Geld dafür aus, sie hierzubehalten, wo sie gelebt hatte, seit ich 18 war.

Sie schenkte mir jetzt ein Lächeln, höflich und starr. Ihre Haut war makellos und schimmerte im Licht, das durch das Fenster fiel. Wie so oft erkannte sie mich nicht.

»Ich bin deine Tochter«, sagte ich sanft zu ihr, als die Schwester das Zimmer verließ.

Etwas flackerte kurz über ihr Gesicht, straffte die Haut zwischen ihren Augen und war dann wieder verschwunden. »Bitte trinken Sie einen Tee«, sagte sie freundlich. »Ich habe die Mädchen gebeten, ihn zu bringen.«

Ich brauchte mich nicht im Besuchszimmer umzusehen, um zu wissen, dass es keinen Tee gab und auch keine Dienstmädchen. »Das ist sehr nett«, sagte ich. »Es tut mir leid, dass ich eine Weile fort gewesen bin.«

»Waren Sie fort?«, fragte Mutter. »Das ist sehr interessant.«

Selbst in einem Irrenhaus war die Schönheit meiner Mutter eine Augenweide. Sie hatte tief kakaobraune Augen, ein spitzes Kinn und eine kleine, feminine Nase. Ich hatte ihr Aussehen nicht geerbt – meine Augen standen gerade unter dunklen, gewölbten Brauen, meine Nase war unverschämt normal, und bei hellem Licht hatte ich ein paar Sommersprossen auf den oberen Wangenknochen, die ich nicht mit Puder abdeckte. Mein Haar war dunkel und wild, während ihres honigfarben und weich wie Kaschmir war. Ich musste mein Aussehen von meinem Vater geerbt haben, obwohl ich es nie erfahren würde. Mutter hatte mir nie gesagt, wer mein Vater war, und wenn sie die Antwort überhaupt noch wusste, sagte sie es nicht.

Während meiner gesamten Kindheit waren wir nur zu zweit, und meine Mutter und ich waren von einer Wohnung zur nächsten in den schäbigeren Vierteln Londons gezogen. Mutter arbeitete in allen möglichen sporadischen Jobs, um uns zu ernähren: Kellnerin, Künstlermodell, Kleindarstellerin am Theater, Ticketverkäuferin im Kino, als das erste in der Nähe unserer Wohnung eröffnet wurde. Ich machte den Haushalt, kochte, kümmerte mich um die praktischen Dinge und versuchte, zur Schule zu gehen. In den ersten 18 Jahren meines Lebens hatten wir irgendwie Essen und Unterkunft zusammengeschustert. Wenn sie bei klarem Verstand war, war es immer noch schwer, aber zu schaffen. Wenn sie nicht bei klarem Verstand war, was mit der Zeit immer häufiger der Fall war, lebte ich in einer Art blinder Panik, unfähig zu denken oder zu atmen, von einer Minute zur nächsten, von einer Stunde zur nächsten, in Erwartung eines unausweichlichen, schrecklichen Ergebnisses und doch im steten Kampf dagegen.

Ich wusste nie, wann sie mitten in der Nacht verschwinden würde. Ich wusste nie, wann ich nach Hause kommen und sie zusammengesunken auf dem Boden vorfinden würde, schluchzend, dass sie nicht mehr leben wolle. Ich wusste nie, wann ein fremder Mann an die Tür klopfte und behauptete, Mutter habe ihn belästigt und sie müsse damit aufhören, bevor er die Polizei rief, oder wann sie tagelang im Bett lag, unfähig aufzustehen, nicht einmal um zu ihrer bezahlten Arbeit zu gehen, bevor sie entlassen wurde. Ich wusste nie, wann sie mich anlog – sie mochte ein Foto von einem Fremden finden und mir sagen, es sei mein Vater, oder sie erzählte mir von den Tagen, an denen sie mit dem Zirkus umhergereist war und in einem Trikot und mit einem hübschen Diadem für das Publikum tanzte.

Die Polizei hatte tatsächlich ein paarmal vor der Tür gestanden, immer nach einem von Mutters Anfällen. Vagabundieren war eine ihrer Sünden, sie wanderte durch die Straßen und lachte leise vor sich hin. Leichte Diebstähle waren eine andere – wenn sie einmal in einem manischen Zustand war, konnte sie nicht mehr unterscheiden, was ihr gehörte und was nicht, und sie nahm Gegenstände mit und ging damit weg, weil sie sicher war, dass sie ihr gehörten. Und manchmal fixierte sie sich auf einen Mann, folgte ihm und schaute in seine Fenster, in der Überzeugung, er sei ihr imaginärer Liebhaber oder der Mann, der sie mitnehmen würde, wohin auch immer.

Es tat ihr immer leid, so leid, wenn die klaren Gedanken zurückkehrten. *Ich bin nicht geeignet für dich,* sagte sie, streichelte mein Haar und hielt mich fest. *Ich werde mich bessern, mein braves, süßes Mädchen.* Und eine Zeit lang tat sie das dann auch, arbeitete fleißig, half beim Kochen und Putzen, ermutigte mich zum Lernen, lachte mit mir über die Absurditäten des Tages. Und dann wachte ich nachts auf und stellte fest, dass sie verschwunden war, und alles begann von vorn. Und wieder von vorn.

Mit 18 Jahren hatte ich das Geld für einen Schreibmaschinenkurs zusammengekratzt. Ich arbeitete hart daran und war sehr gut. Bald würde ich mein eigenes

Geld verdienen, und die Dinge würden besser werden. Doch als ich eines Tages vom Unterricht nach Hause kam, stand wieder einmal die Polizei in unserer Wohnung. Mutter war dabei erwischt worden, wie sie eine Pelzstola aus einem Damenbekleidungsgeschäft mitnehmen wollte, weil sie sie angeblich für eine Reise nach Russland brauchte. Die Stola war eine Menge Geld wert, und das Geschäft wollte sie anzeigen. Sie müsse eingewiesen werden, erklärte mir der Polizist nicht ohne Mitleid in seinen Augen, oder sie müsse mit einer Anklage rechnen.

Es war genau dies, was ich all die Jahre gefürchtet hatte, das Ereignis, das mir in unzähligen Nächten den Atem und den Schlaf geraubt hatte. Erschöpft und betäubt gab ich nach, aber ich kämpfte weiter für sie. Ich fand einen Job und nutzte das Geld, um ihr die bestmögliche Pflege zukommen zu lassen. Immer, immer hatte ich gekämpft.

Und nun saß sie mir gegenüber, Jahre später, und ihr ausdrucksloses Gesicht zeigte mir, dass sie mich überhaupt nicht wiedererkannte.

»Hast du *Ivanhoe* beendet?«, fragte ich. »Sie haben es dir vorgelesen, als ich dich das letzte Mal besucht habe.«

Mutter schaute wieder aus dem Fenster, wo ein Gärtner auf dem Gelände arbeitete. Als sie den Kopf drehte, konnte ich die roten Kratzspuren an ihrem Hals sehen, direkt über ihrem Kragen. »Ich habe ihm wiederholt gesagt, dass die Rosen zu trocken sind«, beklagte sie sich. »Er hört nie zu. Vielleicht muss ich ihn entlassen. Es ist so schwer, gute Angestellte zu finden, sehen Sie das nicht auch so?«

»Mutter, hast du dich gekratzt?«

Ihre Stimme wurde eisig, und sie schaute immer noch aus dem Fenster. »Ich habe keine Ahnung, was du meinst.«

Ich seufzte, lehnte mich auf meinem Stuhl zurück und schaute auf meine Uhr. Ich würde das Personal nach den Kratzern fragen müssen – sie sollten sie doch genau im Auge behalten. Hatte sie sie sich selbst zugefügt oder war sie in eine Auseinandersetzung mit einem anderen Patienten verwickelt gewesen? Ich überlegte einen Moment lang, was wohl wahrscheinlicher war, konnte mich aber nicht entscheiden.

Ich blickte wieder auf und sah, dass meine Mutter mich mit einem offenen und klaren Blick anstarrte.

»Joanna«, sagte sie.

Ich erstarrte vor Überraschung. Es war Jahre her, dass sie meinen Namen gesagt hatte.

»Hallo, Mutter«, antwortete ich zögernd. »Ich bin's.«

»Ich mache mir Sorgen um dich.« Meine Mutter drückte ihre Fingerspitzen an ihre Porzellanschläfen und runzelte die Stirn. »Die ganze Zeit, die ganze Zeit mache ich mir Sorgen.«

Ich runzelte nun selbst die Stirn. Meinte sie jetzt, oder erinnerte sie sich an eine Sorge aus der Vergangenheit? »Das brauchst du nicht. Mir geht es gut.«

»Wo ist der Mann, den du geheiratet hast?«

Das war eine weitere Überraschung. Ich konnte den schnellen Bahnen von Mutters Gedanken nicht folgen, ihren rasanten Abstürzen in den Kaninchenbau. Alex war zweimal mit mir gekommen, um sie zu besuchen, und obwohl Mutter ihm die gleiche abweisende Reaktion entgegengebracht hatte wie mir heute, hatte er einen solchen Eindruck auf sie gemacht, dass die Erinnerung an ihn immer noch von Zeit zu Zeit hochkam.

»Er wartet im Auto«, antwortete ich. Man hatte mir gesagt, es sei keine gute Idee, sie zu schockieren, vor allem nicht mit Gerede über den Tod, also tat ich immer so, als wäre Alex am Leben, wenn sie mich nach ihm fragte.

»Er soll reinkommen. Es ist unhöflich, einen Gast draußen zu lassen.«

»Er hat eine Erkältung. Er will nicht, dass du dich ansteckst. Nächstes Mal kommt er rein, versprochen.«

»Ist er sehr krank?«

Ich zuckte die Achseln. »Du weißt ja, wie Männer sind. Es gibt immer ein großes Drama, aber in ein paar Tagen ist er wieder gesund.« Ich sagte das so, als wäre ich eine andere Frau, die ihren Mann jeden Tag zu Hause hatte, wo er ihr im Weg war.

Mutter blinzelte mich an; sie hatte noch nie einen Ehemann gehabt und keine Ahnung, was ich meinte. »Er sieht sehr gut aus. Der Mann, den du geheiratet hast. Nicht wahr?«

»Ja.« Ich zwang die Worte aus meiner Kehle. »Er sieht gut aus.«

Sie öffnete den Mund, als wollte sie noch etwas sagen, schloss ihn dann aber wieder und schaute aus dem Fenster, wobei die Kratzer an ihrem Hals wieder sichtbar wurden.

Ich wartete. Die Erwähnung von Alex, die Behauptung, dass er draußen im Auto saß und nicht schon seit drei Jahren tot war, versetzte mir einen Stich in den Magen. Ich fragte mich, ob dieser Schmerz mein Schicksal war, ob er jemals nachlassen würde. In einem scharfen Anflug von Selbsthass wünschte ich mir, mit Mutter tauschen zu können, die nicht wusste, dass es einen Krieg gegeben hatte, die nicht wusste, dass Alex aus seinem Flugzeug gesprungen und verschwunden war. Auch wenn sie nach der Grenze zwischen Fakt und Fiktion tastete wie ein Blinder durch ein Zimmer, so dachte sie doch, dass, wenn ich sagte, dass Alex im Auto wartete, er wirklich dort sein musste: vor Leben und Kraft strotzend, die Krempe seines Hutes über seine hübsche Stirn gezogen, während er sich im Sitz zurücklehnte, einen Mantel und ein Paar lederne Fahrhandschuhe trug, die ich ihm zu Weihnachten geschenkt hatte, und sich die Nase mit einem Taschentuch aus der Manteltasche abtupfte. Für Mutter konnte das die Wahrheit sein.

»Dieser Rock«, sagte Mutter und drehte sich wieder zu mir um. »Er ist kariert. So unvorteilhaft. Und diese Strickjacke. Du solltest dich für ihn netter anziehen.«

Reflexartig glättete meine Hand meinen Rock über meinem Schoß. Drei Jahre lang hatte ich mir keine Gedanken darüber gemacht, wie ich mich kleidete. »Alex gefällt, wie ich aussehe.«

»Das gefällt keinem Mann.« Für einen Moment war die Gutsherrin verschwunden und Nell Christopher starrte mich an. »Es reicht nicht aus, den Mann zu *heiraten,* Joanna. Du musst ihn auch *behalten.*«

»Ich *habe* ihn behalten«, protestierte ich, und die Worte waren aus meinem Mund, bevor ich mich daran erinnern konnte, dass ich mit einer Verrückten diskutierte. »Er hat mich geliebt. Er gehörte mir.« Bis er mir nicht mehr gehörte. Mir nie wieder gehören würde.

»Du hörst mir nicht zu«, sagte sie. Falls sie bemerkt hatte, dass ich die Vergangenheitsform benutzte, als ich von Alex sprach, ließ sie sich nichts anmerken. »Kein Mann gehört jemals dir, nicht ganz. Du musst dich anstrengen.« Sie blickte sich im Zimmer um. »Meine Güte. Wie viel Uhr ist es?«

Ich schaute wieder auf die Uhr, mein Herz sank angesichts ihres abwesenden Tons. »Vier Uhr.«

»Ach, du liebe Zeit. Es tut mir furchtbar leid, aber ich muss unseren Besuch ein wenig abkürzen. Der Viscount kommt nämlich.«

»Heute?«, sagte ich bestürzt. »Jetzt?«

»Ja. Er wird jeden Moment hier sein.« Ihre Augen waren wieder leer, einfach so. Sie sah etwas an, das ich nicht sehen konnte. »Er nimmt mich mit nach Ägypten. Das wird ein großes Abenteuer!«

Der Viscount – er hatte nie einen Namen bekommen, soweit ich wusste – war eine von Mutters Lieblingserfindungen, ein reicher Mann, der immer kurz davor war aufzutauchen und sie mitzunehmen. Er tauchte gewöhnlich auf, wenn Mutter gestresst oder verwirrt war oder wenn sie schlicht ein Gespräch beenden wollte. War er erst einmal in ihrem Kopf, sprach sie stundenlang, manchmal tagelang, von nichts anderem mehr. Es war eine Reise nach Russland mit dem Viscount, die Mutter dazu veranlasste, die Pelzstola aus dem Damenladen zu stehlen.

Der kurze Blick auf Nell Christopher war verschwunden, und ich war mir nicht sicher, ob ich sie wiedersehen würde. Der Gedanke war schmerzhaft und fast eine Erleichterung zugleich.

»Mutter«, sagte ich, wohl wissend, dass sie nicht auf mich hören würde, »der Viscount wird nicht kommen.«

»O doch!« Wenn sie glücklich war, strahlte sie vor Schönheit. »Er wird bald hier sein. Ich bin nicht richtig gekleidet. Wo sind meine Dienstmädchen? Ich muss mich fertig machen.« Sie zog ihren Ärmel zurück, und vor meinen Augen grub sie ihre Nägel in die weiche Haut ihres Arms knapp unterhalb des Handgelenks und zog sie nach oben, wobei sie rote Rillen in das weiße Fleisch zog, während ihr Blick weit entfernt blieb.

Erschrocken zuckte ich von meinem Stuhl hoch. Ich rief nach der Pflegerin; sie brachte Mutter weg und ließ sie glauben, dass sie sie auf die Ankunft des Viscounts vorbereiten würde, wobei sie mir einen um Entschuldigung bittenden Blick zuwarf. »Das hat gerade erst angefangen«, sagte sie leise zu mir. »Man hat es den Ärzten gemeldet. Ein bisschen Ruhe scheint zu helfen.«

Ich starrte auf Mutters sich entfernenden Rücken in ihrem verblichenen, karierten Kleid. »Ich komme wieder …« Ich wollte eigentlich *bald* sagen, aber mir wurde klar, dass ich morgen nach Wych Elm House fuhr und keine Ahnung hatte, wann ich wieder zurück sein würde. »Ich werde wiederkommen.« Mutter reagierte darauf nicht.

Draußen lenkte ich meine Schritte in Richtung des kleinen Hotels, in dem ich während meiner Besuche bei Mutter immer übernachtete, verdrängte den Krankenhausgeruch mit der frischen Luft und lauschte den Vögeln, die ihr Feierabendgespräch führten. Ich war schon einige Häuserblocks weit gelaufen, als mich ein Gefühl wie eine Welle der Übelkeit überkam, so heftig, dass mir der Schweiß ausbrach und mir schwindelig wurde. Meine Augen brannten vor Tränen. Ich blieb stehen und setzte mich auf eine Bank, wo ich zusammensackte wie eine verwelkende Pflanze. Ich war 26 Jahre alt, und in dieser erstickenden Wolke der Traurigkeit spürte ich, dass ich keinen Kampfgeist mehr in mir hatte. Ich fühlte mich wie eine alte Frau.

Überraschenderweise war es Dotties Gesicht, das mir in den Sinn kam, ihre Augen verengten sich, ihr Mund drückte mit der kleinsten Bewegung ihrer dünnen Lippen Abscheu aus. *Pass auf, Manders. Na los. Kein Mädchen hat es je zu etwas gebracht, indem es auf einer Bank in der Öffentlichkeit saß und Trübsal blies.* Ich stieß einen leisen Laut des Selbstmitleids aus, richtete mich aber auf und lehnte mich an die Rückenlehne der Bank, beobachtete die wenigen Passanten und atmete tief durch. Was konnte ich denn tun? Aufhören, Jo Manders zu sein, geborene Christopher, ohne festen Wohnsitz? Es gab keine Möglichkeit aufzugeben. Die Mutter wurde verrückt, der Ehemann sprang aus einem Flugzeug in die leere Luft, und man machte einfach weiter.

Ich ging zurück in mein Hotel, wo ich eine Tasse Tee trank, mich in meiner Unterwäsche auf das schmale Bett legte und bei Lampenlicht D. H. Lawrence las, bis ich einschlief. Am nächsten Morgen nahm ich den Zug nach London.

Dottie empfing mich am Bahnhof, sie trug ein neues Kostüm – einen olivgrünen Rock und eine passende Jacke mit goldenen Knöpfen, wie eine Militäruniform. Sie warf mir einen ihrer strengen, abschätzenden Blicke zu und betrachtete meinen grauen Wollrock, meine cremefarbene

Bluse mit dem weiten Kragen und die hellgraue, mit Satinbündchen eingefasste Strickjacke, die ich übergeworfen hatte. Ihr Blick verengte sich auf meine dunklen Locken, die sich immer wieder aus ihrem Knoten lösten, sosehr ich mich auch bemühte, auf mein sauber geschrubbtes Gesicht, auf meine teilnahmslose Miene. Beinahe hätte sie mich wie üblich kommentarlos ignoriert, aber etwas veranlasste sie, fast widerwillig zu fragen: »Geht es ihr gut?«

Ich verbarg meinen Schock und zuckte die Achseln. »So gut, wie man es erwarten kann.«

In Dotties Blick flackerte etwas Nachdenkliches auf, aber ihr Gesicht verschloss sich rasch wieder, sie schaute weg und griff nach ihrer Handtasche, als hätte ich sie stehlen wollen. »Komm mit, Manders«, sagte sie. »Der Wagen wartet.«

3

Dottie hatte ein Auto mit Fahrer, das uns nach Sussex brachte. Ich musste erschöpfter gewesen sein, als ich dachte, denn ich schlief fast sofort ein, weil die Wärme und das Brummen des Motors mich ins Vergessen trieben. Als ich wieder aufwachte, saß ich zusammengekauert in der Ecke meines Sitzes, die Arme verschränkt und die Strickjacke an meinen Körper gedrückt. Dottie saß aufrecht, ein ledernes Notizbuch auf dem Schoß, und blätterte mit einem Stift in der Hand in einem Stapel von Papieren.

»Wir werden in knapp 30 Minuten in Wych Elm House sein«, sagte sie zu mir, als ich die Augen öffnete, obwohl sie mich nicht angesehen hatte. Sie schaute auf die Uhr an ihrem schmalen Handgelenk und vergewisserte sich erneut. »Mein Mann Robert wird dort sein. Er ist wegen Martins Rückkehr nach Hause gekommen.«

Ich setzte mich in stiller Überraschung auf. In den Monaten, in denen ich mit Dottie gereist war, hatte sie nie einen Ehemann erwähnt. Es war logisch, dass sie einen haben musste, denn sie hatte ja Kinder, aber er war nicht ein einziges Mal zur Sprache gekommen, nicht einmal am Rande. Ich hatte angenommen, er wäre längst tot.

Dottie starrte auf die Sitzlehne vor sich und suchte in ihrem Kopf nach etwas. Ihr Kiefer spannte sich und ihre Hand zuckte auf den Seiten. »Ich kann nicht genug betonen, Manders«, sagte sie langsam, »dass du dich in Wych Elm House anständig benehmen musst.«

Ich rieb mir mit der Hand über die Augen und fragte mich, worauf sie wohl hinauswollte. »Ich benehme mich immer anständig«, antwortete ich. »Ich habe dir nie Anlass zur Beschwerde gegeben.«

»Sei keine Närrin, Manders«, schnauzte sie. »Wir sind nicht mehr in Europa.«

Ich starrte sie an und versuchte zu verstehen, was sie meinte. Wollte sie andeuten, ich hätte eine lockere Moral? Das taten die Leute manchmal wegen Mutter. Ich öffnete meinen Mund, um beleidigt zu protestieren, hielt aber inne und beobachtete sie.

Sie ließ ihren Blick wieder auf die Papiere sinken und unterzeichnete eines davon mit einer Handbewegung. »Er wird dir sagen, dass sein Verhalten keine Rolle spielt. Glaub ihm nicht.« Die Seite verschwand mit einer Handbewegung, und eine andere ersetzte sie. »Es spielt keine Rolle, dass du Alex' Frau warst. Wenn du Robert auch nur im Geringsten ermutigst, werde ich dich entlassen und du wirst nicht länger mit dieser Familie verbunden sein.«

Es war absurd, beleidigend – dass sie dachte, ich würde mich mit ihrem Mann unter ihrem Dach irgendwie danebenbenehmen. Aber ich konnte das Elend sehen, das sich in Dotties Gesichtszügen sorgfältig verbarg. Es schmerzte sie, demütigte sie, überhaupt darüber zu sprechen. Sie wurde immer angespannter und unglücklicher, je näher wir ihrem Haus kamen. Diese Heimkehr, so wurde mir klar, war ganz und gar nicht die freudige, von der sie Mrs. Carter-Hayes bei der Überquerung des Ärmelkanals wahrscheinlich erzählt hatte. Der Gedanke, dass ihre Familie noch unglücklicher sein könnte als meine eigene, versetzte mir einen Schock.

»Ich verstehe«, sagte ich.

Sie unterschrieb einen weiteren Zettel und blätterte die Seite erneut um. »Martin kommt morgen früh an.« Wieder war ihre Stimme hart und düster, so ganz anders als der schmeichelnde Ton, den sie benutzt hatte, als sie das Foto ihres Sohnes auf dem Schiff von Calais gezeigt hatte. »Er hatte nach dem Krieg ein Gesundheitsproblem, das seine Nerven beeinträchtigte, und war in der Schweiz in einem Kurort.«

Der Ehemann war also ein Lustmolch und der Sohn ein Verrückter, der gerade aus der Anstalt kam. Kein Wunder, dass Dottie mit Details sparsam umgegangen war, bis jetzt, wo sie mich im Auto gefangen hielt, unfähig, schreiend davonzulaufen. Und ich wusste immer noch nichts über die seltsame Cousine Fran. »Es ist schön, dass er nach Hause kommt«, gelang es mir zu sagen.

»Ich möchte nicht, dass in der Gegenwart meines Sohnes irgendwelche beunruhigenden Themen angesprochen werden«, sagte sie, als hätte ich nichts gesagt. »Der Krieg darf nicht erwähnt werden. Alex ebenso wenig. Martin mochte Alex sehr und fand seinen Tod erschütternd. Wenn er dich darauf anspricht, erwarte ich, dass du ihn ablenkst und das Thema wechselst.«

»In Ordnung«, antwortete ich, da ich mir nichts Widerlicheres vorstellen konnte, als mit einem Mann, der den Verstand verloren hatte, über meinen Mann zu sprechen. Das Gespräch mit Mutter war schon schlimm genug gewesen. Ich betrachtete meinen Daumennagel, kratzte mit einem Fingernagel daran entlang und überdachte meine Entscheidung, nicht in Armut in London zu leben, aufs Neue. »Was genau werden meine Aufgaben sein?«

Sie sah mich zum ersten Mal an, dann richtete sie ihren Blick wieder auf ihre Papiere. »Du wirst mich durch meinen Tag begleiten und mir zur Seite stehen. Ich erwarte, dass du dich jeden Morgen um acht Uhr beim Frühstück zu mir gesellst. Ich werde mich mit Käufern von Kunstwerken treffen und mit ihnen verhandeln. Von dir wird nicht erwartet, dass du Konversation machst – je weniger du sprichst, desto zufriedener bin ich tatsächlich. Deine Aufgabe wird es sein, Tee zu servieren und mir bei meinem Schriftverkehr zu helfen. Ich habe das richtig verstanden, dass du tippen kannst?«

»Ja. Ich kann tippen. Aber ich habe noch nie Tee serviert.«

Sie warf mir einen Blick zu, der mir eindeutig vermittelte, dass sie mich für dumm hielt. »Das ist nicht schwer, Manders. Versuch einfach, ihn nicht zu verschütten.« Sie lehnte sich in ihrem Sitz zurück. »Neben dem Verkauf der gekauften Stücke werde ich auch mit der Planung von Martins Verlobung und Hochzeit beschäftigt sein.«

Ich runzelte verwirrt die Stirn. »Mit wem ist Martin denn verlobt, wenn er in einem Kurhaus war?« Wenn sie es als Kurort bezeichnen wollte, würde ich mich dem anschließen.

»Er ist noch nicht verlobt. Ich glaube, ich habe erwähnt, dass er nach Hause kommt, um zu heiraten.«

»Ja«, erwiderte ich langsam. Die Reihenfolge schien mir verkehrt zu sein. »Ich dachte, man braucht eine Verlobte, um eine Verlobung zu haben.«

Dottie wischte dieses Detail mit einer Handbewegung beiseite. »Ich kümmere mich darum«, sagte sie, und während ich sie anstarrte, nahm sie ihren Stift zur Hand und fuhr fort. »Es wird einige Nachmittage geben, an denen ich dich nicht benötige, und die stehen dir zur freien Verfügung. Nach sechs Uhr sind deine Abende dir überlassen, es sei denn, ich habe eine besondere Aufgabe für dich.«

Ich schaute aus dem Fenster auf die vorbeiziehenden Wälder und dachte an die langen Abende, an denen ich allein sein würde, während sich der Herbst in den Winter hineinzog. »Es scheint einsam zu liegen.«

»Es gibt eine Stadt, die weniger als eine Stunde Fußweg entfernt ist. Möglicherweise kannst du das Auto und den Fahrer in Anspruch nehmen, wenn sie frei sind. Es gibt eine Leihbibliothek, soweit ich weiß.«

Es war ein großzügiges Angebot, ganz untypisch für Dottie. Ich drehte mich zu ihr um, bereit, ausnahmsweise freundlich zu sein, aber sie sah mich nicht an. Sie starrte vor sich hin, ihre Papiere waren vergessen. Sie zog ihre lange Zigarettenspitze heraus, steckte eine Zigarette hinein und zündete sie an, direkt im Auto, wobei sie einen üblen Rauchschwaden erzeugte. Sie hatte mich vergessen, und ganz sicher hatte sie den Fahrer vergessen, den sie die ganze Fahrt über nicht beachtet oder auch nur wahrgenommen hatte. Ihr Blick verdüsterte sich, und irgendetwas in ihrem Gesicht ließ mich erschaudern.

Die Dottie, mit der ich drei Monate in Europa verbracht hatte, war unliebsam gewesen, aber sie war auch energisch und nervös gewesen, unfähig, still zu sitzen. Jetzt sah ich, dass diese Frau in Wirklichkeit die glücklichere Version von sich selbst war – sie schleppte ihr Gepäck von Bahnsteig zu Bahnsteig, verhandelte mit Hotelangestellten, schritt zügig über Kopfsteinpflaster mit einer Karte in der Hand und einer Zigarette zwischen den Lippen, feilschte stundenlang um Kunstwerke. Auf ihre Art schien sie dabei zu gedeihen, aufzublühen. Diese stille Laune, diese in sich gekehrte Unzufriedenheit war neu, und sie bereitete mir Unbehagen, denn offensichtlich war etwas in Wych Elm House die Ursache dafür.

Schweigend folgte ich ihrem Blick und riss meinen eigenen von ihrem Profil los. Sie starrte am Fahrer vorbei durch die Frontscheibe, wo sich die dichten Bäume lichteten und wir die ungepflasterte Auffahrt entlangruckelten, bis ein Haus in Sicht kam.

Dottie nahm einen langen, bedächtigen Zug von ihrer Zigarette und stieß Rauch aus wie ein Drache. Sie blinzelte langsam, die Falten in ihrem Gesicht spannten sich an, und als sie die Augen wieder öffnete, waren sie verschlossen, undurchdringlich, und was auch immer an der Oberfläche gewesen war, versank wieder in der Tiefe.

»Nun, dann«, sagte sie zu niemandem speziell. »Da ist es. Mein Zuhause.«

4

Für mich sah es einfach wie ein Haus aus. Groß, mit buttergelben Ziegeln und Giebeln und einem großen, doppeltürigen Eingang am Kopf einer runden Zufahrt. In der Mitte des Gebäudes, über dem Eingang, ragte ein hoher Giebel durch das Blätterdach der Bäume in die Höhe. Es handelte sich nicht um eines jener gepflegten Anwesen inmitten einer sanft geschwungenen Landschaft, wie man sie in Wochenschauen über die königliche Familie sieht, die schon seit Jahrhunderten existierten und von einer Schar von Gärtnern betreut wurden. Stattdessen war es ein teures Haus, das in ein Waldgewirr hineingebaut worden war und von den ausladenden Bäumen, die das Dach berührten, verdunkelt wurde, umgeben von bräunlichem Gestrüpp, das mit sterbenden Blumen geschmückt war. Es wirkte irgendwie verlassen und leer. Das Haus selbst beeindruckte durch den offensichtlichen Reichtum, aber wenn je ein Gärtner hier gewesen war, dann schon seit langer Zeit nicht mehr.

Der Fahrer half mir aus dem Auto, und als ich mich aufrichtete, strömte mir ein voller Atemzug frischer Septemberluft in die Nase. Es roch nach totem Laub und frischem Saft, und es war seltsam kalt. Ich war an die schwüle Hitze eines europäischen Sommers gewöhnt, gemischt mit der abgestandenen Luft des Reisens und dem ewigen Gestank Londons. Ich atmete noch einmal ein und glaubte, einen Hauch von Meer zu riechen.

Dottie, die Papiere unter den Arm geklemmt, entledigte sich ihrer Zigarette und marschierte die Treppe zum Haus hinauf. Sie verschwand darin, ohne mir einen Blick zuzuwerfen. Ich folgte ihr, beeilte mich, mit ihr Schritt zu halten, und kam mit einem unbeholfenen Gepolter durch die Haustür. Außer meiner Handtasche hatte ich nichts bei mir, denn unser Gepäck folgte in einem separaten Wagen.

Der Vorraum war schummrig, das einzige Licht kam indirekt von den hohen Fenstern des angrenzenden Raums, zu dem die doppelflügelige Glastür weit geöffnet war. Ich erblickte einen Schirmständer, eine Anrichte, Böden aus dunklem Holz mit sauberen, passenden Teppichen, einige mittelmäßige Landschaftsgemälde an den Wänden. Es war frisch abgestaubt und aufgeräumt, die Luft roch streng nach Reinigungsessig. Es gab keine Mäntel, die achtlos über die Haken geworfen wurden, keine Hüte, die an der Tür hingen, und auch sonst keine Anzeichen dafür, dass Menschen kamen und gingen. Mir wurde klar, dass, während Dottie in Europa gewesen war, ihr Mann Gott weiß wo und ihr Sohn in einem Krankenhaus, schon seit einiger Zeit niemand mehr hier gewohnt hatte.

Ich folgte dem Geräusch von Dotties klappernden Oxfords den Korridor entlang, vorbei an einem Wohnzimmer und einem Arbeitszimmer sowie einem kleinen Salon mit unbequemen antiken Stühlen, die in eine ungünstige Anordnung gezwängt waren und wo ein Dienstmädchen mit einem Staubtuch zugange war und überrascht aufschaute, als ich vorbeiging. Überall sahen die Möbel makellos und neu aus, sogar die antiken Stücke, und jedes Zimmer schien mit teurem Schnickschnack gefüllt zu sein – Lampen mit Glasschirmen, verzierte Vasen mit teuren, frisch arrangierten Blumen, Uhren und Schäferinnen und Messinglöwen und bemalte Seidenschirme, die auf den Punkt in den Ecken platziert waren. Ich vermutete, dass sich Dotties Anschaffungen im Laufe der Jahre angesammelt hatten. Ich hatte sie in Aktion gesehen, und sie war sehr gut darin, teure Dinge zu kaufen.

Es gab keine Zeit, um anzuhalten und zu gaffen. Dottie stürmte mit voller Geschwindigkeit, wohin sie wollte, und erwartete, mich an ihrer Schulter zu finden, wenn sie sich umdrehte; sie war wie ein Uhrwerk. Ich eilte schneller.

Ich beobachtete, wie ihre schlanke Gestalt vor dem Eingang zu einem Speiseraum stehen blieb und nur kurz innehielt, bevor sie über die Schwelle ins Innere stürzte. »Wie ich sehe, hast du es geschafft«, hörte ich sie sagen.

Ich folgte ihr und fand einen Mann vor, der allein am Esstisch saß, einen Teller mit Rindfleisch und ein Glas Wein vor sich. Er war um die 50, schlank und hatte kurz geschnittenes, hellbraunes Haar, das sich natürlich lockte. Er hatte blaue Augen in einem Gesicht, das redlich versuchte, gut auszusehen, auch wenn die Ränder seiner Gesichtszüge einen Hauch von Verfall aufwiesen wie ein Stück Papier, das im Laufe der Zeit mit Stockflecken übersät worden war. Er trug einen bräunlichen Anzug, der ihm fachmännisch auf den Leib geschneidert worden war, und eine Seidenkrawatte, die im elektrischen Licht einen matten Schimmer hatte.

Er stand nicht auf und legte nicht einmal Messer und Gabel ab, als Dottie den Raum betrat. »Hallo, Dottie«, sagte er, seine Stimme klang melodisch und ungekünstelt. Er setzte sein Messer an das Stück Rindfleisch. »Ich bin vor knapp einer Stunde angekommen. Habe mir von der Köchin etwas zusammenstellen lassen, denn ich bin total ausgehungert. Zum Glück hatte sie das Essen schon fast fertig.«

Dottie machte einen weiteren Schritt in den Raum, sodass sie nicht mehr vor mir stand. Sie trug weder Hut noch Handschuhe, da sie im Auto darauf verzichtet hatte, um bequemer arbeiten zu können, und nun sah sie verloren aus und wünschte sich etwas Überzeugendes, mit dem sie herumfuchteln konnte. Ihre Hände zuckten auf ihren Papieren. Ihre Zigarettenspitze war bereits wieder in ihre Tasche geschoben worden. »Ich nehme an, deine Reise war ereignislos?«, fragte sie, wobei ihr Blick auf den Mann vor ihr gerichtet war und sich dann von ihm losriss. »Du warst in Schottland, glaube ich.«

»Auf der Jagd mit ein paar Freunden, ja. Wir hatten eine gute Zeit, bis dein Telegramm sie unterbrochen hat. Und die Reise war ein verdammtes Ärgernis.« Er hob seinen Blick und sah mich an. »Ich bitte um Verzeihung«, sagte er, ohne sein Besteck abzulegen oder aufzustehen. »Wir sind uns noch nicht vorgestellt worden.«

»Das ist Manders«, sagte Dottie, bevor ich etwas sagen konnte. »Meine Gesellschafterin.«

»Jo Manders«, unterbrach ich, da ich diesmal nicht wollte, dass man mich mit meinem Nachnamen ansprach, als ob ich keine eigene Identität hätte. Dottie warf mir einen Blick zu, ihre Augen blitzten auf wie die eines erschrockenen Pferdes, aber ich ignorierte sie.

Der Mann schien über den Namen nachzudenken, ging die Möglichkeiten in seinem Kopf durch. »Die Frau von Alex?«, fragte er schließlich.

»Ja«, antwortete ich.

Sein Blick flimmerte über mich, auf und ab, seine Augenlider hingen nachlässig herab, und ich wusste, dass ich gerade kategorisiert worden war. Meine Brüste, meine Hüfte, meine Taille, die Länge meiner Beine. Ich beobachtete, wie er mein unmodisch langes Haar und meine ebenso altmodische Kleidung registrierte, bis sein Blick auf meinem Gesicht ruhte, die blauen Augen scharf und nachdenklich. »Du hast mir nicht gesagt, dass du eine Gesellschafterin eingestellt hast, Dottie«, sagte er. »Mrs. Manders. Ich bin Robert Forsyth, wie meine Frau versäumt hat, Ihnen zu sagen. Es ist schön, Sie kennenzulernen. Ein wenig Aufregung ist willkommen, und wir waren hier schon immer neugierig auf die Frau, die Alex aufgestöbert und plattgemacht hat.«

»Ist das Haus bereit für Martins Rückkehr?«, unterbrach Dottie mit scharfer Stimme, während ich nach einer schockierten Antwort suchte.

Robert schaute sie an und zuckte die Achseln. »Irgendwo gibt es eine Haushälterin.«

»Wann hat sie sich gemeldet? Ich habe sie gebeten, vor zwei Tagen mit der Arbeit zu beginnen.«

»Ich habe keine Ahnung, oder?«, fragte Robert. »Ich bin gerade erst angekommen. Haushälterinnen sind deine Domäne.«

»Martin legt heute Abend an und nimmt morgen den ersten Zug. Ich habe ihr gesagt, welche Zimmer sie vorbereiten soll. Und drei Dienstmädchen sollten auch da sein.«

»Dann ist das wohl erledigt«, antwortete er und wandte sich wieder seinem Stück Rindfleisch zu. »Wenn es in diesem Kaff irgendwo eine Zeitung gibt, dann lass sie mir bitte bringen. Ich würde gern ein wenig wissen, was in der Welt vor sich geht.«

Dottie stand in ersticktem Schweigen da. Monate getrennt, und ihr Mann fand seinen Teller bereits schmackhafter als seine Frau. Sie hätte mir fast leidtun können. Doch dann drehte sie sich mit geröteten Wangen zu mir um und bellte: »Was stehst du hier herum? Geh und suche die Haushälterin und sorge dafür, dass alles erledigt wird, um Himmels willen.«

Ohne ein Wort zu sagen, machte ich auf dem Absatz kehrt und ging den Flur entlang in das Zimmer, in dem ich das Dienstmädchen gesehen hatte. Sie war nicht da. Stattdessen saß auf einem der Stühle ein Mädchen. Sie hatte dunkelblondes Haar, das ordentlich am Hinterkopf zusammengebunden war, sodass ich die Haarnadeln deutlich sehen konnte, da sie von mir abgewandt war. Sie trug ein dunkelgraues Kleid und eine Kette mit kleinen Perlen um den Hals. Als ich mich der Tür näherte, drehte sie sich um und sah mich aus ruhigen blauen Augen an. Ihr Gesicht war lang, ihre Stirn hoch, aber sie war seltsam attraktiv. Ich schätzte sie auf etwa 17 Jahre.

»Oh«, sagte ich überrascht. »Ich bitte um Verzeihung.«

»Miss?«

Ich drehte mich um. Das Dienstmädchen stand im Korridor hinter mir, mit dem Staubtuch in der Hand.

»Kann ich Ihnen bei irgendetwas behilflich sein?«, fragte mich das Dienstmädchen und reckte sich, um mir über die Schulter zu schauen.

»Ja, ich …« Verwirrt drehte ich mich wieder zu dem Mädchen auf dem Stuhl um, aber das Mädchen war weg. Der Stuhl war leer, ebenso wie der Rest des Raums.

»Miss?«, fragte das Dienstmädchen erneut.

»Wo ist sie hin?«, fragte ich. »Das Mädchen. Die, die gerade hier war.«

»Es tut mir leid, Miss. Ich weiß nicht genau, was Sie meinen.«

Das Zimmer war vollkommen leer. Auch der Korridor war leer, als ich mich auf dem Absatz umdrehte, um nachzusehen. Es waren keine Schritte zu hören. Aber ich hatte sie gesehen.

»Ich weiß nicht …«, stotterte ich. »Ich …«

»Meinen Sie vielleicht mich, Miss?«, fragte das Dienstmädchen. »Ich habe vorhin erst in diesem Zimmer Staub gewischt.«

Ich hielt inne. Es war nicht das Dienstmädchen gewesen, das ich gesehen hatte, daran gab es keinen Zweifel. Ich konnte immer noch das Gesicht des Mädchens sehen, den Ausdruck in ihren blauen Augen unter der hohen Stirn, als sie mich ansah. Aber wenn ich darauf bestanden hätte, hätte ich wie Mutter geklungen, die von ihrem imaginären Viscount sprach. Also sagte ich: »Vielleicht habe ich Sie gesehen. Es tut mir leid.«

»Gar kein Problem.« Das Dienstmädchen schenkte mir ein zaghaftes und zugleich neugieriges Lächeln.

Ich verdrängte das, was ich gerade gesehen hatte, energisch aus meinem Gedächtnis. »Ich bin Jo Manders, die Gesellschafterin von Mrs. Forsyth. Können Sie mir sagen, wo die Haushälterin ist?«

Ihr Lächeln entspannte sich ein wenig. »Mrs. Bennett ist in der Küche, glaube ich, und kümmert sich um den Wein. Sie war jedenfalls vor einer halben Stunde da.«

»Gibt es hier noch andere Dienstmädchen außer Ihnen?«, fragte ich, als ich mich zittrig an Dotties Anweisung erinnerte.

»Zwei andere, Ma'am. Wir sind alle vorgestern angekommen.«

Es gab also keinen ständigen Stab treuer Bediensteter, der in Wych Elm House blieb, wenn die Familie nicht zu Hause war. Das gesamte Personal schien neu eingestellt worden zu sein. Ich bedankte mich bei dem Dienstmädchen und fand die Tür, die nach unten zur Küche führte, aber als ich mich ihr näherte, hörte ich aus irgendeinem Grund die Schritte des Mädchens hinter mir. Ich drehte mich um, um ihr zu sagen, dass sie mir nicht zu folgen brauchte, aber ich stellte fest, dass sie nicht mehr da war. Es war überhaupt niemand da.

In der Küche stieß ich auf zwei Frauen über 60, von denen die eine in einer Kiste mit Weinflaschen herumsortierte und die andere auf einem Stuhl am Küchentisch saß. Als ich eintrat, verstummten sie vor Verlegenheit, und die sitzende Frau machte Anstalten, sich zu erheben.

»Bitte«, sagte ich. »Ich bin nur die bezahlte Gesellschafterin von Mrs. Forsyth.«

Die Frau setzte sich sofort wieder hin, und die beiden tauschten einen kurzen Blick der Überraschung aus.

Anscheinend hatte sich Dottie nicht die Mühe gemacht, jemandem von mir zu erzählen. Ich befand mich also auf halbem Weg zwischen Dienerschaft und Familienmitglied, was alles sehr unangenehm machte.

Die Frau mit den Weinflaschen war Mrs. Bennett, die Haushälterin, und die Frau, die am Tisch saß, war Mrs. Perry, die Köchin. Beide hatten ordentliches Haar unter sauberen Hauben und starke, raue Hände. Sie waren Frauen der englischen Dienstbotenklasse, stramm und unerschütterlich, die wahrscheinlich seit ihrem 13. Lebensjahr fegten, Staub wischten und Teig zu Kuchenböden kneteten. Eine Klasse, die zunehmend rascher in einer Welt von Dosenmahlzeiten und Teppichkehrmaschinen verschwand. Angesichts meines unsicheren Status waren sie zunächst misstrauisch, aber da ich nach der unangenehmen Szene im Esszimmer keine Lust hatte, zu Dottie zurückzugehen, zog ich einen Stuhl zurück und setzte mich stattdessen an den Küchentisch.

»Ich nehme an, Sie kennen Mrs. Forsyth sehr gut«, sagte Mrs. Bennett zu mir. Ihr Ton war lässig, aber ich wusste, dass sie nach Informationen fischte.

»Ja«, antwortete ich und dachte dann, dass ich Dottie seit heute überhaupt nicht mehr kannte.

»Ich habe gehört, dass sie eine schwierige Herrin sein kann«, sagte Mrs. Perry unverblümt. »Das macht mir keine Angst. Ich hatte schon früher mit schwierigen Herrinnen zu tun.«

»Ja, ich auch«, sagte Frau Bennett. »In meiner letzten Anstellung hat die Herrin zwei Kinder verloren, eines nach dem anderen. Beide starben bei der Geburt.

Danach war sie nicht mehr dieselbe. So etwas trifft sie schwer, manche Frauen schwerer als andere.«

»Das nehme ich an«, sagte ich. Sie meinte damit wohl die seltsame Cousine Fran.

»Ich glaube nie etwas von dem, was die anderen sagen.« Mrs. Perry hob vorwurfsvoll ihr Kinn. »Ich halte nichts von Klatsch und Tratsch.«

Mrs. Bennett klappte den Karton mit den Weinflaschen zu und machte ein abweisendes, leises Geräusch. »Märchen, um Kinder zu erschrecken, mehr ist nicht dran.«

»Was für Märchen?«, fragte ich.

Wieder tauschten die beiden Frauen einen Blick aus, aber dieses Mal war ihre Professionalität wichtiger als das Bedürfnis nach Klatsch und Tratsch. »Wie ich schon sagte«, wiederholte Mrs. Bennett, »dumme Geschichten für Kinder.«

»Bitte.« Plötzlich war ich neugierig. »Mrs. Forsyth spricht nie über ihren Tod, und mein Mann wollte es mir nicht sagen.«

Es war Mrs. Perry, die mir schließlich antwortete. »Das Mädchen war verrückt.« Ihre Stimme war voller Missbilligung. »Sie haben sie eingesperrt, außer Sichtweite, bis sie eines Tages aus ihrem Zimmer geflohen ist. Sie ist vom Dach gesprungen, vom Giebel ganz oben am Haus. Sie war noch keine 15 Jahre alt.«

Einen langen Moment konnte ich nicht sprechen. Der Raum zog sich zurück. Ich erinnerte mich, wie ich aus dem Auto gestiegen war und zu dem hohen Giebel hinaufgeschaut hatte. Wie ich über den kopfsteingepflasterten Weg unter dem Giebel gegangen war. *Dottie,* dachte ich, *kein Wunder, dass du nicht glücklich warst, nach Hause zu kommen.*

Mrs. Perry ergriff wieder das Wort, ihre Stimme war grimmig. »Am selben Tag ist ein Mann im Wald gestorben. Einige sagten, das Mädchen müsse es getan haben, obwohl er in Stücke gerissen wurde, also sehe ich nicht, wie sie so etwas getan haben könnte, verrückt oder nicht. Wie gesagt, ich halte nichts von Klatsch und Tratsch. Sie haben das Haus verschlossen, nachdem es passiert war, und sind alle fortgegangen. Aber jetzt sind sie wieder da, und wir erwarten den Sohn zurück, der in einem Krankenhaus war. Ich hoffe, dass er keinen Ärger machen wird.«

»Wenn es eine Kriegsneurose ist, könnte er lammfromm sein«, sagte Mrs. Bennett. »So einen hatte ich vor zwei Anstellungen auch. Er hat kaum ein Wort gesagt, der arme Junge.«

Ich schob meinen Stuhl zurück und stand auf. »Ich sollte gehen. Mrs. Forsyth wird mich suchen.«

»Sagen Sie ihr, dass die Zimmer vorbereitet sind, so wie sie es gewünscht hat«, schickte Mrs. Bennett mir noch hinterher.

Ich drehte mich um und sah sie an. »Wie viele?«, fragte ich, dachte an das Mädchen, das ich im Salon gesehen hatte, und zwang mich, die Frage auszusprechen. »Wie viele Schlafzimmer sind vorbereitet?«

Mrs. Bennett runzelte die Stirn, als ob ich nicht ganz richtig im Kopf wäre. »Aber natürlich vier. Für Sie, Mr. Martin und Mr. und Mrs. Forsyth.« Sie schürzte kurz die Lippen. »Sie schlafen getrennt.«

Darauf hatte ich nichts zu erwidern. Ich drehte mich schweigend um und verließ den Raum.

5

Mein Zimmer in Wych Elm House lag im zweiten Stock, zur Vorderseite des Hauses hinaus. Ich konnte die runde Auffahrt sehen, die ins Gehölz führte, und den überwucherten Rasen vor dem Haus. Es entging mir nicht, dass sich mein Fenster fast unter dem oberen Giebel befand und dass mein Blick auf die Stelle gerichtet war, an der Frances Forsyths Körper an dem Tag gelandet sein musste, an dem sie sprang.

Seltsame Cousine Fran. Sie ist gestorben, das arme Ding.

Dieser einfache Satz von Alex, der so viel verbarg. Vielleicht hatte er gehofft, mich vor beunruhigenden Familiennachrichten zu schützen; vielleicht wollte er die erschütternden Tatsachen nicht in einen Brief von der Front schreiben, der von Zensoren und Fremden gelesen werden würde. Vielleicht schämte er sich für Frances' Wahnsinn, die Tendenz zu Geisteskrankheiten in seiner Familie, und verheimlichte sie vor mir.

Aber Alex hatte von Mutter gewusst. Er hatte sie kennengelernt. Er wusste von dem Wahnsinn in *meiner* Familie. Und er war Anfang 1918 auf Urlaub nach Hause gekommen, nachdem Frances gestorben war. Warum hatte er mir damals nichts davon erzählt?

Sie haben sie eingesperrt, außer Sichtweite.

Ich saß auf der Fensterbank meines Schlafzimmers, hatte die Beine hochgezogen, hielt meine Knie umschlungen und starrte auf die verworrene Landschaft, ein ungeöffnetes Buch in der Hand, während es dunkel wurde und das Haus in Stille versank. Ich konnte mich nicht über mein Zimmer beklagen, das schöner war als jede andere Wohnung, in der ich je gewohnt hatte – die Einrichtung war edel und teuer, einschließlich des hohen Bettes, auf dem sich dicke Bettwäsche stapelte, und des imposanten Kleiderschranks aus Nussbaumholz, der fast bis zur Decke reichte. Ich wollte die schimmernde Vertäfelung und den teuren Teppich fast gar nicht berühren, so perfekt waren sie. Mein eigener bescheidener Koffer, der gegen die Schranktür gelehnt war, sah im Vergleich dazu schäbig aus.

Ich hatte gedacht, dass Alex und ich uns so nahe gewesen waren, wie zwei Menschen nur sein konnten. Wir hatten schnell geheiratet – ich denke, einen Mann, zwei Wochen nachdem man ihn kennengelernt hat, zu heiraten, kann man schon als überstürzt bezeichnen –, aber wir hatten auch endlos viele Stunden damit verbracht, bis tief in die Nacht zu reden und uns gegenseitig aus unserem Leben zu erzählen. Er war als Kind Waise geworden. Er hatte deutsche Verwandte väterlicherseits – ausländisches Blut war ein Teil der Litanei, die seinen Vater laut der Familie seiner Mutter so unpassend machte – und hatte einige Jahre bei ihnen verbracht. Er war in Eton und dann in Oxford gewesen. Er hatte mir von seinen Verwandten in Sussex erzählt, aber wegen des Familienzwists standen sie sich nicht nahe.

Sein Leben war ein wenig ungewöhnlich, weil er Waise war, aber nicht übermäßig seltsam. Ein Mann aus gutem

Hause, gebildet, brillant, gut aussehend, groß und sportlich; mit allen Privilegien ausgestattet, auf dem Weg, etwas Atemberaubendes und Großartiges zu werden, bis der Krieg ihn geholt hatte. Wie so viele andere auch.

Nebel war herabgesunken und glitt durch die Bäume. Ich beobachtete ihn stumpf und folgte seinem schmutzig grauen Schleier, der sich durch die Dunkelheit bewegte. Ich strich mit einem kalten Fingerknöchel über das Glas.

Ich konnte nicht ertragen, was ich heute gesehen hatte. Das Mädchen in der kleinen Stube, die Haltung ihrer schmalen Schultern, die Art, wie sie sich umgedreht und mich angesehen hatte. Mit einem Schauder fragte ich mich, ob es irgendwo in diesem Haus ein Foto von Frances Forsyth gab. Und ob mich dasselbe Gesicht anblicken würde, wenn ich eins finden würde.

Nein. Das ist Mutter. Das bin nicht ich. Das war ich nie.

Ich war immer bei Verstand, immer die Vernünftige gewesen, die dafür gesorgt hatte, dass die Miete bezahlt wurde. Die eine Arbeit gefunden und einen guten Mann geheiratet hatte. Mutter war diejenige, die die Dinge sah, nicht ich.

Ein Mann wurde in Stücke gerissen. Sie haben sie eingesperrt, außer Sichtweite.

Der Nebel hatte aufgehört, sich voranzuschlängeln, stellte ich fest. Er schwebte im Wald, verschwommen zwischen den Stämmen der Bäume, still und kalt. Es schien fast so, als ob er mich beobachten würde. Ich starrte aus dem Fenster und behielt ihn meinerseits im Blick.

Als ich Alex' Sachen gepackt hatte, um mich mit Dottie auf den Kontinent zu begeben, war ich seine persönlichen

Papiere durchgegangen. Ich hatte die üblichen trockenen Dinge gefunden: Bankunterlagen, Schulunterlagen, unsere Heiratsurkunde, alle Meilensteine seines Lebens. Aber ich hatte kein einziges Erinnerungsstück gefunden. Keine Briefe, Fotos oder Tagebücher. Keine Postkarten oder Souvenirs aus dem Urlaub, keine Notizbücher oder Briefe von Mitschülern. Keinen einzigen.

Der Mann, den ich geheiratet hatte, war fort.

Ich schlüpfte spät in das überdimensionierte Bett und schlief schlecht. Ich träumte davon, dass etwas an meinem Fenster vorbeifiel, das Kräuseln eines Rocks und eines Ärmels, der Stoff glitt hell vorbei, als ich aufschreckte. Und irgendwo im Halbdunkel zwischen Wachen und Schlafen glaubte ich, leise Schritte im Korridor zu hören, die an meiner Tür vorbeihuschten.

Am nächsten Morgen meldete ich mich um acht Uhr bei Dottie, wie es mir aufgetragen worden war. Sie befand sich im Frühstückszimmer im hinteren Teil des Hauses, einem warmen Raum mit Glastüren, die auf die hintere Terrasse führten. Die Fenster ließen viel Sonnenlicht herein, hell und etwas kühl. Auf der Anrichte standen verschiedene Frühstücksgerichte, die in großen Schüsseln dampften und stark nach Wurst dufteten. Dottie saß allein am Tisch, kerzengerade, umgeben von einem teuren Teeservice. Robert war nirgends zu sehen.

Ich füllte mir einen Teller mit Eiern und Toast. Dottie schaute ostentativ auf ihre Uhr, als ich mir einen Stuhl heranzog und mich setzte. Sie begrüßte mich nicht, sondern warf mir einen neugierigen Blick zu. »Ich hoffe, du hast dich in deinem Zimmer gut eingerichtet.«

»Ja«, gab ich zurück und stocherte in meinem Frühstück herum. »Danke.«

Ihr Blick wanderte an mir auf und ab. »Jetzt, wo wir in Wych Elm House sind, müssen wir dir wohl neue Kleidung besorgen. Ich werde mich mit wichtigen Leuten treffen, und du wirst an meiner Seite sein. Da kann ich nicht zulassen, dass du wie ein fettes Schulmädchen gekleidet bist.«

Ich sah zu ihr auf. Ich trug wieder einen Rock und eine Bluse, dazu eine Strickjacke. Ein Teil von mir war beleidigt – ich war nicht im Geringsten dick –, ein anderer Teil bewunderte ihr Geschick beim Beleidigen. Außerdem hatte sie ja recht. In den europäischen Zügen hatte ich gut genug ausgesehen, aber in dem Luxus dieses Hauses war ich so fehl am Platz wie zerbrochenes Porzellan oder eine unpolierte Lampe. »Meine Kleidung ist zu alt.«

»Dann geh in die Stadt und kauf neue. Die Schneiderin dort wird alles, was sie nicht vorrätig hat, aus London bestellen können. Du wirst auch neue Strümpfe und Schuhe brauchen. Sag den Ladenbesitzern, sie sollen die Kleidungsstücke auf meine Rechnung setzen.«

»Danke«, sagte ich, obwohl ich genau wusste, dass die Kleidung kein Geschenk war. Dottie würde die Rückzahlung bis auf den letzten Penny von meinem Lohn abziehen.

Sie nickte mir zu und starrte dann auf mein Haar. Wir hatten uns drei Monate lang jeden Tag gesehen, doch heute Morgen begutachtete sie mich aufs Neue. »Wenigstens trägst du keine Kosmetika«, kommentierte sie. »Ich finde sie nicht gut. Aber du musst dich ordentlicher frisieren; lass dir von einem Dienstmädchen assistieren, wenn du Hilfe benötigst. Außerdem warne ich dich, dass ich die derzeitige Mode des Bubikopfs nicht gutheiße. Ich finde sie halbseiden und furchtbar unattraktiv.«

Ich berührte den Dutt in meinem Nacken. Alex hatte mein langes Haar immer geliebt. »Ich habe kein Verlangen, mir die Haare kurz zu schneiden.«

»Das sind ausgezeichnete Neuigkeiten«, kam eine Stimme von der Tür her. Robert Forsyth betrat den Raum, frisch gebadet und rasiert, in einem weiteren gut geschnittenen Anzug. Er zwinkerte mir zu. »Guten Morgen, Mrs. Manders. Dottie.« Er ging zur Anrichte und lud sich Essen auf einen Teller. »Ich habe einen Brief von den Dennistons bekommen«, sagte er zu Dottie, bevor eine von uns seinen Gruß erwidern konnte. »Sie haben von unserer Rückkehr gehört. Ich glaube, ich werde hinüberfahren und ihnen einen Besuch abstatten. Denniston hat einen erstklassigen Stall, und meine Reiterei in Schottland ist ja nun unterbrochen worden. Ich werde mein eigenes Automobil nehmen.«

»Robert«, sagte Dottie mit leiser Stimme. »Martin kommt heute.«

Robert schenkte sich eine Tasse Kaffee ein und sah sie mit einem Achselzucken an. »Ich werde ihn später sehen.«

»Er kommt *heute Vormittag.*«

»Ich wüsste nicht, warum das wichtig sein sollte.« Sein Tonfall hatte jetzt eine mürrische Note. Mit einem Knall zog er seinen Stuhl zurück und setzte sich.

»Du weißt nicht, warum das wichtig ist?« Dotties Wangen liefen rot an. »Willst du nicht hier sein, wenn dein Sohn zum ersten Mal seit drei Jahren wieder nach Hause kommt?«

»Um Gottes willen, der Junge wird mich nicht erwarten.« Robert rammte seine Gabel in ein Stück Wurst. »Musst du alles ruinieren? Erwartest du, dass ich den ganzen Tag hier sitze und warte? Wozu hast du ihn überhaupt nach Hause schleppen lassen?«

»Das weißt du ganz genau«, erwiderte Dottie. »Er kommt nach Hause, um zu heiraten.«

»Wen denn?«, fragte Robert. »Ich nehme an, du willst ihm ein junges, unerfahrenes Mädchen aussuchen, damit du Enkelkinder bekommst? Der Junge ist gerade erst im Krieg gewesen, und schon versuchst du, ihn zu ersticken.«

Dotties Kiefer arbeitete und sie blinzelte mit ihren kleinen Augen. Eine Schrecksekunde lang dachte ich, sie würde zu weinen anfangen. »Martin und ich haben uns deswegen geschrieben«, sagte sie mit fester Stimme. »Er hat zugestimmt, sich eine Frau zu nehmen. Das ist unsere Chance auf Kinder in dieser Familie. Jemand, dem wir unser Erbe hinterlassen können.«

»Dein Erbe, meinst du«, sagte Robert. »Er war immer dein Kind, nicht meins. Außerdem habe ich mit Hochzeiten gar nichts zu tun. Wenn ich reiten will, dann gehe ich reiten. Du weißt, wie sehr ich dieses Haus hasse.«

»Ja, du hast es sehr deutlich gemacht«, schnauzte sie, »mit all der Unterstützung, die du mir bei der Führung des Haushalts zuteilwerden lässt.«

»Es ist nicht einmal meins«, entgegnete Robert. Seine Stirn glättete sich und er wandte sich mir zu. »Wussten Sie das, Mrs. Manders? Ich habe Wych Elm House als Teil der Mitgift bekommen, als ich meine reizende Frau heiratete. Von ihrer Seite der Familie.« Er lächelte säuerlich, und seine Augen musterten mich, während ich unbehaglich und entsetzt auf meinem Stuhl saß. »Wir sollten eine Minstrel-Show gründen, Sie und ich. Die beiden Armen, die wegen Geld geheiratet haben.«

Ich wollte meinen Stuhl zurückschieben, aber Dottie hielt eine Hand hoch und ich erstarrte. »Ich werde dieses Haus nicht verkaufen«, sagte sie zu Robert, das Kinn erhoben, der Blick ihrer Augen voller Zorn. »Das werde ich nicht.«

Robert legte seine Gabel weg. Ich spürte die abscheuliche Präsenz von Frances im Raum, die schwere Erinnerung an sie in unseren Köpfen, als ob ihr Name sogar jetzt noch von den Wänden widerhallte, und alles, was ich wollte, war zu entkommen.

»Es sollte nicht verkauft werden«, gab Robert zurück. »Es sollte niedergebrannt werden.« Sein Blick zuckte wieder zu mir, und ich sah, wie Kummer und Ausschweifung seine frühere Attraktivität in etwas Müdes und fast Hässliches verwandelt hatten. »Du hast mich so weit gebracht, dass ich wegen Martin hierhergekommen bin«, sagte er zu Dottie, »und ich werde meine Pflicht tun. Aber du kannst mich nicht zwingen, den ganzen Tag in diesem schrecklichen Haus zu sitzen.« Er stand auf und verließ das Zimmer, ohne einen weiteren Blick auf uns beide zu verschwenden.

Es folgte eine lange, schmerzhafte Stille. Ich starrte auf meine Hände. Schließlich hob ich den Blick und sah Dottie verstohlen an. Ihr Gesichtsausdruck war leer und teilnahmslos. Die Zornesröte war aus ihrem Gesicht gewichen.

»Manders«, sagte sie.

»Ja, Dottie.«

»Ich möchte, dass du in die Stadt gehst und Besorgungen für mich machst. Kauf dir dann auch deine neue Kleidung. Nimm das Auto und den Fahrer.«

»Ja, Dottie.«

Sie saß stumm da. Sie sagte nichts dazu, dass ich sie bei ihrem Vornamen nannte; das hatte sie nie getan. Das war einer meiner kleinen Siege. Ich mochte ihre bezahlte Gesellschafterin sein, aber ich gehörte zur Familie. Ich hatte mich geweigert, sie Mrs. Forsyth zu nennen, und sie hatte sich nie beschwert.

Sie drehte den Kopf, sah mich an und musterte mich mit ihrem intelligenten Blick. »Ich nehme an, du hältst mich für eine Närrin«, stellte sie fest.

»Nein«, erwiderte ich wahrheitsgemäß. »Das tue ich nicht.«

»Du warst eine verheiratete Frau, also hast du vielleicht ein gewisses Verständnis.«

Ich nickte. Alex und ich hatten uns nie so gestritten – er hatte mir nie auch nur ein Zehntel der Verachtung entgegengebracht, die Robert anscheinend für Dottie empfand –, und doch verstand ich es. Eine Ehe ist für den außenstehenden Betrachter unergründlich, sie geht so tief wie die Gesteinsschichten der Erde. Das verstand ich.

Ich schob meinen Stuhl zurück und stand auf. »Welche Besorgungen soll ich für dich erledigen?«, fragte ich.

Dottie nahm den Themenwechsel hin, ohne mit der Wimper zu zucken. »Ich muss Briefe versenden – sie sind auf dem Halter an der Eingangstür. Ich vertraue sie den Bediensteten nicht an. Und du musst für mich in die Apotheke gehen. Du kennst das Magenmittel, das ich normalerweise nehme.«

»Ja, Dottie.«

»Manders, da ist noch eine Sache.«

Ich blieb an der Tür stehen und wartete.

Sie hob ihren teilnahmslosen Blick und sah mich direkt an. »Ich nehme an, Alex hat dir von Frances erzählt.«

Ich war so überrascht, dass mir die Wahrheit ohne einen Gedanken über die Lippen kam. »Er hat mir von ihrer Existenz erzählt. Aber alles, was ich weiß, stand in einem Brief von der Front, nämlich nur die Tatsache, dass sie gestorben war.«

Sie blinzelte, und bevor sie den Blick abwandte, sah ich ehrliche Überraschung in ihren Augen. »Ist das wahr? Wie interessant. Aber wenn du in die Stadt gehst, wirst du wahrscheinlich gewisse Gerüchte hören.«

Ich nickte, ohne zu erwähnen, dass ich diese Gerüchte bereits im Dienstbotentrakt aufgeschnappt hatte.

Dottie zündete sich eine Zigarette an, und der stinkende Rauch vermischte sich mit dem Restgeruch von Würstchen und Tee, sodass sich mir der Magen umdrehte. »Frances liegt auf dem Friedhof in der Stadt begraben, wenn du sie sehen willst«, sagte sie. »Das sollte dir alles sagen, was du wissen musst. Ich möchte aus offensichtlichen Gründen nicht über sie sprechen, und ich erwarte, dass du die Privatsphäre der Familie wahrst, wenn du in der Stadt auf ein lüsternes Interesse stößt. Hast du das verstanden?«

»Ja, Dottie.«

»Ich hoffe es. Es gibt auch einen Brief im Halter, der direkt an meinen Anwalt geht und nicht in andere Hände.«

Ich verließ das Zimmer, sammelte die Briefe ein und ging in die Küche, um Mrs. Bennett zu fragen, wie ich das Automobil und den Fahrer einbestellen sollte.

Im Auto saß ich dann auf dem Rücksitz und betrachtete die Bäume, die auf dem Weg in die Stadt vorbeizogen. *Sie liegt auf dem Friedhof begraben, wenn du sie sehen willst.* Wie alles bei Dottie war das kein beiläufiger Vorschlag, sondern ein Befehl mit einer tieferen Bedeutung, die ich noch nicht erkennen konnte. Und als wir uns dem Ort näherten, begann ich mich zu fragen, was genau sie mir zeigen wollte.

6

Das Städtchen hieß Anningley, und es war ein lebhafter kleiner Ort, hübsch und höflich, eingebettet in eine Talsenke wie in einer Schale. Ich ließ mich vom Fahrer nahe dem Ortsrand absetzen und wies ihn an zu warten; er nickte mir knapp zu und lehnte sich auf dem Fahrersitz zurück, wahrscheinlich in der Hoffnung, dass ich mich rasch verziehen würde, damit er sich eine Zigarette anzünden konnte. Ich ging zu Fuß ins Ortsinnere und sog den frischen Geruch der Luft und den Duft des Meeres ein, das irgendwo jenseits der Hügel im Süden lag.

Auf der High Street gingen einige Damen einkaufen, Dienerinnen tratschten in der Metzgerei, während sie auf das Fleischangebot des Tages warteten, und Kindermädchen aus den umliegenden Häusern gingen mit kleinen Kindern spazieren. Die Ladenbesitzer nickten mir zu, als ich vorbeiging. Ich fühlte mich sofort wie eine Fremde, dunkelhaarig und wildäugig nach meiner schlaflosen Nacht und dem unangenehmen Morgen in Wych Elm House, ohne Ehemann oder Kind und sogar ohne eine nette Routine aus Einkaufen und Reden. Ich fühlte mich bereits unangenehm auffällig, also brachte ich Dotties Briefe zuerst zur Post und überließ es der Postangestellten, mich auszufragen.

Die Postmeisterin war eine Frau um die 40, ungeheuer groß und breit, ihre Haut so weich und gerötet, dass ich mich kurz fragte, ob sie gerade ein spätes Kind bekommen hatte. Sie schaute auf die Briefe, aber als sie ihren Blick zu mir hob, gab es kein Lächeln. »Wych Elm House«, sagte sie. »Ich habe schon gehört, dass die Familie wieder dort wohnt.«

Ich trat von einem Fuß auf den anderen und erinnerte mich an die Anweisungen von Dottie. »Ja, das tut sie.«

Sie nahm die Briefe entgegen und steckte sie ins passende Fach. »Sie waren lange fort.«

»Sie hatten ihre Gründe«, erwiderte ich, nur um irgendetwas zu sagen.

»Vielleicht.« Die Postmeisterin wandte sich wieder mir zu. »Ich bin Mrs. Baines. Und wer mögen Sie wohl sein? Sind Sie ein Mitglied der Familie?«

Ich starrte sie an. Diese Frau, die in ihrem aufgeräumten Postamt auf dem Lande stand, während draußen die Sonne schien, bedachte mich mit einem mürrischen Blick, der mir das Gefühl gab, ein unerwünschter Eindringling zu sein. Es war ein kühles Verhör, kein heiteres Geplauder. »Ich war mit dem Neffen von Mrs. Forsyth verheiratet, Alex Manders.«

»Ich habe von ihm gehört«, sagte Mrs. Baines. Die Existenz meines Mannes, so schien es, war nun von der Dorfbehörde bestätigt worden. »Ein anständiger Mann, was die Forsyths angeht, aber ich habe auch gehört, dass er lieber für sich allein blieb. Ich habe außerdem gehört, dass Mr. Martin nach Hause kommt.«

Natürlich hatte sie das. »Heute Vormittag«, bestätigte ich. »Wir erwarten ihn in Kürze.«

»Dann ist es ja gut.« Mrs. Baines wandte sich von mir ab und ließ ihren Blick über die Regale mit den Briefen zu ihrer Linken schweifen. »Ich selbst kenne Mr. Martin nicht. Niemand hat ihn viel gesehen, bevor er in den Krieg zog. Ich habe gehört, dass er seitdem in einem Krankenhaus gewesen ist.«

Ich tippte mit den Fingern auf den Tresen. Kein Wunder, dass Dottie keine Lust hatte, selbst in den Ort zu kommen, sondern stattdessen ihre Lakaiin geschickt hatte. »Sie hören offenbar so manches Gerücht über die Forsyths.«

»Das tue ich, aber über die Forsyths gibt es eben nur Gerüchte, das müssen Sie verstehen.« Mrs. Baines drehte sich um und sah mich wieder an. »Sie kommen nie in die Stadt, und wenn es an der Zeit ist, Bedienstete einzustellen, heuern sie immer von außerhalb an. Das einzige hiesige Mädchen, das für sie gearbeitet hat, ist Petra Jennings, und sie wurde entlassen, als die Tochter starb. Sie müssen ihr mit irgendetwas gedroht haben, denn sie spricht nicht über sie.«

Nun verstand ich einen Teil ihrer Feindseligkeit. Von einer wohlhabenden Familie wie den Forsyths würde man erwarten, dass sie den Einheimischen Arbeit gab, nicht den Leuten von außerhalb. Es passte zu Dottie, dass sie sich keinerlei Gedanken über etwas so Grundlegendes gemacht hatte. »Ich kann mit Mrs. Forsyth darüber reden«, sagte ich, »aber ich kann nichts versprechen.«

Mrs. Baines schüttelte nur den Kopf. »Ich glaube nicht, dass Sie jemanden von hier finden werden, der bereit wäre, in Wych Elm House zu arbeiten. Jetzt nicht mehr.«

»Was meinen Sie?«

»Der Wald.« Mrs. Baines gestikulierte mit einem kräftigen Arm hinter sich, in die vage Richtung des zwei Meilen entfernten Gehölzes. Ihr Gesichtsausdruck war fast zornig. »Dieses verrückte Mädchen spukt dort herum. Keines der Kinder will hingehen – meine ganz sicher nicht. Sie haben zu viel Angst, um dadrin zu spielen.«

Ich tippte wieder mit den Fingern auf den Tresen. »Sie können doch die Familie Forsyth nicht dafür verantwortlich machen, dass Ihre Kinder Angst haben, im Wald zu spielen.«

»Das kann ich und das tue ich. Für sie ist es einfach – sie haben das Haus verlassen und verschlossen und sind gegangen. Wir sind es, die seit drei Jahren mit dem Geist leben müssen. Das Mädchen wurde in Ketten gehalten, wie ich hörte. Sie war eine Bestie.«

»Sie war keine Bestie«, kam eine Stimme aus dem Türrahmen hinter ihr. »Sie *hatte* eine Bestie, meine Liebe. Das ist eine andere Sache.«

Der Mann, der gesprochen hatte, lehnte mit verschränkten Armen am Türpfosten. Er war ein oder zwei Jahre älter als sie, trug Hemdsärmel und eine Weste, auf dem Kopf eine Stoffmütze. Er nickte mir kurz zur Begrüßung zu.

»Guten Tag, Madam. Ich bin Mr. Baines.«

»Guten Tag«, antwortete ich. »Was meinen Sie damit, dass sie eine Bestie hatte?«

»Bitte entschuldigen Sie meine Frau«, erwiderte Mr. Baines und sah mich ernst an. »Das Thema der Forsyths regt sie auf. Ich meine nur, dass die junge Miss Frances Forsyth einen Hund hatte, das ist alles.«

»Das sind keine guten Menschen«, protestierte Mrs. Baines in einem verletzten Tonfall. »Meine Schwester ist seit zehn Jahren als Bedienstete tätig, und sie wollten nie mit ihr reden. Und dieses Ding war kein Hund, nicht nach dem, was ich gehört habe.«

»Hast du es jemals gesehen?«, fragte Mr. Baines seine Frau. Als sie schwieg, wandte er sich wieder mir zu. »Sie sehen, wie sehr sie sich aufregt. Als Fremde wissen Sie das vielleicht nicht, Mrs. Manders, aber die Forsyths sind in diesem Teil der Welt nicht sehr beliebt.«

»Ich verstehe.« Dottie hatte mich, wenn auch nur indirekt, vor der Einstellung der Dörfler gewarnt, und sie hatte recht gehabt. »Was sagten Sie über den Hund?«

»Nur dass Miss Frances einen hatte«, antwortete Mr. Baines. »Ein großes, wütendes Biest. Es wurde im Freien gehalten, im Wald. Ich fürchte, es ist verwildert, seit sie gestorben ist und die Familie das Haus verlassen hat. Die Kinder sagen, es streife bösartig durch den Wald. Deshalb gehen sie nicht hinein, vor allem nicht, wenn die Sonne untergegangen ist.«

Ich runzelte die Stirn. »Könnte das das Tier sein, das den Fremden an dem Tag getötet hat, als Frances starb?«

»Das ist die Meinung einiger«, sagte Mr. Baines. Seine Frau hatte sich mürrisch auf einen Stuhl gesetzt und überließ ihm die Führung des Gesprächs. »Keiner weiß, wer der Tote war. Ein Landstreicher trifft im Wald auf einen wilden Hund – wer weiß, was passiert ist? Eine einfache Schlussfolgerung, wirklich. Allerdings hat Mrs. Forsyth selbst bei der Untersuchung ausgesagt, dass ihre Tochter gar keinen Hund besaß.«

»Sie hat bei der Untersuchung ausgesagt?«

»Natürlich hat sie das. Es musste eine Untersuchung durchgeführt werden, um festzustellen, wie der Mann gestorben war – ob es Mord war. Der Mann wurde in Stücke gerissen. Viele hatten die Theorie, dass Miss Frances' Hund dafür verantwortlich war, aber Mrs. Forsyth schwor auf eine Bibel, dass ein solches Tier gar nicht existierte. Und es stellte sich heraus, dass niemand den Hund mit eigenen Augen gesehen hatte; niemand konnte ihn aufspüren und vorzeigen.« Er zuckte die Achseln. Sein Blick war flach und abweisend, und ich merkte, dass er nicht ganz so freundlich war, wie er vorgab.

»Sie ist es, die das Biest war«, sagte Mrs. Baines. »Sie ist es, die im Wald spukt. Das sagen die Kinder.«

»Das ist eine haarsträubende Geschichte«, gab ich zurück und versuchte, nicht an das Mädchen zu denken, das ich in der kleinen Stube von Wych Elm House gesehen hatte.

»Das ist es in der Tat«, stimmte Mr. Baines zu. »Wir haben hier auch Geschichten über Irrlichter und Waldgeister, wenn Sie sie hören wollen. Ich selbst bin ein logischer Mensch.«

Ich betrachtete ihn neugierig. Er sprach so überzeugt, als ob er sich mit dem Thema der Forsyths gut auskennen würde, sein Tonfall war nicht feindselig wie der seiner Frau, sondern eher verächtlich. »Und was glauben *Sie?*« Ich konnte nicht anders, als zu fragen.

Mr. Baines richtete sich vom Türpfosten auf, trat einen Schritt vor und verschränkte die Arme. »Ich? Oh, ich glaube, dass Miss Frances Forsyth verrückt war. Daran gibt es keinen Zweifel. Die Kinder, die ihr im Wald begegneten, sagten, sie sei allein umhergewandert, habe mit sich selbst gesprochen, sei blass und abgemagert gewesen. Nichts schreckt die Menschen so sehr ab wie Wahnsinn, nicht wahr? Da kann man sich jede Art von Geschichte ausdenken.« Er machte einen weiteren Schritt nach vorn, seine Augen immer noch auf mich gerichtet. »Und ja, trotz der Lügen ihrer Mutter glaube ich, dass Miss Frances einen Hund hatte. Ich glaube, der Hund hat den Mann getötet – vielleicht hat der Mann sein Frauchen irgendwie bedroht, oder der Hund besaß ein aggressives Temperament, wie manche Hunde es nun einmal haben. Um sich vor der Verantwortung zu drücken, hat Mrs. Forsyth den Hund beseitigt und dann darüber gelogen. Und es hat funktioniert, denn der Mann im Wald war ein Niemand, und für Leute wie die Forsyths bedeutete sein Tod nichts. Das glaube ich jedenfalls.«

Ich stand da und starrte ihn an, ohne zu wissen, was ich entgegnen sollte.

Mr. Baines nickte in Richtung meiner Hand. »Ich glaube auch, dass Sie dort noch einen weiteren Brief haben, den Sie meiner Frau nicht zum Versand gegeben haben.«

»Den?« Ich blinzelte auf den Brief in meiner Hand hinunter. »Den soll ich zu Mrs. Forsyths Bevollmächtigtem bringen. Sein Name ist Mr. David Wilde.«

Mrs. und Mr. Baines tauschten einen Blick aus, den ich nicht ergründen konnte.

»Na schön«, sagte Mr. Baines. »Sie finden sein Büro zwei Straßen weiter, in dem weißen Haus mit den grünen Fensterläden. Wenn Sie mit ihm zu tun haben, dann haben Sie hier heute nichts mehr zu suchen.«

»Bitte?«, sagte ich. »Wieso denn das?«

»Keine Sorge, Mrs. Manders.« Obwohl Mr. Baines' Worte freundlich waren, war sein Tonfall es nicht. »Sie werden schon selbst sehen. Ich wünsche Ihnen einen guten Tag.«

Ich war nicht sehr erpicht darauf, an die Tür des weißen Hauses mit den grünen Fensterläden zu klopfen, aber ich hatte keine andere Wahl. Vielleicht war Mr. David Wilde ein schrulliger alter Mann, oder vielleicht mochte er es, ahnungslose Gesellschafterinnen zu beschimpfen. In jedem Fall sollte ich Dotties Notiz nur in seine Hände geben, also blieb mir nichts anderes übrig, als ihn aufzusuchen. Ich klopfte.

Die Tür wurde von einem Mann um die 45 geöffnet, mit großen grauen Augen und vorzeitig silbernem Schimmer im Haar. Er trug ein Hemd und eine Weste, tadellos und teuer. Es musste eine Herausforderung sein, einem solchen Mann ein Hemd so gut zu schneidern, dachte ich, denn sein linker Arm war unregelmäßig und verkümmert, die gefaltete Hand von einem grauen Handschuh umhüllt. Er hielt sie wie einen Haken, wie ein Fragezeichen. Überrascht blinzelte ich ihn an.

Der Mann betrachtete mich höflich. »Ja?«, fragte er.

»Ich bitte um Verzeihung. Ich suche nach Mr. David Wilde. Ich bin Mrs. Forsyths angestellte Gesellschafterin, Jo Manders.«

Sein Blick wurde wärmer, und ich wusste im selben Moment, dass er kein Bediensteter war. »Ah«, sagte er. »Ich bin Mr. Wilde.«

Ich zog den Brief aus meiner Tasche und hielt ihn hin. »Dann ist das für Sie, Mr. Wilde.«

Er griff mit seiner gesunden Hand nach dem Umschlag, während ich die andere absichtlich nicht ansah. »Wie aufmerksam.« Als er sprach, war sein Blick auf mein Gesicht gerichtet. »Ich wollte gerade eine Tasse Tee trinken. Möchten Sie nicht hereinkommen?«

»O nein. Das ist nicht nötig.«

»Doch, das ist es sehr wohl«, sagte Mr. David Wilde mit sanfter Überzeugungskraft. »Ich muss vielleicht eine Antwort schicken.«

Ja, natürlich. Wie konnte ich vergessen, dass ich auch Dotties bezahlte Briefzustellerin war? »Also gut«, räumte ich ein. »Vielen Dank.«

Ich folgte ihm in das Haus, das in dunklen Farben eingerichtet war – dunkle Holzböden, dunkle Vertäfelungen, blassgraue Tapeten. Selbst die elektrischen Lampen waren aus dunklem Metall, ihre Schirme trüb und undurchsichtig. Dennoch, das Haus roch nach Holzpolitur, und die geblümten Teppiche auf den Fußböden waren sauber und ordentlich. Er führte mich in ein Büro, das vom großen Eingangsraum abging, und warf Dotties Brief auf den Schreibtisch. »Setzen Sie sich«, bot er an und wies auf einen Stuhl.

Auf einer Anrichte war ein Teeservice aufgebaut. Ich öffnete meinen Mund und erhob mich gleich halb wieder von meinem Stuhl, als er hinüberging, aber er stand mit dem Rücken zu mir gewandt, und ich konnte sehen, dass er vorhatte, den Tee selbst einzuschenken. »Schön, Sie kennenzulernen, Mrs. Manders«, sagte er und hob die Teekanne mit seiner gesunden Hand hoch, während die andere nutzlos in ihrem Handschuh baumelte. »Mrs. Forsyth brauchte wirklich eine Gesellschafterin.«

»Sie hat Ihnen von mir erzählt?«, fragte ich.

»Natürlich.« Mr. Wilde blickte über seine Schulter zu mir und hob eine Augenbraue. »Ich verwalte das Geld.«

Ich durchforstete mein Gedächtnis. Wenn Dottie jemals einen Bevollmächtigten erwähnt hatte, konnte ich mich nicht daran erinnern. Sie erweckte den Eindruck, als wäre sie eine ganze Zivilisation in einer einzigen Frau.

Mr. Wilde hatte eine geschickte Hand, und im Nu reichte er mir eine Tasse Tee auf einer Untertasse. »Mrs. Forsyth spricht in den höchsten Tönen von Ihnen.«

Ich nahm die Tasse. *Es ist nicht schwer, Manders,* hörte ich Dottie sagen. *Versuch einfach, ihn nicht zu verschütten.* Wenn ein einhändiger Mann Tee einschenken konnte, dann konnte ich das wohl auch. War es das, was den Baines so verdächtig vorgekommen war? Ein Mann mit einer verkümmerten Hand? »Das bezweifle ich sehr«, erwiderte ich.

Mr. Wilde lachte leise, während er sich selbst eine Tasse einschenkte. »Sie sagt, Sie sind nicht ganz dumm«, ergänzte er. »Von ihr ist das ein großes Lob. Ich weiß, dass Sie die Frau von Alex Manders waren. Ich muss Ihnen sagen, wie leid es mir getan hat, als ich hörte, dass er im Krieg gefallen ist.«

»Danke«, brachte ich heraus. Er musste über Dottie von Alex gehört haben, dachte ich, denn er war ihr Bevollmächtigter. Es war unmöglich, dass er Alex persönlich gekannt hatte.

»Ich selbst konnte nicht kämpfen.« Mr. Wilde stellte seine Teetasse anmutig auf dem Schreibtisch ab und setzte sich auf seinen großen Schreibtischstuhl. Er hob seinen verkrüppelten Arm leicht an und ließ die behandschuhte Hand baumeln. Der Oberarm, so sah ich, war genauso dick und stark wie sein Gegenstück, aber unterhalb des Ellbogens schien der Arm fast zu verschwinden, eingezwängt in den maßgeschneiderten Ärmel. Er wandte seinen Blick nicht von mir ab. »Ein Defekt von Geburt an. Ich habe natürlich versucht, mich für den Kriegsdienst zu melden, aber man fand, ich könne keine Waffe abfeuern. Ich fragte, woher sie das wüssten, da ich es nie versucht hatte, aber sie ließen sich nicht überzeugen.«

Ich hielt meine Tasse und Untertasse auf meinem Schoß und sah ihn an. Seine Augen waren freundlich, sein Gesichtsausdruck intelligent, aber irgendetwas an ihm gefiel mir nicht, etwas, das sich hinter seinem Blick verbarg. »Es tut mir leid, das zu hören«, sagte ich.

»Meiner Frau tut es nicht leid«, antwortete er und ließ den Arm sinken. Er ließ zu, dass das Schweigen sich dehnte, fühlte sich offenbar wohl damit und schien es nicht eilig zu haben, Dotties Notiz zu öffnen und zu beantworten. Ich nahm widerstrebend einen Schluck Tee.

Er lehnte sich auf seinem Stuhl zurück, den verdorrten Arm an der Seite aufgestützt. »Sagen Sie, Mrs. Manders«, fragte er, »lässt Mrs. Forsyth Sie den ganzen Tag Botengänge für sie machen?«

»Das ist meine Aufgabe, Mr. Wilde«, sagte ich und setzte meine Tasse wieder ab.

»Das scheint etwas unter Ihrem Niveau als Alex' Frau zu sein.«

»Ich bin seine Witwe. Und es gibt Mädchen mit schlimmeren Jobs als diesem.«

»Das ist natürlich wahr«, stimmte er zu. Er beobachtete mein Gesicht, und ich war mir sicher, dass er erriet, wie verzweifelt ich auf Geld angewiesen war; genau der Grund, warum ich den Job angenommen hatte. Er streckte die Hand aus und berührte den Rand von Dotties Brief auf dem Schreibtisch, fuhr ihn langsam mit der Fingerspitze nach, sein Blick wurde nachdenklich. »Darf ich Sie etwas fragen?«

»Habe ich eine Wahl?«

Daraufhin lächelte er mich an. »Ich entschuldige mich. Ich bin Anwalt und wir stellen gern Fragen. Meine Tage sind normalerweise sehr ruhig. Sie sind so ziemlich das Aufregendste, was mir in dieser Woche über die Schwelle getreten ist.«

Die Worte hingen in der Luft, schwebten zwischen uns. Mein Tee schien in meinem Magen zu einem Brei geronnen zu sein. Ich fragte mich, ob Dottie mich entlassen würde, wenn ich aufstünde und ginge.

»Machen Sie sich keine Sorgen«, sagte Mr. Wilde in die Stille hinein. »Meine Fragen sind nicht so sehr persönlich. Ich habe mich nur gefragt, ob Sie vorhaben, für immer eine Gesellschafterin für Damen zu sein.«

»Für immer?« Ich konnte die Bestürzung in meiner Stimme nicht zurückhalten.

»Ja.« Mr. Wilde nahm den Umschlag in die gesunde Hand und hielt ihn müßig in die Höhe. »Sie haben nie daran gedacht? Sie sind ein intelligentes Mädchen. Mrs. Forsyth steht in der Blüte ihrer Gesundheit, aber sie wird nicht ewig leben.«

Ich beugte mich vor und stellte meine Teetasse auf einen Beistelltisch. »Fragen Sie mich«, sagte ich langsam,

»ob ich erwarte, dass Dottie mir etwas in ihrem Testament hinterlässt?«

Darauf antwortete er nicht. »Meine Aufgabe«, erwiderte er mit der ausweichenden Art eines Anwalts, »ist es, für die Familie vorzusorgen. Sie vor Schaden zu bewahren.«

»Ist das so?«, fragte ich. Ich war unverschämt, das wusste ich, aber ich war beleidigt und konnte nicht anders. »Mir scheint, der Schaden für die Familie ist bereits angerichtet.«

»Ah. Ich glaube, Sie sprechen von Frances.«

»Es gibt Gerüchte im Ort.«

Das brachte ihn zum Lächeln. »O ja. Verrückte Mädchen in Ketten, Killerhunde, Geister. Es ist wie in ›Der Untergang des Hauses Usher‹, nicht wahr? So viel Fantasie hat der englische Mann vom Land. Ich bewundere die Einheimischen für ihre Kreativität, aber glauben Sie nicht alles, was Sie hören. Ich bin selbst Teil des Gerüchts. Ich glaube, ich spiele die Rolle von Mrs. Forsyths bösem Komplizen, der hilft, Frances in Ketten zu halten und ihre Morde bei der Untersuchung zu vertuschen. Ich nehme an, Sie haben diesen Teil nicht gehört?«

Es war die leichtfüßige Überlegenheit, die kalte Herablassung in seinem Ton, die mir einen Schauer über den Rücken jagte, als er so mit mir sprach. »Nein«, sagte ich.

Er nickte. »Ein Mann mit einem verkrüppelten Arm ist der geborene Schurke, verstehen Sie? Aber da Sie nun einmal mit der Familie verbunden sind, möchten Sie die Wahrheit erfahren?«

»Ich weiß nicht, ob …«

»Frances war ein liebes Mädchen.« Mr. Wilde registrierte meinen Gesichtsausdruck und lächelte. »Überrascht

Sie das nach allem, was Sie gehört haben? Sie war auf alle Fälle intelligent, und ich glaube, dass sie nie jemandem etwas Böses wollte.«

»Aber sie war verrückt«, sagte ich.

Endlich nahm er Dotties Brief in die Hand, schob seinen Finger unter die Klappe und öffnete ihn. »Sie war … geplagt. Gequält. Anders kann man es nicht beschreiben.« Sein Blick blieb auf mir ruhen und nicht auf dem Brief in seiner Hand. »Die Anfälle begannen in der Kindheit. Das war vor meiner Zeit in der Familie, aber als Mrs. Forsyth mich als ihren Bevollmächtigten engagierte, waren Frances' Anfälle schon weiter fortgeschritten.«

»Welche Art von Anfällen?«

»Halluzinationen. Sie sah Dinge, die nicht da waren, sprach mit Leuten, die nicht anwesend waren. Ich war selbst mehrmals Zeuge davon, und ich habe Frances befragt – wenn sie dazu in der Lage war – und auch die Ärzte, die Dottie zu ihrer Behandlung hinzugezogen hatte. Einige der Dinge, die Frances zu sehen glaubte, waren harmlos, und andere waren schrecklich. Aber als sie 13 Jahre alt war, waren die Halluzinationen allgegenwärtig und für sie unglaublich real. Sie behauptete, es gebe eine Tür, durch die die Visionen kämen. Sie konnte sie bis ins kleinste Detail beschreiben, wenn man sie fragte.« Er schenkte mir ein kleines Lächeln, das ganz und gar traurig war. »Es hat einige Zeit gedauert, bis sie mir genug vertraute, um es mir zu erklären, aber schließlich habe ich verstanden, dass die Dinge, die sie durch diese imaginäre Tür kommen sah, tot waren.«

Ich starrte ihn an. Mein Tee war auf dem Tisch neben mir kalt geworden. Ich wusste nicht, was ich sagen sollte.

»Sie können sich vorstellen«, fuhr Mr. Wilde fort, »was für eine Qual der Alltag für jemanden sein muss, der so geplagt wird, so sehr leidet. Frances glaubte, sie sähe die Toten, im Wachzustand und im Schlaf. Oft hatte sie Schreiattacken, die schrecklich anzusehen waren – ihr Wahn brachte manchmal besonders grausame Visionen hervor. Kein Arzt konnte ihr helfen, und schließlich wollte Dottie nicht, dass sie noch ein weiteres Mal untersucht wurde. Also lebte Frances stattdessen zu Hause, in der Abgeschiedenheit, geplagt von ihren Wachträumen.« Er sah mich mit seinem kühlen Blick genau an. »In Ihrem Blick sehe ich Mitleid, Mrs. Manders, aber keinen allzu großen Schock. Nach meinen Informationen sind Sie mit dem Wahnsinn gut vertraut, nicht wahr?«

Ich dachte an die langen roten Kratzer an Mutters Hals, und die Worte kamen mir hastig über die Lippen, abwehrend. »Es ist nicht dasselbe, Mr. Wilde. Ganz und gar nicht.«

»Wenn Sie das sagen. Auf jeden Fall sind die Gerüchte, die Sie hören, nichts als Gift. Frances war nie eingesperrt oder angekettet. Es gab keinen Hund. Dass der Landstreicher am selben Tag wie Frances im Wald starb, war ein grausamer, schrecklicher Zufall, das ist alles. Aber eine Sache fiel mir an dem Tag, an dem sie starb, doch auf.«

»Was war das?«, brachte ich hervor.

»Ich kannte Frances inzwischen seit Jahren. Trotz all ihrer Qualen war sie nie selbstmordgefährdet gewesen. Bis zu jenem Tag hatte sie noch nie versucht, sich das

Leben zu nehmen. Wegen ihrer Halluzinationen hatte sie sogar Angst vor dem Sterben. Der letzte Ort, an den oder durch den sie je gehen wollte, war diese schreckliche Tür, um bei den Dingen auf der anderen Seite zu sein.« Er zuckte die Achseln. »Finden Sie das nicht seltsam?«

»Ja«, sagte ich mit ruhiger Stimme. »Das erscheint mir schon irgendwie seltsam.«

Mr. Wilde faltete endlich Dotties Brief auf und las die Zeilen darin. Er zeigte keine Reaktion auf das, was darin stand, abgesehen von einer leichten Anspannung seines Kiefers. »Wenn Sie so freundlich wären, einen Moment zu warten, Mrs. Manders, werde ich Mrs. Forsyth eine Antwort schreiben.«

Ich saß schweigend da, während er ein cremefarbenes Blatt Papier hervorzog und mit seinem Stift darauf herumkritzelte, eine kurze Zeile, zwei, drei. Es schien keine Luft im Raum zu sein. Ich fragte mich, ob David Wilde jemals ein fremdes Mädchen in Wych Elm House gesehen hatte, das auf einem Stuhl saß und ihn anstarrte. Aber nein, das konnte nicht sein. Das Haus hatte leer gestanden, seit die Forsyths es verlassen hatten.

Als er fertig war, versiegelte er den Brief und erhob sich. Ich folgte ihm zur Tür. »Mr. Wilde«, sagte ich, »ich habe eine Frage.«

»Und was mag das sein?«

»Warum habe ich das Gefühl, dass Sie mich seit einer Stunde beurteilen?« Er schenkte mir wieder sein kleines Lächeln und drückte mir den Brief in die Hand. »Machen Sie sich keine Sorgen deswegen, Mrs. Manders. Meine Pflicht gegenüber der Familie steht an erster Stelle. Ich wünsche Ihnen einen schönen Tag.«

7

Den Rest von Dotties Besorgungen erledigte ich in betäubtem Schweigen. Ich suchte die Schneiderei auf, kam mit zwei fertigen Kleidern unter dem Arm wieder heraus und hatte dazu eine Bestellung für zwei weitere aufgegeben, die in einer Woche kommen sollten. Ich hatte mir die Kleider kaum angeschaut, es der Schneiderin überlassen, das Beste auszusuchen. Ich kaufte auch neue Strümpfe, ein Paar neue Schuhe und einen neuen Hut. Ich hatte das alles auf Dotties Kredit bezahlt; wahrscheinlich würde ich noch jahrelang für sie arbeiten müssen, bevor wir wieder quitt waren.

Neben der Schneiderei befand sich ein Fotostudio. Es war geschlossen – auf dem Schild stand, dass der Inhaber nur montags und donnerstags da war –, aber ich hielt inne und betrachtete die Fotos im Fenster. Eines zeigte die High Street von Anningley an einem nebligen frühen Morgen, mit Blick auf den sanft ansteigenden Hügel, der von einer hübschen Kirche aus altem Stein gekrönt wurde, deren Turmspitze aus dem Nebel über den Dächern der Dorfhäuser aufragte. Ich dachte daran, dass dieselbe Kirche sich auch vor 200 oder sogar 300 Jahren aus dem gleichen Nebel erhoben und geduldig auf den sonntäglichen Besuch der längst verstorbenen

Dorfbewohner gewartet hatte, dass sie längst vergessenen Stürmen trotzte, so wie sie es auch tun würde, wenn ich tot wäre und alle um mich herum. Und ich dachte zum ersten Mal seit Monaten an Alex' Kamera in ihrer Tasche in meinem Schlafzimmer in Wych Elm House.

Ich drehte mich um und schaute die High Street entlang auf den Kirchturm auf dem Foto. Eine Kirche bedeutete einen Friedhof. *Sie liegt auf dem Friedhof begraben, wenn du sie sehen willst.*

Trotzdem trödelte ich auf meinem Weg zu Frances' Grab. Ich hielt in der Apotheke und in der Leihbücherei an, während mir David Wildes Worte im Kopf herumschwirrten. Schließlich hatte ich keine Besorgungen mehr zu machen, keine Ausreden mehr, und ich öffnete das Tor zum Friedhof mit meinen behandschuhten Händen und hörte, wie es in der friedlichen Stille des sonnigen Nachmittags knarrte.

Die Kirche war ein anheimelndes kleines Gebäude aus buttergelbem Stein. Ich sah keine Anzeichen eines Pfarrers oder eines Hausmeisters, obwohl das Gelände tadellos gepflegt war; nur die Stare riefen in den Bäumen auf dem Hügel nacheinander.

Vom ersten Moment an wusste ich, welches Denkmal ich mir ansehen sollte.

Es war ein langer, glänzender Marmorblock, erhaben und schimmernd, der alle Gräber um sich herum überschattete – bescheidene Steine aus dem 18. und 19. Jahrhundert, die von den anständigen Menschen in Anningley angelegt worden waren. Das Grab von Frances Forsyth war poliert und auffällig, fast schon obszön. Als ich mich näherte, konnte ich den Schriftzug FRANCES FORSYTH, 1902–1917 und einen weinenden Engel im Marmor darüber erkennen. Unter den Daten stand eine einzige Zeile: ENGEL AUF ERDEN.

Ich starrte auf das Grab. Es schnürte mir die Kehle zu, ließ mein Herz langsam und schwächlich in meiner Brust schlagen. Das war Dotties Werk, daran gab es keinen Zweifel, Robert hatte mit dieser Ungeheuerlichkeit nichts zu tun gehabt. Sie hatte sicher einigen Gegenwind dafür bekommen, Frances als Selbstmörderin und mutmaßliche Mörderin überhaupt auf dem Friedhof begraben lassen zu wollen. Sie hatte sich nicht nur durchgesetzt, sondern auch das Denkmal ihrer Tochter über den Rest erhoben. Es war die Tat einer Mutter aus Liebe, aus Trotz und treuem Glauben.

Aber wie David Wilde angedeutet hatte, wusste ich etwas darüber, wie es war, sich um eine Verrückte zu kümmern. Ich wusste, wie es einen auslaugte, wie es an einem zehrte, wie die Liebe zu der Verrückten einen sowohl nährte als auch auffraß. Wie man mit dem Gefühl kämpfen musste, dass alles die eigene Schuld war, oder alles deren. Ich wusste um die unausgesprochenen Momente, in denen man sich im Dunkeln Sorgen machte – während das eigene Leben eingefroren und vergessen wurde –, wenn man die verrückte Person von ganzem Herzen hasste, wenn der schwarze Teil von einem sich wünschte, sie würde einfach weggehen, würde einfach sterben. Und ich kannte die schreckliche Welle der Erleichterung, die einen überkam, wenn die Last der Sorge um diese Person endlich von einem abfiel.

Das Denkmal für Frances Forsyth war ein Akt der Liebe. Aber ich konnte sehen, was es auch war: ein Akt der Schuld; Schuld jener Art, die eine Person beugt und sie für immer verändert. Das war es, womit Dottie leben musste, was niemand verstehen konnte. Niemand außer mir, die ich mit Mutter gelebt hatte.

Der letzte Ort, an den oder durch den sie jemals gehen wollte, war diese schreckliche Tür, um bei den Dingen auf der anderen Seite zu sein. Einige Verrückte wünschten sich den Tod, aber andere klammerten sich an das Leben, selbst wenn dieses Leben voller Schmerz war. Doch Frances hatte sich schließlich entschlossen, durch diese Tür zu gehen, die sie so sehr fürchtete. Oder doch nicht? War es möglich, dass ihre Mutter ihr geholfen hatte? Dass das Endergebnis dieses Denkmal für Dotties eigene Schuld war?

Ich wandte mich ab und ging schweigend zum Automobil zurück.

Als ich in der Eingangshalle von Wych Elm House ankam, war alles ruhig. Ich nahm meinen Hut ab und blieb einen Moment lang stehen. Ich hörte das Ticken der Standuhr im Nebenzimmer. Ich roch Möbelpolitur und Staub. Ich betrachtete das Sonnenlicht, das durch die Glastür des Wohnzimmers einfiel und von den Linien eines Astes durchschnitten wurde. Den stillen Korridor, dessen Boden schimmerte.

Dieses Haus sollte nicht verkauft, sondern verbrannt werden.

Stimmengemurmel drang aus einem der Zimmer am Ende des Flurs, und widerwillig ging ich auf das Geräusch zu. Ich fand Dottie und Robert in dem kleinen

Salon, in dem ich gestern das Mädchen gesehen hatte, auf den Stühlen sitzend in einer umständlichen Anordnung. Auf einem Tisch mit dünnen gedrechselten Beinen stand ein Tablett mit Tee, und aus der Kanne stieg kein Dampf mehr auf. Dotties Gesicht war gerötet, ihre Haltung aufrecht, die Teetasse auf ihrem Schoß fast vergessen. Robert saß unbehaglich da und sah gequält aus. Dottie hatte also doch einen Teil ihres Streits gewonnen.

Eine dritte Person erhob sich von ihrem Stuhl, um mich zu begrüßen.

Er war unverkennbar der Junge von dem Foto, das Dottie in ihrem Reisealbum hatte. Ich konnte Dotties Züge in der schmalen, klaren Form seines Kiefers sehen, in den Schultern, die nicht breit, aber fest und gerade waren. Ich konnte Robert an seinen dunklen Augen, den langen Wimpern und dem charmanten, leichten Lächeln erkennen, das er mir zur Begrüßung zuwarf. Doch damit endete die Ähnlichkeit mit einem seiner Elternteile und dem Foto von vor Jahren. Der Mann, der vor mir stand, hatte die schmerzhaft anzusehende Magerkeit eines Langzeitpatienten: Seine Wangen waren ausgehöhlt, sein ordentliches Hemd und seine Jacke hingen wie auf einem Kleiderbügel in einem Geschäft. Er war Anfang 20, aber die Falten auf seiner Stirn und die Linien um seinen Mund ließen ihn älter als 30 Jahre wirken, und die sanften Schatten unter seinen Augen deuteten darauf hin, dass die Reise, die er gerade hinter sich gebracht hatte, ihm mehr abverlangt hatte, als er sich eingestehen wollte.

»Manders.« Dotties Stimme klang aufgeregt, ihr Blick war fest auf den jungen Mann gerichtet, als er sich mir zuwandte. »Das ist mein Sohn Martin.«

»Cousine!«, sagte Martin und lächelte mich an. Trotz seiner hageren Gesichtszüge hatte das gezwungene Strahlen in seinen Augen etwas Beeindruckendes an sich. »Cousine Jo! Was für eine Freude, dich endlich kennenzulernen. Alex hat mir alles über dich erzählt.«

Ich blinzelte ihn überrascht an. Ich blickte kurz zu Dottie und erinnerte mich an ihre Aufforderung, mit ihrem schwachen Sohn nicht über Alex zu sprechen. »Oh«, entfuhr es mir dümmlich.

»Martin«, ging Dottie dazwischen und wechselte das Thema wie aufs Stichwort. »Du musst etwas essen. Ich kann mir vorstellen, dass du ausgehungert bist.«

»Dränge den Jungen doch nicht, Dottie«, sagte Robert.

Martin ignorierte sie beide und nahm eine meiner behandschuhten Hände in seine. In der anderen hielt ich immer noch meine Pakete. Dotties Kommentar hing in der Luft; Martin sah aus, als hätte er seit Wochen nichts mehr gegessen. Sein Blick war fest auf mich gerichtet, und ich erwiderte ihn und versuchte, seinen Ausdruck zu deuten. Ich hatte ein Familiengespräch über ein ernstes Thema unterbrochen – das schloss ich aus der Farbe in Dotties Wangen und der Art, wie Roberts Blick durch den Raum schweifte, als ob er auf die erste Gelegenheit zur Flucht wartete.

»Du bist wunderschön«, sagte Martin zu mir. Seine Stimme war nicht verführerisch oder auch nur besonders einladend; die Worte klangen eher wie eine Botschaft, als würde er mir etwas in einem Code mitteilen. Er drückte einmal kurz meine Hand, was dieses Gefühl noch verstärkte. »Genau wie ich gehört habe. Ich bin so froh, dass ich nach Hause gekommen bin.«

Ich starrte ihn bloß an. Ich sollte wissen, was er meinte; ich sollte es wissen. Und doch zermarterte ich mir das Hirn und kam zu keinem Ergebnis. »Danke«, brachte ich heraus.

Dottie ergriff wieder das Wort und sprach davon, dass Martin die Kunstwerke sehen sollte, die sie auf dem Kontinent gekauft hatte. Robert entgegnete, dass kein junger Mann so etwas Langweiliges sehen wolle und dass sie stattdessen bei der ersten Gelegenheit reiten gehen sollten. Martin stimmte seinen beiden Eltern zu, ohne sich zu etwas zu verpflichten. Er schien sich auf dem tückischen Terrain zwischen ihnen gut zurechtzufinden und übersprang die vielen Landminen mit der Gewandtheit eines angebeteten Sohnes.

Aber ich achtete kaum auf all das. Ich hatte die subtile Spannung im Raum enträtselt, und die Erkenntnis traf mich wie ein Donnerschlag. *Mein Sohn kommt nach Hause, um zu heiraten.* Ihre wegwerfende Handbewegung, als ich nach seiner Verlobten gefragt hatte. *Ich kümmere mich darum.*

Mr. Wildes abschätzende Einordnung von mir, der Austausch von Notizen zwischen ihnen.

Unsere Chance auf Kinder, auf jemanden, dem wir unser Erbe hinterlassen können.

Du bist wunderschön. Ich bin so froh, dass ich nach Hause gekommen bin.

Martin musste das Verstehen in meinem Gesicht gelesen haben. Ich stand wie gebannt da, als er noch näher kam, meine Hand losließ und mich in eine Umarmung zog. Meine Pakete stießen unbeholfen zwischen uns hin und her, aber Martin tätschelte mir trotzdem den Rücken, seine dünnen Hände berührten mich kalt durch meinen Mantel hindurch an den Schulterblättern.

»Cousine Jo«, sagte Martin, sein Atem an meinem Ohr, seine Stimme dunkel, wie in stillem Einvernehmen. »Wir werden *so viel Spaß* haben.«

8

Ich hatte mich in die Beine meines Mannes verliebt, bevor ich mich in den Rest von ihm verliebte.

Es war im April 1914, die Kriegserklärung Großbritanniens noch vier Monate entfernt. Während Mutter in der Klinik lebte, hatte ich in London eine Stelle als Schreibkraft bei einem Anwalt namens Casparov gefunden, der ein Büro in der Nähe von Gray's Inn unterhielt. Casparov hatte einen dichten grau melierten Bart und eine Vorliebe für karierte Anzüge. In seinem schäbigen Büro empfing er nur wenige Mandanten, aber er führte eine umfangreiche Korrespondenz, die er in fast undurchschaubarer Kurzschrift verfasste. Er beschäftigte zwei Schreibkräfte – beides Frauen – mit dem einzigen Zweck, sich durch die Schneewehen von Notizen zu wühlen, die er Tag und Nacht zu schreiben schien. Wir sortierten sie, tippten sie in eine verständliche Form und verschickten sie.

Das Gehalt war niedrig, aber es reichte aus, um die Miete in meiner Pension und die Klinikrechnungen meiner Mutter zu bezahlen, und ich war froh, dass ich die Stelle bekommen hatte. Ich war nur eine mittelmäßige Schreibkraft, aber es gab fast keine anderen Beschäftigungen für Frauen, es sei denn, ich hätte Krankenschwester, Lehrerin oder Nonne werden wollen. Also ertrug ich

Casparovs schreckliche Kurzschrift und seine gelegentlichen Griffe an meinen Hintern und verdiente mein Geld, so gut ich konnte. Meine Kollegin, eine groß gewachsene Frau namens Helen, die ihre »Nichte« aufzog – ganz offensichtlich ihre Tochter, auch wenn Casparov das nie herausfand –, tat das Gleiche.

Helen und ich saßen in dem dunklen, unscheinbaren Vorzimmer des Büros und tippten, während die Uhr an der Wand tickte, als die Tür mit einem Knall aufgestoßen wurde und ein Mann hereinkam. Keiner von uns begrüßte ihn; wir waren Schreibkräfte, hatte Casparov klargestellt, keine Empfangsdamen. *Sie sprechen nicht mit meinen Kunden,* hatte er mit seinem russischen Akzent gesagt. *Sie sind nicht Ihr Geschäft. Ihr Geschäft ist nur das Tippen und das seriöse Aussehen.* Wir waren funktionale Dekorationen, wie Blumenvasen, die die Korrespondenz verwalteten. Aber ich hob meinen Blick knapp über den oberen Rand der Seite in meiner Schreibmaschine und sah hin. Und beobachtete gebannt, wie der Mann den Raum in Richtung Casparovs Büro durchquerte.

Der Besucher war groß. Er trug eine Lederjacke, die auf Taille geschnitten und mit einem Wollkragen versehen war: die Art von Jacke, die ein Stadtmensch trägt, wenn er ein Wochenende auf dem Land verbringt. Eine Stoffmütze mit Schirm war tief in die Stirn gezogen, und er machte sich nicht die Mühe, sie abzunehmen. Gegen die Aprilkälte trug er Lederhandschuhe, und als er sich meinem Schreibtisch näherte, nahm ich den Geruch der feuchten, kalten Luft wahr, die er mitgebracht hatte, das Tröpfeln des eisigen Nebels, der die Stadt überzog. Er schritt wortlos durch das Vorzimmer, seine schwer besohlten Schuhe polterten zielstrebig auf dem abgenutzten Teppich.

Ich konnte seine Beine in der Spanne meines sittsam gesenkten Blicks perfekt sehen. Bekleidet mit einer gut geschnittenen Wollhose, waren es die spektakulärsten Männerbeine, die ich je gesehen hatte – lang, muskulös, leicht schwingend und mit anmutigem, kraftvollem Gang. Es waren Gutsherrenbeine, wie geschaffen für enge Hirschlederhosen und hohe, polierte Reitstiefel. Ich fühlte etwas in mir, als ich sie betrachtete, etwas, das Lust war, gemischt mit stechender Freude, etwas so Schönes und doch so Unerreichbares zu sehen. *Das wirst du nie haben. Niemals. Er wird dich nicht einmal ansehen.*

Die Beine wurden langsamer, als sie sich mir näherten, und als sie direkt vor meiner Schreibmaschinenseite vorbeikamen, so nahe, dass ich den Fadenlauf der Wollhose sehen konnte, blieben sie fast stehen. Ich schluckte und schaute auf.

Er blickte auf mich herab. Das Gesicht unter der Mützenkrempe war schön, wohlproportioniert, mit einem ausgezeichneten Kiefer und einer strengen Mundpartie, aber es hatte nichts Weiches an sich. Es war offensichtlich ein kultiviertes Gesicht, wie auch der Rest von ihm – die Klasse sieht man den Menschen immer an –, aber der Schatten der Stoppeln auf seinem Kinn und die Schmalheit seiner Wangenknochen verrieten einen Mann, der nicht in einem Landhaus aufgewachsen war. Seine Augen waren dunkelblau, die Wimpern kurz und die Iris schwarz umrandet. Sie waren von wilder, kompromissloser Intelligenz, und sie waren auf mich gerichtet.

Ich begegnete seinem Blick und wandte meinen nicht ab. Ich spürte, wie sich kalter Schweiß auf meinem Rücken bildete, unter meinem praktischen Bürokleid mit dem Kragen, den ich so hübsch gefunden hatte, als ich es gekauft hatte. Ich spürte, wie meine Finger auf den Schreibmaschinentasten innehielten und kalt wurden. Ich spürte, wie sich in meinem Magen etwas Fröhliches, Unbehagliches und Ängstliches tummelte. Ich errötete nicht; ich stotterte nicht. Aber ich sah ihn an, beobachtete ihn, wie er mich beobachtete, wie er mich in sich aufnahm, wie der Moment sich immer weiter ausdehnte.

Hinter ihm öffnete sich knarrend die Tür von Casparovs Büro, und dessen Stimme drang durch den Raum. »Alex.«

Alex, dachte ich.

Ohne ein Wort wandte sich der Besucher von mir ab und verschwand durch die Tür von Casparov, die mit einem Klicken geschlossen wurde. Erst dann spürte ich, wie sich mein Gesicht erhitzte und mein Atem kurz wurde.

Ich drehte mich zu Helen um. »Hast du ihn gesehen?«

Sie hörte auf zu tippen, und mir wurde erst nachträglich klar, dass sie die ganze Zeit, in der der Besucher – Alex – im Zimmer war, vor sich hin getippt hatte. »Wen gesehen?«, fragte sie.

»Den Mann, der gerade reinkam.«

Sie runzelte die Stirn. »Nein, und du auch nicht. Wir sollen seine Kunden nicht bemerken.«

Das stimmte. Wenn Casparov gesehen hätte, wie ich seinen Mandanten ansah, hätte er mich entlassen können. »Ich habe ihn nicht *bemerkt*«, log ich unverschämt. »Ich habe mich nur gefragt, wer er ist, das ist alles.«

»Nun, dann hör auf, dich so was zu fragen«, sagte Helen und ging wieder an die Arbeit.

Ich wühlte mich durch meinen eigenen Stapel von Casparovs Notizen und versuchte, den Faden wieder aufzunehmen, der durch den Besucher abgerissen worden war. Casparov hatte nichts gesagt, und er hatte mich auch nicht angesehen.

Es war mir wie ein langer Moment vorgekommen, aber der Besucher und ich hatten wahrscheinlich nur ein paar Sekunden lang einen Blick ausgetauscht, mehr nicht. Wir hatten nicht gesprochen. Es gab nichts, weswegen man mich hätte entlassen können, nicht wenn ich meinen Tag nun wie gewohnt fortsetzte. Ich zwang meine Hände zur Arbeit, drückte meine Finger, um Wort für Wort zu tippen, ohne an den Mann auf der anderen Seite der Bürotür zu denken. Er war reizend – mehr als gut aussehend, wirklich reizend –, aber ich musste Mutters Unterbringung bezahlen. Ich durfte diesen Job nicht verlieren.

Fast eine Stunde später öffnete sich Casparovs Tür erneut. Diesmal tippte ich weiter und schaute nicht auf.

»Ich danke Ihnen«, sagte Casparov mit seinem schroffen Akzent.

»Keine Ursache«, kam die Antwort. Seine Stimme war leise und selbstbewusst, die beiden Worte fielen beiläufig im Weggehen.

Die Beine kamen zurück durch den Raum – ich sah sie nicht an, auch wenn ich mir ihrer Gegenwart nur allzu bewusst war – und gingen an meinem Schreibtisch vorbei. Trotzdem sah ich nicht auf. Ich tippte weiter und war mir bewusst, dass Casparov uns beobachtete, mich beobachtete. Ich würde den Besucher nie wiedersehen. Es war tragisch, aber *c'est la vie.*

Das leiseste Geräusch war zu hören, als ein Blatt Papier auf meinem Schreibtisch landete, auf dem Stapel der vielen anderen.

Und dann war er fort, ohne innezuhalten, die Außentür schlug zu, und ich fragte mich, ob ich mir das eingebildet hatte. Aus der anderen Richtung schloss sich auch die Tür von Casparov.

Helen tippte ungerührt weiter. Doch ich hörte auf und starrte auf den gefalteten Zettel, der anklagend vor mir lag. Wie ein Bösewicht in einem Bühnenmelodrama wischte ich mir mit dem Handrücken über die Stirn und spürte den feuchten Schweiß. Ich entfaltete den Zettel und las ihn.

Würden Sie sich heute Abend um acht Uhr mit mir am Soho Square treffen?

Mir blieb der Mund offen stehen. Es war Wahnsinn, purer Wahnsinn. Man hätte glauben können, ich hätte es mir eingebildet, wenn ich nicht den Zettel in der Hand gehalten hätte. Ich kannte den Mann überhaupt nicht, wir hatten kein Wort miteinander gewechselt. Er könnte ein Verrückter sein, der mich irgendwo allein hinlocken wollte, um mich zu ermorden. Er könnte ein Schürzenjäger sein, der überall in der Stadt Zettel für Schreibkräfte hinterließ, sie dann traf und eine nach der anderen ihrer Jungfräulichkeit beraubte. Ich wusste nicht, worum es diesem Mann ging, aber eines war sicher: Ich würde nicht hingehen. Ich *konnte* nicht hingehen.

Ich steckte den Zettel in das Mieder meines Kleides und tippte weiter.

Und an jenem Abend ging ich nach der Arbeit nach Hause in meine Wohnung. Ich zog mein Arbeitskleid aus – eines der drei, die ich besaß – und zog das schönste Kleid in meinem Schrank an, ein lavendelfarbenes Wollkleid mit Knöpfen vorn und einem Saum, der mir fast bis zu den Knöcheln reichte, wie es 1914 üblich war. Ich bürstete mein Haar aus und steckte es zu einer neuen Frisur zusammen, setzte einen bescheidenen Hut auf und zog Strümpfe und Schuhe an. Dann setzte ich mich auf die Kante meines traurigen Bettes, die Hände im Schoß, und dachte nach.

Um 19:30 Uhr zog ich meinen Mantel an und gürtete ihn fest in der Taille. Ich streifte meine abgenutzten Handschuhe über. Wenn Alex ein Mörder war, so stellte ich fest, dann war mir das ziemlich egal. Und wenn er ein Schürzenjäger war, nun ja, dann würde ich wenigstens meine Jungfräulichkeit verlieren. Ich war fast 20 und hatte keine Heiratsaussichten, und vielleicht war es an der Zeit.

Vielleicht, so überlegte ich, würde er seine Meinung ändern. Vielleicht würde er gar nicht da sein. Aber er war da, immer noch in seiner Lederjacke und seiner Wollhose, die Mütze auf dem Kopf, tief in die Stirn gezogen. Er sah mich sofort und beobachtete, wie ich mich ihm näherte; seine blauen Augen ließen nichts aus, gaben nichts preis.

»Sie haben Ihre Haare verändert«, sagte er, als ich näher kam.

Ich sah zu ihm auf. Die klamme Kälte des Aprils betäubte meine Wangen und kroch den Kragen meines

Mantels hinunter, aber er schien davon unberührt zu sein. »Ich sollte nicht hier sein.«

Er seufzte, als ob er wüsste, dass ich recht hatte. »Mein Name ist Alex Manders«, sagte er. »Wer sind Sie?«

»Wenn Sie nach meinem Namen fragen«, antwortete ich, »ich heiße Jo Christopher.«

Eine Augenbraue hob sich neugierig unter der Krempe der Mütze. »Jo?«

Ich zuckte die Achseln. »Joanna. Aber den verwende ich nie.«

Ich blickte kurz um uns herum, auf die abendlichen Menschenmassen, die auf dem Platz an uns vorbeizogen. »Warum bin ich hier?«, fragte ich, wobei ich mir nicht sicher war, ob ich diese Frage an ihn oder an mich selbst richtete.

Er drehte sich zum ersten Mal direkt zu mir und blickte auf mich herab. Ich nahm den schwachen Geruch von Leder wahr und wusste mit absoluter Sicherheit, dass die Innenseite seines Ledermantels von seinem Körper erwärmt worden war, und der Gedanke daran ließ mich zurückschrecken.

»Sie sind hier, weil Sie zum Essen eingeladen sind.«

»Mit Ihnen?« Die Worte sprudelten ungläubig aus meinem Mund. »Allein?«

Er zögerte einen kurzen Moment, aber in diesem Moment schimmerte das Verstehen in mir auf. Trotz seiner Unverblümtheit hat er mir nichts befohlen, sondern gefragt. Die Nachricht, die er mir hinterlassen hatte, war eine Frage gewesen, kein Befehl. Er bat mich um meine Gesellschaft, und ein Teil von ihm rechnete damit, dass ich Nein sagen würde.

»Ich weiß, dass ich die Sache falsch angegangen habe«, sagte er. »Aber ich hatte keine Gelegenheit, mit Ihnen zu sprechen. Es gibt ein italienisches Restaurant gleich hier auf der anderen Seite des Platzes, und ich dachte …«

»Ja«, sagte ich. »Ja, ich werde mit Ihnen zu Abend essen.«

Er lächelte daraufhin, und ich erwiderte sein Lächeln, wobei etwas in mir wie Wachs schmolz. Er hob seinen Ellbogen zu mir. »Sehr schön, Jo Christopher. Folgen Sie mir.«

9

Er wusste alles über alles. Wir sprachen über Politik – ich las jeden Tag die Nachrichten, verschlang Casparovs viele Zeitungen, während ich mein Mittagessen einnahm – und wir sprachen über Kunst und wir sprachen über Romane. Da ich mich nicht mehr selbst um Mutter kümmern musste, hatte ich zum ersten Mal in meinem Leben Zeit für mich allein, und ich verbrachte meine Freizeit in Galerien, Museen und Leihbibliotheken. Es war eine Fülle geistiger Reichtümer, aber ich hatte niemanden, mit dem ich über die Dinge, die ich gesehen hatte, hätte sprechen können.

Das italienische Restaurant war klein und intim, mit vielleicht 20 Tischen, und das gedämpfte Licht im Innern hielt der abendlichen Dunkelheit des Vorfrühlings stand. Das Essen war köstlich, und Alex bestellte erst eine Flasche Wein und dann eine weitere. Er wusste natürlich genau, welche Weine er aus der Karte auswählen musste. Er wusste es einfach.

Ohne die Stoffmütze war sein Haar hellbraun und glänzte im Licht, vielleicht mit einem leichten Rotstich – im Kerzenlicht war das schwer zu erkennen. Er trug es kurz, von der Stirn und den Schläfen nach hinten gekämmt. Unter der Jacke trug er ein weißes Hemd, das ihm perfekt auf den Leib geschneidert war, den obersten Knopf am Hals geöffnet und die Manschetten bis knapp über die Handgelenke zurückgerollt. Es war unglaublich, unvorstellbar leger; ich hatte noch nie in meinem Leben einen Mann so gekleidet gesehen. Ich hätte ihn komplett verschlingen können.

Er dachte dasselbe über mich, das konnte ich leicht feststellen: Sogar während er sprach, wanderte sein Blick über meinen Hals, mein Kinn, die Linie meines Ohrs, die Neigung meiner Nase, bevor er wieder zur Besinnung kam und wegschaute. Ich war eine so große Aufmerksamkeit nicht gewohnt, und es war mir gleichzeitig peinlich und machte mich wirr im Kopf.

»Sie scheinen eine sehr fähige Schreibkraft zu sein«, sagte er, als das Gespräch persönlich wurde.

Ich nahm einen Schluck von meinem Wein, der wunderbar über meine Zunge rollte. »Woher wollen Sie das wissen?«, fragte ich.

Er runzelte ertappt die Stirn. »Nun, es hat ganz schön schnell … geklappert.« Er sah die Belustigung in meinem Gesicht. »Nun gut. Sie scheinen eine *schnelle* Schreibkraft zu sein.«

»Danke«, erwiderte ich höflich. Mir war schwindelig von dem Wein, dem guten Essen und dem winzig kleinen Restaurant; der Abend wirkte wie aus einer anderen Welt, als gehörte er zum Leben eines anderen Menschen. »Und Sie scheinen ein sehr fähiger …« Ich hob eine Augenbraue.

»Faulenzer«, gab Alex Manders zu. »Ich war gerade auf Reisen, und jetzt habe ich gerade nichts zu tun.«

Es muss schön sein, so wohlhabend zu sein, dass man nichts zu tun hat, dachte ich, aber ich konnte mir nicht verkneifen zu sagen: »Sie sehen nicht besonders glücklich darüber aus.«

Er zuckte die Achseln, eine anmutige Bewegung in dem schwachen Licht. »Ich bin ausreichend glücklich, nehme ich an. Ich bin 22 Jahre alt, und ich habe, was ich will.«

Die Worte hingen in der Luft, knisterten zwischen uns. Sie schienen sogar ihn zu berühren, denn er senkte den Blick auf sein Weinglas und fuhr mit einem Finger über den Rand, während ich wie hypnotisiert zusah.

»Das muss schön sein«, sagte ich leise.

»Haben Sie nicht, was Sie wollen?«, fragte Alex und sah wieder zu mir auf. »Eine unabhängige Frau in London, mit einem Job und eigenem Geld, die ihre Zeit in Museen und mit intellektuellen Beschäftigungen verbringt. Ich glaube, es gibt eine Menge Mädchen, die Sie darum beneiden würden.«

Ich starrte ihn an und schwankte zwischen Fassungslosigkeit und Lachen. Um mein Leben würde mich wohl kaum eine Frau beneiden. Aber er wusste natürlich nichts von Mutter – deshalb hatte er auch so einen absurden Eindruck von mir. »Ganz so einfach ist es nicht«, sagte ich.

»Warum nicht? Ich möchte es wissen.«

»Ich glaube nicht, dass es möglich ist, das zu erklären.«

Er nahm einen Schluck von seinem Wein. »Sie glauben nicht, dass ich es verstehen kann, oder?« Er schenkte mir ein halbes Lächeln, bei dem sich meine Zehen unter dem Tisch krümmten, und zuckte erneut die Achseln. »Vielleicht haben Sie recht. Vielleicht sind wir nicht dazu bestimmt, uns zu verstehen und einer Meinung zu sein, Sie und ich. Vielleicht werden Sie für mich immer ein Rätsel bleiben.«

Darüber musste ich lachen. »Ich bin kein Rätsel. Ich bin nur eine Schreibkraft. Und natürlich gibt es Dinge, die Sie nicht über mich wissen. Sie kennen mich ja erst seit einer Stunde.«

Darauf antwortete er nicht. Stattdessen ließ er seinen Blick diesmal sanft über mich gleiten und nahm meine Gesichtszüge mit einem Ausdruck wahr, den ich nicht lesen konnte, bis er auf der mittleren Kerbe meines Kragens zur Ruhe kam, der sittsam auf meinem Schlüsselbein ruhte. Ich spürte, wie meine Haut errötete. »Wir können wieder über Serbien reden, wenn Sie wollen«, sagte er.

Ich räusperte mich. »Wir haben genug über Serbien gesprochen, denke ich. Und über das Wettrüsten mit Deutschland und Ihre seltsame Vorstellung, dass es eine Art Krieg geben wird.«

Er zuckte die Achseln, sein Blick lag noch immer sanft auf meinem Schlüsselbein, als würde es ihn faszinieren. »Das ist unvermeidlich.«

»Das ist unmöglich.«

Wieder lächelte er ein wenig, fast für sich selbst. Er versuchte, so glaubte ich, mich mit seinen weltgewandten Ansichten zu beeindrucken. »Dann lassen Sie uns über etwas anderes reden. Es gibt da etwas, das mich neugierig macht.«

»Was denn?«

Alex hob seinen Blick zu mir. Sein Gesichtsausdruck hatte sich etwas gelockert, hatte etwas von seiner verträumten Ernsthaftigkeit verloren. »Wie kommt es, dass Sie so sicher sind, dass die Nichte Ihrer Kollegin in Wirklichkeit ihre Tochter ist?«

Ich brauchte einen Moment, um ihm zu folgen. Irgendwann während der ersten Flasche Wein hatte ich ihm von Helen und ihrer List erzählt, wobei ich in der Eile des Gesprächs, in der reinen Freude, mit ihm zu reden, kaum darüber nachgedacht hatte, was ich sagte. Aber es hatte sich in seinen Gedanken festgesetzt, das konnte ich jetzt sehen.

»Es ist ganz einfach«, sagte ich. »Natürlich weiß ich es.«

»Sie haben nie mit ihr darüber gesprochen. Hat sie es Ihnen gebeichtet?«

»Gott, nein.« Er bedachte mich immer noch mit einem forschenden Blick, also musste ich es erklären. »Das ist keine neue Masche, Alex.« Ich schloss den Mund, bevor ich darauf eingehen konnte, dass meine eigene Mutter mich mehr als einmal als Nichte vorgestellt hatte, wenn sie mich überhaupt jemandem vorstellte. Es hatte fast immer funktioniert.

»Vielleicht sind die Eltern des Mädchens wirklich gestorben«, beharrte er. »Vielleicht haben Sie eine völlig falsche Vorstellung und verleumden die Dame in Ihrem Kopf unnötig. Halten Sie das für möglich?«

Ich zögerte keine Sekunde. »Nein«, antwortete ich. »Helen hat alles für dieses kleine Mädchen geopfert. Sie hat keine Freunde, keine Familie. Sie wird nie heiraten, denn kein Mann will eine alleinstehende Frau, die bereits ein Kind hat, Nichte hin oder her. Sie geht nirgendwohin, unternimmt nichts, und sie lebt in der ständigen Angst, ihren Job zu verlieren. So ein Opfer bringt man für eine Tochter, nicht für eine Nichte.« Ich wandte mich einen Moment lang von ihm ab und versuchte, mir nicht anmerken zu lassen, wie gut ich Helens Leben verstand. »Helen muss tippen oder untergehen«, erklärte ich, wobei ich meine Stimme ruhig hielt. »Wie ich. Das ist der Grund, warum wir miteinander auskommen. Keine Fragen stellen, keine Geheimnisse erzählen.«

Er beobachtete mich immer noch, seine Hand ruhte um den Stiel seines Glases, das Kerzenlicht flackerte auf seinem Gesicht. In seinem Gesichtsausdruck lagen sanfte Überraschung und eine mühelose Intelligenz, die sich hinter seinen Augen schnell zu einem Ganzen zusammenfügte. *Eine gute Kinderstube,* hatte ich gedacht, als ich ihn zum ersten Mal gesehen hatte. Er wirkte nicht übermäßig wohlhabend, und er trug sicher keinen Titel, aber Alex Manders kam aus einem Milieu, das ihm ein lockeres Leben ermöglichte, das keine Vorstellung von *Tippen oder Untergehen* hatte. In seiner Welt hatten Frauen das Geld, um zu tun, was sie wollten; oder sie heirateten und kümmerten sich um Haushalt und Kinder, während ihre Männer für sie sorgten, ohne daran zu denken, dass das für manche Frauen ein Glück war, wie sie es noch nie erlebt hatten.

Aber in diesem Blick lag kein Urteil. Er sah mich so, wie ich war – er sah mich ganz, klar und detailliert, ohne die Vorurteile seiner Klasse, trotz seiner Erklärung, dass ich ein Geheimnis sei. Ich wusste nicht, woher er sie hatte, aber er besaß die Fähigkeit zu beobachten, zu verstehen, mit der gleichen ungefilterten Klarheit wie eine Filmkamera. Es war aufregend und erschreckend zugleich, wirklich gesehen zu werden.

Ich holte tief Luft. »Meine Mutter«, brachte ich hervor, und dann hielt ich inne. Meine Wangen erhitzten sich; für einen kurzen, aufblitzenden Moment mischten sich Scham und Wut und Angst in meinen Adern unter dem klaren, unerschütterlichen Blick von Alex Manders. »Meine Mutter ist in einem Irrenhaus. Dem schönsten, das ich finden konnte. Dem schönsten, das ich mir leisten konnte.« Ich ließ die Worte einen Moment lang zwischen uns hängen wie Rauch. Ich sah ihn nicht an. »Sie ist schon mein ganzes Leben lang krank gewesen, glaube ich, aber es hat sich im Laufe der Jahre verschlimmert. Sie wird da nie wieder herauskommen. Sie wird nie wieder gesund werden.« Ich blinzelte heftig und kämpfte gegen alles an, was ich fühlte, so wie ich immer und ständig kämpfte. »Das ist die Wahrheit, Alex. Die Wahrheit über mich. Ich tippe oder ich gehe unter.«

Seine außergewöhnlichen Augen mit den dunklen Ringen in der Iris ließen mich keine Sekunde aus dem Blick. »Und Ihr Vater?«, fragte er leise.

»Ich weiß nicht, wer er ist«, gestand ich. »Ich dachte immer, dass Mutter mir die Information vorenthalten hat, aber jetzt … Jetzt denke ich, dass sie es vielleicht nicht weiß. Ihre Erinnerungen sind … prekär. Sie erinnert sich an Dinge, die nie real waren. Ich denke, wenn sie es jemals gewusst hat, ist dieses Wissen vielleicht verschwunden.«

Eine Pause entstand. »Es tut mir leid«, sagte er schließlich mit einer Aufrichtigkeit, die mir fast den Atem stocken ließ. »Es tut mir sehr, sehr leid.«

Es war nicht nur Mitleid in seiner Stimme. Es war, als ob er wüsste, wie es war. Aber natürlich konnte er das nicht wissen, nicht wirklich. »Tja, nun.« Ich nahm einen Schluck Wein und versuchte, die Tatsache zu verarbeiten, dass er nicht die Lederjacke wieder anzog, die Mütze wieder aufsetzte und wegging. Noch nie hatte jemand zu mir gesagt, dass es ihm leidtat, und es auch so gemeint. Es war ein seltsames Gefühl, als würde ich fallen. »Ich habe eine Frage an Sie«, sagte ich und lenkte damit vom Thema ab.

»Und welche?« Er trank wieder einen Schluck aus seinem Glas.

»Sind Sie eine Waise?«

Er erstarrte für einen Moment, den Rand des Glases immer noch an der Lippe, bevor er es wieder senkte. »Woher«, erwiderte er leise, »können Sie so etwas wissen?«

»Ich habe es erraten«, sagte ich und freute mich trotzdem, dass ich richtig geraten hatte. »Sie nahmen an, dass Helens Mädchen in Wahrheit ein Waisenkind ist. Da war etwas in Ihrem Tonfall, als Sie danach gefragt haben.«

Er lehnte sich auf seinem Stuhl zurück und betrachtete mich. »Ich werde nie versuchen, etwas vor Ihnen zu verbergen«, sagte er. »Das hat keinen Sinn. Meine Eltern starben, als sie ohne mich in der Türkei Urlaub machten. Der Zug, in dem sie saßen, ist bei einem Unfall entgleist. Sie waren beide auf der Stelle tot. Ich war sieben Jahre alt.«

»Das ist schrecklich.« Ich meinte es ernst, aber gleichzeitig entspannte sich ein Teil von mir und holte tief Luft. Er wusste es. Er wusste, wie es war, ohne Eltern zu sein, jeden Tag allein zu kämpfen und weiterzukämpfen. Geld spielte hier keine Rolle; jeder, der seine Eltern verloren oder sie nie gekannt hatte, wusste, dass Geld es nicht besser machte. Was vor allem anderen zählte, war dieses schreckliche, gähnende Gefühl, der Welt allein gegenüberzustehen.

»Es war schrecklich«, stimmte Alex zu, wobei er seinen Gesichtsausdruck verschlossen hielt. »Und es war unerwartet. Sie hinterließen genug Geld, um mich aufzuziehen und zumindest durch Oxford zu bringen. Und sie hinterließen keinen Plan, wohin ich gehen sollte, also wurde ich eine Zeit lang von Verwandten zu Verwandten weitergereicht. Ich verbrachte drei Jahre in Deutschland bei meinen Großeltern väterlicherseits.«

Ja, jetzt, wo er es sagte, glaubte ich, deutsche Vorfahren in ihm zu erkennen. »Sie sprechen also die Sprache?«

»Fließend, und auch Französisch. Es ist meine zweite Heimat, Deutschland. Aber ich bin nach England zurückgekommen, um in Oxford zu studieren. Und als ich dort fertig war, bin ich eine Zeit lang herumgereist.« Er lächelte. »Und jetzt sehen Sie mich an, einen ziellosen Kerl mit viel Bildung und nicht viel zu tun.«

Ich sah ihn an, und die Sehnsucht in mir war schmerzhaft wie eine Krankheit. Die starke Linie seines Handgelenks auf dem Tisch, das nachlässige Glitzern seiner Armbanduhr im Licht, die Linie seines Kinns, der Schatten seines Adamsapfels am Hals, das sanfte Heben und Senken seiner Brust unter dem weißen Hemd – all das hatte mich infiziert wie eine Seuche. »Ich bin froh, Sie anzusehen«, brachte ich hervor.

Nach einem kurzen Blick in meine Augen schob er seinen Stuhl zurück und kramte in seinen Taschen nach Geld, um die Rechnung zu bezahlen. »Lassen Sie uns gehen.«

Wir gingen eine Weile in der Aprilnacht spazieren, unsere Schuhe plätscherten durch die flachen Pfützen auf den Londoner Straßen, meine behandschuhte Hand lag auf dem Arm seiner Jacke. Ich weiß nicht mehr, worüber wir sprachen – ernste Dinge, Dinge, die uns zum Lachen brachten. Er flirtete unverschämt offen mit mir, und ich flirtete zurück. Er küsste mich irgendwo an einer Straßenecke, seine Hände in ihren Lederhandschuhen umschlossen mein Gesicht, seine Lippen waren warm auf meinen. Es war ein seltsames Gefühl – das Leder so unpersönlich auf meiner Haut, als hätte ich die Hände eines Fremden auf mir. Aber sein Kuss war leidenschaftlich, seine Absicht unverkennbar, und als ich mich an ihn lehnte und meine eigenen Hände Halt suchend nach der Vorderseite seiner Jacke griffen, brach er den Kuss ab, rief ein Taxi und setzte mich hinein.

Er hatte eine Wohnung in der Chalcot Road, in der Nähe des Regent's Park, in einem Gebäude, das respektabel war, ohne protzig zu sein. Sie war dunkel, aufgeräumt, fast unbenutzt, mit einem Vorraum, einer Küche, einem kleinen Salon im Erdgeschoss und einer Treppe, die nach oben führte. Wir besichtigten nichts davon. Als er uns durch die Tür brachte, ließ ich bereits meinen Mantel fallen und begann hektisch, mein Kleid aufzuknöpfen, und er zog sich fast ebenso schnell aus. Im Eingangsraum küsste er mich, bis wir beide keuchten. Auf der Treppe verführte, verwöhnte er mich. Und im Schlafzimmer – wir schafften es kaum bis über die Türschwelle – nahm er mich zum ersten Mal, und es war das Beste, was mir je passiert war.

Wir hörten auf, uns um Feinheiten oder Anstand zu scheren. *Dein Körper ist für meinen gemacht,* sagte er irgendwann in dieser langen, langen Nacht, und ich konnte ihn nur noch fester umklammern und zustimmen. Ich hatte nie gedacht, dass so etwas möglich sein könnte. Aber von dem Moment an, als er an meinem Schreibtisch vorbeigelaufen war, war Alex Manders in mein Leben eingedrungen und hatte alles in einer einzigen Nacht niedergebrannt, wie mit dem Anzünden eines Streichholzes. Und ich hatte mich ihm bereitwillig hingegeben und zugesehen, wie es loderte.

Erst viel später kam ich auf die Idee, mich zu fragen, warum er an diesem Tag in Casparovs Büro gewesen war und wofür genau Casparov ihm gedankt hatte.

10

Natürlich hatte ich mich in jener Nacht mit Alex unverzeihlich verhalten. Unverzeihlich. Dumm. Alles, was ein Mädchen im Leben hatte, war ihre Ehrbarkeit, und ich hatte meine weggeworfen.

Während Alex am nächsten Morgen noch schlief, wusch ich mich, so gut ich konnte, zog mein lavendelfarbenes Wollkleid wieder an und ging zur Arbeit in Casparovs Büro. Ich hatte mich ordentlich frisiert, sodass ich nicht so aussah, als hätte ich gerade eine unerlaubte Nacht der Leidenschaft hinter mir, aber das Kleid war zu fein für den Arbeitsalltag. Helen sah mich kaum an, aber Casparov bemerkte es; er schien zu denken, dass ich mich so kleidete, um ihn zu beeindrucken, und als ich mich setzte, um mit der Arbeit zu beginnen, machte er mir ein überschwängliches Kompliment, das schlecht aus dem Russischen übersetzt war. Er fasste mich nicht an, worüber ich froh war. Wenn er mich berührt hätte, hätte ich wohl losgeschrien.

Ich verzog keine Miene und sortierte den Stapel von Notizen des Tages. Dann begann ich hinter meiner ruhigen Miene zu tippen, während meine Gedanken wild durcheinanderwirbelten.

Hinsichtlich der letzten Anfrage gehe ich davon aus, dass in dem Schreiben vom 20. März alle Folgen mit den Ausnahmen, die bereits im vorherigen Vertrag (32-C), Klausel 7B, Unterabschnitt D, vermerkt sind, sowie die zuvor erörterten Auswirkungen dargelegt wurden …

Casparov konnte natürlich nicht herausfinden, dass seine Schreibkraft von seinem eigenen Kunden entjungfert worden war – es sei denn, es gäbe ein Baby. Wir hatten nichts getan, um es zu verhindern. Wenn es ein Baby gäbe, rechnete ich mir aus, hatte ich vier Monate Zeit, fünf, wenn ich Glück hatte, bevor ich entlassen werden würde. Bis dahin konnte ich vorgeben, ich würde einfach nur zunehmen, aber länger würde das nicht funktionieren. Ich spielte mit dem Gedanken, das Baby loszuwerden, falls es eins gäbe – es gab Möglichkeiten –, verwarf ihn aber wieder. Meine Mutter war ihr ungewolltes Kind nicht losgeworden, und ich würde es auch nicht. Ein Baby wäre eine Katastrophe, aber zumindest würde es mich lieben, und das war immerhin etwas.

Ich hörte Helen zu, die neben mir tippte, und warf einen Blick auf ihr rundes, teilnahmsloses Gesicht, ihre gehorsam gestrafften Schultern in der abgetragenen Bluse, während sie in die Tasten schlug. Ich hatte sie immer verstanden, aber heute hatte ich eine neue Wertschätzung für sie, und ein schleichendes Gefühl der Angst. *Ich könnte du sein,* dachte ich. *Jetzt könnte ich bereits du sein.*

Aber es würde etwas Planung erfordern. Ich zog eine fertige Seite aus meiner Schreibmaschine und zog eine neue Seite ein, dachte, so schnell ich konnte, und versuchte, nicht in Panik zu geraten. Das Hauptproblem war das Geld. Nachdem ich Mutters Klinikkosten und meine Miete bezahlt hatte, blieb von Casparovs Lohn nicht mehr viel zum Sparen übrig, und sobald ich als unmoralische Frau entlassen wurde, würde ich überhaupt kein Einkommen mehr haben. Bis zur Geburt des Kindes würde ich mehrere Monate lang nichts haben, und dann könnte ich wieder so tun, als wäre ich ein unberührtes Mädchen, das eine Beschäftigung verdient.

Wenn ich so weit käme, ohne zu verhungern, hätte ich sowohl ein Kind als auch eine Mutter zu versorgen. Ich konnte nicht heiraten, nicht nur weil kein Mann eine unverheiratete Frau mit einem Kind heiraten würde, sondern auch, weil keine verheiratete Frau in einem Büro arbeiten konnte. Jede Frau, die das Glück hatte, überhaupt einen Job zu haben, wurde am Tag ihrer Hochzeit entlassen. Das reichte aus, um eine Frau dazu zu bringen, über so alberne, weit entfernte Ideen wie das Wahlrecht und die Kontrolle über das eigene Leben zu fantasieren.

Trotzdem würde ich einen Weg finden weiterzukämpfen. Ich konnte nicht darauf zählen, dass Alex mich unterstützen würde, und schon gar nicht, dass er mich heiraten würde. Meine eigene Geburt und Mutters Beispiel hatten mich gelehrt, dass Männer zwar wunderbar, aber völlig unzuverlässig waren, vor allem wenn es um ernste Dinge wie Babys ging. Nach eigener Aussage war Alex ziellos, ein Faulpelz, ein Mann, der schon alles hatte, was er wollte. Ich wollte nicht darüber nachdenken, was ich für Alex empfand. Ich wollte nicht daran denken, wie sein Gesicht aussehen würde, wenn ich ihm sagte, dass sich die Dinge abkühlen würden, dass er still und leise aus meinem Leben verschwinden und zur blassen Erinnerung an einen wilden Zwischenfall werden würde. Männer, egal wie ehrenhaft ihre Absichten anfangs waren, konnten sich aus solch schwierigen Komplikationen heraushalten und einfach fortgehen, Frauen nicht; etwas anderes zu erwarten war töricht.

Ich möchte Ihre Anfrage respektvoll beantworten. Was jedoch die erwähnte Person oder Personen betrifft, so werden diese Fragen in der vertraglich geregelten Angelegenheit, auf die zuvor in Unterabschnitt B verwiesen wurde, umfassend behandelt …

Ich nahm nur ein kurzes Mittagessen ein und las Casparovs Zeitungen, ohne etwas aufzunehmen. Vielleicht hatte ich Glück, und es würde kein Kind geben. Das würde ich erst in einigen Wochen erfahren. In der Zwischenzeit konnte ich für den Fall der Fälle Vorbereitungen treffen. Ich rechnete im Kopf hin und her, während die Druckerschwärze der Worte in den Zeitungen vor meinen Augen verschwamm und ich sie wieder und wieder überflog. Ich hatte eine kleine Summe beiseitegelegt. Ich könnte in ein kleineres Zimmer in meiner Pension umziehen, die Zugfahrkarte sparen, wenn ich jeden zweiten Besuch bei Mutter streichen würde, zwei Mahlzeiten pro Woche ausfallen lassen und so vielleicht …

Um fünf Uhr deckte ich meine Schreibmaschine ab, zog meinen Mantel an und setzte meinen Hut auf. Ich war gerade auf die Straße hinausgetreten und schlug meinen Kragen vergeblich gegen den nassen Wind hoch, als ich Alex an einen Laternenpfahl gelehnt auf mich warten sah.

Er hatte sich umgezogen. Ich hatte nicht mit ihm gesprochen, als ich am Morgen seine Wohnung verließ; ich hatte ihn noch schlafend zurückgelassen. Jetzt trug er einen knielangen schwarzen Wollmantel und schwarze Lederhandschuhe sowie einen zu seiner Hose passenden, tiefschwarzen Filzhut. Er war glatt rasiert und gut ausgeruht; er hatte nicht wie ich unter einer erdrückenden Last von Sorgen gearbeitet. Ich erblickte ihn sofort – ich hätte ihn aus einer Entfernung von einer Meile gesehen, obwohl er wie jeder andere Londoner aussah, der im schwindenden Aprillicht nach Hause ging.

Ich dachte an Casparov, der mir jeden Moment durch die Tür folgen konnte, zog meinen Kragen noch fester und ging zügig in Richtung des Busses, der mich zu meiner Pension bringen würde. »Geh weg, Alex«, sagte ich.

Ich hörte, wie er mir folgte, und konnte mir vorstellen, wie sich sein Körper unter dem Wollmantel bewegte. »Ich mache mir Sorgen um dich.«

»Geh weg«, sagte ich erneut. »Wenn er uns sieht, verliere ich meinen Job.« Ein Anflug von Panik schoss durch meine Adern. Wenn ich jetzt meinen Job verlieren würde, bevor ich die Chance hatte, noch mehr Geld zu sparen …

»Geht es dir gut?«, fragte Alex, dessen Stimme direkt hinter meiner Schulter zu hören war. »Wo willst du denn hin?«

»Nach Hause natürlich.«

»Ich komme mit dir mit.«

»Das brauchst du nicht.«

Er musste etwas in meinem Tonfall gehört haben, denn er sagte: »Also gut, Jo. Es tut mir leid, dass ich dich so angesprochen habe. Das war ziemlich dumm nach der gestrigen Heimlichtuerei. Aber das heißt ja nicht, dass ich dich nicht nach Hause begleiten kann.«

»Ich nehme einen Bus«, sagte ich.

Jetzt klang seine Stimme ein wenig amüsiert. »Ich denke, das kann ich vielleicht auch hinkriegen. Ich habe das schon einmal gemacht.«

Ich erreichte die Haltestelle – es wartete noch eine Handvoll anderer Leute, Männer und Frauen auf dem Heimweg von der Arbeit – und wirbelte herum, um ihm ins Gesicht zu sehen. In meiner Panik kam mir der Gedanke, dass er auf eine Wiederholung der vergangenen Nacht aus war, als ob ich dumm genug wäre, alles zu riskieren, mich vor ihm zu entblößen, jede Nacht in der Woche zu seinem Vergnügen. Aber als ich seinem Blick begegnete, konnte ich diesen Gedanken nicht aufrechterhalten. Unter der Krempe seines Hutes schauten mich diese unverwechselbaren Augen mit Sorge an, mit echter, aufrichtiger Sorge. Es lag keine Spur von Lust in seinem Blick. Oder zumindest keine, die ich sehen konnte. Es schien mir ebenso möglich, dass ich Männer nicht so gut einschätzen konnte, wie ich gedacht hatte.

»Geh nach Hause, Alex«, versuchte ich es erneut.

»Nein«, antwortete er.

Also nahmen wir den Bus, er und ich, eingepfercht mit den anderen Londoner Arbeitern, während der Regen auf die Scheiben zu prasseln begann. Er sagte nichts, saß nur neben mir, seine Schulter berührte meine, als ob wir das jeden Tag täten. Ich war mir sicher, dass man ihn bemerken würde, nicht nur weil er zu einer höheren Schicht gehörte, sondern auch, weil er meiner Meinung nach der bestaussehende Mann war, den es je gegeben hatte, aber in seinem gewöhnlichen Mantel und Hut schenkte ihm niemand einen zweiten Blick, nicht einmal die Frauen. Es schien, als könnte Alex, wenn er wollte, im Hintergrund der Stadt verschwinden, unsichtbar für alle außer mir.

Ich schaute aus dem Fenster, überlegte, ob ich nicht zu Fuß zur Arbeit gehen könnte, um das Busgeld zu sparen, und mir war zum ersten Mal zum Weinen zumute.

Er war immer noch mein Schatten und folgte mir an meiner Haltestelle aus dem Bus und von dort zu meiner Pension. Ich wohnte in einem Haus, das billig, scheußlich und ausschließlich für Frauen bestimmt war, und die Vermieterin nahm es mit den Regeln akribisch genau. »Du kannst nicht reinkommen, Alex. Männer sind nicht erlaubt.«

»Ich werde es erklären«, sagte er.

Ich kniff mir in den Nasenrücken, meine dünnen Handschuhe waren kalt. Jetzt würde ich nicht nur meine Arbeit, sondern auch meine Wohnung verlieren. Vielleicht könnte ich etwas Billigeres finden. Wenn ich schwanger wäre, würde man mich sowieso rausschmeißen. Niedergeschlagen drehte ich ihm den Rücken zu, ging durch die Haustür und nahm die Treppe zu meiner Wohnung.

Die Vermieterin, die im Erdgeschoss wohnte und alles von ihrem Fenster aus beobachtete, kam sofort in den Flur hinaus und protestierte, als Alex mir folgte. Ich ging weiter und ließ ihre Worte über mich ergehen, gefolgt von Alex' beruhigendem Ton. Er erzählte ihr etwas; ich wusste nicht, was. Ich hörte nicht zu. Ich nahm die zweite Treppe und steckte meinen Schlüssel in die Tür zu meinen Zimmern.

Ich ließ die Tür hinter mir offen – dass Alex bei der Vermieterin Erfolg haben würde, stand nie wirklich infrage – und ging sofort ins Schlafzimmer, wobei ich meinen Mantel, meinen Hut und meine Handschuhe ablegte. »Da«, sagte ich, als ich ihn hereinkommen hörte. »Du hast mich nach Hause begleitet. Gut gemacht, Sir Galahad.«

Ich hörte, wie er die Tür schloss und sich auf dem einzigen Stuhl in meinem Wohnzimmer niederließ, und stellte mir vor, wie er sich in meiner Wohnung umsah. Wie er aufnahm, dass es nur zwei Zimmer gab – die Küche befand sich im Erdgeschoss, das Bad am Ende des Flurs –, die schummrigen Ecken, den Geruch des Kohls, der im Erdgeschoss kochte. Ich begann, mein lavendelfarbenes Wollkleid aufzuknöpfen, ohne mich darum zu kümmern, dass die Tür zum Schlafzimmer halb offen stand.

»Was ist das?«, fragte Alex. Ich blickte durch die Tür und sah, dass er ein gerahmtes Foto in der Hand hielt, eines der wenigen Erinnerungsstücke, die ich in der Wohnung aufbewahrte.

»Das bin ich«, antwortete ich, duckte mich zurück ins Schlafzimmer und zog mich weiter aus. »Mutter hat eine Zeit lang als Künstlermodell gearbeitet und das Atelier überzeugt, auch mich einzustellen. Ich habe nicht durchgehalten.« Ich war nicht in der Lage gewesen, still zu sitzen, zumindest nicht still genug. Ich wollte lieber skizzieren.

Er schwieg einen Moment lang. Das Foto zeigte mich in nichts als einer einfachen griechischen Toga, die so geschnitten war, dass sie nur bis zur Mitte des Oberschenkels reichte. Ich saß mit dem Kinn in der Hand auf einem Schemel, in mein Haar waren Blätter geflochten, und der Stoff der Toga fiel kunstvoll über meine Schulter, fast bis auf die Höhe meiner kleinen Brust. »Wie alt warst du?«, fragte er.

»13.« Ich faltete das lavendelfarbene Kleid sorgfältig zusammen und legte es weg.

Ich hörte ein Klicken, als er die Skizze in ihrem kleinen Rahmen wieder abstellte. »Großer Gott, Jo.«

»Wir mussten unseren Lebensunterhalt verdienen«, schnauzte ich und riss mir die Nadeln aus dem Haar.

»Ich weiß, worüber du dir Sorgen machst«, sagte Alex. »Ich bin nicht dumm, weißt du? Ich mache mir über das Gleiche Sorgen.«

»Das ist doch nicht *deine* Sorge.«

»Da bin ich anderer Meinung.«

Da waren wir also, zwei Menschen, die eine leidenschaftliche Nacht verbracht hatten, und standen uns am helllichten Tag gegenüber. Es war schäbig und traurig, und es machte mich wütend. Ich kam aus dem Schlafzimmer, nur mit meinem dünnen Unterhemd bekleidet, und stand vor ihm. Er hatte Hut und Handschuhe ausgezogen, trug aber immer noch den schwarzen Mantel und saß etwas gekrümmt auf meinem unbequemen Stuhl, die Hände auf dem Schoß. Ich ignorierte das unglückliche Zucken in seinem Gesicht.

»Geld macht dich nicht besser als mich«, sagte ich. »Geld macht niemanden besser als irgendjemanden.«

Er sah mich an, und es lag nichts Gieriges in seinem Blick. Sein Blick wanderte nicht über mein Unterhemd, meine nackten Arme, mein Haar, das mir über die Schultern fiel. Aber seine Züge glätteten sich, als er mein Gesicht betrachtete, die Unzufriedenheit verflog, als ob er etwas betrachtete, das ihm wirklich gefiel. In diesem Moment gestand ich mir ein, dass ich schrecklich und hoffnungslos in ihn verliebt war und dass der Schmerz darüber etwas sein würde, das zwar überwunden werden konnte, aber nie ganz verschwinden würde.

»Das weiß ich«, antwortete er, stand auf und streifte seinen Mantel ab.

Ich trat einen Schritt zurück, als ich sah, wie er auch seine anthrazitfarbene Anzugjacke auszog, sodass er nur noch seine Weste und die Hemdsärmel trug. »Was machst du denn da?«, fragte ich.

Er antwortete nicht, sondern schritt in mein Schlafzimmer, und einen Moment lang fragte ich mich, ob ich ihn falsch verstanden hatte, ob er doch etwas von mir erwartete. Aber er kam nur einen Augenblick später wieder zurück, meinen Bademantel in den Händen. »Hier«, sagte er und legte ihn mir über die Schultern.

Ich steckte meine Arme in die Ärmel und zog den Mantel fest zu, während ich ihn weiterhin beobachtete. Er stand jetzt ganz nahe bei mir, und ich konnte den Duft seiner Haut riechen, den ich so gut kennengelernt hatte. Ich konnte nicht sprechen. »Wo ist das Badezimmer?«, fragte er.

Ich zeigte vage. »Den Flur entlang.«

Er nickte und nahm meine Hand in seine. Er zog mich sanft zur Tür.

Ich wehrte mich. »Was machst du da?«, fragte ich erneut.

Er ließ meine Hand nicht los. »Du bist erschöpft«, erklärte er. »Und du bist besorgt. Ein heißes Bad wird dir helfen. Lass uns gehen.«

»Das geht nicht«, protestierte ich und dachte an meine Nachbarin am Ende des Flurs, eine Dame mittleren Alters mit pickeligem Hals und Tränensäcken unter den Augen, die alles, was ich tat, mit säuerlicher Missbilligung beobachtete. »Ich darf doch sowieso keinen Mann hier haben. Wir können nicht beide … nicht zusammen … Jeder wird es wissen.«

Er hob meine Hand an seine Lippen und küsste sie, wobei er mir zum ersten Mal einen koketten Blick zuwarf, der meine Knie zum Schmelzen brachte. »Ich verspreche, dass ich nicht mit dir hineinsteigen werde«, sagte er feierlich. »Komm mit mir.«

Er führte mich den Flur entlang, und als meine Nachbarin aus ihrer Tür trat, um uns anzustarren, was sie unweigerlich tat, nickte er ihr nur höflich zu und wünschte ihr einen guten Abend.

»Sie kann hier keinen Mann haben!«, rief die Frau, als wir uns zurückzogen.

Alex geleitete mich einfach ins Bad und wandte sich dann kurz an sie. »Meine liebe Frau, das tut sie bereits.« Dann schloss er die Tür mit einem leisen Klicken.

Er ließ die Badewanne volllaufen, während ich wie erstarrt dastand, unfähig, mich zu bewegen. Das Bad war nicht groß, und er schien den Raum auszufüllen, selbst in seinen Hemdsärmeln. Er testete die Wärme des Wassers, löste dann den Bademantel, streifte ihn von meinen

Schultern und ordnete mein langes Haar neu. »Du wirst nicht rausgeworfen«, sagte er sanft. »Ich verspreche es.«

Ich schwieg. Ich hatte keine Worte mehr; ich hatte nichts zu sagen. Ich stand da wie eine Schneiderpuppe, als er den Saum meines Unterhemdes anhob und es mir über den Körper zog. Ich hob meine Arme, als er es mir über den Kopf zog. Ich hatte nichts zu sagen, selbst als ich nackt vor ihm stand. Mein ganzer Zorn war verflogen, ebenso wie meine Sorgen und meine Angst, und ich war nur noch eine leere Hülle. Alex nahm mich an den Schultern, drehte mich um und half mir in die Badewanne.

Das Wasser war heiß und eine Art Schock, und ich atmete tief ein. Während die Hitze durch meine Glieder strömte, nahm ich einen weiteren tiefen Atemzug und dann noch einen. Alex zog wortlos den kleinen Hocker im Bad hinter mir heran und setzte sich. Er fand einen Schwamm und wusch mir sanft den Rücken, wobei er mein Haar aus dem Weg hob und drehte. Seine Hände waren geschickt, seine Berührung sicher. Ich schlang die Arme um meine Knie und starrte auf das Wasser. Er hob mir die Haare aus dem Nacken und fuhr mit dem Schwamm auch dorthin, und das Gefühl erfüllte mich mit Wärme. Die Stille dehnte sich aus und legte sich wie eine gleichmäßige Decke über uns, frei von jeder Unbehaglichkeit. Wir schienen keine Worte zu brauchen.

Darüber hinaus versuchte er nicht, mich zu berühren. Ich spürte, wie mein Verstand aufhörte, sich im Kreis zu drehen, Pläne zu wälzen. Ich gab einen Laut von mir und merkte, dass ich weinte und meine Tränen ins Wasser fielen.

Alex legte den Schwamm ab, schob seinen Arm um mich herum, quer über meine Brust, und zog mich sanft nach hinten. Ich konnte ihn hinter mir spüren, die Seide seiner Weste an meinen nackten Schulterblättern. Er hatte seine Ärmel nicht hochgekrempelt, und sein Arm, der immer noch in seinem weißen Hemdsärmel steckte, schleppte sich durchnässt durch das Wasser.

Er drückte seine Lippen in einem einzigen leidenschaftlichen Kuss auf die Seite meines Halses, und ich spürte seinen Atem an meiner Haut. »Jo«, flüsterte er.

Und plötzlich hörte ich auf zu kämpfen. Ich sah auf seinen Arm hinunter, der so rücksichtslos im Wasser eingeweicht war und mich immer noch festhielt, und irgendetwas daran riss mich auf. Die alte Jo war weg, und jemand Neues und Unbekanntes nahm ihren Platz ein. Jemand, der Alex Manders mehr als alles andere lieben wollte. Ich gab meine Abwehr auf, legte meine Waffen nieder und ließ alles los.

Zwei Wochen später heiratete ich ihn.

Es gab kein Baby, nicht damals und nicht später. Es spielte keine Rolle. Wir hatten einander.

Dann zog er in den Krieg, und er starb. Und er ließ mich allein zurück, sodass ich wieder aufs Neue zu kämpfen anfangen musste.

11

In dieser Nacht im Wych Elm House träumte ich.

Ich befand mich in der Eingangshalle, stand neben dem vertrauten Schirmständer und hörte die Uhr im Wohnzimmer hinter den Glastüren ticken. Die Luft war dicht, heiß, ich konnte nicht atmen und mich nicht umdrehen. Stattdessen schritt ich mit der unaufhaltsamen Bewegung der Träumenden auf leisen Sohlen vorwärts.

Mit dem Licht stimmte etwas nicht. Es war grell und hart, brennend wie Spätsommersonnenlicht, und ich blinzelte angestrengt, um etwas zu sehen. Der Korridor war irgendwie zum Korridor in Mutters Klinik geworden, die beiden Orte überschnitten sich, und ich spürte, wie meine nackten Füße über kühle Kacheln statt über warmes Holz liefen.

Ich bog um eine Ecke und sah Mutter auf einem Sofa sitzen, genau wie ich sie im Besuchsraum der Klinik gesehen hatte. Ihre großen braunen Augen blickten mich stumm und flehend aus ihrem Porzellangesicht an. Sie trug einen Schal, der ihr über die nackten Schultern fiel, und auf der Haut ihres Halses und ihrer Schlüsselbeine konnte ich lange Linien von Kratzern erkennen, die wie Krallenspuren aussahen und von denen einige blutig waren. Über ihr stand David Wilde, der den weißen Kittel eines Arztes trug.

Etwas flackerte vorbei, verlor sich im grellen Licht. Ich hob die Hand, versuchte, meine Augen abzuschirmen, versuchte, in das erbarmungslose Weiß zu starren. *Halt,* wollte ich Wilde zurufen. *Lassen Sie sie in Ruhe.* Hinter mir hörte ich das Knarzen einer sich öffnenden Tür.

Vergessen, sagte Mutter zu mir, während ihr das Blut den Hals hinunterlief.

Dann befand ich mich wieder im Korridor von Wych Elm House. Am Ende des Flurs sah ich die Eingangstür, die zur Treppe und der gepflasterten Einfahrt dahinter offen stand. Jemand war hereingekommen.

Nasse Fußabdrücke waren auf dem Boden zu sehen und kamen von der Tür. Im hellen Licht schimmerten sie wie frische Farbe. Sie führten in den dahinterliegenden Korridor. Mit wachsendem Entsetzen stellte ich fest, dass die Abdrücke aus Blut bestanden, als wäre jemand barfuß durch eine blutige Pfütze gewatet.

Das ist Frances, dachte ich unwillkürlich. Ich konnte nichts gegen den Gedanken machen. Die Abdrücke führten um eine Ecke und durch eine Tür, die ich nicht sehen konnte. *Sie ist von den Pflastersteinen draußen aufgestanden.* Sie war nicht dort liegen geblieben, wo sie hingestürzt war; sie war aufgestanden und ins Haus gekommen, zerbrochen und blutig, und wenn ich der Spur durch die Türöffnung folgte, würde ich sehen …

Ich wachte mit einem Keuchen auf, zuckte in meinem verschwitzten Bett zusammen, einen Schreckenslaut schon halb geformt in meiner Kehle. In der Dunkelheit legte ich meine Hände in den Nacken und presste meine Handflächen dagegen, während ich einen Atemzug und dann noch einen weiteren nahm.

Es war mitten in der Nacht, und durch mein Fenster drang nichts als Dunkelheit herein, doch mein Schlafzimmer war von einem schwachen, unheimlichen Licht durchdrungen, grauweiß und schleichend. Ich atmete einen Hauch von kalter Feuchtigkeit ein, bevor ich merkte, dass es Dunst oder Nebel war.

Der Traum verschwand. In meinem Zimmer konnte es keinen Dunst geben, mein Fenster war geschlossen. Aber ich konnte ihn auf meinem Gesicht spüren, und er verbreitete einen seltsamen Geruch, süß und fast erstickend klebrig. Ich warf die Bettdecke zurück und setzte mich auf, kniete auf dem Bett und griff nach dem Schieberahmen meines Zimmerfensters. Er klemmte; ich drückte fester und stieß mit den Handballen dagegen, während sich Wassertropfen an meinen Haarspitzen sammelten. Ich stieß ein leises Schluchzen aus, als meine Finger am feuchten Holz des Fensterrahmens abglitten, und dann verschwand der Geruch und der Nebel löste sich auf.

Ich drehte mich um und starrte in die Schwärze des Raums, mein Atem rasselte laut in der stillen Luft. Es war jetzt wieder völlig dunkel, der Nebel war verschwunden, als hätte es ihn nie gegeben. Das Blut pochte in meinen Schläfen. *Ich bin nicht verrückt,* dachte ich wild und sah blutige Fußabdrücke vor mir. Ich berührte mit einem Finger eine Haarsträhne, die an meiner Wange klebte, wickelte sie um meinen Fingerknöchel und beobachtete den Wassertropfen, der sich am Ende der Strähne bildete. *Ich habe es mir nicht eingebildet. Ich bin nicht verrückt.*

Am Morgen, als es endlich dämmerte, fand ich auf dem Boden meines Schlafzimmers verstreute Blätter, braun und zusammengerollt wie flehende Handflächen, trocken und bröckelig unter den Sohlen meiner nackten Füße.

Dottie wartete im Frühstücksraum, und ihre Lippen waren wegen meiner Verspätung schon ein wenig zusammengepresst. »Du trägst eins deiner neuen Kleider. Wenigstens das«, sagte sie.

Ich schob ein paar Frühstücksreste auf meinen Teller, zu müde, um zu antworten. Die schreckliche Nacht hatte mich mit geröteten Wangen und heißem Körper aus ihren Fängen entlassen, meine Augen waren voller Schlafsand. Wie so oft, wenn ich mich mies fühlte, sehnte ich mich mit einer fast kindlichen Sehnsucht nach Alex. Ich konnte den herrlichen Schwung seines Kiefers sehen, die starke Schönheit seiner Finger und seiner Handflächen. Manche Trauernde konnten sich nach einer gewissen Zeit nicht mehr an das Gesicht ihres geliebten Menschen erinnern, aber ich gehörte nicht zu ihnen. Bis zu meinem Todestag würden mich die quälenden Erinnerungen an jedes Detail von Alex heimsuchen.

Vergessen, sagte die Stimme der Mutter.

»Iss schnell, Manders«, unterbrach Dottie meine Trance. »Wir haben heute viel zu tun.«

Ich starrte sie stumpf an, aber sie sah mich nicht an. Ich erinnerte mich an ihren Sohn Martin, dessen Hände unbeholfen auf meinen Schulterblättern gelegen hatten, als er mich umarmte. Hatte Dottie von Anfang an geplant, mich mit ihm zu verheiraten? Wie konnte sie glauben, dass ich damit einverstanden wäre? Ich war erst 26, aber ich würde nie wieder heiraten. Ich schob meinen Teller beiseite und rieb mir die trüben Augen.

Nach dem Frühstück begaben wir uns in die Bibliothek, die Dottie als Büro nutzte. Die beeindruckenden Regale an der Rückwand waren mit Büchern bestückt, aber ich sah sofort, dass es sich um trockene alte Bände handelte, die ungelesen waren und wie Tapeten als bloßer Hintergrund dienten. Der große Schreibtisch war mit ordentlichen Stapeln von Papieren bedeckt. In der vorderen Ecke des Zimmers befand sich ein kleiner Sekretärstisch, der in der Nähe des Fensters stand. Hier setzte sie mich mit Stift und Papier hin wie einen kleinen Mond, der um seinen Planeten kreiste, um mir ihre Korrespondenz in der Kurzschrift zu diktieren, die ich als Sekretärin gelernt hatte. Stift und Papier seien nur eine vorübergehende Maßnahme, erklärte sie mir, denn sie habe eine Schreibmaschine für mich bestellt, die in den nächsten Tagen eintreffen werde.

Obwohl ich seit Jahren nicht mehr an meine frühere Tätigkeit gedacht hatte, war es unheimlich, wie schnell ich wieder in die damit einhergehenden Gewohnheiten verfiel. Wie so oft in meiner Casparov-Zeit blinzelte ich mir die Müdigkeit aus den Augen, beugte mich über meinen Schreibtisch und ließ mich von der betäubenden Routine der Arbeit vereinnahmen. Die meisten von Dotties Briefen waren an potenzielle Käufer von Kunstwerken gerichtet. Sie listeten die Stücke auf, die sie zum Verkauf anbot, und luden den Empfänger ein, nach Wych Elm House zu kommen, um sie persönlich zu besichtigen. Es gab auch Briefe an David Wilde, in denen es um Geldangelegenheiten ging, die ich nicht verstand, sowie einen Brief an einen anderen Anwalt, in dem es um die Steuern für das Grundstück ging. Dottie sprach schnell und wechselte von einem Brief zum nächsten, während ich die Worte niederkritzelte, ohne Zeit zu haben, darüber nachzudenken, was ich schrieb.

Wir hatten den Vormittag auf diese Weise verbracht, als Martin ins Zimmer kam. Er war gekleidet wie ein wohlhabender junger Mann, der auf dem Lande zu Hause ist: in Wollhose und ein Hemd mit Kragen unter einem Pullover. Die Masse des Pullovers füllte einige seiner Lücken oberflächlich, aber dennoch waren die ungesunde Magerkeit seines Körpers und die wächserne Blässe seines Gesichts nicht zu übersehen. Ich hatte sein Vorkriegsfoto so oft gesehen, dass ich immer noch einen Ruck verspürte, wenn ich ihn ansah, als würde ich einen seltsam vertrauten Fremden betrachten, den ich nicht recht einordnen konnte. Zu meinem Entsetzen verspürte ich bei seinem Anblick auch einen peinlichen Schauer der Abscheu. Das war unangebracht und unhöflich, aber ich war immer noch von dem Traum der letzten Nacht betroffen und konnte nicht anders.

»Guten Morgen, Mutter«, sagte er ruhig. Er wandte seinen tiefbraunen Blick kurz zu mir. »Cousine Jo.«

Dottie schaute auf ihre Uhr, ihr Gesichtsausdruck schwankte zwischen der tief empfundenen Missbilligung von Langschläfern und der Unmöglichkeit, ihren geliebten Sohn zu tadeln. »Es ist elf Uhr«, erwiderte sie und begnügte sich mit der Feststellung einer neutralen Tatsache.

»Die gestrige Reise hat mich erschöpft, fürchte ich«, sagte Martin.

»Geht es dir gut?«, fragte Dottie ihn. »Hast du schon gegessen? Es ist spät für das Frühstück, aber die Dienerschaft …«

»Die Dienerschaft hat mir ordentlich zu essen gegeben, Mutter. Bitte mach dir keine Sorgen.« Er lächelte sie an, dieses charmante Lächeln, das dem von Robert so ähnlich war, und ich fragte mich, ob Dottie sehen konnte, dass er log, dass er überhaupt nichts gegessen hatte. »Meinst du, ich könnte mir deine reizende Begleiterin eine Zeit lang ausleihen?«

Mir drehte sich der Magen um. Dottie warf mir einen ihrer schmalen Blicke zu, der irgendwie nachdenklich und spekulativ war. »Du möchtest mit Manders sprechen?«

»Ich möchte mit Cousine Jo spazieren gehen und ihr das Gelände zeigen«, sagte Martin leichthin. »Lass mich raten: Du hast sie hier eingesperrt und sie zu Tode arbeiten lassen. Wirklich, Mutter! Cousine Jo gehört zur Familie, nicht zu den ägyptischen Sklaven. Hat sie überhaupt eine richtige Führung durch das Haus bekommen?«

Dottie lehnte sich in ihrem Stuhl zurück, mit unergründlichen Gedanken in den Augen. Wenn mein Verdacht richtig war, spielte es ihr in die Karten, dass Martin und ich zusammen spazieren gingen; allerdings hatte sie nicht erwartet, dass Martin es vorschlagen würde, und sie hasste Überraschungen. »Nun gut«, sagte sie schließlich. Sie drehte sich zu mir um, während ich versuchte, meinen erschrockenen Gesichtsausdruck zu verbergen. »Manders, geh mit Martin an die frische Luft. Sei bitte bis zwei Uhr zurück, denn ich möchte, dass diese Briefe bis zum Ende des Tages fertig sind.«

Ich bewegte mich nicht. Meine Hände umklammerten die Kante meines Schreibtisches, die Knöchel waren weiß.

»Famos«, kam Martins Stimme. Ich drehte meinen Kopf, steif wie ein rostiger Draht, und sah, dass er mich ansah. Er hatte diesen bedeutungsschweren Blick in den Augen, mit dem er mich bereits gestern bedacht hatte. »Hol deinen Mantel, Cousine Jo«, sagte er. »Es liegt eine herbstliche Kälte in der Luft.«

12

Es war in der Tat kühl draußen; es war Mitte September, und das Sonnenlicht begann spärlicher zu werden, der Wind verlor seine Wärme. Martin hatte eine kurze Wolljacke angezogen und sich einen weinroten Schal um den Hals geschlungen. Sein braunes Haar war lang und nachlässig geschnitten – das Ergebnis eines monatelangen Krankenhausaufenthalts, wie mir klar wurde –, und als er die Haustür aufschwingen ließ, wehte es im Wind wie das eines Jungen.

Als ich meinen Hut aufsetzte, kam hinter mir ein Dienstmädchen die Treppe herunter, das einen Arm voller Wäsche trug. Ich drehte mich zu ihr um, während Martin an der Tür auf mich wartete. »Das mit den Blättern tut mir leid«, sagte ich.

Das Dienstmädchen hielt inne. »Wie meinen, Miss?«

»Das Laub in meinem Zimmer.« Ich war nicht daran gewöhnt, dass eine Bedienstete hinter mir aufräumte, und ich hatte das Bedürfnis, es zu erklären. »Ich muss es irgendwie mit hereingetragen haben. Ich weiß, dass so etwas zusätzliche Arbeit bereitet. Ich werde versuchen, das nächste Mal besser aufzupassen.«

Aber sie sah mich nur ausdruckslos an. »Es waren keine Blätter in Ihrem Zimmer, Miss.«

»Oh.« Ich spürte, wie ich errötete. »Vielleicht hat eines der anderen Mädchen sie schon weggefegt.«

»Ich bin das einzige Mädchen, das die Schlafzimmer macht.«

Ich warf einen Blick auf Martin, der mich neugierig ansah, und blickte dann wieder zu dem Dienstmädchen. Panik drohte mir die Kehle zuzuschnüren. »Ich, äh … Ich muss wohl an etwas anderes gedacht haben.«

»Gewiss, Miss«, erwiderte das Dienstmädchen verwirrt.

Ich flüchtete durch die offene Haustür auf die Eingangstreppe.

»Ist alles in Ordnung?«, fragte mich Martin.

Ich rang mir ein Lächeln ab. »Ja, natürlich. Lass uns gehen.«

Er führte mich über das Gelände und begann hinter dem Haus. Wir gingen durch die Gärten, die jetzt ungepflegt und am Absterben waren, und zu den Ställen, in denen keine Pferde mehr standen, sowie zum Tennisplatz, auf dem niemand mehr spielte. Der Tennisplatz war seit Jahren nicht mehr gesäubert worden, Haufen von abgestorbenen Blättern lagen dort, und Unkraut wucherte durch die harte Oberfläche.

»Hast du jemals gespielt?«, fragte ich und versuchte, den Austausch mit dem Dienstmädchen zu vergessen, während ich den Kragen meines Mantels hochzog und ihm folgte.

»Kaum«, antwortete Martin. »Ich hatte niemanden, mit dem ich spielen konnte. Franny war zu jung. Sie versuchte sehr, mir zu gefallen, aber sie war leicht abzulenken und konnte nie ein richtiges Match zu Ende spielen. Alex hat ein paarmal mit mir gespielt, als er hier wohnte, aber er hat mich mit so wenig Mühe geschlagen, dass ich bald entmutigt war. Er sagte, er habe das Spielen von seinem Vater gelernt.«

Ich wusste nicht, dass Alex Tennis spielte, und er hatte mir nie viel über seinen Vater erzählt. Ich versuchte mir einen Mann vorzustellen, der Alex ähnelte, aber älter war und einem Sechsjährigen das Tennisspielen beibrachte. Wo hatten sie geübt? Hatten sie gelacht oder war die Stimmung zwischen ihnen angespannt gewesen? Hatte Alex sich gern an diese Stunden erinnert, oder waren es Erinnerungen, die er lieber verdrängte? Ich würde es nie erfahren, und ich war plötzlich eifersüchtig, dass Martin etwas über Alex wusste, über sein Leben vor mir, das ich nicht wusste. »Erzähl mir von der Zeit, als Alex hier gelebt hat«, bat ich.

Martin zuckte ein wenig zusammen, und zu spät erinnerte ich mich an Dotties Anweisung, nicht von Alex zu sprechen. Aber mein Begleiter erholte sich schnell und führte mich weiter über den Weg, der nun um das Haus herumführte. »Alex war zwölf, als er hier ankam«, antwortete er mir, »und ich war acht, auf dem Land gefangen mit einer kleinen Schwester und reif für ein bisschen Heldenverehrung. Er war nett genug, dass er mich die Zeit in seiner Gegenwart verbringen ließ, so nervig ich auch war. Er blieb drei Jahre lang, und es waren die besten meines Lebens.«

Wir waren jetzt an der Vorderseite des Hauses und folgten dem Weg ins Gehölz hinein. Ich dachte kurz an den Nebel, den ich von meinem Fenster aus gesehen hatte – und an den Nebel in meinem Zimmer –, aber im klaren Sonnenlicht schien die Erinnerung weit weg zu sein. Martin verlangsamte sein Tempo, er wurde bereits müde, aber er warf mir noch einen Blick über die Schulter zu und deutete auf den Wald um uns herum. »Dieses Land geht bis zum Meer. Mutters Vater hat es für Mutter gekauft, als sie heiratete.« Er schenkte mir ein schiefes Lächeln. »Wir sind durch und durch Neureiche, wissen Sie? Mein Urgroßvater war einer dieser bösen alten viktorianischen Industriellen. Kinder arbeiteten in seinen Fabriken, er zahlte seinen Arbeitern Pfenniglöhne und all so etwas. Mutter ist von seinem Blut. Kurz vor dem Krieg versuchte sie, das Land hier als Nutzholz zu verkaufen … sie dachte, dass Nutzholz vor dem nahenden Krieg viel wert sein würde, und versuchte, die ganze Parzelle abzustoßen. Aber die Eigner der benachbarten Ländereien und die örtliche Verwaltung widersetzten sich diesem Versuch. Sie steckte deswegen jahrelang in einem juristischen Sumpf fest.«

Ich sah mich um, spürte das trockene Knistern der alten Blätter unter meinen Füßen, hörte irgendwo das kehlige Krächzen einer Krähe und versuchte mir vorzustellen, wie es wäre, ein Stück Erde zu besitzen und es verkaufen zu wollen. »Sie hat also verloren«, stellte ich fest.

»Das hat sie.« Martin winkte mit einer dünnen Hand nach links. »Unser Grundstück endet einige Meilen in dieser Richtung. Dort gibt es eine Regierungseinrichtung, die man allerdings durch die Bäume nicht sehen kann. Ich glaube, die Anlage ist der Grund, warum sie nicht verkaufen konnte.«

»Was ist es?«, fragte ich.

»Fischereiministerium.« Martins Atem kam jetzt tiefer, als ob ihn der einfache Spaziergang durch den Wald erschöpft hätte. »Ein Außenposten davon. Viele Boote kommen und gehen, was ganz nett zu beobachten ist. In der anderen Richtung endet die Grenze zu unserem Land fast in der Stadt. Die Einheimischen werden dir sagen, dass die Aussicht wunderschön ist.« Er ließ die Hände in seine Taschen fallen. »Das alles wird eines Tages mir gehören, deshalb bin ich nach Hause gekommen. Und um die Familienlinie fortzusetzen natürlich.«

Mein Kiefer war starr und verschlossen. *Mit mir. Er will die Familienlinie mit mir fortsetzen.*

Doch als wir in das starke Sonnenlicht einer kleinen Lichtung traten und er sich mir zuwandte, sah ich nur Müdigkeit in seinem Gesicht. Seine Haut schien dünn wie Pergament zu sein, und seine Wangenknochen traten deutlich hervor. Er setzte sich auf den umgestürzten Stamm eines alten Baumes und legte die Unterarme auf die Knie, die dünnen Handgelenke baumelten herab. Er schaute zu mir hoch und blinzelte ein wenig. »Es ist wirklich schön, dich kennenzulernen, Cousine Jo«, sagte er leise. »Ich wollte schon immer das Mädchen kennenlernen, das Alex geheiratet hat. Ich bin froh, dass du hier warst, als ich nach all der Zeit zurückkam. Du musst wissen, dass Franny gestorben ist, während ich fort war, und ich dachte, ich wäre hier ganz allein.«

Ich schluckte an den Glassplittern in meiner Kehle vorbei. *Sag es, Jo. Sag es einfach.* »Ich kann dich nicht heiraten«, platzte ich heraus in die stille Luft. »Ich kann einfach nicht.« In der darauffolgenden Pause schaffte ich es hinzuzufügen: »Es tut mir leid.«

Martin saß ganz still da und sah mich an. In dem hellen Licht konnte ich deutlich sehen, dass er krank war – das war nicht bloß ein Fall von Nachkriegsnervenschwäche, wie Dottie es ausdrücken würde, sondern etwas viel Schlimmeres. Er war ein Mann, der dem Tod ins Auge geblickt hatte, und das erst kürzlich. Er stützte seine Handgelenke auf die Knie und betrachtete mich mit nachdenklicher Miene, während eine Lerche hoch über ihm flog und schrie.

»Gott sei Dank«, erwiderte er gleichmütig. »Ich kann dich auch nicht heiraten.«

Ich blinzelte, und etwas von meiner Überraschung und Erleichterung muss sich in meinem Gesicht gezeigt haben, denn er lächelte.

»Bitte versteh mich nicht falsch, Cousine Jo. Du bist sehr schön, wie du sicher weißt. Und ich weiß, dass du einen guten Charakter hast, denn Alex würde nur einen guten Menschen heiraten. Aber es bleibt die Tatsache, dass ich Alex' Frau nicht heiraten kann.«

Ich spürte, wie mir plötzlich die Tränen in die Augen stiegen. »Ich habe ihn sehr geliebt.«

»Das habe ich auch.« Martin löste seinen Blick von mir und schaute in den Wald hinein. »Oder vielleicht sollte man besser sagen, dass ich ihn vergöttert habe.« Er wischte sich mit der Hand über das Gesicht, denn die Erinnerung zerrte schwer an ihm. »Verehrung war so einfach bei Alex.«

»Ich weiß.«

»Ich bin seinetwegen zur Armee gegangen. Hast du das gewusst?«, sagte Martin. »Ich habe mich gemeldet, weil er es auch getan hatte. Ich dachte, ich würde zur

Royal Air Force gehen, aber ich habe es nicht geschafft. Das war mir egal – ich war auf demselben Schlachtfeld wie er, kämpfte im selben Krieg. Das war alles, was für mich zählte. Ich dachte, wir würden beide als Kriegshelden nach Hause kommen.« Er zuckte die Achseln, als hätte er es aufgegeben, sich darüber Gedanken zu machen. »Und jetzt sind wir hier – ich sehe so aus, und er ist überhaupt nicht nach Hause gekommen. Krieg ist eine komische Sache.«

»Wann hast du ihn zuletzt gesehen?« Meine Kehle war ganz trocken.

»Er besuchte mich 1917 im Krankenhaus. Franny war da schon tot, und wir sprachen darüber. Das brachte ihn in eine düstere Stimmung, dachte ich damals.«

»Er war darüber erregt oder verärgert?« Ich erinnerte mich an die gleichgültig scheinenden Worte, die Alex mir geschrieben hatte. *Sie ist gestorben, das arme Ding.*

»Ich war nicht gut beisammen, und das ist noch milde ausgedrückt, vielleicht erinnere ich mich falsch«, antwortete Martin. »Aber er schien nicht er selbst zu sein. Es war seltsam: Alex hatte Franny immer nett behandelt, aber er hatte sie seit Jahren nicht mehr gesehen. Und doch war er aufgewühlt. Ich verstehe es nicht«, sagte er, »und jetzt glaube ich, dass ich es nie verstehen werde. Ist das nicht seltsam, so etwas zu sagen?« Er schüttelte den Kopf. »Ich fragte ihn, was er als Nächstes tun wolle – weißt du, er hatte so viele RAF-Einsätze geflogen, dass ich dachte, er müsste sicher befördert werden und könnte alles tun, was er wollte. Aber er meinte nur: ›Ich habe keinen blassen Schimmer.‹ Du kennst Alex; immer so ehrgeizig, nach dem Höchsten strebend, dass der Rest von uns rennen musste, um mit ihm Schritt zu halten. Das passte überhaupt nicht zu ihm.«

Ich starrte ihn an wie betäubt. Ehrgeizig? Alex hatte sein Studium in Oxford beendet, war dann herumgereist und hatte nichts getan. *Ein zielloser Kerl mit viel Bildung und nicht viel zu tun,* so hatte er sich am ersten Abend beschrieben. Natürlich war er intelligent und in allem gut, aber er hatte sich mir gegenüber nie als ehrgeizig gezeigt.

Aber so lange wart ihr dann ja auch nicht zusammen, sagte Dotties Stimme in meinem Kopf.

»Es tut mir leid«, sagte Martin, als er mir ins Gesicht sah. »Ich habe so viel geredet. Der Punkt ist, dass wir nicht heiraten können, egal was Mutter wollen mag.«

Das riss mich aus meinen Gedanken. »Glaubst du wirklich, deine Mutter will, dass wir heiraten?«

»O ja.« Er lächelte ein wenig, wobei sich seine Mundwinkel verzogen. Eine Brise, die nach Laub und Regen roch, zerzauste sein langes Haar. »Du hast meine kleine Nachricht gestern richtig gedeutet, oder? Ich wollte dich warnen, falls du es noch nicht wusstest. Ich kenne Mutter gut. Ich brauche eine Frau, und Alex hat eine hinterlassen; es würde ihr praktisch erscheinen, solange sie dich gutheißt.«

»Ich bin mir nicht sicher, ob sie das tut.«

»Natürlich ist sie mit dir einverstanden.« Martin klopfte abwesend auf die Taschen seines Jacketts. »Wenn dem nicht so wäre, hätte sie dich längst entlassen.«

Die Wahrheit baute sich in meinem Kopf zusammen. »Die Reise auf dem Kontinent«, sagte ich langsam. »Diese drei Monate. Das war eine Art Prüfung, nicht wahr?« Ich lehnte den Kopf zurück und sah in den Himmel. Und ich war so naiv gewesen, dass ich angefangen hatte, Mitleid mit Dottie zu haben. »Mein Gott.«

»Du darfst sie nicht hassen«, sagte Martin vernünftig. »Du musst die Dinge aus ihrer Sicht sehen. Die Familie steht an erster Stelle. Anstatt ordentlich zu heiraten, wie es seine Pflicht war, hat Alex ein unbekanntes Mädchen geheiratet, das keine bedeutende Familie im Hintergrund besaß. Er hat dich uns nie vorgestellt. Er hat nicht einmal jemanden zur Hochzeit eingeladen.«

»Nein, hat er nicht.« Meine Beine waren plötzlich müde, und ich setzte mich neben ihn auf den alten Baum, wobei ich einen großen Abstand zwischen uns hielt, sodass wir wie zwei Fremde aussahen, die auf einen Bus warteten. Alex und ich hatten auf Kreta geheiratet, nur wir beide. Es war sein Vorschlag gewesen, und ich hatte ihn gefragt, warum. *Weil,* so hatte er geantwortet, *es verdammt noch mal niemanden etwas angeht, was ich tue.* Vielleicht wollte er nicht, dass Dottie ihm im Nacken saß. Es war romantisch gewesen, ein Wirbelwind aus Meer, Sonne und Leidenschaft, und ich hatte absolut nichts dagegen einzuwenden gehabt.

»Und dann«, fuhr Martin fort, »kam der Krieg und nahm Alex mit sich. Nichts hat sich so entwickelt, wie Mutter es geplant hatte. Aber du hast dich als Witwe anständig benommen, und es gab keinerlei Berichte, dass du eine Närrin wärst. Also nahm sie dich in ihren Dienst auf, um selbst zu sehen, ob du für die Familie geeignet bist.«

Ich stützte die Ellbogen auf die Knie und den Kopf in die Hände, ganz unladylike. »Es ist nicht nur so, dass ich keinen anderen Mann will«, sagte ich. »Ganz gleich was für einen Ehemann. Es geht auch darum, dass ich dich wirklich nicht heiraten kann. Das Kriegsministerium hat nie die offizielle Mitteilung über seinen Tod geschickt, und der Papierkram ist ein einziges Durcheinander. Nach dem Gesetz bin ich also nicht wirklich eine Witwe – ich bin immer noch seine Frau. Ich kann nicht einmal eine Witwenrente bekommen.«

»Das ist abscheulich«, sagte Martin leise. »Ich nehme an, Mutter weiß das nicht. Ich werde es ihr sagen, wenn du willst.«

»Sie wird mich entlassen, wenn wir nicht heiraten.«

»Nein, das wird sie nicht. Mutter hat ihre Fehler, aber sie würde kein Mitglied der Familie mittellos zurücklassen. Überlass das einfach mir.«

Ich sah zu ihm auf. Er sprach mit dem Vertrauen eines einzigen Sohnes, der weiß, dass seine Mutter auf seine Wünsche hören wird. »Und was wirst du wegen einer Frau unternehmen?«, fragte ich.

»Ich werde ihr natürlich sagen, dass sie mir eine andere suchen soll.«

»Das ist doch verrückt. Willst du dir deine Frau nicht selbst aussuchen?«

»Wie lange wird sie meine Frau sein?«, fragte er zurück und schenkte mir ein Lächeln. »Ich bin nicht wirklich gesund, und der Krieg hat mich fast umgebracht. Das hat Mutter verzweifelt gemacht. Wenn ich diese sterbliche Hülle abstreife, ohne einen Erben zu hinterlassen, wird das alles umsonst gewesen sein.« Er machte eine ausladende Geste um uns herum und deutete auf das Haus und den Wald. »Ich kenne meine Pflicht, seit ich ein Junge war – noch mehr, nachdem klar wurde, dass Fran niemals heiraten kann. Mach dir keine Sorgen um mich, Cousine Jo. Nach den Schützengräben und dem Krankenhaus scheint das kein so schlechtes Los zu sein.« Er drückte seine Hände auf die Knie und stand auf. »Komm. Ich habe dir das Haus noch nicht gezeigt.«

Er erhob sich von seinem Sitz und ging langsam durch die Bäume davon. Als wir aus dem Wald hervortraten, betrachtete ich das Haus, das groß und still im Sonnenlicht stand. Es hatte etwas Mürrisches an sich, als ob es seine Geheimnisse absichtlich in dem Gestrüpp verbarg, das es umgab. Als das Sonnenlicht auf dem Glas eines der oberen Fenster blinzelte, sah ich eine Gestalt, die zu uns herausschaute, aber als ich erneut hinsah, war sie verschwunden.

Eine Dienstmagd, dachte ich. *Eins der Dienstmädchen. Das ist alles.* Ich zwang mich, an der Haustür nicht zu zögern, nicht an die blutigen Spuren zu denken, die ich in meinem Traum gesehen hatte. Ich konnte nicht anfangen, über Albträume, Nebel und Blätter zu plappern. Stattdessen starrte ich stur geradeaus, als Martin mich zum Treppenhaus führte.

Oben zeigte mir Martin Dotties Bildergalerie, einen großen offenen Raum am östlichen Ende des Hauses, in dem sie ihre Gemälde ausstellte. Zwei Handwerker standen auf Leitern und ordneten die Kunstwerke neu an, verschoben die bereits an den Wänden hängenden Bilder, um Platz für die neuen Werke zu schaffen, die Dottie gerade gekauft hatte. »Dieser Raum ist eigentlich ein Ballsaal«, sagte Martin mit seiner leisen Stimme, die trotzdem von den Wänden widerhallte. »Aber natürlich benutzt Mutter ihn nicht auf diese Weise.«

Ich nickte und folgte ihm. Als wir den Raum durchquerten, glaubte ich, Schritte hinter uns zu hören, aber das musste ein Trick der Akustik gewesen sein, denn als ich mich umdrehte, war niemand da.

Auf derselben Etage, am anderen Ende des Hauses, befanden sich die Zimmer, zu denen auch mein Schlafzimmer gehörte. Ich sei die einzige Bewohnerin in diesem Teil des Hauses, erklärte er, während er selbst, seine Eltern und die Bediensteten oben wohnten. Er hielt auf dem Treppenabsatz inne, die Hand auf dem Geländer, und schaute nach oben. »Frans altes Zimmer ist dort oben«, sagte er mit ruhiger Stimme. »Ich nehme an, niemand hat es ausgeräumt. Ich habe noch nicht nachgesehen. Ich glaube nicht … Mutter würde ihre Sachen nicht wegwerfen.«

Ich betrachtete seinen Gesichtsausdruck und legte eine Hand auf sein Handgelenk. »Wir müssen da nicht hochgehen«, sagte ich leise.

Aber seine sonst so unbeschwerte Grundstimmung verließ ihn, und sein Blick wurde kalt und düster. »Es ist schrecklich, das zu sagen«, brachte er hervor, »aber es war schwer, Fran zu lieben. Es war *schwer.* Verstehst du?«

»Ich weiß.« Die Worte stachen wie Nadeln in meine Haut, als ich an Mutter dachte.

»Es war immer irgendetwas.« Die Worte schienen sich in ihm gelöst zu haben. »Sie hatte einen ihrer Anfälle, und dann kamen die Ärzte. Sie zerbrach wertvolle Dinge, brüllte die Dienerschaft an. Und manchmal … das Schreien.«

Eines Tages, ich war 15, kam ich nach Hause und musste feststellen, dass Mutter alle unsere Sachen aus den Schränken geholt und in der Mitte unserer winzigen Wohnung aufgestapelt hatte. Sie hatte sich eingeredet, dass unsere Vermieterin uns irgendwie beobachtete, alle unsere Gespräche durch geheime Telefondrähte abhörte, die sie in den Wänden verlegt hatte, und dass wir umziehen mussten. Es hatte Tage gedauert, bis ich das Durcheinander beseitigt und alles wieder weggeräumt hatte. Ich ließ Martin reden und schwieg.

»Sie war verzweifelt«, sagte Martin. »Das war einer der Gründe, warum es so schwer war. Unter all der Last wünschte sie sich so sehr Liebe. Natürlich die von Mutter, aber Vater war ihr am liebsten. Er sprach nicht viel mit ihr – Vater beschäftigt sich nicht gern mit schwierigen Dingen –, aber Fran hätte ihm die Schuhe geputzt, wenn er sie gelassen hätte. Was mich betraf, so warf sie zum Beispiel ihre Arme um meinen Hals, und ich konnte nur daran denken, dass sie nicht mehr gebadet hatte, seit die Pflegerin sie das letzte Mal dazu gezwungen hatte. Weißt du, als ich hörte, dass sie gestorben war, während ich im Krankenhaus lag, war das Zweite, was ich dachte: *Gott sei Dank ist es vorbei.*« Er schaute mich an. »Nicht sehr brüderlich, oder?«

Ich erinnerte mich an das Denkmal, das Dottie für ihre Tochter gekauft hatte, teuer und überheblich. »Was war das Erste?«, fragte ich. »Was hast du als Erstes gedacht, als du gehört hast, dass sie tot ist?«

Er schluckte. »Nun, ich war sehr krank, und es war ein Schock. Ich fürchte, ich habe etwas mehr geweint, als es sich für einen Mann gehört. Aber das Erste, was ich dachte, war: *Fran würde das nicht tun. Ich frage mich, ob jemand sie umgebracht hat.* Ich kannte die Umstände eben nicht. Ich dachte, vielleicht eines der Dorfkinder – sie hassten sie. Aber sie ist hier gestorben, zu Hause, also war das nicht möglich.« Er schüttelte den Kopf. »Genug des morbiden Geredes. Lass mich die Führung fortsetzen.« Er ging vor mir her und begann, die Treppe hinaufzusteigen.

Auf dem Flur hinter uns schlug eine Tür zu.

Ich war immer noch am Fuß der Treppe, Martin einige Stufen höher. Ich spürte ein Frösteln, als hätte mich eine Hand berührt, und trat einen Schritt zurück, meine Füße leise auf dem Teppich, und ich schaute den Flur entlang. Es war niemand zu sehen. *Ein Dienstmädchen ist da*, sagte ich mir, *das die Wäsche wechselt oder putzt …*

»Martin, hast du das gehört?«, fragte ich leise.

Er gab keinen Laut von sich. Ich stand wie erstarrt. Die Luft wurde stickig, es fiel mir schwer zu atmen.

»Hallo?«, rief ich.

Am Ende des Flurs schwang meine Zimmertür mit einer leisen Bewegung auf. Ich hörte das Klicken des Riegels nicht. Die Tür stand offen wie ein klaffender Mund, dunkel und irgendwie obszön, einen endlosen Moment lang, bevor eine andere Tür im Flur auf genau dieselbe Weise aufschwang. Und noch eine, auf der anderen Seite des Flurs.

Ein kalter Schweißtropfen rann zwischen meinen Schulterblättern hinunter. Ich öffnete den Mund, wollte nach Martin rufen, nach irgendjemandem, aber ich konnte keinen Laut hervorbringen. Ich zwang meine Füße nach hinten und stolperte fast auf die erste Treppenstufe, drehte mich um und sah nach oben.

Martin war auf eine Stufe weiter oben gesunken, sein Körper erschlaffte. Seine Hände umklammerten die Knie, und sein Kopf hing nach unten, als wäre dessen Gewicht zu schwer für ihn. Er atmete schwer. Da er den Kopf gesenkt hielt, konnte ich sein Gesicht nicht sehen.

Ich stieg die Stufen hinauf und ging auf ihn zu. »Martin?«, flüsterte ich.

Er hob sein Gesicht zu mir. Im schwachen Licht des Treppenhauses sah es grässlich aus, die Augen eingefallen, die Wangenknochen hart. Schweißperlen standen ihm auf der Stirn und an den Schläfen. Sein Kiefer hing herab.

»Ich fürchte, ich kann dir nicht mehr vom Haus zeigen.« Seine Stimme war nur noch ein leises Grollen. »Ich fühle mich dazu nicht in der Lage.«

Hinter mir hörte ich leise Schritte, und eine der Türen im Flur schloss sich mit einem Klicken.

Martin blinzelte. »Es tut mir leid.«

Ich streckte die Hand aus und griff nach seinem Arm. Er war dünn wie ein Streichholz in seinem Ärmel. »Martin«, sagte ich.

Aber er war schon ohnmächtig, seine Augen rollten in seinem Kopf zurück, sein Körper fiel anmutig auf die Kante der Stufen.

13

Nach Martins Zusammenbruch wurde es still in Wych Elm House. Dottie nannte es einen Nervenanfall, als ob ihr Sohn nur ängstlich und verwirrt wäre und nicht zu einem Nichts verkümmern würde, unfähig, einen Spaziergang um das Haus und zurück zu machen. Ein paar Tage lang kamen und gingen die Ärzte, und dann erklärte Dottie, dass Martin Ruhe und absolute Stille brauche. Ihre Regeln waren Gesetz, und so schlichen alle, Bedienstete wie Familie, auf Zehenspitzen durch das Haus und sprachen nur noch flüsternd und gedämpft.

Robert erschlich sich rasch einen ständigen Strom von Einladungen, die ihn mit seinem Automobil aus dem Haus brachten, denn er hatte keine Geduld für Dotties Regeln. So blieben Dottie und ich allein. Ich erledigte ihre Besorgungen, schrieb ihre Korrespondenz und führte ihre Telefongespräche – sie hatte eine Abneigung gegen das Telefon und ließ es mich an ihrer Stelle benutzen. Nach einer kleinen Mahlzeit an meinem Schreibtisch oder auf einem Tablett in meinem Zimmer arbeitete ich nachmittags weiter, bis sie mich entließ.

Es gab viel zu tun. Wir verschickten eine Menge Korrespondenz, die mit der von Casparov konkurrieren konnte, kümmerten uns um die Geschäfte des Hauses, luden potenzielle Käufer ein, ihre Kunst zu sehen und zu kaufen, und erhielten Antworten. Dottie kümmerte sich auch um die Kunst selbst, um die Zusteller und die Ausstellung der Werke in der Galerie im Obergeschoss. Außerdem beaufsichtigte sie die Bediensteten und die täglichen Helfer, die sie zusätzlich einsetzte, darunter eine Frau, die zweimal pro Woche die Wäsche wusch, und einen einzigen unglücklichen Gärtner, den sie für die Pflege des verwilderten Grundstücks einstellte.

Trotz der klösterlichen Strenge unserer Routine war Dottie angespannt und reizbar, unmöglich zufriedenzustellen. Wie schon während unserer gesamten Heimreise vom Kontinent kritisierte sie mich ohne Unterlass, angefangen bei meinen unordentlichen Locken bis hin zum stumpfen Glanz meiner neuen Schuhe. Sie kaufte eine Schreibmaschine, die ich für ihre Briefe benutzen sollte, und stand dann wie eine Harpyie daneben, wenn ich sie benutzte, suchte nach Fehlern und beschwerte sich über den Lärm, den sie machte. Sie hatte viel Zeit an Martins Bett verbracht, und die daraus resultierende mürrische Stimmung ließ mich spekulieren, ob er ihr wohl von meiner Ehesituation erzählt hatte. Vielleicht hoffte sie, dass ich kündigen würde. Vielleicht war sie aber auch einfach nur unglücklich, und das hatte nichts mit mir zu tun.

Ich war selbst unglücklich. Ich litt unter unheilbarer Schlaflosigkeit, meine Nächte waren von endlosen Wachphasen geplagt, und die wenigen Etappen tiefen Schlummers, die ich hatte, waren von komplizierten und lebhaften Träumen geprägt, voller Bilder, wie ich sie in jener ersten Nacht gesehen hatte, real und irgendwie schrecklich.

Manchmal wachte ich weinend auf, oder lachend, oder versuchte, nicht zu schreien. Zweimal wachte ich auf und stellte fest, dass mein Haar und mein Nachthemd mit kühlem Wasser durchtränkt waren und ich einen üblen, süßlichen Geruch in der Nase hatte, während ich mich in Panik an mein Laken klammerte. Den Rest der Nacht verbrachte ich wach, bis es endlich Zeit war aufzustehen, mich anzuziehen und mit verklebten Augen an meiner Schreibmaschine zu sitzen. Ich fand keine Blätter mehr in meinem Zimmer. Wenn ich mir lediglich vorgemacht hatte, sie beim ersten Mal deutlich zu sehen, dann hatte ich das überzeugend getan.

Ich erkannte mich kaum wieder. Ich war noch nie so gewesen, anfällig für Halluzinationen und Träume, nicht einmal in den schrecklichen Tagen nach Alex' Tod. Ich musste immer wieder an die Schritte denken, die ich gehört hatte, und an die Türen, die sich geöffnet hatten – einschließlich der Tür meines eigenen Schlafzimmers –, als ich wie erstarrt im Flur gestanden hatte. Niemand außer mir hatte das gesehen, nicht einmal der arme Martin. Entweder wurde ich verrückt oder es geschah etwas Unheimliches.

Frances.

Im Nebel meiner Erschöpfung stand ihr Gesicht klar vor meinem geistigen Auge. Ich konnte sie an jenem Tag in der kleinen Stube sehen. Ich sah ihr graues Kleid und die Perlenkette um ihren Hals, die Schließe, die hinten am Kragen saß. Ich konnte mir einreden, dass ich an ihrer Identität zweifelte, dass ich mir nicht sicher war, aber pure Erschöpfung senkt die Fähigkeit, sich selbst zu belügen, und ich wusste tief in mir, dass ich die Tochter gesehen hatte, die Dottie verloren hatte. Manchmal hatte ich das Gefühl, ich könnte um eine Ecke gehen oder in einen Spiegel schauen, und ich würde sie wieder sehen, ihr Bild in den Schatten des großen, stillen Hauses erhaschen, erahnen. Ich glaubte, ihre Schritte im Korridor zu hören, vor oder hinter mir, oder sah aus dem Augenwinkel ihre Hand auf dem Vorhang am Fenster. *Die Dinge, die sie durch diese imaginäre Tür kommen sah, waren tot,* hatte David Wilde mir gesagt. *Sie lebte zu Hause in der Abgeschiedenheit und wurde von ihren Wachträumen geplagt.*

Während ich durch die Fenster beobachtete, wie die Tage immer kälter und kürzer wurden, kam mir das langsam bekannt vor.

Sie sind mit dem Wahnsinn vertraut, nicht wahr?

Frances machte mir Angst, aber sie zog mich auch an. Genau wie Mutter es tat. Was auch immer hier geschah, Frances war der Schlüssel. Dottie konnte mir nicht helfen und Robert war weg. Mit jedem Tag, der verging, wurde mir klarer, dass ich Martin brauchte, um Frances zu verstehen.

Zwei Wochen nach Martins Zusammenbruch verließ ich eines Abends mein Zimmer und trat auf den Treppenabsatz, um ins Obergeschoss hinaufzusteigen. Ich hatte gerade den Mut gefasst, meinen Cousin in seinem Schlafzimmer anzusprechen, als ich merkte, dass ich nicht allein auf der Treppe war.

Auf dem Treppenabsatz unter mir stand ein Mann, den ich noch nie zuvor gesehen hatte: klein, mittleren Alters, sein ergrautes Haar ordentlich aus Stirn und Schläfen gekämmt. Er trug einen Koffer, hielt in seinem

Abstieg inne und schaute zu mir hoch. Ich erstarrte vor Überraschung, und einen Moment lang fragte ich mich, ob er verschwinden würde, wie Frances verschwunden war. Dann bewegte er sich wieder, und ich erkannte, dass er einen Arztkoffer in der Hand hielt.

»Guten Abend«, sagte er zu mir.

Ich nickte. Er schenkte mir ein höfliches Lächeln, ein wenig um Entschuldigung bittend. Dann drehte er sich um und stieg die Treppe weiter hinunter, ohne Begleitung, als gehörte ihm das Haus ganz allein. Ich starrte ihm verwirrt hinterher.

»Neugierig?«

Ich drehte mich um. Martin stand auf dem Treppenabsatz über mir und schaute zu mir herab. Im schwachen Licht des Treppenhauses schien sein Gesicht verwaschen und weich. Er rollte langsam einen Hemdsärmel über seinen Arm zurück nach unten. Mir wurde klar, dass ich fast an der Stelle stand, an der er nach unserem Waldspaziergang in Ohnmacht gefallen war an jenem Tag, als ich ihn das letzte Mal gesehen hatte.

»Martin.«

»Hallo, Cousine Jo.«

Seine Stimme war härter als zuvor, etwas von der Freundlichkeit war verschwunden. »Wer war das?«, fragte ich ihn.

Er zuckte die Achseln, die Bewegung war angespannt und unruhig. »Mein Arzt.« Er senkte den Blick auf den Ärmel, den er gerade hinabrollte.

»Ich dachte, die Ärzte wären schon da gewesen.«

»Das waren Mutters Ärzte«, antwortete Martin. »Dr. Weller ist meiner.«

Ich spürte, wie mir die Kinnlade herunterfiel. »Dottie weiß es nicht«, sagte ich. »Sie weiß nicht, dass du ihn konsultierst und dass er hier war.«

Martin hob seinen Blick zu mir. »Du kannst es ihr sagen, wenn du willst.«

Ich überlegte. Ich würde Ärger bekommen, wenn sie herausfand, dass ich es wusste und ihr nicht gesagt hatte, aber ich merkte, dass es mir egal war. »Hilft es dir?«, fragte ich. »Was auch immer er tut?«

Das brachte Martin zum Lächeln. Die Falten in seinem Gesicht waren tiefer als noch vor zwei Wochen, die Schatten verdunkelten seine Augenhöhlen und die Linien um seinen Mund. »Möchtest du etwas sehen?«, antwortete er mit einer Gegenfrage. »Folge mir.«

Ich stieg die Treppe hinauf, die Hand auf dem Geländer. Er sah mich auf sich zukommen, und eine unbeschreibliche Erregung durchfuhr seine Augen; Angst und Schmerz und eine seltsame Art von Aufregung. Der charmante junge Mann, der mich herumgeführt hatte, war heute Abend nicht zu erkennen. Als ich oben an der Treppe ankam, ergriff er mein Handgelenk – seine Hand war eisig und seltsam weich, als wäre sie aus Wachs – und führte mich den Korridor entlang in ein Zimmer, dessen Tür angelehnt war und aus dem Licht strömte. Sein Schlafzimmer.

Es war unordentlich, der Nachttisch und der Schreibtisch waren mit Büchern und Papieren, leerem Geschirr, leeren Tassen, Stiften, Flaschen und Gläsern bedeckt. Er hatte gerade eine Kerze ausgeblasen, und der Geruch von Rauch lag in der Luft und erfüllte den Raum mit diesem seltsamen Hauch von Feuer, den Kerzen hinterlassen. Ich sah die dünne Rauchfahne auf dem Tisch neben dem Bett, die sich zur Decke schlängelte, und fragte mich, warum er eine Kerze brauchte, wo doch Wych Elm House mit dem neuesten elektrischen Licht ausgestattet war. Ich schaute noch immer darauf, als ich die Tür hinter ihm zufallen hörte.

Ich drehte mich zu ihm um. Ich hatte keine Angst, obwohl wir jetzt allein in seinem Schlafzimmer waren; ich hatte nie ein lüsternes Interesse von ihm gespürt. Er lehnte sich mit dem Rücken gegen die Tür, und ohne auf ein weiteres Zeichen von mir zu warten, griff er sein Hemd knapp unterhalb des Brustbeins und zog es nach oben. Das Hemd löste sich vom Hosenbund, und ich sah plötzlich Martin Forsyths Bauch weiß und intim vor mir liegen.

»Mein Gott«, sagte ich leise.

Quer über seinen Bauch verlief eine gezackte Linie, rosafarben und verheilt. Sie verlief nach oben und verknotete die Haut, bevor sie sich in einer kühnen Kurve verjüngte, die wie die Klinge eines Krummsäbels oder die Hälfte eines bösen Lächelns aussah. Die Wunde war weder sauber noch gutartig verheilt; die Hautfalten, die ihre Länge markierten, hoben sich stark und zornig rot von dem glatten Fleisch unterhalb seines Brustkorbs ab, der, wie ich feststellte, in erbärmlicher Dünnheit nach innen gewölbt war.

»Schrapnell«, sagte er. »Es infizierte sich, bevor die Sanitäter mich erreichen konnten. Nach drei Operationen behaupteten die Ärzte, sie hätten alles rausgeholt, aber ich habe ihnen nie geglaubt.«

Er ließ das Hemd fallen, und ich hob meinen Blick zu seinem Gesicht. Er beobachtete mich eifrig, als ob er in meiner Reaktion nach etwas suchte. Ich ließ mich auf den harten Holzstuhl neben dem Schreibtisch sinken. »Deshalb warst du drei Jahre im Krankenhaus.«

»Vier«, korrigierte er mich. »Ich habe diese schöne Wunde 1917 bekommen. Die ersten zwei Jahre waren für die Operationen. Die nächsten beiden waren dazu da, mich von der Morphiumabhängigkeit zu heilen, die ich mir in der Zwischenzeit so bequem angeeignet hatte.«

»Morphium«, sagte ich und dachte an den Arzt, den ich gerade gesehen hatte. »Weiß deine Mutter davon?«

»Natürlich.« Er begann, sein Hemd wieder in die Hose zu stecken. »Sie hat die Krankenhausrechnungen bezahlt.«

»Und dein Vater?«, fragte ich.

»Man könnte sagen, Vater weiß es schon«, antwortete Martin. »Auch wenn er es nicht so recht glauben mag. ›Hab mehr Rückgrat, mein Sohn‹, ist sein Rat. ›Es ist nur ein bisschen Schmerz.‹«

»Deshalb bist du in Ohnmacht gefallen«, sagte ich. »Es tut mir so leid.«

»Es tut mir leid, dass ich dich erschreckt habe«, antwortete er. »Es ist so, dass ich normalerweise immer Schmerzen habe. Das Essen bereitet mir Schmerzen. Anstrengung bereitet mir Schmerzen. Manchmal bereitet mir sogar das Schlafen Schmerzen. Mutters Ärzte sind nutzlos, also musste ich meine eigenen finden. Sie hat versucht, mir zu helfen, aber weißt du – nur ein Mal hätte ich gern einen Arzt, der nicht meiner Mutter unterstellt ist.«

»Und Morphium?«, fragte ich. »Hast du ihn deshalb rufen lassen? Um dich damit zu versorgen?«

Martin lehnte seinen Kopf zurück gegen die Tür, sein Blick hob sich für einen langen Moment zur Decke, bevor er wieder zu mir sank. »Ich habe seit fast sechs Wochen kein Morphium mehr bekommen«, sagte er langsam, als ob die Worte ihm schwerfielen. »41 Tage, wenn man es genau nehmen will. Das ist das dritte Mal in zwei Jahren, dass ich es mir abgewöhnt habe. Unnötig zu sagen, dass die anderen beiden Versuche gescheitert sind.«

Ich hielt mir die Hand vor den Mund. Ich konnte es mir nicht vorstellen.

»Weißt du was?«, sagte Martin. »Dr. Weller hilft mir nicht einmal, jedenfalls nicht besonders viel. Er gibt mir Vitaminspritzen – er behauptet, eine stärkere Konstitution würde mir helfen, die Sucht loszuwerden – und ein leichtes Schmerzmittel. Aber abgesehen davon hört er mir nur zu. Er sitzt schweigend auf dem Stuhl, während ich mit der brennenden Kerze weiter und weiter erzähle. Es ist so seltsam kathartisch.« Er hob den Blick wieder an die Decke. »Vielleicht hilft mir das Reden zu vergessen, dass ich ihn nur zu gern erwürgen würde, wenn er ein paar Tropfen Morphium in seiner Arzttasche hätte.«

»Worüber redet ihr?«, fragte ich leise.

»Über den Krieg«, antwortete Martin. »Über meine Eltern. Meine Kindheit. Meinen Zustand, und wie sehr ich mich schäme. Franny, die von diesem gottverdammten Dach gesprungen ist.« Er zuckte zusammen, entweder vor körperlichem oder geistigem Schmerz, und ich trat vor, nahm seinen Arm und zog ihn sanft zum Bett.

»Du solltest dich setzen.«

»Danke. Entschuldige bitte die Ausdrucksweise.«

Ich schüttelte den Kopf. »Die habe ich schon mal gehört.«

Ich half ihm, sich zu setzen und gegen die Kissen zu lehnen, schwang seine Beine auf die Matratze und setzte mich dann auf den Holzstuhl.

»Du kannst dir sicher vorstellen«, sagte Martin, während er sich im Bett bequemer zurücklehnte, »wie entsetzt Mutter wäre, wenn sie wüsste, dass ich einem Arzt die Familiengeheimnisse erzähle. Deshalb habe ich es ihr auch nicht gesagt.«

Ich verstand seinen Hinweis. »Ich werde nichts verraten.« Ich erinnerte mich daran, warum ich ihn überhaupt aufgesucht hatte, an die Informationen, die ich brauchte. Es erschien mir hart, einen so kranken Mann zu befragen, aber er war jetzt entspannt, und ich konnte erkennen, dass er nicht wollte, dass ich ging. *Wir können genauso gut reden,* dachte ich.

»Es gibt viele Gerüchte«, sagte ich, »über die Geheimnisse der Familie. In der Stadt.«

Martin nickte. »Man hat uns im Dorf nie gemocht. Mutter hat nie versucht, sich Freunde zu machen oder den Leuten zu schmeicheln, fürchte ich, und Vater kümmert sich nur um seine wohlhabenden Freunde. Als Mutter David Wilde als ihren Bevollmächtigten einstellte, war das der letzte Nagel im Sarg.«

»Ist David Wilde so unbeliebt?«, fragte ich. »Nur weil er nur eine Hand hat?«

Ein Ausdruck des Unbehagens huschte über Martins Gesicht. »Sagen wir einfach, niemand in der Stadt hält etwas von Mr. Wilde. Was sagen unsere glücklichen Nachbarn sonst noch über uns?«

Ich starrte auf meine Hände auf meinem Schoß. »Dass deine Schwester im Wald spukt«, antwortete ich. »Dass die Kinder dort nicht spielen wollen.«

Das brachte mir ein Stirnrunzeln ein. »Falsch«, erklärte er. »Franny streifte durch die Wälder, ja, aber sie hatte große Angst vor den Stadtkindern, wenn sie ihnen begegnete. Sie schikanierten sie erbarmungslos. Ich kann mir nicht vorstellen, dass sie aus dem Grab auferstanden ist, um jetzt nach ihnen zu suchen.«

»Sie sagen, sie haben sie gesehen«, beharrte ich und beschönigte ein wenig, um nicht zugeben zu müssen, dass *ich* diejenige war, die sie gesehen hatte. »Und sie sagen, sie hat einen Hund.«

Martin drehte seinen Kopf ruckartig auf dem Kissen und sah mich an. »Das ist ja interessant. Dass sie immer noch über Princer reden.«

Ich blinzelte ihn überrascht an. »Princer? Also gab es wirklich einen Hund?«

»Nein«, antwortete er. »Es gab keinen Hund.« Er sah die Verwirrung in meinem Gesicht und fügte hinzu: »Es gab nur einen Hund in Frannys Kopf, verstehst du?«

»Also war es eine ihrer Halluzinationen«, sagte ich. Es ergab demnach Sinn, dass Dottie bei der Untersuchung die Existenz des Hundes geleugnet hatte.

»Princer war anders«, sagte Martin. »Sie hat ihn sich vorgestellt, ja. Aber er war anders. Er erschien später. Er kam durch die Tür wie die anderen Dinge, die sie sah, aber Franny vertraute ihm. Er war ihr Verbündeter. Ich glaube, sie hat ihn heraufbeschworen, um sich selbst zu beruhigen, um sich Trost zu spenden.« Er schüttelte den Kopf. »Ich erkläre es nicht richtig. Es ist so schwer, es jemandem verständlich zu machen, der nicht mit Franny zusammengelebt hat. Ihre Wahnvorstellungen wurden nach einer Weile so real.«

»Du würdest dich wundern«, sagte ich und dachte an Mutter und ihren Viscount, die Illusion, die sie jedes Mal beschwor, wenn sie sich hilflos oder verzweifelt fühlte. »Wenn der Hund also eine Halluzination war, kann er den Mann, der an jenem Tag im Wald starb, nicht getötet haben.«

»Ich weiß es nicht.« Martin drehte den Kopf zurück und starrte an die Decke, sein Gesichtsausdruck wurde genauso verschlossen wie beim letzten Mal, als wir über Franny gesprochen hatten. »Ich war nicht hier.«

»David Wilde sagt, er glaubt nicht, dass Franny Selbstmord begangen hat«, beharrte ich und dachte daran, dass Martin kurz vor seiner Ohnmacht dasselbe gesagt hatte.

»O ja.« Martins Stimme wurde hart. »Wilde hat immer gern in ihr herumgestochert und die Bestandteile untersucht. Er wollte wissen, wie Franny tickt.«

Ich beobachtete ihn aufmerksam, sein von Schmerz gezeichnetes Gesicht im schwachen Licht. »Und was wolltest *du?*«, fragte ich ihn leise.

»Sie beschützen natürlich«, antwortete er. »Ich mag kein sehr guter Bruder gewesen sein, aber ich war ihr Bruder, nicht wahr? Wie sehr ich doch in meiner Rolle versagt habe. Wie sehr wir alle bei dem Versuch versagt haben, ihr ein irgendwie lebenswertes Leben zu bieten. Ein imaginärer Hund gab ihr mehr Trost als ich, als jeder von uns.« Er drehte sich wieder auf seinem Kissen und sah mich an. »Ich weiß, ich habe gesagt, ich sei froh, dass es vorbei ist, Cousine Jo, aber in Wirklichkeit bin ich bloß dankbar, dass *sie* mit alledem fertig ist. Dass sie sich nicht mehr mit uns armseligen Figuren herumschlagen muss.«

»Das meinst du nicht ernst«, protestierte ich.

»Tue ich nicht?« Er schloss die Augen. »Ich bin müde, Cousine. Ich muss dir eine gute Nacht wünschen.«

Als ich das Zimmer verließ, öffnete ich die Tür und fand auf dem Flur ein paar braune, trockene Blätter vor. Die Luft war kühl. Ich stand einen langen Moment da und lauschte, mein Herz klopfte, mein Atem ging flach in meiner Brust. Schließlich bückte ich mich, hob ein Blatt auf und strich mit dem Daumen über die wächserne Oberfläche. Es begann in meiner Hand zu zerbröckeln und verströmte den würzigen Geruch des Herbstes. Ich hatte Angst, aber ich war auch aufgeregt und fühlte mich bestätigt. *Echt. Die Blätter sind echt.* Ich hob das Blatt an mein Gesicht, atmete ein und schloss die Augen. »Er hat es nicht so gemeint«, sagte ich zu dem Mädchen, das nicht da war. »Wirklich nicht.« Es gab keine Antwort, nur Schweigen.

Ich ließ meine Hand sinken und das Blatt fallen. Als ich die Augen wieder öffnete, waren die Blätter verschwunden – alle, die auf dem Boden liegenden und jenes, das ich in der Hand gehalten und fallen gelassen hatte. Ich hatte immer noch den Geruch in der Nase, aber es waren keine Blätter mehr im Flur.

Nach einer Weile wurden ihre Wahnvorstellungen so real.

Warum eigentlich nicht? Ich war von Wahnsinn umgeben. Warum nicht ich? Vielleicht hatte der Wahnsinn seinen Nutzen.

Denn Martin hatte viele Dinge gesagt, von denen er einige bedauern würde. Aber vor allem hatte er etwas gesagt, das sich in mir festsetzte, das zu dem passte, was ich bereits wusste.

Er hatte gesagt, seine Schwester sei nicht selbstmordgefährdet gewesen.

Ich frage mich, ob jemand sie umgebracht hat.

Und wenn jemand sie getötet hatte, gab es nur eine Person, die die Wahrheit herausfinden konnte. Mich.

14

Als Dottie mich das nächste Mal am frühen Nachmittag entließ, erinnerte ich mich an das Fotogeschäft in der Stadt und an Alex' Kamera, die ich verpackt in ihrer Tasche in meinem Zimmer aufbewahrte. Ich holte sie von ganz unten aus meinem Koffer und stellte sie auf den Boden, öffnete das feine Lederetui und betrachtete die Kamera darin.

Alex hatte die Kamera 1917 gekauft, als er auf Heimaturlaub war. Es war, wie ich mich erinnerte, eine seltsame Anschaffung gewesen. Alex war kein Verschwender und er war auch kein Freund von technischen Spielereien gewesen, obwohl er hervorragend mit ihnen umgehen konnte. Aber die Kamera war eines Tages per Lieferung in der Wohnung in der Chalcot Road angekommen, in die ich nach unserer Heirat eingezogen war. Alex schien fast überrascht, als er sie sah; als hätte er vergessen, dass er sie bestellt hatte.

»Ich dachte, wir könnten einen Ausflug aufs Land machen, während ich zu Hause bin«, sagte er, als ich nachfragte, knöpfte seinen Kragen mit seinen langen, flinken Fingern zu und griff nach einer Krawatte, damit er mich zum Essen ausführen konnte. »Mir gefällt die Idee, meine eigenen Fotos zu machen.«

Unser Geld war zu diesem Zeitpunkt bereits knapp, und ich hatte auf ein Kind gehofft, das die Finanzen noch mehr strapaziert hätte, aber Alex war so erschöpft nach Hause gekommen und er kaufte so selten Dinge, dass ich nicht widersprach. Ich widersprach auch nicht, als am nächsten Tag eine passende, maßgeschneiderte Ledertasche geliefert wurde; ich legte die beiden Sachen einfach zusammen und ließ sie dort, wo Alex sie benutzen konnte, wann immer er wollte.

Danach vergaß ich die Kamera. Alex zu Hause zu haben war berauschend, und ich hatte kaum Platz in meinen Gedanken für etwas anderes. Sein Urlaub war nur von zwei Wochen Dauer. Wie genau wir diese Zeit verbrachten, daran konnte ich mich später nicht mehr erinnern. Ich erinnerte mich nur an seinen Geruch, daran, wie er sich anfühlte, wie er mit seinen Fingern sanft durch mein Haar fuhr und manchmal die Strähnen zwischen seinen Fingerspitzen rieb, als wollte er sich vergewissern, dass ich wirklich da war. Der Krieg hatte ihn verändert; ich wusste, dass er Dinge gesehen hatte, über die er nicht sprach, und er wirkte oft, als ob ihn etwas unerträglich Schweres bedrückte. Er hatte frische und ältere blaue Flecken unter der Haut, die, wie er behauptete, alle von dem rüttelnden Unbehagen in einem Flugzeug stammten – er war fast unmittelbar nach seiner Einberufung zur RAF-Ausbildung herangezogen worden. Ständig fuhr er mit dem Fingerrücken unter mein Kinn oder mein Ohrläppchen oder strich mit der Hand über meinen Nacken, selbst wenn er die Zeitung las und an seinem Tee nippte, als wollten seine Hände von selbst meine Haut berühren.

Die Reise aufs Land fand nie statt. Wenn ich jetzt daran zurückdenke, frage ich mich, ob Frances Forsyth damals schon tot war, ob Alex Martin im Krankenhaus besucht hatte, oder ob diese Ereignisse noch in der Zukunft lagen. Ich kannte nicht mehr alle Teile des Lebens meines Mannes.

Irgendwann, nachdem Alex nach Frankreich zurückgekehrt war, fand ich die Kamera und verstaute sie in einem Schrank, unfähig, sie anzuschauen. Ich füllte meine Zeit mit Freiwilligenarbeit, rollte Verbände und verschickte mit dem örtlichen Damenkreis Carepakete an Soldaten, während der Krieg immer weiterging.

Jetzt, vier Jahre später in Wych Elm House, sah ich mir die Kamera zum ersten Mal genauer an. Es war ein schweres Ding, ein dicker schwarzer Kasten mit einem Griff an der Oberseite, einem kleinen Objektiv vorn und einem Okular auf der Rückseite. Sie war mit dunklem Leder ummantelt, dessen Textur sich unter meinen Händen gemustert anfühlte, und auf der Rückseite war ein kreisförmiges Wappen mit NO. 2 BROWNIE in das Leder gestanzt. Ein Riegel an der Seite schien den vorderen Mechanismus zu entriegeln und die Kamera aufzuklappen, aber ich berührte ihn nicht. Unter dem Riegel befand sich ein Knopf aus silbernem Metall, der vermutlich dazu diente, den Film beim Fotografieren durch die Kammer zu schieben.

Ich nahm die Kamera in die Hand, untersuchte sie, schüttelte sie und hörte auf die Geräusche ihres Innenlebens. Ich hatte keine Ahnung, ob sie einen Film enthielt; ich konnte mich nicht daran erinnern, dass Alex einen solchen erworben und eingelegt hatte. Ich setzte die Kamera ab und nahm die maßgefertigte Ledertasche in die Hand, drehte sie um und fuhr mit den Händen darüber. Zum ersten Mal kam es mir seltsam vor, dass die Kamera überhaupt ein Etui hatte, denn sie schien eine in sich geschlossene Einheit zu sein, die durch Leder geschützt und mit einem Griff ausgestattet war. Ich dachte einen Moment lang darüber nach. Die Tasche sah ein wenig wie ein Köfferchen aus – vielleicht war sie so leichter zu tragen als die Kamera selbst und schützte das Gerät vor Wind und Regen.

Als ich das Etui öffnete und hineinschaute, bemerkte ich in das Futter eingenähte Schriftzüge. Ich neigte es gegen das Licht. HANS FABER. Ich runzelte die Stirn. Vielleicht hatte Alex die Tasche aus zweiter Hand gekauft. Hatten sowohl die Kamera als auch das Etui Hans Faber gehört? Warum waren sie dann getrennt geliefert worden? Wo hatte Alex Hans Faber kennengelernt, und warum hatte er die Kamera vergessen, kaum dass sie angekommen war? Und warum hatte er 1917, mitten im Krieg, eine Kamera von einem Deutschen gekauft?

Ich nahm die Kamera wieder in die Hand, spürte ihr Gewicht und ihre Schwere. Ein Pulsieren der Erregung durchfuhr mich. Ich könnte sie benutzen. Ich hatte noch nie darüber nachgedacht, aber wenn ich einen Film und ein Mittel zum Entwickeln kaufen würde, könnte ich meine eigenen Fotos machen.

Die Blätter, dachte ich. *Wenn ich ein Foto von den Blättern machen könnte, dann könnte ich beweisen, dass sie echt sind.*

Der Nebel, der in der Nacht zu mir kam – ich könnte ihn einfangen. Oder vielleicht sogar Frances selbst.

Ich bin nicht verrückt. Ich bin es nicht.

Ich steckte Alex' Kamera zurück in die Tasche, verschloss sie sorgfältig und verließ den Raum, um zu fragen, ob ich das Auto ausleihen könnte.

Da es ein Donnerstag war, hatte das Fotogeschäft in Anningley geöffnet. Eine Glocke über der Tür bimmelte, als ich eintrat und mich dann in dem leeren Atelier umsah, die Kamera im Etui in einer Hand. Der kahle Raum, der den vorderen Teil des Ladens bildete, enthielt nur ein paar Staffeleien mit Porträts und zwei große Arbeitstische, auf denen Werkzeuge, Abfälle und Kamerateile verstreut lagen.

Ich hörte das Klicken einer Tür, und ein Mann kam aus dem Hinterzimmer, der mich über den Rand seiner Halbbrille hinweg ansah. Er war etwa 60 Jahre alt. Sein Haar war schneeweiß und dicht über die Stirn gestrichen. Seine Haut war stark gerötet, sein Körperbau klein und ziemlich schwerfällig, als wäre er in Wirklichkeit aus Zinn gefertigt.

»Guten Tag«, sagte er zu mir. »Sie haben mich gerade noch erwischt, fürchte ich. Ich schließe gleich für heute.«

»Tut mir leid.« Ich kämpfte gegen meine Enttäuschung an. »Ich kann am Montag wiederkommen, nehme ich an. Es ist nur so, dass ich von Wych Elm House gekommen bin und …«

»Ja, ich weiß, wer Sie sind«, sagte der Mann etwas amüsiert. »Mrs. Baines vom Postamt hat allen von Ihnen erzählt.« Er warf einen Blick auf das Köfferchen in meiner Hand. »Ich bin Samuel Crablow«, sagte er und hielt mir die Hand zum Schütteln hin. »Und es macht mir nichts aus, einer so reizenden jungen Frau am Ende des Tages zu helfen.«

»Blödsinn.« Ich lachte, bemerkte das interessierte Funkeln in seinen Augen und durchschaute ihn vollkommen. »Sie wollen nur wissen, was für eine Kamera ich in dieser Tasche habe.«

»Vielleicht.« Crablow nahm seine Lesebrille ab und verstaute sie in einer Vordertasche. »Obwohl ich Sie auch gern fotografieren würde – ich glaube, das würde sehr schön werden. Ich nehme nicht an, dass ich Sie zu einem Porträt überreden kann?«

Ich schüttelte den Kopf. »Ich bin gekommen, um Sie zu fragen, wie ich meine Kamera benutze, nicht wie man sich vor eine Kamera setzt.«

»Also schön. Sie haben eine Kamera, mit der Sie nicht umgehen können – nun bin ich neugierig. Lassen Sie mich wissen, wie ich Ihnen helfen kann.«

Ich erklärte ihm, wie ich auf die Kamera gestoßen war. Da er bereits durch Mrs. Baines von meiner Witwenschaft wusste, brauchte er nicht viele Worte, um zu verstehen.

»Sie möchten also von diesem Spontankauf Ihres Mannes Gebrauch machen«, sagte er, nahm mir den kleinen Koffer ab und stellte ihn auf einen der Arbeitstische. »Schauen wir mal, was wir haben. Ich kann Ihnen sicher ein wenig Anleitung geben.«

Ich sah ihm zu und merkte, dass ein Teil von mir damit gerechnet hatte, abgewiesen zu werden und argumentieren zu müssen, dass meine Laune ernst gemeint war. »Danke«, sagte ich.

Aber er hatte meine Existenz bereits vergessen, als er die Kamera aus dem Koffer zog und sie untersuchte.

»Interessant. Wie ich sehe, hat Ihr Mann sie 1916 gekauft.«

»Eigentlich war es im Jahr darauf.«

»Ja, gut. Das ist das Modell von 1916. Sie ist in ausgezeichnetem Zustand. Es ist kein Film drin. Sie öffnen das Gehäuse hier«, sagte er, drückte den Hebel und spähte in das Innere des Kastens, als die Klappe aufschwang. Das Innere der Kamera sah für mich undurchdringlich aus, aber er setzte seine Brille wieder auf und starrte hinein, wobei er leise Geräusche machte.

»Sieht aus, als würde sie einwandfrei funktionieren«, sagte er schließlich. »Ich kann Ihnen in wenigen Minuten beibringen, wie man sie benutzt. Ob Sie damit etwas Schönes anfangen können, hängt dann ganz von Ihnen ab, fürchte ich. Ich habe einen Film, den ich Ihnen verkaufen kann, und wenn Sie die Rolle verbraucht haben, können Sie hierherkommen und ich werde die Abzüge entwickeln. Das muss ich Ihnen aber in Rechnung stellen.«

»Natürlich.« Ich war mir nicht sicher, ob ich wollte, dass Mr. Crablow die Dinge sah, die ich zu erfassen hoffte. »Können Sie mir auch beibringen, wie man es selbst macht? Das Entwickeln?«

Er schenkte mir die Art Lächeln, das Männer seit jeher den Frauen schenken. »Eins nach dem anderen, meine liebe Dame. Ich möchte Sie nicht überfordern. Also, das Etui.« Er legte die Kamera weg und nahm die lederne Tasche in die Hand. »Das ist eine interessante Ergänzung. Ich sehe hier einen Namen. War Ihr Mann Hans Faber? Ich dachte, Sie wären die Frau von Mrs. Forsyths Neffen Manders.«

»Das ist richtig«, bestätigte ich. »Die war ich. Ich weiß nicht, wer Hans Faber ist. Meine einzige Theorie dazu ist, dass mein Mann die Kamera gebraucht gekauft hat.«

»Das ist durchaus möglich«, stimmte Crablow zu. Er drehte die Tasche in seinen Händen um. »Sie ist sehr fein gearbeitet und wurde speziell für die Kamera angefertigt, die nicht die Standardmaße eines Reiseköfferchens hat. Das Leder ist von bester Qualität. Wer auch immer Mr. Faber ist oder war, er hat ein gutes Sümmchen in die Herstellung dieses Köfferchens investiert.«

»Ich verstehe nicht, wozu das gut sein soll«, sagte ich. »Mir scheint, dass die Kamera ganz ohne zusätzliches Gehäuse auskommt.«

»Ja«, antwortete Crablow. »Mr. Faber hat dafür keine Kosten und Mühen gescheut.«

»Hält die Tasche den Regen ab?«

»Möglicherweise, aber sie ist nicht mit wasserdichtem Gummi versiegelt. Außerdem kann man, wenn man die Kamera im Regen benutzt – was ich nicht empfehle –, eine Hülle kaufen, um sie darüberzubreiten, ähnlich wie einen Mackintosh.« Er betrachtete den kleinen Koffer erneut. »Wenn ich raten müsste, Mrs. Manders, würde ich sagen, dass derjenige, der diesen Koffer herumträgt, seine Kamera als einfaches Gepäckstück tarnt.«

Ich verschränkte meine Arme vor der Brust und nickte. »Damit Diebe nicht erkennen, worum es sich handelt«, mutmaßte ich.

»Vielleicht. Außerdem fällt mir auf, dass kein Stativ enthalten ist. Wenn man ernsthaft fotografieren will, ist ein Stativ ein logischer Bestandteil der Ausrüstung.«

Mein Herz wurde mir ein wenig schwer. Neben den Kosten für Film und Entwicklung konnte ich mir nicht auch noch ein Stativ leisten. Die Fotografie schien ein teures Hobby zu sein. »Kann der Fotograf nicht mit der Hand fotografieren?«

»Ja, natürlich. Aber die menschliche Hand ist nicht so beständig, wie Sie denken. Ihr Mann war wohl nicht zufällig ein aufstrebender Journalist?«

»Nein.«

Crablow zuckte mit den Schultern. »Nun, das macht nichts. Ich habe zufällig ein Stativ hier, das ich nicht benötige. Sie können es so lange ausleihen, wie Sie wollen.«

Ich schluckte. »Ich danke Ihnen. Sie sind sehr freundlich.«

»Nicht der Rede wert. Wenn Sie sich bei mir revanchieren wollen, können Sie Mrs. Forsyth vorschlagen, die Familie für ein weiteres Porträt herzubringen.«

»Ein weiteres?«, fragte ich und beobachtete, wie er zu seinen Regalen ging und die dortigen Kisten durchwühlte. »Sie haben ein Porträt von den Forsyths gemacht?«

»Ja, kurz vor dem Krieg. Bevor die Tochter starb.« Crablow nahm eine Schachtel in die Hand, las das Etikett und kehrte zu seinem Arbeitstisch zurück. »Ich weiß, dass die Familie hier nicht sehr beliebt ist. Die Leute reden immer noch darüber, was mit der Tochter und dem toten Mann im Wald passiert ist. Alles, was ich über Frances Forsyth weiß, ist, dass es mir schwerfiel, sie zum Stillsitzen zu bringen. Aber ich war mit dem Endergebnis zufrieden, obwohl Mrs. Forsyth mir nicht erlaubte, es in meinem Schaufenster auszustellen.«

»Haben Sie eine Kopie des Bildes?«, fragte ich ihn. »Darf ich es sehen?«

Er schaute mich überrascht an. »Ja, natürlich. Ich habe es in meiner Musterkiste, die ich Privatkunden zeige. Gleich hier drüben.«

Er hatte das Foto auf dicke Pappe gezogen, damit es leichter zu handhaben war. Er holte es aus einer Schachtel mit ähnlichen Bildern und reichte es mir.

Die Familie saß im großen Salon, dem formellsten Raum von Wych Elm House, vor dem hohen Kaminsims. Im Hintergrund stand Robert, jünger, schlanker, mit einem unaufdringlich schönen Gesicht, das noch nicht so aufgedunsen war wie jetzt. Dottie, die neben ihm stand, sah auf merkwürdige Weise weicher aus, als ob die Jahre dazwischen die Linien ihres Gesichts in Stein gemeißelt hätten. Ihr Haar war so straff zurückgebunden wie immer. Martin, der auf einem Stuhl vor seinem Vater saß, war ein junger Mann, der der Kindheit entwachsen war, die Schultern zurückgestreckt, die Augen sanft und direkt in die Kamera blickend, ein selbstbewusstes Lächeln im Gesicht. Das war derselbe Martin, den ich auf Dotties Bild von ihm in Uniform gesehen hatte, der Martin, der dem Mann von heute fast gar nicht mehr ähnlich sah.

Frances saß neben ihrem Bruder, auf einem Stuhl vor Dottie. Sie war vielleicht zwölf oder 13 Jahre alt und trug ein Kleid mit Puffärmeln und einem hohen Spitzenkragen. Ihr Gesicht starrte mich an, das gleiche Gesicht, das ich in der kleinen Stube gesehen hatte – die hohe Stirn, die klaren, ruhigen Augen. Sie war ein paar Jahre jünger als das Mädchen, das ich gesehen hatte, trug ein anderes Kleid, ihr Haar fiel ihr um die Schultern und war mit einem Band zurückgebunden, aber sie trug eine Perlenkette um den Hals, die ich wiedererkannte. Ihr Gesicht war ausdruckslos, und unter ihren Augen lagen Schatten. Ihr Blick war ernst und unergründlich und irgendwie traurig.

Ich starrte sie an, eingefangen in Silbernitrat und gedruckt auf Papier. Mit einem Ruck wurde mir klar, dass ich nicht nur ihr Gesicht erkannte – ich *kannte* sie. Ich wusste etwas von der Angst, unter der sie litt, von der Isolation. Ich wusste es, denn obwohl sie tot war, hatte sie mir das alles gezeigt.

Was willst du, Frances? Was willst du von mir?

»Mrs. Manders?«, fragte der Fotograf.

Ich stotterte eine Bitte um Entschuldigung und reichte ihm das Porträt zurück. »Können Sie mir zeigen, wie man die Kamera bedient?«, fragte ich.

Er verbrachte eine Stunde damit, mir zu zeigen, wie man das Gerät aufbaute, wie man den Film einlegte und abspulte, wie man fotografierte und den Film mit dem Hebel vorwärtsschob. Er sprach über Licht – ich bräuchte ein starkes Licht, um in Innenräumen zu fotografieren, es sei denn, ich würde einen Blitz erwerben, und Sonnenlicht im Freien würde am besten funktionieren, vor allem in den weniger hart ausgeleuchteten Stunden der Morgen- und Abenddämmerung. Da er mich für eine angehende Hobbyfotografin hielt, gab er mir sogar Tipps, wo ich die besten Aussichtspunkte in der Gegend finden konnte. Ich versuchte, alles in mich aufzunehmen, und dann ging ich mit der Kamera in der Tasche und meinem geliehenen Stativ nach Hause. Mein Verstand raste.

In Wych Elm House hatte ich das Abendessen verpasst. Der Himmel war dunkel, der spätherbstliche Wind kühl, da die Sonne verschwunden war.

Ich nahm meinen Hut ab und zog die Handschuhe aus und ging zuerst in die Bibliothek, um Dottie zu suchen, die Kamera und das Stativ noch in der Hand. Sie hatte mich schon vor Stunden für heute entlassen, aber morgen sollten potenzielle Kunstkäufer kommen, und wenn sie noch arbeitete, würde ich ihr meine Hilfe anbieten. Ich fand die Bibliothek leer vor, Dotties Schreibtisch war aufgeräumt. Die neue Schreibmaschine stand auf meinem kleinen Schreibtisch, geduckt unter ihrer Abdeckung.

Ein einzelner Brief in einem versiegelten Umschlag lag in der Mitte des Schreibtisches. Damit wollte Dottie andeuten, dass der Brief für mich bestimmt und mit ihrer Korrespondenz in der Post gekommen war. Ich wusste sofort, worum es sich handelte. Außer den monatlichen Berichten aus Mutters Krankenhaus erhielt ich keine Post.

Die Briefe wurden immer von einer der leitenden Krankenschwestern geschrieben, wenn auch selten von Monat zu Monat von derselben Schwester. Vielleicht wechselten sie sich beim Schreiben der Briefe ab, um sich emotional von den Familien fernzuhalten; vielleicht gehörte es einfach zum Schichtwechsel, einmal pro Woche einen Brief von einer Liste zu schreiben. Ich öffnete den Umschlag dort in der leeren Bibliothek und las den Brief.

Mrs. Christopher war ruhig und hat sich sehr gut benommen. Es gab einen Zwischenfall, bei dem sie sich aufregte und das Frühstücksgeschirr zerbrach, aber die Ärzte haben ihre Dosis angepasst und seitdem ist sie ruhig. Wir haben den Aufenthalt der Patienten im Freien in die Aufenthaltsräume verlegt, da das Wetter kühl und an manchen Tagen ungemütlich ist, worüber sie sehr enttäuscht ist, da sie gern draußen sitzt. Ihr Appetit ist immer noch gering, obwohl die Ärzte ihre Essgewohnheiten überwachen. Sie genießt es, wenn man ihr abends die Haare bürstet, und wenn eine der Schwestern ihr einen Roman vorliest, scheint sie das zu beruhigen, obwohl sie die Geschichte nicht immer versteht.

Es gab mehrere Fälle von nächtlichen Angstattacken, in denen sie beim Aufwachen darüber klagte, draußen in der Kälte gelaufen zu sein, aber die Ärzte haben dies zur Kenntnis genommen und werden ihr ein Schlafpulver verabreichen, wenn ihre Ruhe sehr gestört ist. Es schmerzt mich zu sagen, dass sie nicht nach ihrer Familie fragt, denn ihr Geist ist sehr vernebelt; aber ich bin sicher, dass sie tief in ihrem Inneren ihre Liebe und die Erinnerung an Sie trägt.

So pflichtbewusst, so freundlich. Es musste leicht sein, so etwas zu schreiben, wenn es nicht die eigene Mutter war, die dort saß und einen verwirrt anstarrte, als wäre man eine Fremde, die sie nie zuvor gesehen hat. Es war auch so einfach, sie Mrs. Christopher zu nennen, als hätte sie jemals einen Ehemann gehabt.

Und kein Wort über die Kratzer an Mutters Hals.

Ich steckte den Brief ein und trug die Kameraausrüstung durch das ruhige Haus in die Küche, wo ich mir einen Teller Suppe holte. Eines der Dienstmädchen, das im schwachen elektrischen Licht der Küche das Geschirr abwusch, teilte mir mit, dass Mr. Forsyth nicht zu Hause war, Mr. Martin in seinem Zimmer sei und Mrs. Forsyth sich gerade früh zur Ruhe begeben habe, weil sie Kopfschmerzen hatte. Ich überlegte kurz, ob ich nach Dottie sehen sollte – als wir den Kontinent bereist hatten, war ich für Abhilfe bei ihren seltenen Kopfschmerzen verantwortlich gewesen –, aber das Dienstmädchen versicherte mir, dass sie bereits eine Tablette bekommen hatte und nur Ruhe wollte.

Ich aß meine Suppe auf und ging dann die Treppe hinauf in mein Zimmer, wobei ich vor Erschöpfung kaum noch die Füße hob. Martin war immer noch krank, und im Haus war es zu still. Aber ich wusste, dass ich nicht schlafen würde.

Ich blieb in der Tür meines Schlafzimmers stehen.

Zuerst fiel mir das Bett auf: Die Decke war ganz heruntergezogen und hing wie ein Brautschleier vom Ende des Bettes herab. Auf dem Tisch neben dem Bett war der Lampenschirm abgenommen worden, und neben dem nackten Licht, das eingeschaltet war, stand eine Figur, die ich aus einer der Vitrinen im Frühstückszimmer wiedererkannte, die Salome darstellte, die das Haupt Johannes des Täufers auf ihrem Schoß wiegte und ziemlich traurig aussah; ich konnte mir nicht vorstellen, wo Dottie sie erworben hatte oder warum sie sie für wertvoll hielt. Die Figur saß nun im gleißenden Licht der Lampe, und die Augen Johannes des Täufers starrten nach oben, ohne etwas zu sehen.

Die Schranktür stand ein Stück offen, und eine meiner Strickjacken war herausgezogen worden, hing halb drinnen und halb draußen. Die Taille der Strickjacke lag innen, und der Hals und die Arme waren aus der Schranktür auf den Boden gezogen, die Ärmel mitleiderregend und unheimlich lebensecht hochgezogen, als ob jemand im Schrank die Strickjacke gegen ihren Willen hineinziehen würde. Der einzige Stuhl im Zimmer stand neben dem Schrank, und ein Paar meiner Schuhe war darunter gestellt. Ein Paar meiner Strümpfe baumelte leer von der Sitzfläche zu den Schuhen, einer meiner Röcke lag auf der Sitzfläche, und eine meiner Blusen hing aufgeknöpft an der Stuhllehne, die Ärmel dekorativ in den Schoß des Rocks gefaltet. Das Ganze sah beinahe aus wie eine Frau, die auf einem Stuhl saß, und wurde von dem Schirm meiner Nachttischlampe gekrönt, der wie ein unförmiger Kopf oben auf dem Arrangement balancierte.

Meine gefühllosen Finger ließen die Kameratasche und das Stativ auf den Boden fallen. Ich glaubte keine Sekunde lang, dass jemand im Haus dies getan hatte – keiner aus der Familie oder eines der Dienstmädchen. Ich hörte meinen Atem laut rasseln in der stillen Luft und starrte wieder auf den Kleiderschrank, die bedauernswerte Strickjacke, ihre absichtliche Botschaft, ihre unmissverständliche Darstellung.

Frances sah eine Tür, hatte David Wilde gesagt. *Die Dinge, die sie durch diese imaginäre Tür kommen sah, waren tot.* Sie wollte es mir zeigen. Sie wollte, dass ich es sehe.

»Frances«, flüsterte ich.

Ich sah mir die Gestalt auf dem Stuhl noch einmal an. Sie sah verdorrt und tot aus, unmenschlich, der Kopf unförmig und ohne Augen, und doch war es eine Frau. Sie saß auf einem Stuhl und hatte die Hände auf den Schoß gelegt. Hielt sie Wache vor der schrecklichen Tür? Oder ahmte sie die Pose auf dem Porträt nach, das ich gerade im Ort gesehen hatte? *Du hast mich gesehen,* schien die scheußliche Gestalt zu sagen. *Ich sehe dich. Wir sehen uns gegenseitig.*

Ich stieß einen erstickten Laut aus. Ich sollte weglaufen. Ich sollte meine Sachen packen, das Automobil herbeirufen und dieses Haus verlassen, um nie wieder zurückzukommen. Einen anderen Weg finden, meinen Lebensunterhalt zu verdienen. Ich sollte nicht mehr hierbleiben, nicht mehr in diesem Schlafzimmer schlafen.

Doch trotz ihrer Ungeheuerlichkeit war die Gestalt auf dem Stuhl bemitleidenswert. Da war etwas an der leblosen Art, wie die leeren Ärmel gefaltet waren, an den schwach baumelnden Strümpfen. Ich war schon wieder einen Schritt nach vorn gegangen, die Hand ausgestreckt, um den Lampenschirm vom Stuhl zu schlagen, als mir die Kamera einfiel.

Das war es, was ich gewollt hatte: Bilder machen zu können, die jemand außerhalb meines fiebrigen Geistes sehen konnte. Ich hockte mich hin und fummelte an den Verschlüssen des Kamerakoffers herum, und ich hatte die Kamera herausgenommen, bevor ich mich an Mr. Crablows Vortrag über Licht erinnerte. Ich bräuchte ein starkes künstliches Licht, um in Innenräumen zu fotografieren, hatte er gesagt. Einen Blitz hatte ich nicht.

Trotzdem hob ich die Kamera an, balancierte sie auf meinen Knien – ich machte mir nicht die Mühe, das Stativ zu benutzen – und machte ein Bild von dem Stuhl. Ich drehte den Film und machte eine weitere Aufnahme.

Ich drehte den Film erneut, schwenkte die Kamera in Richtung des Kleiderschranks und machte eine dritte Aufnahme.

»Ich sehe dich«, sagte ich laut.

Mehr konnte und wollte ich nicht tun. Ich konnte den unheimlichen Stuhl nicht länger ansehen. Ich stellte die Kamera ab und erhob mich. Ich ertappte mich dabei, wie ich den Lampenschirm anstarrte, als wären es Gesichtszüge, die mir entgegenblickten. Ich drehte mich schnell um und verließ den Raum, wobei ich die Tür hinter mir schloss.

Im Korridor hielt ich inne. Ich blickte auf meine Hände, die zwar leicht zitterten, aber nicht zu schlimm. Meine Kehle war eng, aber ich konnte noch atmen. Sie wollte etwas – von mir. Sie wollte es so verzweifelt, dass sie bereit war zurückzukommen und durch die Tür zu treten, die sie im Leben gefürchtet hatte, um es von mir zu erbitten. Dass das, was ich gerade gesehen hatte, gegen jede Vernunft verstieß, wusste ich sehr wohl. Aber ich erkannte auch einen Akt der Verzweiflung, wenn ich ihn sah. Ich wusste, was es hieß, etwas so sehr zu wollen. So tief zu fühlen.

Ich würde nicht schreiend davonlaufen. Frances war *zu mir* gekommen, also würde ich *zu ihr* gehen. Ich würde ihre Orte aufsuchen, ihre privaten Orte, so wie sie an meinen gewesen war. Ich würde mit dem Ort beginnen, an dem sie starb.

Ich wandte mich der Treppe zu und ging zum Dach hinauf.

15

Um auf das Dach zu gelangen, musste ich bis auf den Dachboden klettern, wo das Haupttreppenhaus endete, und dann zum anderen Ende hinübergehen, wo eine kleine Tür zu einer Wendeltreppe nach oben führte. Ich kannte den Weg nicht, aber es war nicht schwierig, denn im Dachgeschoss gab es nur einen einzigen langen, muffigen Gang, durch dessen Fenster kaum Licht fiel, und die dunkle, geschlossene Tür zu Frances' Zimmer. Ich folgte dem Korridor, der leer und still war, bis ich die Dienstbotentür fand, die nicht verschlossen war. Dann stieg ich die kleinere, staubige Treppe hinauf.

Oben war eine zweite Holztür, die mit einem Riegel verschlossen war. Von der anderen Seite hörte ich das leise Heulen des Windes, als würde jemand jämmerlich stöhnen. Ich hob den Riegel an, das feuchte Holz kalt an meiner Handfläche, und drückte die Tür auf.

Ein Windstoß blies mir entgegen und strich über mein Haar. Draußen war alles dunkel; die Dämmerung war bereits der Nacht gewichen. Die Luft war kalt, stechend und fuhr mit den Fingern unter den Halsausschnitt meines Kleides, noch bevor ich das Treppenhaus verlassen hatte, aber nach dem stickigen Korridor und der staubigen Treppe fühlte ich mich dadurch gestärkt und hob mein Gesicht.

Ich trat auf das Dach hinaus. Sofort wehte mir der Wind wieder ins Haar, schlug meinen Rock gegen die Beine und ließ den Stoff meiner Kleidung kalt werden, selbst wo er meine Haut berührte. Ich befand mich auf einem Absatz auf dem höchsten Giebel von Wych Elm House, einem etwa eineinhalb Meter großen Podest, das von einem schwarzen schmiedeeisernen Geländer in Hüfthöhe eingefasst war. Rechts und links von mir fiel das Dach von Wych Elm House schräg ab, als wäre ich die Meerjungfrau am Bug eines Schiffes, die in den Wald segelt. Vor mir breiteten sich die Wipfel der Bäume aus, die nächstgelegenen leuchteten und wogten sichtbar im Wind, die weiter entfernten waren nur noch Bänder aus Schwarz und Zinn und dämmrigem Silber, die sich zu einer kilometerlangen Masse vereinigten.

Ich trat an das Geländer und legte meine Hände darauf; es war eisig, und selbst unter meiner Berührung wurde es kaum warm. Meine Augen tränten im stechenden Wind, und ich blickte hinaus auf die Aussicht, weit und schön und furchterregend, als wäre ich eine Königin allein in einem Turm. Eine Handvoll Lichter funkelte weit rechts, alles, was ich vom Ort Anningley sehen konnte. Durch das Rauschen des Windes in meinen Ohren glaubte ich, das Meer zu hören. Es war kalt und schön hier oben, kraftvoll, hypnotisierend.

Und dann schaute ich nach unten.

Es ging geradewegs hinab, der Abgrund des Hauses gähnte direkt vor meinen Zehenspitzen, vorbei an der Dachkammer, dem Fenster meines Schlafzimmers und dann auf die gepflasterte kreisförmige Zufahrt darunter, die aus dieser Höhe wie eine Kinderzeichnung aussah.

Ich spürte, wie meine Hände das eiserne Geländer umklammerten, die Kanten gruben sich in das Fleisch meiner Handflächen, meine Handgelenke und Unterarme schmerzten, als mein Griff fester wurde. Ich blinzelte mir das Wasser aus den Augen, ohne den Blick abwenden zu können. Genau hier war es passiert. Frances hatte hier gestanden, ihre Füße hierhergestellt, möglicherweise ihre Hände dorthin gelegt, wo meine jetzt waren. Und dann hatte sie sich nach vorn gebeugt, ihr Gewicht hatte sie über die Kante des Geländers getragen, ihr Griff hatte sich gelockert, sie hatte losgelassen, als sie hinunterfiel und hinunter und hinunter …

Vergessen.

So einfach. Sich hinauslehnen, sich vorbeugen, sich von der Schwerkraft tragen lassen. Loslassen.

Vergessen.

Der Wind heulte mir in den Ohren. Alex fort, kein Kind, das mich liebte, meine Mutter verrückt. Was würde es für einen Unterschied machen? Ich spürte nur den kalten Wind in meiner Lunge und das Rauschen in der Luft, als ich meine Augen schloss.

Im Wald, tief unter dem Blätterdach der Bäume, bellte ein Hund. Kein fröhliches oder aufgeregtes Bellen, sondern ein tiefes, knurrendes Schnappen, das in einem dunklen Bass dröhnte. Es ertönte ein Mal, und dann noch einmal, näher.

Die Tür hinter mir schlug zu.

Mir lief es kalt den Rücken hinunter, und ich trat hastig vom Geländer weg und stieß mich mit meinen nassen, rutschigen Handflächen ab. Ich wirbelte herum, aber es war niemand mit mir auf dem Treppenabsatz, nur die Dunkelheit und das Rauschen des Windes. Ich trat an die Tür zum Treppenhaus und griff nach dem Knauf in der Erwartung, ihn glatt und unnachgiebig in meiner Hand zu spüren, die Tür verriegelt. Aber er ließ sich drehen, und ich riss die Tür auf, wobei der Riegel auf der Innenseite schlaff herumschwang, als die Tür an die Wand schlug. Schnell trat ich ins Innere und auf die Treppe und drehte mich kurz um, um den Riegel wieder zu schließen.

Was hast du dir dabei gedacht?, schimpfte ich mit mir selbst, als ich durch die Finsternis hinabstieg. *Was ist nur los mit dir? So da draußen zu stehen und über solche Dinge nachzudenken …*

Ich wischte mir mit den Handballen das Wasser aus den Augen, als ich durch die Dienstbotentür kam. Mein Haar war zerzaust, meine Haut kalt. Ich betrat den Korridor.

Die Tür von Frances' Zimmer war angelehnt. Dahinter hörte ich ein leises Knarren.

Ich legte meine Hand auf die gestreifte Tapete, um mich zu beruhigen. Ich konnte einen schwachen Lichtstreifen zwischen dem Rand der Tür und dem Türrahmen sehen. Vorher war er nicht da gewesen; die Tür war geschlossen und verriegelt gewesen, still. Das Knarren ertönte erneut.

Ich machte einen leisen Schritt vorwärts auf dem geblümten Teppich und hielt den Atem an, als das Geräusch erneut wie ein heimliches Tun von drinnen kam. Mit eiskalter Hand stieß ich die Tür auf.

Es war das Zimmer eines jungen Mädchens. Eine hübsche, weiß gestrichene Holzkommode an einer Wand; ein passender Kleiderschrank; ein Bett, bezogen mit

Wäsche im zarten Grün neuer Blätter, darüber ein Baldachin; eine Fensterbank mit Kissen, ähnlich wie die Fensterbank in meinem eigenen Zimmer. Die Vorhänge am Fenster waren ordentlich zurückgezogen und gaben den Blick auf das leere schwarze Quadrat der Nacht frei. Ein überfülltes und abgenutztes Bücherregal schmückte die gegenüberliegende Wand. Eine einzelne Lampe, die kaum Licht über ihren eigenen Kreis hinaus spendete, war eingeschaltet und warf einen Schein unter ihrem Porzellanschirm. In der Mitte des Raums stand ein hölzerner Schaukelstuhl, von dem das knarrende Geräusch stammte. In dem Schaukelstuhl saß Dottie.

Sie war von mir abgewandt, sodass ich nur das ordentlich geflochtene Haar an ihrem Hinterkopf sowie die Linie ihres Halses und ihrer Schultern sehen und einen flüchtigen Blick auf ihr Ohr und ihren Kiefer werfen konnte, so wie ich den Geist ihrer toten Tochter gesehen hatte. Sie trug dasselbe Kleid, das sie den ganzen Tag über getragen hatte, aus weicher, teurer Wolle, dessen Farbe im schwachen Licht zu Grau verblasst war. Sie drehte sich nicht um, um mich anzusehen. Während ich sie beobachtete, überlagerte sich das Bild von Frances mit dem Bild von ihr, ihre Füße in den praktischen Oxfords auf den Boden gedrückt, und der Stuhl wippte langsam hin und her.

»Du warst noch nie in diesem Zimmer, nicht wahr?«, fragte sie.

Ich schluckte. »Nein.«

»Siehst du irgendwelche Ketten?«

Ich blinzelte und erinnerte mich an die Gerüchte in der Stadt, dass die verrückte Frances Forsyth hinter Schloss und Riegel gehalten worden war. »Nein«, sagte ich wieder.

Dottie nickte. »Ich konnte es nicht ertragen, ihre Sachen fortzugeben. Sie einzupacken, als ob sie nie da gewesen wäre. Stattdessen habe ich das Haus verlassen. Ich habe dieses Zimmer seit ihrem Tod nicht mehr betreten.«

Ich trat weiter ins Zimmer und umkreiste Dottie, bis ich ihr Gesicht sehen konnte. Es lag halb im Schatten, ihr Gesichtsausdruck war gedämpft, aber ihre Lippen bildeten eine feste Linie. Ihre Hände waren über die Armlehnen des Schaukelstuhls gekrümmt. Sie blickte geradeaus, in ihre eigenen Gedanken versunken, und nicht zu mir.

»Es ist ein schönes Zimmer«, bot ich an.

Dottie schwieg einen Moment lang. Ihr Blick wanderte zu dem Bett mit der unberührten Decke. »Frances war vom Tag ihrer Geburt an ein schwieriges Mädchen. Schon als Baby hat sie sich gegen mich gewehrt. Die Kindermädchen, die ich einstellte, kündigten – sie sagten, sie sei nicht zu bändigen. Schließlich kümmerte ich mich selbst um sie.«

Ich hielt den Atem an und hörte zu.

»Sie hatte imaginäre Spielkameraden. Das haben alle Kinder. Ich habe oft mit angehört, wenn sie allein in diesem Zimmer war und leise sprach. Ich dachte, sie würde mit ihren Puppen sprechen, aber das tat sie nie. Sie hat überhaupt nie mit ihren Puppen gespielt. Ich fand sie immer auf ihrem Bett oder mitten auf dem Boden sitzend vor, allein.« Dottie hielt einen Moment inne. »Als sie sechs Jahre alt war, fing sie an, von Dingen zu sprechen, die sie sah. Gesichter. Stimmen, die sie in ihrem Kopf hörte. Sie beklagte sich über ein Gesicht, das genau an diesem Fenster erschien, dort drüben.« Sie deutete kurz auf das Fenster mit der möblierten Fensterbank.

»Ein Gesicht?«, fragte ich.

»Ein Mann. Mit einem weißen Gesicht und schwarzen, tief liegenden Augen. Er tauchte nachts auf und flehte sie an, ihn hereinzulassen. Es ist unmöglich, dass jemand an diesem Fenster stehen kann – es befindet sich im dritten Stockwerk –, aber das spielte keine Rolle. Sie konnte nicht schlafen. Und eines Nachts hörten wir ein Krachen und einen Schrei. Ich fand Frances zusammengekauert an der Wand, da drüben, mit blutverschmierten Händen. Sie hatte versucht, das Fenster einzuschlagen und dem Mann zu sagen, er solle verschwinden.«

Ich stand schweigend da und stellte es mir vor.

»Es wurde schlimmer«, fuhr Dottie fort. »Ich habe Ärzte kommen lassen, aber das waren Idioten. Sie sagten mir, dass es ihr in einem Krankenhaus besser gehen würde, nur weil sie Gesichter sah und Stimmen hörte. Ein *Krankenhaus!*« Zum ersten Mal sah Dottie mich an, und ihre Augen waren wie kleine, heiße Kohlen. »Hast du eine Ahnung, was mit einem kleinen Mädchen an einem solchen Ort passieren kann?«

Ein Schauer lief mir über den Rücken, als ich an die Krankenhäuser dachte, die ich auf der Suche nach einem Platz für Mutter besucht hatte. Ich konnte es mir sehr gut vorstellen.

»Robert wollte, dass sie auf ein Internat geht. Ich habe mich dagegen gewehrt, aber er meinte, ich sei übervorsichtig. Frances war nicht dumm, und wenn man ihr die Gelegenheit gab, konnte sie genauso gut lernen wie jedes andere Kind. Und schließlich habe ich nachgegeben.« Sie holte tief Luft, und ich merkte, dass sie sehr zornig war, auf stille, unterdrückte Art. »Dadurch hörten ihre

Visionen aber nicht auf. Ihre Briefe erzählten mir von den Geistern im Internat. Ein Mädchen an ihrem Bett, ein totes Mädchen im Teich. Sie passte natürlich nicht in die Gruppe, konnte auch nicht darauf hoffen. Die anderen Mädchen zeigten keine Gnade mit ihr. Sie witterten ein Opfer, wie Mädchen es eben tun. Sie hänselten sie, spielten ihr Streiche und legten ihr schreckliche Dinge ins Bett. Ich wollte sie aus der Schule nehmen, aber Robert sagte Nein. Er meinte, sie müsse das durchhalten, die Mädchen würden sie schon irgendwann in Ruhe lassen.«

Ich ging zu den Bücherregalen und ließ meinen Blick über sie schweifen, unfähig, Dotties Schmerz länger zu beobachten. Ich sah Bücher mit Kinderliedern und Märchen – Bücher, die jedes Mädchen besitzen würde. Ich fuhr mit den Fingern sanft über die Buchrücken. Dieses Zimmer sah so sehr wie ein normales Mädchenzimmer aus, wie das Zimmer eines lebendigen Mädchens. Ich hatte noch nie ein solches Zimmer gehabt, und wenn es mir jemand geschenkt hätte, hätte ich geglaubt, ich würde träumen. »Was ist passiert?«, fragte ich.

Dotties Stimme war kurz angebunden und hart. »Sie wählten eine kalte Nacht und sperrten sie allein in den Glockenturm der Schule. Aber zuerst haben sie ihr die Kleidung weggenommen.«

Ich atmete schockiert aus. Was musste das mit Frances gemacht haben, die bereits isoliert, verängstigt und allein war? Wie sehr es sie gebrochen haben musste.

Ich hörte den Stuhl schaukeln. »Ich habe sie nach Hause geholt. Sie hat wochenlang nicht gesprochen. Als sie dann wieder sprach, war es schlimmer als je zuvor.

Sie erzählte von einem Hund namens Princer. Sie sagte, er sei durch die Tür gekommen, um sie zu beschützen.«

Ich drehte mich wieder um. »Woher gekommen?«

Dottie schüttelte den Kopf, dann seufzte sie. »Aus ihren Träumen.«

Ich starrte sie an und schwieg.

»Sie kamen alle aus ihren Träumen«, fuhr Dottie fort. »Die Gesichter, die Gestalten. Der Hund. Sie glaubte, es wären die Geister der Toten. Aber Princer war anders. Er war … eine Art Dämon. Er war nicht gekommen, um sie zu töten, sondern um sie zu beschützen.« Dottie hob eine Hand und kniff sich kurz in die Nasenwurzel, der einzige Hinweis auf ihre tiefe Verzweiflung. »Meine eigene Tochter hat von diesen Dingen gesprochen. Meine eigene Tochter. Was hätte ich sagen sollen?« Sie ließ die Hand fallen und fuhr fort. »Eine Zeit lang war es besser, nachdem sie begonnen hatte, sich den Hund vorzustellen. Frances sah immer noch Dinge, aber sie spürte, dass Princer ihr half, sie verschwinden zu lassen. Es war eine Art Selbstsuggestion, glaube ich, aber zumindest wurde sie weniger gequält. Ich stellte Hauslehrer ein, und sie ging im Wald spazieren, zeichnete Skizzen und erforschte ihre Umgebung. Und dann war ich eines Tages in der Bibliothek, als ich ein Geräusch auf der hinteren Terrasse zu hören glaubte. Ich ging in den Morgenraum und schaute zur Tür hinaus. Und dann hörte ich Schreie.«

Wie gebannt stand ich da und dachte an die Aussicht, die ich gerade vom Giebel aus gehabt hatte, an den steilen Abhang zum Kopfsteinpflaster. *Ich habe sie gesehen,* wollte ich Dottie sagen. *Ich sah deine Tochter an dem Tag, an dem wir hierherkamen, in der Stube sitzen. Sie ist nie weggegangen. Sie ist hier.* Fast hätte ich die Worte laut ausgesprochen, aber sie wären kein Trost gewesen.

»Ich wusste, was geschehen war«, sagte Dottie. »In diesem Moment wusste ich es. Aber ich konnte es mir nicht eingestehen. Zumal die Dinge doch gut liefen. Nicht meine Frances.« Sie holte tief Luft, hob ihr Kinn und sah mich an. »Aber es *war* so. Es war Alex, der mich an der Haustür aufhielt und mir sagte, sie sei tot.«

Einen betäubten Moment lang konnte ich die Worte nicht verstehen, nicht verarbeiten. Dann dachte ich, ich hätte mich vielleicht verhört, weil das pochende Blut in meinen Ohren meine Wahrnehmung verwirrte. »Ich bitte um Verzeihung?«

»Du wusstest nicht, dass er hier war, oder?«, fragte Dottie. Ich musste verwirrt ausgesehen haben, denn sie nickte. »Das habe ich mir schon gedacht. Er war hier auf Heimaturlaub und besuchte uns, an dem Tag, als Frances starb.«

»Nein«, sagte ich. »Alex hatte im April 1917 Urlaub, und den hat er ganz mit mir verbracht.« Während dieses Urlaubs hatte er die Kamera erhalten. »Einen weiteren Urlaub bekam er erst 1918, das war der letzte, bevor er verschwand.«

Dottie nickte wieder, als hätte sie meine Antwort erwartet. »Frances starb im August 1917. Und Alex war hier. Auf Urlaub.«

»Ich …« Meine Hände waren kalt geworden. Ich starrte sie schockiert an, die gleiche Überraschung, die ich empfunden hätte, wenn sie von ihrem Stuhl aufgestanden wäre und mir eine Ohrfeige gegeben hätte. »Alex … Alex ist auf Heimaturlaub nach Hause gekommen, ohne mir etwas zu sagen? Ohne sich mit mir zu treffen?«

»Ja. Er hat sogar am Tag vor ihrem Tod einige Zeit mit Frances beim Spazierengehen auf dem Gelände verbracht.« Dottie sah mich einen Moment lang an. Der Schmerz war aus ihrem Gesicht gewichen, dessen Ausdruck nun undurchdringlich war. Sie drückte die Hände auf die Armlehnen des Schaukelstuhls und stand auf, wobei sich der Stuhl hinter ihr ins Leere bewegte. Als sie auf mich zukam, spielte das schwache Lampenlicht mit ihren Gesichtszügen und ließ die Augenhöhlen und die Vertiefungen ihrer Wangenknochen im Schatten liegen. »Du bist einem Mann begegnet und hast ihn geheiratet«, sagte sie zu mir. »Ich kenne dich nun schon einige Zeit und ich habe verstanden, dass du ihn geliebt hast. Aber was hast du über ihn gewusst?«

Ich versuchte, mich daran zu erinnern, wie es mit Alex gewesen war, wie es war, als wir zusammen waren. Das ist jetzt schon so lange her. »Er hat mir alles erzählt«, sagte ich.

»Er hat dir *nichts* erzählt.« Sie trat wieder vor, und dieses Mal zeigte mir das Lampenlicht ihre Gesichtszüge. Ihre Augen waren auf mein Gesicht gerichtet und glühten mit einer Emotion, die ich nicht benennen konnte. »Verstehst du? Er war mein Neffe, das Kind meiner toten Schwester. Ich nahm ihn auf und zog ihn fast vier Jahre lang groß. Dann ging er fort, um mit Deutschen zu leben. Deutschen! Und er sah mir in die Augen und sagte: ›Tante Dottie, ich will gehen.‹«

»Es waren seine Verwandten«, stammelte ich. »Damals gab es noch keinen Krieg.«

»Das spielt keine Rolle«, erwiderte Dottie. »Ich habe erst nach sechs Wochen erfahren, dass er nach England zurückgekommen war. Da hatte er sich in Oxford bereits eingelebt. Als er mit dem Studium fertig war, wollte er den Kontinent bereisen, aber ich habe nie einen Brief oder eine Postkarte bekommen. Wo ist er hingegangen?«

Ich stand wie erstarrt, ihre Fragen stachen mich wie Nadeln.

»Er hat dich geheiratet«, fuhr Dottie fort, »eine Frau, die wir noch nie gesehen hatten. Er hat uns nicht zur Hochzeit eingeladen. Und doch sah ich ihn die ganze Zeit über als meinen Neffen an. Meine Familie. Er war immer Alex. Und dann kam der Krieg, und plötzlich kam er mich auf Heimaturlaub besuchen. Er sagte mir, dass er dich als Nächstes besuchen würde, dass er nach London fahren würde, bevor er wieder an die Front musste. Und gleichzeitig hat er dir nie etwas von alledem gesagt.«

Mir drehte sich der Magen um. Ich hätte alles, buchstäblich alles getan, um Alex ein zweites Mal im Jahr 1917 zu sehen, und das wusste er auch. Ich war zu Hause gewesen und hatte mir Tag für Tag Sorgen gemacht, dass ich das Telegramm bekommen würde, in dem man mir mitteilte, dass er tot war, und stattdessen war er nach England gekommen, *ohne es mir zu sagen.* Wenn ich herausgefunden hätte, dass er eine andere Frau hatte, hätte ich mich nicht leerer und verratener fühlen können.

»Das ergibt doch keinen Sinn«, sagte ich. »Er hätte mich besuchen können. Warum hat er uns beide deswegen angelogen? Warum?«

»Das ist eine sehr gute Frage. Das habe ich mich auch schon gefragt. Vielleicht war es der Krieg, der das bewirkt hat – ich weiß es nicht. Aber in dem Moment, als er mir sagte, Frances sei tot, als ich in sein Gesicht sah, wurde mir klar, dass er nicht mehr der Junge war, den ich kannte. Er war ein Mann und ein Fremder für mich.«

»Er war kein Fremder für *mich*«, antwortete ich. »Das war er nicht.«

»Dann frag dich, warum er an diesem Tag hier war, während du dir zu Hause Sorgen um ihn gemacht hast«, sagte Dottie. »Das würde ich mich fragen.«

Dann war sie weg, aber ich sah sie nicht gehen, hörte die Tür nicht zufallen. Ich stand im schummrigen Lampenlicht, mit verwirrtem Geist und einer heftigen Übelkeit im Magen, während die Uhr an der Wand leise tickte.

16

Auf der Fahrt von London hatte Dottie mir gesagt, dass sie unter anderem von mir erwartete, dass ich Tee servieren würde. Als die ersten Kunstkäufer in Wych Elm House eintrafen, setzte ich diese Aufgabe in die Praxis um.

Es war nicht schwierig, wie Dottie festgestellt hatte. Ein potenzieller Käufer tauchte zu einem Treffen auf; ein Dienstmädchen brachte innerhalb von fünf Minuten ein Tablett mit einem Teeservice und verschiedenen Leckereien; das Dienstmädchen verließ den Raum, und ich übernahm. Ich schenkte den Tee ein und servierte ihn, wobei meine Aufgabe lediglich darin bestand, hilfreich, dekorativ und schweigsam zu sein. Ich fühlte mich ähnlich wie in Casparovs Büro, wie ein Briefbeschwerer aus Messing mit dem zusätzlichen Vorteil, dass ich Arme besaß. Ich trug die neue Kleidung, die Dottie mich zu bestellen genötigt hatte, und hielt mein Haar so ordentlich wie möglich hochgesteckt. Dottie lieh mir sogar eine teure, aber dezente Perlenkette, um die Wirkung zu verstärken. Ich war immer noch dasselbe Mädchen aus Casparovs Büro, nur älter, weiser und eleganter.

Es gab ein paar Vorteile gegenüber damals. Zum einen war es einfach. Und im Gegensatz zu Casparov hielt Dottie alle ihre Sitzungen vor mir ab, sodass ich jedes Wort der Gespräche mitbekam, während ich dasaß, als ob ich nicht existierte. Auf diese Weise lernte ich, wie sie bei ihren Geschäften vorging, und ich erfuhr auch, wie sie versuchte, eine Frau für Martin zu finden.

»Dieser letzte Bursche schien sich sehr für den Turner zu interessieren«, wagte ich eines Tages zu sagen, nachdem ein Käufer gegangen war.

»Er hat zu viel von Malern gesprochen«, spottete Dottie. »Als ob ich über *Maler* reden wollte. Aber seine Tochter ist hübsch, und ich habe gehört, dass er eine gute Summe für ihre Mitgift ausgeben will. Wenn er schreibt und um ein weiteres Treffen bittet, sagst du ihm zu.«

Sie wollte wirklich nicht über Maler sprechen. Trotz monatelangen Aufwands zur Aneignung der Werke war Kunst um der Kunst willen nicht Dotties Ziel. Kunst war einfach ein Mittel zum Zweck – oder in diesem Fall ein Mittel zu zwei Zwecken: Geld zu verdienen und eine geeignete Schwiegertochter zu finden, jetzt, da ich nicht mehr infrage kam.

Wir sprachen nicht über unser Gespräch in Frances' Schlafzimmer. Wir sprachen auch nicht über ihre ursprünglichen Pläne, mich mit ihrem Sohn zu verheiraten. Martin erzählte mir, dass sie die Nachricht über meinen verworrenen Rechtsstatus bemerkenswert gut aufgenommen hatte. »Ich habe ihr gesagt, sie soll mir jemand anderen suchen«, berichtete er mir. »Irgendeine andere, ganz gleich, wen. Aber ich hoffe, sie findet wenigstens eine Hübsche für mich.«

»Das gefällt mir gar nicht«, sagte ich ihm zum dutzendsten Mal. »Du solltest dir deine Frau selbst aussuchen.«

»Ich denke an mein Leben in Wochen, nicht in Jahren«, antwortete Martin. »Ich kann mir nicht vorstellen, dass ich für eine längere Zeit mit einer Frau zusammen sein werde, also kann ich nicht sagen, dass es wirklich wichtig ist.«

Wir diskutierten lange darüber, beim Mittagessen, bei Spaziergängen und gelegentlich bei einem abendlichen Drink im Salon. Er hatte eine lockere Art – zu locker, dachte ich. Aber er war nicht einfach nur nett und umgänglich, als er Dotties Plänen, ihn zu verheiraten, zustimmte. Ich spürte, dass hinter alledem eine echte Apathie steckte, eine Leere, die dunkel und ein wenig beängstigend war. Er war stark genug geworden, um wieder aus seinem Schlafzimmer zu kommen, aber seine Gesundheit war gefährlich zerbrechlich, und er hatte nicht oft die Energie, um gesellig zu sein. Wenn er sie hatte, genoss ich trotz unserer Debatten seine Gesellschaft.

Aber in meiner Freizeit war ich oft allein. Ich experimentierte mit Alex' Kamera, wanderte in der Abenddämmerung und seltener im frühen Morgengrauen umher, denn die Morgenstunden wurden immer kälter. Die Bilder, die ich von dem Stillleben gemacht hatte, das Frances mir in meinem Zimmer hinterlassen hatte, waren nicht gut geworden: Mr. Crablow, der sie für mich entwickelte, zeigte mir, dass die Abzüge nur schwarze Quadrate waren. »Sind Sie ganz sicher, dass Sie das Objektiv geöffnet haben, meine Liebe?«, fragte er mich. Das war ich, aber er schüttelte nur nachsichtig den Kopf und ermutigte mich, es noch einmal zu versuchen. Das tat ich dann auch.

Ich hatte die Kamera aus einem bestimmten Grund in Gebrauch genommen, aber zu meiner Überraschung entdeckte ich, dass ich sie gern benutzte. Wenn ich fotografierte, allein im langsam schwindenden Licht, eingekuschelt in einen Pullover und einen Mantel, mit feuchten und kalten Füßen, mein hübsches Kleid und die geliehenen Perlen in meinem Zimmer zurückgelassen, fiel alles von mir ab. Ich dachte nicht an Dotties Familie oder an meine eigene ungewisse Zukunft. Ich dachte nicht an die Tatsache, dass ich nicht den Rest meines Lebens als Dotties Magd verbringen konnte. Ich dachte nicht an Frances' mysteriösen Tod und daran, wer sie vom Dach gestoßen haben könnte. Und ich dachte nicht an die Gedanken, die meinen Verstand zu verschlingen drohten: dass Alex mich angelogen hatte. Dass Alex nach England gekommen war, ohne es mir zu sagen. Dass man ihn am Tag vor ihrem Tod in einem langen Gespräch mit Frances gesehen hatte. *Du bist einem Mann begegnet und hast ihn geheiratet. Aber was wusstest du über ihn? Er war ein Mann, ein Fremder für mich.*

In den ersten Tagen nach meinem Gespräch mit Dottie war dieser Gedanke wie ein Faustschlag in meinen Bauch. Ich hatte drei Jahre mit dem Alex verbracht, den ich im Kopf hatte, dem Ehemann, den ich in meinen Erinnerungen trug, und war mir so sicher, dass das Bild, das ich hatte, richtig war. Dotties Worte änderten all das. Ich schwankte zwischen zittriger Verleugnung und kalter Angst, ausgelöst durch die Erinnerung an Alex' Gesicht, seine hübschen Züge und seine außergewöhnlichen blauen Augen, die eines Fremden.

Nach einigen Tagen konnte ich den Gedanken an Dotties Gespräch zaghaft berühren wie einen blauen Fleck, konnte mit der Zunge über den Gedanken fahren wie über einen heilenden Zahn. Und dann begann ich, wütend zu werden.

»Mrs. Manders.« Das war einer von Dotties Kunstkäufern, der auf dem Sofa im Salon saß und mir zusah, wie ich Tee einschenkte. Ich war so in meine Gedanken versunken, so wenig gewöhnt, bei diesen Treffen wahrgenommen zu werden, dass ich für einen Moment meinen eigenen Namen vergaß.

»Ja, Sir«, brachte ich hervor.

»Sie sind mit Mrs. Forsyths Neffen verheiratet, glaube ich?«

Ich hielt inne, die Teekanne kurz vor dem Einschenken, und schaute Dottie an. Ich hatte keine Anweisungen für den Fall erhalten, dass mir ein Kunde Fragen stellen würde. Dottie runzelte die Stirn, schwieg aber.

Ich wandte mich wieder dem Mann zu. Er war um die 60, distinguiert, mit aufrechter Körperhaltung und dichtem silbernen Haar. Eine markante, wohlgeformte Nase mit hohem Nasenrücken ließ ihn besonders aristokratisch aussehen. Ich durchsuchte mein Gedächtnis nach seinem Namen.

»Ich *war* mit ihm verheiratet, Sir.« Ich brachte die Worte kaum heraus. Hatte er gewusst, dass ich an Alex dachte? »Er ist im Krieg gefallen.«

»Sehr bedauerlich«, sagte der Mann. Sein Blick wanderte meinen Arm hinunter zu meinen Händen, wo sie die Teetasse und die Kanne hielten, und ich fragte mich, ob er meinen Ehering betrachtete, den schmalen

Goldring, den Alex mir eines goldenen Tages auf Kreta geschenkt hatte. »Ein Offizier, nehme ich an?«

Ich biss innerlich die Zähne zusammen. Was spielte Alex' Status für eine Rolle, jetzt, da er tot war? »Ja, Sir. Er war Offizier bei der RAF. Sein Flugzeug stürzte 1918 ab.«

»In der Tat.« Er nahm mir die Teetasse aus der Hand, lehnte sich auf dem Sofa zurück und betrachtete mich. Mein wirbelndes Gehirn tat endlich seine Arbeit und lieferte seinen Namen: Mabry. Colonel Mabry, obwohl er keine Uniform trug. »Ich kannte sehr viele RAF-Männer. Das waren tapfere Kerle.«

Ich setzte die Teekanne ab und versuchte, dabei keinen Lärm zu machen. »Ja, Sir.«

»Colonel«, unterbrach mich Dottie, die ungeduldig nach ihrer eigenen Teetasse winkte, »vielleicht möchten Sie in die Galerie kommen und sich einige der Werke ansehen, für die Sie sich interessiert haben.«

Colonel Mabry wandte sich zu ihr um, und für eine Sekunde glaubte ich, leichte Überraschung in seinen Augen zu sehen, so als hätte er vergessen, dass sie da war. »Das hört sich gut an«, stimmte er zu, »aber wir haben noch viel Zeit.«

Dottie hob ihre schmalen Augenbrauen. »Wie bitte?«

»Ich bleibe in der Gegend«, sagte Mabry. »Ich habe mich in dem kleinen Hotel im Dorf einquartiert. Bei dieser Reise mische ich Geschäftliches mit Vergnügen. Vor einigen Jahren habe ich einige Zeit in der benachbarten Regierungseinrichtung gearbeitet, und ich bin auf deren Bitte hin wieder hier, um sie in einer kleinen Angelegenheit zu unterstützen.«

»Ich verstehe«, sagte Dottie. »Was für ein Glück.«

»Das Ministerium für Fischerei?«, fragte ich. »Das ist ein seltsamer Auftrag für einen Colonel der Armee.«

Die Luft im Raum wurde so spröde und kalt wie das Eis auf einer Pfütze. Ich sah Dottie nicht an, aber ich spürte den Hauch ihrer Missbilligung, und ich ließ meinen Blick auf den Schoß meines Rocks fallen, während ich mich auf das Sofa sinken ließ.

»Es war eine persönliche Angelegenheit«, sagte der Colonel. Seine Stimme war leise und zurückhaltend, aber nicht verärgert. »Keine offizielle Tätigkeit, fürchte ich. Es war einige Jahre vor dem Krieg.«

»Ja, Sir«, sagte ich. »Ich bitte um Entschuldigung.«

»Das ist schon in Ordnung. Ich fühle mich geschmeichelt, dass Sie ein persönliches Interesse an mir haben, Mrs. Manders.«

Ich sah zu ihm auf. Er flirtete nicht mit mir; sein Gesichtsausdruck verriet nichts. Ich ahnte, dass ich es mit einem Mann zu tun hatte, dessen Worte eine Menge undurchsichtiger Bedeutungen enthielten. »Colonel«, sagte ich und ignorierte den giftigen Blick, der mir zweifellos aus Dotties Richtung zugeworfen wurde, »Sie sagen, Sie kannten viele RAF-Männer.«

»In der Tat«, stimmte Colonel Mabry zu. »Ich habe die meiste Zeit des Krieges in Frankreich und Belgien verbracht.«

»Kannten Sie meinen Mann?«, fragte ich, wobei ich meine Stimme ruhig hielt. »Als Sie dort stationiert waren? Alex Manders?«

Mabry betrachtete mich ruhig, aber ein kurzer Funke des Interesses durchzog seinen Blick, ein Licht, das ich nicht ganz interpretieren konnte. »Es ist möglich, Mrs.

Manders, dass ich ihm irgendwann einmal begegnet bin. Ich werde darüber nachdenken. Mein alterndes Gehirn erinnert sich nicht mehr so schnell an Namen wie früher.«

Ja, natürlich. Ich hatte auf Ehrlichkeit gehofft, aber er ertrug mich lediglich geduldig, wie es zu erwarten war, wenn ein Colonel der Armee mit einer Zivilistin sprach. Diese Erkenntnis trug nicht dazu bei, meinen Zorn zu dämpfen.

»Ich wäre Ihnen dankbar, wenn Sie es mir erzählen, falls Sie sich an ihn erinnern.« Ich versuchte, nett zu klingen, obwohl ich nicht sicher war, ob es mir gelang. »Ich schätze jede Erinnerung an ihn, die ich finden kann, wie Sie sich vorstellen können.«

»Wie es jede gute Frau tun würde«, stimmte er zu. »Woher kommen Ihre Leute, Mrs. Manders?«

»Aus London«, antwortete ich und log fröhlich, als hätte ich Familie. »Aber meine Mutter lebt jetzt in Hertford. Sie ist im Ruhestand.«

»Wohlverdient, da bin ich sicher«, sagte Mabry, und plötzlich wusste ich, dass er wusste, dass ich log. *Ein Lügner erkennt einen Lügner,* hatte meine Mutter immer gesagt. Meine verrückte Mutter, die sich in eine Anstalt in Hertford zurückgezogen hatte, wo sie ihre Nägel in ihren eigenen Hals grub. »Ich bin sicher, Sie machen ihr und auch Ihrem Mann alle Ehre. Die tapferen Witwen des Krieges sind ein Teil dessen, was England zu einer großen Nation macht.«

»Oh, aber ich bin nicht unbedingt eine Witwe.« Ich war mir nicht sicher, was über mich gekommen war, aber die Worte wollten nicht aufhören. »Sie dürfen mich nicht dazuzählen. Sie müssen wissen, dass mein Mann verschwand, als sein Flugzeug abstürzte, und seine Leiche wurde nie gefunden.«

»Manders«, warf Dottie mit erstickter Stimme ein, »Colonel Mabry ist nicht an deinen Anekdoten interessiert.«

»Es ist schon in Ordnung, Mrs. Forsyth«, sagte der Colonel. »Mrs. Manders, auch wenn ich mich nicht an Ihren Mann erinnere, können Sie sicher sein, dass er England einen unschätzbaren Dienst erwiesen hat. Vielleicht einen größeren, als Sie, eine Dame, je wissen können. Es ist sein Opfer, das zählt. Dessen bin ich mir sicher, ohne es zu wissen.« Er nahm seine Teetasse und wandte sich an Dottie. »Mrs. Forsyth, bitte fahren Sie fort.«

17

»Er hat gelogen«, sagte ich zu Martin.

Wir saßen auf der hinteren Terrasse, als es dunkel wurde. Ich hockte auf den großen Marmorkacheln der Treppe, den Mantel um die Schultern, die Arme auf den Knien. Mein Haar war immer noch ordentlich zurückgebunden und ich trug immer noch die neuen, schlichten Absatzschuhe, die ich auf Dotties Geheiß gekauft hatte. Ich sah zu, wie die Dunkelheit über die Bäume kroch, und genoss den Hauch von frischer Luft, der meine Nase wahrscheinlich rötete.

»Das ist eine schwere Anschuldigung, Cousine Jo«, antwortete Martin. Er saß neben mir, einen Schal um den Hals geschlungen. Ich hatte ihn den ganzen Tag nicht gesehen, und die vom Schmerz gezogenen Falten auf seinem Gesicht verrieten mir, warum. Dennoch schien er unseren Moment friedlicher Privatsphäre zu genießen, während im Haus hinter uns die Vorbereitungen für das Abendessen liefen.

»Er wusste, wer Alex war«, beharrte ich. »Darauf würde ich mein ganzes Geld verwetten. Er hat mich mit einer Dosis Geschwätz über tapfere Witwen abgefüttert, aber das war alles gelogen. Ich glaube, er wollte nur sehen, wie ich es schlucke.«

»Hervorragend«, sagte Martin und beobachtete mich mit einer gewissen Vorsicht. »Du bist im Moment etwas Furcht einflößend, das kann man wohl sagen. Aber wenn du anfängst, einen von Mutters Kumpanen anzuschreien, wird das das Unterhaltsamste sein, was ich seit einem Jahr gesehen habe.«

»Er hat mich angelogen. Alex, meine ich. Er hat mich über seinen Heimaturlaub angelogen. Ich habe drei Jahre lang keine Fragen gestellt, weil ich Angst vor den Antworten hatte – es war einfach zu schwer. Aber jetzt glaube ich, dass ich es wissen will. Ich würde gern wissen, was Colonel Mabry mir sagen könnte, wenn ich ihn nur dazu überreden könnte, mir zu helfen.«

Martin seufzte und starrte ins Gewirr der Bäume. »Ich weiß, was du meinst. Ich habe selbst versucht, Erklärungen für sein Verschwinden zu finden, weißt du? Während ich dort drüben war. Ich glaube, das habe ich dir noch nicht erzählt.«

Ich starrte auf sein blasses Profil. »Nein. Das hast du mir nie gesagt.«

»Ich kannte dich ja nicht … Ich war mir nicht sicher, ob du damit umgehen kannst«, gab er zu. »Aber jetzt hast du gefragt. Ich war im Krankenhaus, als Alex verschwand, die meiste Zeit über kaum bei Bewusstsein. Aber es verfolgte mich. Der Gedanke, dass er einfach so verschwunden war – daran kann man sich nur schwer gewöhnen, anders als an den Tod, von dem ich viel zu viel gesehen habe. Ich fing an, darüber nachzudenken, insbesondere über sein Flugzeug.«

»Sein Flugzeug?«, echote ich.

»Ja. Hat jemand gesehen, wie es abstürzte? Wer hat es gefunden? Wie genau haben sie das Wrack untersucht?

Gab es irgendeine Möglichkeit, einen Hinweis, der in irgendeine Richtung führte? Überhaupt irgendetwas? Ich lag im Bett und hatte nichts zu denken, nichts zu tun, und das quälte mich. Ich hatte immer wieder Albträume von seinem abgestürzten Flugzeug, darin war das Cockpit mit Blut und Hirn bespritzt.« Er hielt inne und starrte mich an. »O Gott, Cousine, es tut mir leid. Ich vergesse immer wieder, dass du nicht mit mir dort drüben warst und dich an alles gewöhnt hast. Ich bin ein Idiot.«

»Das ist in Ordnung«, sagte ich. »Deine Ehrlichkeit ist mir lieber als Colonel Mabrys Fabelreden. Fahr nur fort.«

»Als ich wieder annähernd gesund war, habe ich mich erkundigt«, sagte Martin. »Ich hatte ein paar Kontakte und bettelte um Gefallen. Alex war mein geliebter Cousin, ein heldenhafter Offizier. Ich wollte Antworten für meine Familie finden … *et cetera, et cetera.* Es gibt bestimmte Formulierungen, die man verwenden kann, wenn man um derlei Gefallen bittet. Ich habe vom Krankenhausbett aus Briefe geschrieben und ein paarmal das Krankenhaustelefon benutzt. Schließlich fand ich Gehör bei einem Mitarbeiter der Air Force, der die Akte mit dem Absturzbericht fand. Er hatte keine Berechtigung, mir eine Kopie zu schicken, aber er las sie mir über die Telefonleitung aus Bern vor.«

»Um Himmels willen, was stand denn da?«

»Nicht viel«, antwortete Martin. Er blickte wieder in den Wald, obwohl es fast zu dunkel geworden war, um etwas zu sehen. Der Wind wehte mir kalt in den Nacken. »Es war das Frustrierendste überhaupt. Alex' Flug an diesem Tag war als Aufklärungsmission eingetragen, obwohl das Ziel nicht verzeichnet war. Er war als Pilot nicht mit einem Bordschützen eingetragen, was mir wie ein seltsames Versehen erschien. Ein Pilot ohne Bordschütze kann in einen Kampf geraten, ohne zurückschießen zu können. Selbst bei einem Aufklärungsflug hätte einem Piloten ein Richtschütze zugeteilt werden müssen, da er so eine bessere Chance hatte, heil zurückzukommen.«

»Er ist also allein geflogen?«

»Ja. Seltsam, aber nicht ungewöhnlich, besonders auf Alex' Erfahrungsstufe. Er hatte bereits so viele Einsätze geflogen, dass er ohne Weiteres auf einen Bordschützen verzichten konnte.«

Ich versuchte mir vorzustellen, wie Alex ein Flugzeug flog, so wie ich es schon oft getan hatte. Ich stellte ihn mir im schweren Pilotenmantel und mit Handschuhen vor, mit Hut und Schutzbrille. Natürlich war er gut gewesen; er war gut in allem, was er tat. Er hatte die Pilotenschule problemlos absolviert.

Noch immer in seinen Erinnerungen versunken, fuhr Martin fort. »Niemand hat gesehen, wie sein Flugzeug abgeschossen wurde, zumindest nicht laut den Aufzeichnungen. Als er nicht zurückkehrte, wurde ein zweites Team, bestehend aus zwei Aufklärungsflugzeugen – diesmal mit Bordschützen –, geschickt, um nach ihm zu suchen. Sie fanden das Flugzeug; es war in den Bäumen kurz hinter den feindlichen Linien abgestürzt, und einem der Flugzeuge gelang es zu landen, um nach ihm zu suchen. Sie stellten fest, dass sein Fallschirm fort war, fanden aber sonst keine Spur von ihm.« Er sah mich an. »Und es gab kein Blut im Cockpit – das wurde ausdrücklich vermerkt.«

»Er wurde also beschossen und sprang mit dem Fallschirm ab, als sein Flugzeug zu trudeln begann.« Obwohl es schon drei Jahre her war, hatte ich noch nie mit jemandem ausführlich über Alex' Verschwinden gesprochen, und es jetzt zu tun war eine enorme Erleichterung, als ob ein Druck um meine Brust herum nachgelassen hätte. »Wenn kein Blut zu sehen war, dann war er nicht verletzt, als er sprang.«

»Vielleicht«, stimmte Martin zu. »Es war niemand anderes im Flugzeug, der den Fallschirm hätte benutzen können. Aber ich muss sagen, Cousine Jo, dass es auch möglich ist, dass er verletzt wurde, ohne Blut im Cockpit zu hinterlassen. Gebrochene Knochen, Prellungen. Eine Kopfwunde kann einen Mann so hart treffen, dass er hilflos wie ein Baby ist.«

Ich starrte schweigend in die Dunkelheit.

Martin fuhr fort. »Und wenn er am helllichten Tag mitten in den deutschen Wäldern gesprungen ist, wo zum Teufel ist er dann hin? Warum ist er nirgendwo aufgetaucht? Er wäre ein wertvoller Gefangener für die *Huns* gewesen, ein RAF-Offizier wie er. Sein Name hätte auf einer Gefangenenliste auftauchen müssen.«

»Alex hatte deutsches Blut«, sagte ich. »Er konnte die Sprache.«

»Das bedeutet nur, dass er eine bessere Behandlung in einem ihrer Gefängnisse hätte aushandeln können, wenn man ihn dort eingesperrt hätte. Ich habe meinen Kontaktmann eine gründliche Suche durchführen lassen, Cousine. Alex' Name taucht *nirgendwo* in den Akten auf.«

Ich presste meine Finger sacht gegen meine Stirn. Der Druck von meinem Brustkorb schien dorthin gewandert zu sein. »Alex könnte in diesen Wäldern getötet worden sein«, sagte ich. »Der Feind könnte ihn gefunden und erschossen, ihn in einem unmarkierten Grab verscharrt haben. Wenn er eine Kopfwunde hatte, hätte er sich nicht verteidigen können. Was weiß ich, vielleicht nutzte er die Gelegenheit, um …« Ich klappte meinen Mund zu, meine Wangen wurden heiß.

»Nutzte die Gelegenheit, um was zu tun?«, fragte Martin.

Die Seiten zu wechseln und sich der deutschen Armee anzuschließen. Die Worte hatten mir auf der Zunge gelegen, impulsiv – ich hatte sie fast laut ausgesprochen. Ich war schockiert, dass ich sie überhaupt gedacht hatte. Dumme Worte, schändliche Worte. Worte, die ich nicht gemeint hatte und niemals sagen konnte, vor allem nicht zu einem Mann, der seine Gesundheit und fast sein Leben im Kampf für England gegeben hatte.

»Ich bin durcheinander«, sagte ich. »Es tut mir leid.«

Er sah verwirrt aus. »Natürlich bist du durcheinander. Du brauchst dich nicht zu entschuldigen.«

Ich schüttelte den Kopf. Ich verlor den Überblick und ließ das düstere Gespräch mit Dottie zu sehr an mich heran. *Er ging weg, um mit Deutschen zu leben. Deutschen! Und er sah mir in die Augen und sagte mir, dass er gehen wolle.* Alex sprach fließend Deutsch. Er hatte dort Familie – Familie, der er treu ergeben war. Er hatte mir nie ausführlich von der Familie seines Vaters erzählt, aber ich wusste, dass die Zeit bei ihnen wichtig für ihn gewesen war, dass er dankbar war, dass sie ihn aufgenommen hatten.

Er hat dir nichts erzählt.

Wenn er sich der feindlichen Armee angeschlossen hätte, würde sein Name in keiner Liste auftauchen. Wenn er überhaupt seinen eigenen Namen benutzt hätte in einer solchen Situation …

Hans Faber.

Ich saß still da, den Kopf in den Händen, mein Herz hatte ausgesetzt, mein Atem stockte.

»Jo?«, fragte Martin.

Hans Faber. Der Name in der Kameratasche. Bis zu diesem Moment hatte ich ihn fast vergessen.

Nein. Nein. Das kann nicht sein. Hör auf, das zu denken, Jo. Hör auf, es zu denken.

»Jo? Geht es dir gut?«

»Mir geht es gut.« Ich hob meinen Kopf. »Ich bin nur durcheinander. Ich bin das schon so oft durchgegangen, und ich komme einer Antwort nie näher.«

Martin rieb sich mit der Hand über das Gesicht. »Ich weiß. Ich wünschte, ich könnte dir mehr helfen. Aber du siehst, ich habe es versucht.«

»Ich werde Colonel Mabry schreiben«, sagte ich. »Wenn ich mich mit ihm treffe, kommst du dann mit?«

»Ja, natürlich. Was hast du vor, ihn zu fragen?«

»Ich will Alex' Militärakte, seine Akte im Kriegsministerium. Ich bin sicher, der Colonel hat die Befugnis, sie mir zu besorgen.«

Martin sah mich nachdenklich an. »Du kannst es versuchen, Jo, aber ich glaube nicht, dass die offizielle Akte viel aussagen wird.«

»Sie wird mir mehr sagen, als ich jetzt weiß, nämlich gar nichts.«

Ein Gedanke kam mir in den Sinn.

»Es sei denn, du kannst noch mehr Gefallen einfordern und sie für mich besorgen?«

Er schüttelte den Kopf. »Mein Einfluss reicht nicht so weit, fürchte ich. Aber weißt du, ich habe Mabrys Namen schon einmal gehört. Da bin ich mir sicher. Ich bin mir nur nicht sicher, wo.«

»Er scheint ziemlich hochrangig zu sein«, sagte ich, »obwohl ich nicht viel über diese Dinge weiß. Es ist nicht verwunderlich, dass du seinen Namen schon einmal gehört hast.«

»Nein, nein, das war nicht bei der Armee. Ich weiß es jetzt wieder. Es war Mabrys Sohn – er war in einem dieser Krankenhäuser, du weißt schon, für Kriegsgeschädigte. Erinnerst du dich an das Krankenhaus in Yorkshire, das vor ein paar Jahren in den Nachrichten war?«

Ich erinnerte mich vage daran. »Dieses, das wegen Misswirtschaft geschlossen wurde?«

»Genau das. Es sollte eine exklusive Einrichtung sein, aber es gab eine Grippeepidemie und eine Art Skandal.«

»Ich erinnere mich«, sagte ich, »aber ich erinnere mich nicht an Mabrys Namen.«

»Ich schon. Der arme Kerl war einer der Patienten. Das muss eine bittere Pille für einen Mann wie den Colonel gewesen sein, seinen Sohn an einem solchen Ort zu wissen. Nicht dass ich jemanden verurteilen möchte – ich bin nun wirklich in keiner Position dazu.«

Die Terrassentür öffnete sich hinter uns und ein paar Schritte hallten über den Stein. »Es ist ein bisschen zu kalt hier draußen, um Geheimnisse zu erzählen, nicht wahr?«

Wir drehten uns um. Robert kam auf uns zu, das Licht des Hauses hinter ihm ließ ihn als Silhouette erscheinen.

Er trug seinen üblichen eleganten Anzug, sein Haar war aus der Stirn gestrichen. Ich hatte ihn in den Wochen, die ich in Wych Elm House verbracht hatte, kaum gesehen.

»Guten Abend, Papa«, sagte Martin. »Möchtest du dich vielleicht zu uns setzen?«

»Nein, obwohl ich zugeben muss, dass ich neugierig bin, worüber ihr flüstert. Eure Köpfe sind so nahe beieinander, dass ich mich frage, ob wir nicht doch eine Hochzeit planen sollten.«

Die Worte hatten einen neckenden Unterton, aber Martin ignorierte ihn. »Lass mich raten«, sagte er zu seinem Vater. »Mutter hat uns hier draußen entdeckt und es gefällt ihr nicht, was sie gesehen hat.«

Robert zuckte die Achseln. Ich hatte nicht bedacht, dass uns jemand von jenseits der Terrassentür aus sehen konnte. Jetzt, wo ich ihren Sohn nicht mehr heiraten würde, würde es Dottie sicher nicht gefallen, wenn ich zu intim mit ihm wäre. »Deine Mutter hat mich gebeten, dich zum Abendessen hereinzurufen«, sagte Robert, »ich habe das Pech, dass ich heute Abend zu Hause bin. Sie sind auch an unserem Tisch willkommen, Mrs. Manders.«

»Das ist schon in Ordnung.« Ich stand auf und strich über meinen Rock. »Ich habe Kopfschmerzen. Ich werde in der Küche schon etwas finden.«

Robert steckte die Hände in die Taschen und sah mich an. Mir wurde klar, dass das Licht hinter der Terrassentür ihn zwar im Schatten beließ, mich aber in seinem Blickfeld sehr gut beleuchtete, und ich fühlte mich entblößt. »Sie wollen in der Küche nach Resten suchen? Wie traurig. Ich glaube, wir haben uns nicht sehr gut um Sie gekümmert, seit Sie hier sind, Mrs. Manders.«

»Sie brauchen sich überhaupt nicht um mich zu kümmern«, erwiderte ich. »Ich kann auf mich selbst aufpassen.«

»So ein feuriges Temperament für eine Dame!«, sagte er mit einem herablassenden Grinsen. »Sie haben zu viel Zeit mit meiner Frau verbracht. Aber ich nehme an, Sie müssen für sich selbst sorgen, jetzt, wo Sie nicht mehr heiratsfähig sind. Ich frage mich, ob es Ihnen etwas ausmacht, auf dem Papier immer noch mit einem Mann verheiratet zu sein, der schon seit drei Jahren tot ist.«

»Papa.« Martin war aufgestanden, wenn auch langsamer als ich, und er stand nun an meiner Schulter. »Genug.« Er klang müde.

Robert richtete seine Aufmerksamkeit auf seinen Sohn. An dem Geruch, der von ihm ausging, erkannte ich, dass er getrunken hatte, obwohl er es gut verbergen konnte. »Deine Mutter ist heute Abend bester Laune«, sagte er. »Irgendetwas hat sie positiv aufgeregt. Ich glaube, sie hat vielleicht ein Mädchen für dich im Auge, obwohl ich nicht gefragt habe.«

»Gut«, antwortete Martin. »Dann soll sie sich doch freuen. Wenigstens einer wird glücklich sein.«

»Ich bin überrascht, dass sie noch nicht von den Ärzten überprüfen ließ, ob du denn in der Lage bist, ihr Enkel zu schenken«, sagte Robert. »Aber wer weiß, vielleicht hat sie das ja getan.«

»Papa, hör doch auf.«

Robert schaute seinen Sohn durch den Dunst des Alkohols hindurch genau an. »Glaubst du, ich hätte mir keine Sorgen um dich gemacht?«, fragte er mit einem unterdrückten Zittern in seiner Stimme, das verriet, dass hier intensive Gefühle im Spiel waren. »Deine Mutter ist nicht die Einzige, die sich Sorgen machen kann, weißt du? Ich habe in diesen vier Jahren meinen eigenen Teil zu den Sorgen beigetragen, während die Ärzte dich auseinandergenommen haben. Wenn du nur ein bisschen mehr Schneid hättest und vom Morphium wegkommen würdest …«

Martin zuckte zusammen, aber so flüchtig, dass ich wusste, dass ich die Einzige war, die es sah. »Ja, ich weiß.«

Leicht schwankend machte Robert einen Schritt nach vorn, legte eine Hand in Martins Nacken und sah seinem Sohn in die Augen. »Sie wird jemanden finden, der glatt über dich drüberbügelt, wenn du nicht aufpasst«, sagte er mit leiser Stimme. »Jemanden, der dich so unglücklich machen wird, wie sie mich gemacht hat. Ich dachte damals auch, es wäre mir egal, wen ich heirate, aber ich habe mich verdammt geirrt. Verstehst du das?«

Martin erwiderte den Blick seines Vaters, der ihn unverwandt ansah. »Ja«, antwortete er. »Das verstehe ich. Aber das hat nichts mit Cousine Jo zu tun, also lass sie bitte in Ruhe.«

»Ich versuche, dir einen Rat zu geben.« Robert ließ seine Hand fallen und trat zurück, und ich konnte seine Gesichtszüge im Halbdunkel nur schemenhaft erkennen. »Lass uns reingehen und es hinter uns bringen, ja?«

Martin beobachtete den Rückzug seines Vaters und wandte sich dann an mich. »Ich bitte um Verzeihung für das Verhalten meines Vaters«, sagte er leise. »Er kann sehr grob sein, wenn er getrunken hat.«

»Martin.«

»Er hat recht«, sagte Martin. »Mutter erwartet uns beide zum ersten Mal seit Wochen zum Abendessen. Ich muss reingehen und es hinter mich bringen.«

Ich nahm ein Tablett mit in mein Zimmer und stellte es auf den kleinen Schreibtisch: Brot, Käse, eine Scheibe kalter Braten, etwas Obst und ein Glas Wein, ein Genuss, an dem ich normalerweise nicht teilhatte. Ich schaltete die Nachttischlampe ein – ich hatte den Schirm schon vor langer Zeit wieder an seinen Platz gestellt, und sie war nicht mehr bewegt worden – und blieb dort stehen, sah auf das Tablett hinunter und in meinem Zimmer umher.

Ich könnte hier sitzen, in Ruhe essen und ein Buch lesen. Das hatte ich schon viele Abende so gemacht. Ich könnte am Wein nippen in der Hoffnung, dass er mir beim Einschlafen helfen und die Träume fernhalten würde. Ich könnte darüber nachdenken, was unten geschah, worüber die Familie am Esstisch sprach, wenn sie überhaupt sprachen. Ich könnte mit meinen Erinnerungen, meinen Fragen und meinen verräterischen Gedanken allein sein.

Stattdessen verließ ich das Zimmer und ging leise in den Korridor.

Während die Familie und die Dienerschaft unten beschäftigt waren, war es im Rest des Hauses ruhig. Ich hatte noch mindestens eine Stunde Zeit, bevor überhaupt jemand nach oben kommen würde.

Ich stieg die Treppe in den zweiten Stock hinauf und dann weiter bis zum Dachgeschoss. Diesmal öffnete ich nicht die Tür zum Dach. Stattdessen näherte ich mich Frannys Schlafzimmertür, die dunkel und schweigend auf mich wartete, und drehte den Knauf.

Der Raum war nicht verschlossen. Drinnen war es still, nichts regte sich, und ich nahm einen staubigen, unbewohnten Geruch wahr, der mir vorher nicht aufgefallen war. Ein unbewohntes Zimmer mochte noch so sauber und aufgeräumt sein, aber es kündigte seinen Zustand überdeutlich an: die perfekt gestapelte Kleidung, die Bettdecke und die Kissen, die keine einzige Delle aufwiesen. Ich bewegte mich leise über den dicken Teppich und schaltete die Lampe ein, die Dottie entzündet hatte, als ich sie hier im Schaukelstuhl sitzend gefunden hatte. Der Lichtkreis erblühte.

Wenn jemand Frances umgebracht hatte und es so aussehen ließ, als wäre sie gesprungen, dann war der erste Ort, der mir einfiel, an dem ich Beweise dafür finden mochte, irgendwo in diesem Raum.

Ich war zügig und leise und versuchte, nichts zu verrücken. Ich durchsuchte das Bett, auch unter den Kissen und unter dem Bett selbst. Ich schaute in den Kleiderschrank, fuhr mit meinen Händen an den Innenseiten entlang, strich über die Taschen von Frances' weniger Kleidung – sie war mit knapp 15 Jahren winzig und schlank gewesen – und stöberte in ihren Schubladen, hob ordentliche Stapel ihrer Unterwäsche an und ließ meine Fingerspitzen die Böden und die Seiten entlangstreichen. Ich durchsuchte den Wandschrank, der fast leer war, bis auf ein paar Mäntel für die kalte Jahreszeit und ein paar Reihen Schuhe. Ich klappte die Ecke des Teppichs zurück, kniete mich hin und spähte unter die Kommode, untersuchte die Fensternische, in der man sitzen konnte. Meine letzte Station war das Bücherregal, wo ich sogar jedes einzelne Buch herausnahm und schüttelte, auf der Suche nach einem Hinweis, der herausfallen könnte.

Dottie hatte gesagt, dass Frances gern zeichnete; es war seltsam, dass das Regal kein Skizzenbuch enthielt. Doch als ich ein Buch mit dem Titel *Weltatlas für Mädchen* herauszog, kam dahinter auf dem Regal ein gefaltetes Päckchen zum Vorschein, das mit einem verblichenen elfenbeinfarbenen Band verschnürt war. Ich hielt das dünne Päckchen in der Hand und zog an dem Band, wodurch ein kleiner Stapel Fotos zum Vorschein kam.

Das erste Foto zeigte ein Baby in einem bauschigen Rüschenkleid, das aufrecht saß und mit verblüffter Ernsthaftigkeit in die Kamera starrte. Selbst im Säuglingsalter erkannte ich Frances. Als ich das Foto umdrehte, fand ich auf der Rückseite mit klobiger Hand einen einzigen Satz geschrieben; der Bleistift war fast zu schwach, um ihn zu lesen:

Liebst du sie?

Stirnrunzelnd sah ich mir das nächste Bild an. Es zeigte wieder Frances, vielleicht drei Jahre alt, die die Hand ihres Bruders hielt. Martin war etwa neun Jahre alt, trug eine Hose und eine Jacke. Sie standen auf dem Rasen vor Wych Elm House, Martin blinzelte in das Sonnenlicht, Fran starrte in die Kamera und hielt die Hand ihres Bruders fest umklammert. Es war ein Bild wie tausend andere: der ungeduldige Junge, der die Hand seiner kleinen Schwester für ein Porträt im hellen Sonnenlicht hält. Aber als ich das Bild umdrehte, sah ich die Worte, die mit demselben schwachen Bleistift auf die Rückseite gekritzelt waren:

Es beobachtet mich

Ich drehte das Bild noch einmal um. Wer hatte das geschrieben? Es musste Frances gewesen sein – aber von wem oder wovon glaubte sie beobachtet zu werden?

Um das darunterliegende Bild zu betrachten, schob ich es zur Seite, als die Lampe hinter mir aus- und dann wieder anging.

Ich erstarrte – und spürte einen kalten Hauch auf meinem Rücken, einen eisigen Luftzug, als wäre ein Fenster geöffnet. Zu meiner Linken schloss sich knarrend die Schranktür mit einem leisen *knack*.

Die Panik ließ mich für einen langen Moment starr stehen bleiben; ich spürte meinen Puls in den Fingerspitzen, wo sie die Bilder hielten. Ich schluckte heftig und drehte mich um. Ich konnte gerade noch sehen, dass der Raum leer war, als die Lampe erneut erlosch. Das Klicken ließ mich zusammenzucken, als wäre es ein Schuss, und diesmal blieb sie aus und ließ mich im Dunkeln stehen.

Ich blinzelte, meine Augen tränten, und konzentrierte mich auf das Rechteck der offenen Schlafzimmertür vor mir. Es war nur etwas heller als die Schwärze des Schlafzimmers, grau durch das wenige Mondlicht, das in den Flur drang. Ich schritt darauf zu, mein einziger Gedanke war jetzt, zu gehen. Vorsichtig setzte ich einen Fuß in die Dunkelheit, dann den anderen, in der Hoffnung, nicht zu stolpern.

Ich hatte mich der Tür genähert, den Blick unablässig auf das Viereck aus trübem Licht gerichtet, als eine Gestalt im Flur von rechts nach links querte, schnell und lautlos.

Ich erstarrte vor Schreck. Ich kannte diese Gestalt; ich erkannte sie. Das Kleid, die hochgesteckten Haare, die hohe Stirn. Frances Forsyth war gerade an der Tür vorbeigegangen, auf dem Weg den Flur entlang.

Ich konnte nicht zurück – im Zimmer zu bleiben war undenkbar. Was, wenn die Schlafzimmertür die nächste war, die sich schloss? Die Panik drängte mich vorwärts und trieb mich in ihrem eisigen Griff zur Tür, obwohl mein Verstand sich dagegen sträubte, der Gestalt, die ich gesehen hatte, noch näher zu kommen. Die Luft wurde kälter, je weiter ich kam, und als ich den Korridor erreichte, sah ich, dass die Tür zur Dienstbotentreppe offen stand und der kalte Wind vom Dacheingang herunterwehte.

Sie war also dorthin gegangen. Einen Moment lang stellte ich es mir vor: Frances, wie sie auf dem kleinen Podest auf dem obersten Giebel des Hauses stand, dem Ort, an dem sie gestorben war. Sie würde eine einsame Gestalt abgeben, die sich deutlich von der kalten Dunkelheit der Nacht abhob. Würde sie jemand außer mir sehen können?

Ich floh den Korridor hinunter, wobei ich meine Schritte so leise wie möglich machte, als ob das tote Mädchen mich hören könnte. Ich war auf der Schwelle zu meinem Zimmer, als ich bemerkte, dass ich die Fotos immer noch in der Hand hielt. Ich hatte mir das dritte Bild vorgenommen, es aber nicht mehr angeschaut. Jetzt blickte ich darauf und hielt inne, ein leises, qualvolles Schluchzen in meiner Kehle.

Es war das Bild aus meiner Londoner Wohnung – das Bild, das Alex gesehen hatte, als er an jenem schicksalhaften Tag zu mir gekommen war, das Bild, auf dem ich für Mutters Künstlerfreunde in nichts als einem drapierten griechischen Chiton posierte. Ich hatte es zuletzt gesehen, als ich es auf dem Weg zum Kontinent in meinen Reisekoffer packte. Soweit ich bis zu diesem Moment gewusst hatte, befand es sich immer noch in diesem Koffer.

Ich drehte es um. Auf der Rückseite stand in Bleistift ein mir inzwischen vertrauter Schriftzug.

Wo ist deine Mutter?

Ich steckte die Fotografien schnell in meine Tasche, unfähig, sie weiter anzusehen. Dieses Bild war in dieses Haus gekommen, als auch ich hierherkam – und doch hatte ich es in Frances' Bücherregal gefunden, mit einem Band verschnürt und mit einer Nachricht versehen. Ich konnte es anfassen, es war real.

Von unten hörte ich Stimmen – die Familie Forsyth war mit dem Abendessen fertig und ging ihrer Wege. Ich hörte, wie eine Tür geschlossen wurde und dann eine andere. Als ich Martins Schritte hörte, die langsam die Treppe heraufkamen, auf dem Weg zu seinem Schlafzimmer, ging ich rasch in mein Zimmer und schloss die Tür.

18

Robert hatte in einem Punkt recht: Irgendetwas hatte Dottie freudig erregt.

Es war nicht nur die Tatsache, dass sie in den nächsten Tagen zwei Gemälde verkaufte – mit einem beträchtlichen Gewinn, wie ich durch meine Tätigkeit wusste –, obwohl das auch dazugehörte. »Siehst du, Manders«, sagte sie mit Nachdruck, während sie die Beträge in ihr umfangreiches, detailliertes Rechnungsbuch eintrug, »das ist der Vorteil von ein wenig Habgier.«

Sie freute sich natürlich über das Geld, aber es gab noch etwas, das sie mir nicht sagen wollte. Sie bedachte mich mit ihren misstrauischen Blicken aus zusammengekniffenen Augen und entließ mich vorzeitig: »Wir sind fertig, Manders. Geh jetzt.« Ich durfte ihre Korrespondenz nicht mehr durchsehen, und einmal erwischte ich sie sogar dabei, wie sie das meistgehasste Gerät, das Telefon, benutzte.

»Du kannst es mir ruhig sagen«, sagte ich schließlich verärgert zu ihr. »Ich bin durchaus in der Lage, vernünftig zu sein.«

»Zu gegebener Zeit«, sagte Dottie. »Die Dinge sind im Moment heikel, und ich muss sie selbst in die Hand nehmen.«

Ich konnte nicht anders. »Ist sie wenigstens hübsch?«

Sie presste die Lippen zusammen, aber sie dachte über die Frage nach. »Männer legen viel zu viel Wert auf Schönheit«, sagte sie schließlich.

»O nein.« Ich stöhnte auf. »Bitte sag mir, dass Geld nicht der einzige Faktor ist, den du bei deiner Auswahl heranziehst. Sag mir, dass sie nett ist. Er verdient jemanden, der nett ist.«

»Dann hättest du ihn selbst heiraten sollen«, fauchte Dottie zurück. »Es wäre perfekt gewesen. Du hattest jede Gelegenheit dazu.«

Ich stand auf und legte die Abdeckung über meine Schreibmaschine, da sie mich für heute entlassen hatte. »Ich *bin* bereits verheiratet.«

»Manders«, sagte sie in einem Tonfall, der mich vorwarnte, dass ich das, was als Nächstes kam, hassen würde. »Du bist von Zeit zu Zeit durchaus fähig, klar zu denken, aber in dieser Angelegenheit habe ich noch nie eine sentimentalere Idiotin erlebt. Wenn das Kriegsministerium dir nie eine Sterbeurkunde ausgestellt hat, hättest du darauf drängen müssen, dass sie dir eine ausstellen. Ein vernünftiges Mädchen braucht eine Witwenrente und die Freiheit, einen anderen Mann zu heiraten, sonst kann sie genauso gut in die Themse gehen.«

»Danke für die Ausführung«, reagierte ich kühl, »aber ich fürchte, ich bin nicht zu Habgier fähig, wenn es um das Verschwinden meines Mannes geht.«

»Das macht dich arm, nicht moralisch überlegen«, antwortete Dottie, »das hätte ich dir von Anfang an sagen können, wenn du mich gefragt hättest.«

Ich ging, ohne noch etwas zu sagen, aber ich fragte mich, ob es das war, was Dottie gewollt hatte. Dass ich sie um Rat fragte. Ich tat die Idee als absurd ab. Ich war ihre bezahlte Gesellschafterin und ihr bevorzugtes Ventil für ihre Enttäuschungen, mehr nicht.

Ich schrieb unter der Anschrift des Hotels im Dorf an Colonel Mabry und bat um die Akte von Alex. Ich erhielt eine kurze Antwort, in der er mir mitteilte, dass er alles in seiner Macht Stehende für mich tun würde, obwohl er befürchtete, dass ich von den Ergebnissen enttäuscht sein würde. Er schien der Meinung zu sein, dass eine Dame keine Verwendung für eine Kriegsakte habe. Ich bedankte mich bei ihm und bat ihn, mir zu schreiben, wenn er etwas Neues wusste.

In dieser Nacht, als ich endlich schlief, träumte ich wieder lebhaft und wild. Ich war im Wald in der Kälte, der Frost knisterte unter meinen Füßen. Meine Hände und Zehen taten weh, meine Lippen wollten sich nicht bewegen lassen. Durch die Bäume hindurch ertönte ein Pfeifen und drang wie ein Schnitt durch die schwarze, kalte Luft: hoch, schwach und doch beunruhigend schrill. *Sie ruft nach ihm,* sagte eine Stimme in meinem Kopf. *Sie ruft ihn herbei. Es ist Zeit zu rennen.*

Ich drehte mich um, obwohl ich nicht wusste, in welche Richtung ich laufen sollte. Dennoch versuchte ich, mich zu bewegen, meine Beine schoben sich langsam vorwärts, während das Pfeifen weit hinter mir verstummte. Etwas würde jetzt kommen, etwas würde sich durch die Bäume bewegen, groß und bösartig: ihr Hund, ihr Beschützer. Princer. Ich versuchte und versuchte zu rennen.

Aber die Schritte, die sich hinter mir näherten, waren menschlich.

Sieh mich an, Jo, sagte Alex.

Ich hielt mir die Hände auf die Ohren, um ihn auszublenden, und richtete meinen Blick nach vorn. Trotzdem konnte ich seine Schritte und seine Stimme hören.

Martin hat sich geirrt. Alex' Stimme durchschnitt die kalte Luft. *Da war Blut im Cockpit. Blut und Hirn. Dreh dich um, Jo, und sieh mich an.*

Ich konnte ihn nicht abschütteln. Ich versuchte, schneller zu laufen, aber meine Bewegungen verlangsamten sich, als ob ich im Treibsand gestanden hätte. Ich versuchte zu schluchzen, aber aus meiner Kehle kam nur ein trockener Laut. Und irgendwo in den Wäldern bebten die Bäume. Etwas Großes war im Anmarsch.

Sieh mich an, Jo, sagte Alex immer wieder, als das Ding näher kam. *Sieh mich an. Sieh mich an …*

Ich wachte ruckartig auf, schnappte nach Luft und hielt mir die Hände über die Ohren, während ich zusammengekrümmt im Bett lag. Mir war kalt, entsetzlich kalt, meine Finger und Zehen waren taub wie im Traum. Unten schlug eine Uhr, der Klang weit entfernt und trostlos. Noch weiter draußen vor dem Fenster bellte ein Hund mit einer tiefen, kehligen Stimme, die durch die Bäume widerhallte.

Mit Fingern, die nichts fühlen konnten, umklammerte ich meine verdrehten Decken, drehte mich auf die Seite und zog die Knie an. Mein Haar war klamm und kühl.

Ich habe es satt, dachte ich düster. *Ich bin die Angst und den Schmerz so leid.*

Vergessen.

Wo ist deine Mutter?

Ich blinzelte, als meine Augen in der Dunkelheit etwas erkannten. Alex' Kameratasche stand mitten auf dem Boden des Schlafzimmers, in Schatten gehüllt und mit geöffnetem Deckel. Als ich eingeschlafen war, hatte sie geschlossen an ihrem Platz an der Wand neben dem Kleiderschrank gestanden.

Ich starrte sie lange an, meine Augen schmerzten und waren trocken.

Komm zurück zu mir, Alex.

Das würde er nie. Er würde mich für den Rest meines Lebens heimsuchen, mich tagsüber innerlich zerreißen und mich blutend und gebrochen in meinen Träumen verfolgen.

Komm nach Hause.

Die Dämmerung färbte den Raum sacht ein, und ich setzte mich auf und schwang meine steifen Beine aus dem Bett. Ich musste mich bewegen. Alles war dem hier vorzuziehen.

Ich zog mich schnell an, klappte die Kameratasche zu – die Oberfläche des Leders war kühl – und hob sie auf. Mit der anderen Hand nahm ich das Stativ.

Mitgefangen, mitgehangen.

Ich verließ das Haus und ging in den Wald.

19

Eine halbe Stunde später stand ich in einer von Bäumen gesäumten Allee östlich von Wych Elm House und justierte die Kamera auf dem Stativ. Der Boden war gefroren und der Wind biss mir in die Haut, aber die beißende Kälte hatte dazu beigetragen, den Albtraum zu vertreiben und meine Gedanken zu beruhigen.

Ich hatte eine schöne Aussicht auf einer Nebenstraße am Rande des Nachbargrundstücks gefunden, einen rustikalen Weg unter einem Bühnenbild aus dicken Herbstbäumen. Ich hatte die Kamera auf dem Stativ aufgebaut und versuchte, die beste Aussicht in den Sucher zu bekommen, bevor die Sonne zu hoch stand. Es war halb sieben Uhr morgens und ich sollte mich um acht bei Dottie melden.

Ich hatte nicht vergessen, dass die Kinder von Anningley Angst hatten, in diesen Wäldern zu spielen, weil sie behaupteten, dass Frances und Princer sie dort heimsuchten. Von meinem Fenster aus hatte ich einen Nebel unter den Bäumen gesehen, und manchmal hatte ich jenes kehlige Bellen gehört, das nicht gerade wie ein Hund klang. Und doch war ich hier, allein, während die Sonne aufging und die Kälte der Nacht eindämmte. Es war ein Akt der Verzweiflung, ein Akt der Erschöpfung und eine Art Wagnis. Im Haus gab es schließlich keine Sicherheit vor Geistern; und der Wald faszinierte mich, zog mich an. Wenn ich im Freien war, verloren meine erdrückenden Gedanken etwas von ihrem Würgegriff auf mein Gehirn.

Zu meiner Überraschung durchbrach das leise Brummen eines Automobils die Stille, das einzige von Menschen erzeugte Geräusch in der Morgendämmerung. Ich löste mich vom Sucher der Kamera und drehte mich in Richtung des Geräusches, das von irgendwo in der Nähe des Hauses kam. Das Fahrzeug hielt an, und nach einem Moment sah ich eine Gestalt auf mich zukommen, die den Pfad herunterkam. Ich erkannte sie sofort und beobachtete misstrauisch, wie sie sich mir näherte.

»Guten Morgen«, sagte Robert, sein langer Wollmantel flatterte im Herbstwind. »Ich habe Sie von der Kurve aus durch eine Lücke in den Bäumen gesehen, als ich vorbeifuhr.«

Ich antwortete nicht. Er trug den gleichen Anzug wie gestern Abend, jetzt zerknittert. Ich wusste, dass er gegangen war, kurz nachdem die Familie mit dem Abendessen fertig gewesen war. Er war also nicht im Bett gewesen – zumindest nicht in seinem eigenen Bett.

»Sie sehen missbilligend aus«, sagte Robert. In dem zunehmenden Licht konnte ich die harten Linien der Ausschweifung auf seinem Gesicht sehen, die Nachwirkungen einer durchzechten Nacht in den geschwollenen Augen. »Seien Sie nicht so prüde, Mrs. Manders.« Ich wandte mich ab und schaute wieder durch mein Objektiv.

Er schien dies als eine Einladung zu verstehen und stellte sich hinter meine Schulter. Ich konnte den Geruch von abgestandenem Rauch an ihm riechen. »Wissen Sie, Mrs. Manders, dass Sie schon seit Wochen in diesem Haus wohnen und dass wir heute zum ersten Mal allein sind? Als ich Sie gerade sah, kam mir der Gedanke, dass dies eine ausgezeichnete Gelegenheit ist, dass wir beide einmal miteinander reden.«

Mir fielen Dotties Worte wieder ein, die sie auf der Fahrt hierher geäußert hatte: *Er wird dir sagen, dass sein Verhalten keine Rolle spielt. Glaub ihm nicht.* Ich erinnerte mich an das Leid in ihrem Gesicht in jenem Moment. Robert hatte mir zwar keine Avancen gemacht, aber wir waren auch noch nie allein gewesen, und seine Frau kannte ihn besser als ich. »Ich wüsste nicht, was wir zu besprechen hätten«, sagte ich. »Ich bin die bezahlte Gesellschafterin Ihrer Frau.«

»Oh, aber Sie sind doch so viel mehr als das. Woher haben Sie übrigens die Kamera?«

Ich drückte auf den Auslöser und schoss ein Foto. »Sie gehörte Alex.«

»Ist das so? Es ist ein Modell aus den mittleren Kriegsjahren, wenn ich mich nicht täusche. Seltsam, dass ein Mann einen so teuren Hobbygegenstand kauft und dann abhaut, um zu kämpfen«, sagte er. »Obwohl es scheint, als hätte Alex die Angewohnheit gehabt, schöne Dinge zu erwerben und sie kaum benutzt zurückzulassen.«

Das ließ mich kerzengerade stehen und ihn anstarren, wobei mir die Farbe in die Wangen stieg.

Er lachte ein neckendes Lachen. »Sie sind so leicht zu reizen, wissen Sie das?« Er trat näher und ich versteifte mich. »Machen Sie sich Sorgen, Mrs. Manders?«, fragte er amüsiert. »Das brauchen Sie nicht. Ich sehe, dass Sie wirklich eines von Dotties Geschöpfen sind. Das bin ich ja irgendwie auch – meine nächtlichen Streifzüge sind nur meine kindische Art, meine Unabhängigkeit zu behaupten. Aber so wie Sie auf Ihr Gehalt angewiesen sind, bin ich es auch auf meins.«

Dottie würde mir das Fell über die Ohren ziehen, wenn ich sein Spiel mitmachte, und ich könnte es ihr nicht verübeln. »Ihre Ehe geht mich nichts an«, sagte ich, wählte meine Worte sorgfältig und wünschte, er würde verschwinden.

»Meinen Sie, ich sollte mich von ihr scheiden lassen?«, fragte er. Ich antwortete nicht, und er schüttelte den Kopf. »Das denken viele Leute. Ich gebe zu, es ist verlockend, aber sie würde mir keinen Penny geben, wenn ich sie verließe. So bringt sie die Leute dauerhaft dazu, nach ihrer Pfeife zu tanzen.« Er wandte den Blick ab, und seine Miene verfinsterte sich, wurde angespannt. »Es gab eine Zeit, da hielt sie mich für den attraktivsten Mann der Welt. Wussten Sie das? Auch Dottie war mal jung und töricht. Nichts ist mehr so, wie es einmal war.«

Ich öffnete den Mund, um etwas zu sagen, aber ich brach ab, als sich die Härchen in meinem Nacken aufstellten. Der Wind drehte sich in den Bäumen, das Zischen über mir wurde plötzlich laut in meinen Ohren. Hinter Roberts Schultern flog eine Handvoll Blätter auf dem Weg nach oben, aufgewirbelt von einer Windspirale.

»Hier ist mein Rat an Sie, Mrs. Manders.« Seine Stimme war kaum zu hören gegen den Wind und das Rauschen der Blätter. »Sie haben gut daran getan, in diese Familie einzuheiraten, so wie ich es getan habe. Der einzige Unterschied ist, dass Sie für Ihren Lohn nicht die nächsten 25 Jahre mit Alex im Elend verbringen müssen. Nun haben Sie sich stattdessen an Dottie geklammert – ein kluger Schachzug. Aber das hat keine Zukunft. Dottie wird Sie nicht länger als ein paar weitere Wochen behalten. Ein kluges Mädchen wie Sie sollte vorausschauend denken, ihr hübsches Gesicht nehmen und damit einen anderen Mann finden, der ihre Rechnungen bezahlt – verheiratet oder nicht.«

Es war eine unverschämte Rede, aber ich hörte sie kaum. Ich stand wie angewurzelt auf der Stelle, starrte über seine Schulter auf den Weg hinter ihm und das Blut gefror in meinen Adern.

Frances stand an der Stelle des Weges, an der die Blätter aufgewirbelt worden waren. Sie trug ihr graues Kleid, ihr Haar hochgesteckt. Die vertraute Kette aus kleinen Perlen hing um ihren Hals. Sie beobachtete uns aus dunklen Augenhöhlen, ihr Blick war nicht mehr ruhig, sondern irgendwie elend vor Wut und Verzweiflung. Ihre Hände hingen lose an ihren Seiten, ihre zugeknöpften Stiefel standen still auf dem Waldboden. Über ihr blies der Wind die Baumkronen durcheinander, aber ihr Haar und ihr Kleid bewegten sich nicht.

»Frances«, sagte ich, und das Wort kam mir wie ein kalter Windhauch über die Lippen.

»Was hast du gesagt?«, herrschte Robert mich an.

Ich riss meinen Blick von Frances los, um ihm zu antworten, um ihn zu warnen, und ich sah die ungesunde Wut und den Schmerz in seinem Ausdruck. Und dann war seine Hand auf mir, seine Finger gruben sich in das weiche Fleisch unter meinem Kiefer. In seinen Augen lag eine kranke Erschöpfung, eine Enttäuschung, die sich wie Säure in ihn hineinfraß. »Sprich ihren Namen nicht aus«, sagte er zu mir, sein Gesicht so nahe an meinem, dass ich seinen Atem spüren konnte. Der schlaffe und mitleiderregende Verkommene war fort. »Dieser Name kommt nicht über deine Lippen. Hörst du mich?«

Ich zuckte erschrocken zurück. »Es … Es tut mir leid …«

Er schubste mich, seine Hand stieß mich mit einer harten Bewegung nach hinten, sodass mein Kopf zurückschlug und ich stolperte. Ich kippte fast gegen die Kamera und das Stativ, und meine Füße suchten auf dem unebenen Weg nach Halt. Mit einem Ruck fing ich mich aber wieder und spürte einen stechenden Schmerz in meinem Rücken und in meiner Seite.

»Das war eine Warnung«, sagte Robert düster. »Ich hätte Lust, mehr zu tun, aber ich bin heute Morgen zu müde. Wenn du ihren Namen noch einmal aussprichst, ist alles, was ich tue, deine Schuld. Vergiss das ja nicht.«

Ich hob meine Hand an mein Gesicht und schaute an seiner Schulter vorbei, aber Frances war verschwunden. Ich stand zitternd auf dem Pfad und der Atem brannte mir in der Kehle, als er sich umdrehte und von mir wegging, ohne etwas zu sehen, direkt durch die Stelle, an der seine Tochter vor weniger als einer Minute gestanden hatte.

Ich blieb lange auf dem Weg stehen, die Kamera vergessen, bis die Sonne hoch über mir stand. Als ich aufhörte zu zittern, nahm ich die Kamera und packte sie in ihre Tasche. Das Leder fühlte sich unter meinen Fingerspitzen wie kalte Haut an; ich wollte es kaum berühren, und ich dachte, ich würde die Kamera vielleicht nie wieder benutzen.

Ich klappte das Stativ zusammen und presste die Hände auf die Augen. *Gespenster,* dachte ich. *Ich lebe mit Gespenstern.*

Schließlich sammelte ich die Ausrüstung ein und ging auf zitternden Beinen zurück zum Haus, riss mich unterwegs zusammen und beruhigte mich, sodass Dottie meine Angst hoffentlich nicht sehen würde.

20

Ich hoffe, Sie haben Ihre Zeit nicht vergeudet«, sagte Colonel Mabry. »Ich habe Sie gewarnt, dass dies ein aussichtsloses Unterfangen sein könnte.«

Wir befanden uns in dem kleinen Aufenthaltsraum des Gasthauses in Anningley, in dem ein Serviermädchen ein Tablett mit Tee bereitstellte. Es war früher Nachmittag, eine Woche nach meiner Begegnung mit Robert, und die Schankstube des Gasthauses war menschenleer. Dennoch hatte der Colonel ein privates Zimmer für uns reserviert, das mit einem Tisch, ein paar dick gepolsterten Sesseln und einer nicht dazu passenden Anrichte aus Kirschholz ausgestattet war. Colonel Mabry trug einen dreiteiligen grauen Anzug, sein weißes Hemd war frisch gestärkt, die Krawatte perfekt geknotet, und sein distinguiertes Haar war an den Schläfen nach hinten gekämmt. Es war die makellose Erscheinung eines Berufsmilitärs.

Ich blickte Martin an, der mich begleitet hatte. »Ich bin sicher, dass es nicht umsonst gewesen ist«, sagte ich höflich. »Ich bin Ihnen sehr dankbar für alles, was Sie getan haben.«

Colonel Mabry brummte und bedeutete mir, mich zu setzen. »Ich habe eine Kopie der Akte Ihres Mannes vom Kriegsministerium erhalten. Sie ist sehr dünn; wie ich vermutet hatte. Ich habe sie mir zuschicken lassen, damit Sie sie sich ansehen können, aber ich bezweifle, dass sie Ihnen sehr viel weiterhilft.«

Ich setzte mich in einen der Sessel, kämpfte damit, meine Beine richtig übereinanderzuschlagen, während ich in die Kissen sank, und zog meine Handschuhe aus. »Darf ich sie sehen?«

»Mrs. Manders ist ziemlich ungeduldig, wie Sie sich vorstellen können, Sir«, fügte Martin rasch hinzu, als er den Sessel neben dem meinen beanspruchte. »Ich bin sicher, Sie haben schon öfter mit Witwen zu tun gehabt.«

Der Colonel sah Martin an und nahm jedes Detail mit einem Blick auf. Er sah nicht, dass ich mir eine Erwiderung auf Martins herablassende Bemerkung verkneifen musste. »Sie haben gedient, Mr. Forsyth.« Es war keine Frage.

»Ja, Sir.« Martin trug heute einen Anzug, ein Jackett aus karierter Wolle über einer eleganten Weste, aber seine schmerzhafte Magerkeit veränderte die Wirkung der Kleidung. Er hatte sein Haar glatt gestrichen und aus der Stirn gekämmt, was ihn beunruhigend erwachsen aussehen ließ, wie einen Mann und nicht wie einen Jungen, der gerade aus dem Krankenzimmer entkommen war. Doch sein Sessel verschluckte ihn fast und seine knorrigen Hände umklammerten die Lehnen.

»Luft, Boden oder See?«, fragte der Colonel.

»Boden, Sir«, antwortete Martin. »Artillerie. Ich habe die meiste Zeit an der Marne verbracht.«

»Schwierige Kämpfe dort«, kommentierte der Colonel. Er nahm eine lederne Aktentasche in die Hand und öffnete sie, wobei er sich Zeit ließ und meine weibliche

Anwesenheit bei diesem männlichen Gespräch völlig vergaß. »Ich bin im Mai 1916 dort durchgekommen und kurz vor Kriegsende noch einmal. Die Gegend ist immer noch verlassen, wie ich gehört habe.« Er blickte kurz auf. »Haben Sie sich eine Verletzung zugezogen?«

»Schrapnell, Sir.«

»Ich verstehe. In den Magen?«

Martin sah überrascht aus. »Ja, Sir.«

Der Colonel schüttelte den Kopf. Mit einer unerträglich erscheinenden Langsamkeit fand er einen bestimmten Umschlag in seiner Aktentasche und begann, ihn herauszuziehen. »Ich habe kein Zweites Gesicht, Mr. Forsyth. Ich habe nur die Auswirkungen von Schrapnellwunden im Magen schon mehrmals gesehen. Sie haben Glück, dass Sie überlebt haben. Die meisten Männer mit einer solchen Verletzung, die ich gesehen habe, erlebten kaum mehr eine Woche danach, und am Ende war es eine Gnade.«

»Ja, Sir.«

Ich widerstand dem Drang, auf meinem Platz zu zappeln. Martin trug nur seinen Teil bei; ich hatte gewusst, dass militärischer Small Talk den Ablauf der Sitzung geschmeidiger machen würde. Trotzdem wünschte ich mir, dass sie endlich zur Sache kämen. Ich schaute auf den Umschlag in der Hand des Colonels, Alex' Akte, als könnte ich durch das dicke, cremefarbene Papier hindurch lesen.

»Wie viel wissen Sie über den Tod von Mr. Manders?«, fragte der Colonel Martin.

»Nicht viel, Sir«, antwortete Martin leise. »Ich glaube allerdings, dass er offiziell nach wie vor als vermisst gilt, denn Mrs. Manders erhielt nie eine offizielle Todesnachricht.«

Colonel Mabry schien darüber nachzudenken und nickte dann. Er wandte sich an mich. »Ich nehme an, dass es für Sie als seine Frau ziemlich frustrierend ist«, sagte er. »Aber solche Fälle wie der Ihres Mannes sind leider keine Seltenheit. Allein in England werden noch immer mehrere Tausend Männer vermisst, Mrs. Manders. Das kürzliche Begräbnis des Unbekannten Soldaten illustriert genau diesen Punkt.«

Ich nickte. Der sogenannte Unbekannte Soldat, der exhumierte Leichnam eines nicht identifizierten Mannes von einem französischen Schlachtfeld, war im Jahr zuvor mit großem Zeremoniell in der Westminster Abbey beigesetzt worden, im Beisein der königlichen Familie und Tausender von Trauernden. Ich hatte an diesem Tag allein in meiner Wohnung gesessen und wie unzählige andere versucht, mir nicht vorzustellen, dass mein vermisster Ehemann in dieser Kiste war, deren feierliches Foto in allen Zeitungen zu sehen war.

»Sie werden nicht alles verstehen, was in der Akte steht«, sagte Colonel Mabry zu mir, als wäre ich ein Kind oder hätte erst kürzlich begonnen, Englisch zu lernen. »Aber wo immer ich Klarheit schaffen kann, werde ich das tun.«

Ich nahm sie ihm ab und legte sie auf meinen Schoß. Dann öffnete ich die schmale Mappe.

Das Erste, was ich sah, war Alex' Gesicht. Das Foto war an die Innenseite der Mappe geheftet: eine kleine, quadratische Aufnahme von ihm. Er trug eine Uniform, sein Kragen war auf dem Bildausschnitt gerade noch zu erkennen, aber er trug keinen Hut. Da waren die vertrauten Flächen und Winkel seiner Gesichtszüge, die

Iris seiner Augen, von der ich wusste, dass sie außergewöhnlich dunkelblau und schwarz umrandet war, das vertraute, kultiviert gestraffte Kinn. Seine Lippen waren geschlossen und zu einer ernsten Linie geformt, und sein Blick war sorgfältig neutral, als er in die Kamera starrte.

»Das ist das Foto aus dem Reisepass meines Mannes«, sagte ich.

»Ja«, stimmte Colonel Mabry zu. »Das ist das Standardverfahren.«

Mein Blick wanderte über die Angaben zu meinem Mann auf der Seite: Größe 190 Zentimeter; Gewicht 96 Kilogramm; Haar dunkelblond; Augen blau; Alter 23. Die Akte stammte aus dem Jahr 1915, als Alex zum Militärdienst eingezogen wurde, sodass er in der Zeit eingefroren und nun auf ewig 23 Jahre alt war.

Ich riss meinen Blick von Alex' Gesicht los und blätterte die Seite um. Hier war das, wonach ich gesucht hatte: seine Kriegsgeschichte. Er hatte sich im Februar 1915 gemeldet und war fast sofort zur Pilotenausbildung an der Military Aeronautics School in Reading geschickt worden. Nach acht Monaten war er nach Frankreich gegangen, um in Reims eine weiterführende Ausbildung zu absolvieren, die sowohl aus theoretischem Unterricht als auch aus Flugübungen zu bestehen schien, wobei er sich in beiden Bereichen auszeichnete. Unter dem Zeugnis von Reims war mit Bleistift eine Notiz vermerkt: »Fähigkeiten sehr vielversprechend. Von Natur aus für diese Art von Arbeit geeignet«. Die Unterschrift unter dem Vermerk war mit Tinte geschwärzt worden.

Nach der Ausbildung war Alex an die Westfront verlegt worden, wo er den größten Teil des restlichen

Krieges verbrachte. In den Aufzeichnungen waren Verlegungen nach Soissons und Neuve-Chapelle im Jahr 1916 sowie ein längerer Einsatz an der Somme im Jahr 1917 aufgeführt, bei dem er alle vier bis fünf Wochen versetzt wurde. An jedem Ort wurde er als Pilot eingesetzt, »für Aufklärungs- und Kampfzwecke, Letzteres im Falle eines Angriffs«. Er schien sich überall dorthin begeben zu haben, wo die zuständigen Behörden Fotografien oder andere nachrichtendienstliche Informationen benötigten, wobei seine fliegerischen Fähigkeiten eher der Beobachtung des Feindes als dem direkten Kampf vorbehalten waren.

Ich studierte seine Urlaubsunterlagen. Er hatte 1916 zehn Tage Urlaub bekommen – ich erinnerte mich noch gut daran; es war Frühling gewesen, einige Tage ungewöhnlich warm, und Alex hatte sich so sehr gefreut, zu Hause zu sein, dass es mich fast verwirrt hatte. Der Krieg war für uns beide noch neu und wir hatten die ersten Tage seines Urlaubs wie Fremde verbracht, bis wir uns daran erinnerten, wie man verheiratet ist. Bei seinem zweiten Urlaub Anfang 1917 kam die Kamera bei uns an und er wirkte damals distanzierter, und die Dinge, die er gesehen hatte, bedrückten ihn wohl sehr, auch wenn er nicht darüber sprach.

Für August 1917, den Monat, in dem Franny gestorben war, war kein Heimaturlaub eingetragen. Es gab jedoch einen Vermerk in der Akte.

»Was hat das zu bedeuten?«, fragte ich, brach damit die Stille im Raum und sah zu Colonel Mabry auf. »Im August 1917. Es gibt einen Vermerk, auf dem steht: ›Genehmigte Reise‹.«

Ich hielt dem Colonel die Akte hin, damit er sie lesen konnte, aber selbst aus zwei Metern Entfernung warf er kaum einen Blick auf die Schrift. »Ich bin mir über die Einzelheiten nicht im Klaren, Mrs. Manders, aber das deutet darauf hin, dass die Vorgesetzten Ihres Mannes ihn aus dienstlichen Gründen irgendwohin geschickt haben.«

»Aber es war kein Urlaub«, sagte ich.

»Wenn in der Akte nicht explizit steht, dass es sich um Urlaub handelte, dann nicht«, antwortete der Colonel. »Ihr Mann wurde irgendwo hingeschickt für einen Zweck, der in diesem Fall nicht aufgezeichnet worden zu sein scheint.«

»Hätte eine ›genehmigte Reise‹ ihn nach England gebracht?«

»Es würde mich sehr überraschen, wenn dem so wäre. Wie Sie sich vorstellen können, wurden Reisen nach England während des Krieges streng überwacht.«

Martin schaute über meine Schulter auf die Akte. »Das ist der Monat, in dem meine Schwester starb«, sagte er. »Alex war damals hier. In Wych Elm House.«

»War er das?«, fragte Colonel Mabry.

Ich studierte das Gesicht des Colonels, die ebenmäßigen Züge, die grau melierten Brauen über den regungslos blickenden Augen. »Wie kann er in Wych Elm House gewesen sein, wenn er nicht auf Urlaub war?«, fragte ich.

»Es gibt eine Möglichkeit, nehme ich an«, antwortete Martin, bevor der Colonel etwas sagen konnte. »Nämlich wenn Alex in offizieller Mission irgendwohin geschickt wurde und dann auf dem Rückweg hierherkam. Eine Art Abstecher.«

»Aber das war nicht genehmigt«, sagte ich. »Das würde bedeuten, dass Alex unerlaubt Urlaub genommen hat. Er käme wegen Desertion vors Kriegsgericht.«

Martin schien überrascht, dass ich so etwas überhaupt wusste. »Das mag stimmen, Cousine Jo, aber nicht, wenn man ihm eine Gefälligkeit gewährt hat. Inoffiziell, verstehst du?«

»Inoffiziell?«, fragte ich.

»Das muss nicht so gewesen sein«, warf Colonel Mabry streng ein. »Aber Mr. Forsyth hat recht. Das ist eine Möglichkeit, die erklären könnte, was in der Akte steht.«

»Das ergibt Sinn«, sagte Martin. »Zu diesem Zeitpunkt war Alex bereits ein Offizier mit einer sehr guten Erfolgsbilanz. Er könnte einfach einen Gefallen eingefordert haben.« Seine Stimme wurde sanfter. »Du siehst also, Jo, es war nicht so, dass er Urlaub genommen hat, ohne es dir zu sagen.«

Ich starrte auf die Akte auf meinem Schoß und war entsetzt. Nein, Alex war nicht beurlaubt worden, ohne mich zu informieren. Stattdessen hatte er einen besonderen Gefallen eingefordert, indem er darum gebeten hatte, eine Reise nach Wych Elm House zu machen, die nicht in seiner Akte auftauchen würde, anstatt zu mir nach Hause zu kommen.

Hans Faber, dachte ich. *Wer ist Hans Faber?*

Ich spürte die Blicke beider Männer auf mir – der des Colonels aufmerksam und unverwandt, der von Martin sanft und besorgt. Ich wollte nicht, dass einer von ihnen den Schmerz auf meinem Gesicht sah, also ließ ich meinen Blick auf meinem Schoß ruhen und fuhr mit dem

Finger über die Seite. Alex' letzter Urlaub war Anfang Februar 1918 gewesen, und es war mit drei Wochen der längste Heimaturlaub gewesen, den er je bekommen hatte. Schon damals hatte ich gewusst, dass es ein längerer Urlaub war, als den meisten Männern zugestanden wurde, aber ich hatte vermutet, dass dies eine Belohnung für einen Mann gewesen war, der so lange gut gekämpft hatte. Abgesehen von einer gezerrten Schulter und einer entzündeten Wunde an der Hand war Alex nie so versehrt gewesen, dass er nicht mehr kämpfen konnte.

Der Rest seiner Kriegshistorie war erbärmlich kurz. Nach seinem dreiwöchigen Urlaub war er zu einer Art Umschulung nach Reims zurückgeschickt worden, wo er ursprünglich ausgebildet worden war, als er zum ersten Mal in Frankreich gewesen war. Danach war er zum Flugfeld von Verdun geschickt worden, von wo er zu einem Einsatz aufgebrochen und nicht mehr zurückgekommen war. In der Akte gab es einen Vermerk über sein geborgenes Flugzeug, aber sie enthielt keine Einzelheiten, die Martin nicht schon bei seinen Nachforschungen erfahren hatte. Alex war allein gewesen. Niemand hatte den Absturz des Flugzeugs beobachtet. Sein Fallschirm war verschwunden. Er hatte keine Ausweispapiere hinterlassen und auch keinen Hinweis darauf, wohin er gegangen war. Er war einfach verschwunden, als ob es ihn nie gegeben hätte. Sein Status wurde als »verschollen« angegeben.

Ich klappte die Akte zu – ich blätterte nicht um, um Alex' Gesicht noch einmal zu sehen – und reichte sie Colonel Mabry zurück. »Danke, Sir«, sagte ich mit ruhiger Stimme. »Ich weiß Ihre Hilfe zu schätzen.«

Zum ersten Mal schien der Colonel ein wenig unsicher zu sein. »Mir ist klar, dass das unbefriedigend sein muss. Aber ich hoffe, es hat einige Ihrer Fragen beantwortet.«

Ich nickte. »Ja, danke.« Ich wandte mich an Martin. »Vielleicht ist es an der Zeit zu gehen.«

Als wir uns verabschiedeten, Martin sich weiter mit dem Colonel unterhielt und ich meine Handschuhe anzog, spürte ich, wie sich der Blick des Älteren auf mich richtete. Er war kein Narr, Colonel Mabry. Er wusste, dass ich mich zurückhielt. »Möchten Sie, dass ich mich beim Kriegsministerium über Ihren Witwenstatus erkundige?«, fragte er, als Martin und ich zur Tür des Zimmers gingen.

»Bitte nicht«, sagte ich. »Das ist nicht nötig.«

Er widersprach nicht, sondern warf mir nur einen weiteren durchdringenden Blick zu, als ob er meinem Anschein einer stillen, eingeschüchterten Witwe nicht glaubte. Aber mehr verriet ich nicht, als wir zur Straße hinuntergingen und in das Auto der Forsyths stiegen.

Martin schien erleichtert zu sein, als wir losfuhren. »Ich finde die Höhergestellten ziemlich einschüchternd«, gab er zu. »Es macht mich froh, dass ich den Großteil meiner Kriegszeit im Schlamm verbracht und nicht in einem Büro Politik gemacht habe. Ich fürchte, ich wäre nicht gut darin gewesen. Es tut mir leid, wenn ich dich furchtbar gelangweilt habe, Cousine Jo, aber ich hatte das Gefühl, dass ich ihm antworten musste.«

»Das hast du gut gemacht«, erwiderte ich abwesend und beobachtete, wie die Stadt Anningley hinter dem Rand meiner Cloche verschwand.

»Es war sicher eine Enttäuschung für dich, wie er sagte. Aber ich denke, dass es sich trotzdem gelohnt hat, oder?«

Ich war nicht mehr in der Lage zu sprechen, nicht einmal um höflich zu sein. Ich hielt mein Gesicht von ihm abgewandt, den Blick aus dem Fenster gerichtet. Vielleicht dachte er, ich wäre betrübt; in Wirklichkeit aber war ich wütend. Meine Augen brannten und waren trocken, und ich war zorniger, als ich es je gewesen war.

Alex hatte mich angelogen, und zwar nicht nur über seine Reise im Jahr 1917.

Die Akte des Kriegsministeriums hatte mir mehr verraten, als ich mir hatte anmerken lassen. Darin stand, er sei 1915 nach Reims gegangen; mir hatte er gesagt, er sei die ganze Zeit über in Reading geblieben. Er hatte nie eine Fortbildung in Frankreich erwähnt. Er hatte mir nie von genehmigten Reisen und Missionen erzählt oder davon, dass er seine Vorgesetzten um einen Gefallen gebeten hatte, um nach Wych Elm House zu kommen. Und nach seinem dreiwöchigen Urlaub im Jahr 1918 hatte er mir gesagt, dass er wieder in den Kampf ziehen würde, nicht zur Umschulung nach Reims. Wofür hatte er sich ausbilden lassen, und warum?

Warum hatte er sich so viel Mühe gegeben, um in Wych Elm House zu sein? Er hatte Dottie und den Rest der Familie seit Jahren nicht mehr gesehen, und Martin war nicht einmal zu Hause. Was hatte ihn dazu gebracht, um einen besonderen Gefallen zu bitten, damit er hierherkommen konnte? Wie konnte es ein Zufall sein, dass Alex an dem Tag im Haus war, an dem seine Cousine vom Dach stürzte?

Sie ist gestorben, das arme Ding.

Welches Motiv könnte Alex gehabt haben, seine eigene Cousine zu ermorden? War es überhaupt möglich, dass der Mann, den ich liebte, so etwas getan haben konnte?

Hättest du so etwas tun können? Hast du es getan? Warst du es?

Und was war mit dem anderen Mann, der an diesem Tag starb? Hatte Alex auch irgendwie damit zu tun gehabt?

Ich schloss die Augen und blendete den Wald aus, als er am Fenster vorbeizog. Alex hatte mich angelogen, und ich war mir mehr als sicher, dass auch Colonel Mabry gelogen hatte. Es war nämlich standardmäßig nicht üblich, das Passfoto eines Mannes in seine Akte beim Kriegsministerium aufzunehmen. Und der Vermerk neben Alex' Ausbildungsnachweis – *Fähigkeiten sehr vielversprechend. Von Natur aus für diese Art von Arbeit geeignet* – war von seinem befehlshabenden Offizier unterzeichnet worden, der Name geschwärzt. Aber selbst ich, eine einfache, dumme Frau, konnte sehen, dass die Tinte frisch war. Colonel Mabry selbst hatte die Unterschrift mit Tinte geschwärzt.

Lügen, Lügen, Lügen.

»Jo.« Martin legte mir sanft eine Hand auf den Arm. »Ich weiß, die letzten Jahre waren sehr traumatisch für dich. Aber ich denke, dieses Treffen heute kann nützlich sein. Ich denke, es könnte dir helfen, endlich loszulassen.«

Ich spürte, wie sich die Muskeln in meinem Rücken und in meinen Schultern anspannten, wie sich mein Nacken verspannte und mein Kiefer zu knirschen begann.

Er war freundlich und rücksichtsvoll, und er hatte keine Ahnung, dass ich ihn in diesem Moment hätte ohrfeigen können.

»Ich habe mit meiner eigenen Trauer um ihn gelebt«, fuhr Martin fort. »Ich habe Alex geliebt. Aber der heutige Tag hat mir gezeigt, dass es vielleicht keine Antworten gibt. Vielleicht müssen wir uns damit abfinden, so wie alle anderen Familien von vermissten Soldaten auch.« Er hielt inne, und an den tieferen Atemzügen erkannte ich, dass dieser Tag seine wenigen Kraftreserven erschöpft hatte. »Weißt du, Frannys Tod ist mir letztendlich leichter gefallen als der von Alex. Franny war krank und sie hat sich das Leben genommen. Das hat eine gewisse Endgültigkeit. Alex' Tod fühlte sich einfach nie endgültig an. Bis heute.«

Meine Augen fühlten sich an wie glühende Kohlen in ihren Höhlen, meine Schläfen pochten. Ich zwang mich, die Augen zu öffnen, zwang mich zu atmen. Ich sollte es ihm sagen. Sollte ihm von Alex' Lügen erzählen, von meinem Verdacht, dass Frances ermordet worden war. Von den Fotos, den Blättern und der offenen Tür auf dem Dach. Ich sollte ihm all das erzählen. Aber Martin war bereits krank, erschöpft, trug die Last der ständigen Schmerzen und seiner Sucht. Ich konnte den Mund nicht öffnen, um die Worte auszusprechen. Und was, wenn Martin mehr wusste, als er mir sagte? Das alles war allein mein Problem.

Meine Gedanken wurden unterbrochen, als wir die Einfahrt zu Wych Elm House hochfuhren. Ein anderes Auto war schon da, ein teurer Daimler, schnittig und schwarz. Ich spürte, wie Martin sich neben mir anspannte.

»Wer ist das?«, fragte ich ihn.

Er antwortete nicht. Der sanfte, besorgte Ausdruck war aus seinem Gesicht verschwunden. Er sah blass und steif aus, seine Haut war fahl und dünn wie Seidenpapier.

Ich folgte ihm, als er aus dem Auto stieg und das Haus betrat. Ich nahm weder meinen Hut noch meinen Mantel ab – ich konnte kaum mit ihm mithalten und vergaß, dass ich sie trug.

Wir waren in einen besonderen Anlass hineingeplatzt, wie an dem Tag, als ich nach Hause gekommen war und Martin in dem kleinen Salon darauf gewartet hatte, mir vorgestellt zu werden – aber der heutige Anlass war noch viel größer. Dieser fand im großen Salon statt, dem formellen Raum, den Dottie für Treffen mit ihren reichen Kunstkäufern nutzte. Ich war in diesem Raum bisher nur als unsichtbare Teeausschenkerin gewesen und hatte nie gesehen, dass der Rest der Familie ihn überhaupt benutzte.

Das Tableau im großen Salon hätte selbst ein Gemälde sein können. Auf der einen Seite des Raums, in der Nähe des Fensters, saßen Dottie und Robert, Dottie in einem feinen Kostüm über einer formellen Bluse mit hohem Spitzenkragen, Robert in einem der teureren Stücke seiner gut situierten Garderobe, sein Haar zurückgekämmt und sein Gesichtsausdruck leer und gehorsam. Ich erkannte die beiden kaum wieder: Dottie sah aus, als hätte sie sich die Garderobe des Gibson-Girls ausgeliehen, und ihr Gesicht war sanftmütig, ihre Haltung beinahe unterwürfig. Robert sah mich nicht einmal an, und statt sich wie üblich auf seinem Stuhl zu rekeln, saß er aufrecht wie ein gut dressierter Hund, die Hände im Schoß.

Auf der anderen Seite des Raums saßen ein Mann und eine Frau, die ich noch nie zuvor gesehen hatte. Sie war mittleren Alters, blass, ihr aschblondes Haar mischte sich großzügig mit Grau und war zu einem formellen Knoten am Hinterkopf gebunden. Der Mann war offensichtlich ihr Ehemann, der neben ihr auf dem Stuhl gegenüber von Robert saß, mit Schnurrbart, schütterem Haar und einer Wampe, die seine Weste strapazierte. Auch er saß mit zusammengepressten Füßen und Knien da, nur die rötliche Färbung seines Halses verriet, wie unwohl er sich fühlte.

Das Zentrum dieses steifen Szenarios – und der Mittelpunkt des Unbehagens aller Anwesenden – saß auf dem kleinen Sofa in der Mitte des Raums wie die Königin von Saba inmitten ihrer Dienerschaft. In diesem Fall war die Königin von Saba ein Mädchen von etwa 23 Jahren, mit einer vogelähnlichen Figur und großen grauen Augen, das ein Kostüm mit blau-weißem Karomuster und schwarze Mary Janes trug. Ihr Haar war goldbraun und umspielte ihren Hals in weichen Locken.

Ich blieb im Korridor vor der Tür stehen und beobachtete. Martin hielt kaum inne, sondern schritt in den Raum, immer noch im Mantel, den Hut unter den Arm geklemmt.

»Guten Tag«, sagte er. Ich fragte mich, ob noch jemand das Vibrieren der Anspannung in seiner Stimme erkannte.

»Martin.« Dottie erhob sich von ihrem Platz, ein warmes Lächeln auf dem Gesicht, wie ich es noch nie zuvor bei ihr gesehen hatte. »Da bist du ja. Wir wollten gerade einen Tee trinken.« Sie wandte sich an ihre Gäste. »Ich möchte dir Mr. und Mrs. Staffron vorstellen. Und das ist ihre Tochter Cora.«

Ich beobachtete die Szene vom Flur aus, unsichtbar und vergessen.

Martin betrat den Raum, und über seine Schulter konnte ich das Gesicht des blau-weiß karierten Mädchens, Cora Staffron, sehen. Sie hob ihren grauen Blick zu ihm und schenkte ihm ein breites Lächeln. Sie war kein besonders schönes Mädchen - sie hatte einen dünnen, knochigen Körperbau, einen leicht fleckigen Teint und einen langen Hals wie ein Vogeljunges –, aber sie hatte schöne, nach oben geschwungene Augen, und das Lächeln, das sie ihm schenkte, war frech und kühn, aber irgendwie echt wie das eines Mädchens, dem man nicht zutraute, Dotties Porzellan nicht zu zerbrechen.

»Das ist mein Sohn Martin«, stellte ihn Dottie vor.

»Na hallo«, sagte das Mädchen mit einer trompetenden Stimme, die durch den Raum schallte. »Bist du aber gut aussehend!«

Von meinem Platz aus konnte ich Martins Gesicht nicht sehen. Aber ich sah, wie er sich kurz und formell verbeugte, bevor ein Dienstmädchen mit einem Teetablett an mir vorbeiging und die Tür zum Salon hinter sich schloss.

21

Nach der Ankunft der Staffrons überschlugen sich die Ereignisse. Sie waren Bekannte von Dottie, die sie durch eine ihrer Kunstverbindungen kannte; er war Bankier, gehörte also zu der Art von Neureichen, die genau auf Dotties Wellenlänge waren. Einige dieser Reichen strebten danach, ihre Kinder mit alten Adelstiteln zu verheiraten, aber nicht Dottie. Alles, was sie wollte, war noch mehr Reichtum, den sie auf ihren eigenen auftürmen konnte.

Sie waren auf unbestimmte Zeit zu Besuch und in meinem Korridor einquartiert worden, Coras Zimmer gegenüber meinem und das ihrer Eltern am Ende des Flurs. Obwohl wir regelmäßig aneinander vorbeigingen, sprach ich nur wenig mit den Staffrons. Mr. und Mrs. Staffron waren höflich und wohlerzogen; Cora war laut und überschwänglich, ihr Lachen zu laut, ihre Witze eine Spur zu gewagt, ihre Kleidung zu auffällig, ihr Lippenstift nicht ganz die richtige Farbe. Sie war freundlich genug zu mir, behandelte mich aber wie eine Lehrerin, vor der sie sich zu benehmen hatte. Wenn man bedachte, dass sie nur drei Jahre jünger war, kam ich mir geradezu uralt vor. Was Dottie von Coras gefürchtetem modernen Bob oder ihrer vorlauten Art hielt, oder von ihren gesellschaftlichen Pflichten, Coras Eltern zu unterhalten, sagte sie nicht.

Ich meldete mich wie üblich jeden Morgen bei Dottie, aber nachdem sie mir zügig die Aufgaben für den Tag zugewiesen hatte, verschwand sie mit den Staffrons. Ich blieb allein zurück, um ihre Korrespondenz zu tippen und abzuschicken sowie die eingehende Post zu öffnen – sie hatte mir diese Aufgabe zurückgegeben, da sie nun nicht mehr heimlich mit den Staffrons konspirierte – und sie für sie zu sortieren. Ich erledigte ihre Telefonate und fertigte Kopien ihrer Unterlagen an, alles in der Bibliothek, während meine Schreibmaschinentasten in der Stille klapperten.

Ich schlüpfte problemlos in meine Rolle als vergessene Bewohnerin von Wych Elm House. Meine Nächte waren so schlaflos wie immer, und es war eine Erleichterung, von der Verantwortung befreit zu sein, freundlich zu Dotties Kunstkäufern zu sein. Seit meinem Treffen mit Colonel Mabry war ich der Aufgabe sowieso überdrüssig geworden. Ich grübelte über die Lügen nach, die Alex mir erzählt hatte, über die Hoffnungslosigkeit meiner Situation, über die Erinnerung an Roberts Hand auf meinem Gesicht. Ich hatte niemandem von dieser Begegnung berichtet – wozu sollte das gut sein, außer um das Werben der Familie um die Staffrons zu trüben? Ich hatte Martins Heiratsaussichten schon einmal torpediert; ich konnte es nicht noch ein weiteres Mal tun, indem ich mich über seinen Vater beschwerte, während die Staffrons hier waren.

Das Wetter passte sich meiner Stimmung an, die Tage waren dunkel und kühl, und der Regen kam in wütenden

Schüben herunter. Ob ich wach war oder schlief, Frances Forsyth ging mir nicht aus dem Kopf. Ich erinnerte mich an die Angst in ihrem Gesicht beim letzten Mal. Ich glaubte, dass sie mir aus einem bestimmten Grund im Wald erschienen war, dass sie mich gesucht hatte. Ich ertappte mich dabei, wie ich nach ihr suchte, in den Fluren, in den Stuben, in der Küche. Überall glaubte ich die Kälte des Nebels und einen kränklich-süßen Duft wahrzunehmen.

Es war nicht gesund, meine Zeit allein und mit der Suche nach einem Gespenst zu verbringen. Aber ich konnte nicht damit aufhören; ich *wollte* nicht damit aufhören. Es fühlte sich an, als wäre Frances mir ganz nahe, als wäre sie gleich um die nächste Ecke. Ich hatte sonst niemanden.

Als ich eines Nachmittags vom Tippen aufblickte, stand Dottie mitten in der Bibliothek und starrte mich an, während sie eine Zigarette rauchte. Ich hatte keinen Schimmer gehabt, dass sie da war.

»Manders«, sagte sie. Ihre Füße in den Oxfords standen weit auseinander, ihr Körper stützte sich auf die kurzen, schmalen Beine unter dem praktischen Anzug, den sie trug. »Du hast eines meiner Bilder verkauft.«

»Ja«, antwortete ich dumpf. »Vor zwei Tagen. Mr. Bergeron wollte es kaufen, und du warst nicht zu Hause. Seine Leute werden morgen kommen, um es abzuholen.«

Sie paffte kräftig an ihrer Zigarette, hielt die Zigarettenspitze dabei mit spitzen Fingern und nahm sie dann von den Lippen. »*Dutch House,* wie ich höre«, sagte sie und nannte den Namen des Gemäldes.

»Ich habe dir einen Zettel hinterlassen«, sagte ich. »Er liegt auf deinem Schreibtisch.«

Sie brummte; wir beide wussten genau, dass sie die Notiz bereits gelesen hatte. »Wie viel hast du dafür bekommen?«, fragte sie.

Wenn sie die Antwort darauf nicht ebenfalls schon wusste, würde ich meinen Hut fressen, aber ich antwortete trotzdem. »600.«

»Hm.« Sie paffte erneut an der Zigarette. »Akzeptabel, schätze ich.«

»Es war mehr, als du bei deinem Treffen mit ihm besprochen hast.«

»Nicht *viel* mehr. Ich hätte härter verhandelt.«

»Das hättest du, wenn du hier gewesen wärst«, sagte ich. »So aber habe ich gerade so viel Gier an den Tag gelegt, wie ich aufbringen konnte.«

Zu meiner Überraschung schien sie das zu amüsieren. »Du bist kein völlig hoffnungsloser Fall«, kommentierte sie. »Ich schätze, ich war in letzter Zeit sehr beschäftigt. Aber deine Arbeit ist noch nicht zu Ende. Martin und Cora lernen sich gerade kennen, und ich werde dich als Anstandsdame brauchen.«

»Das kann nicht dein Ernst sein«, sagte ich. »Sie sind beide über 20 und ihre Eltern wohnen hier.« Das Letzte, was ich tun wollte, war Anstandswauwau zu spielen wie eine alte Jungfer aus dem letzten Jahrhundert. Ich könnte genauso gut anfangen, mein eigenes staubiges Grab zu planen.

»Ich stimme zu, dass es dumm ist«, sagte Dottie in ihrer üblichen unverblümten Art. »Martin wird das Mädchen kaum verführen. Aber ihre Eltern wollen, dass der Anstand gewahrt bleibt, und ich bin fest entschlossen, die Sache richtig zu machen. Und du wirst mir dabei helfen.«

»Ich schätze, das werde ich wohl, wenn es sein muss. Ich bin ja die nächstbeste vertrocknete alte Witwe in der Gegend.«

Dottie ging zu dem Aschenbecher auf ihrem Schreibtisch und löschte ihre Zigarette. »Manders, du bist mürrisch. Das passt nicht zu dir. Bitte sag mir nicht, was dich bedrückt, denn ich habe kein Interesse daran, wie du vielleicht schon erraten hast. Begleite die jungen Liebenden einfach, wann immer ich es dir sage. Ist das klar?«

Ich musste zugeben, dass es klar war.

In dieser Nacht erwachte ich aus einem weiteren Traum, die Laken waren um mich herumgewickelt, mein Gesicht war gerötet und heiß. Mein Herz raste in meiner Brust, pochte in meinen Ohren, und mein Haar war feucht vor Schweiß.

Als die kalte Luft über mein Gesicht strich, vergaß ich, Angst zu haben. Ich schloss die Augen und atmete sie ein, genoss die herbe Überraschung der Kälte in meiner Kehle und atmete sie tief in meine Lunge. Mein Schweiß wurde kalt, und eine Gänsehaut bildete sich auf meinen Armen und auf meinem Bauch unter dem Nachthemd.

»Frances?«, fragte ich.

Der Wind blies gegen die Scheiben des Fensters. Meine Nase und meine Wangen wurden kalt, und selbst meine geschlossenen Augenlider fühlten sich kühl an. Als ich mich auf der klammen Matratze umdrehte, berührte meine Hand etwas unter der Bettdecke neben mir.

Ich zuckte nach oben und wurde sofort hellwach. Was auch immer es war, es war zu mir ins Bett gelegt worden und stieß fast an meinen Körper. Die Schlafzimmertür war geschlossen, und auch sonst war nichts im Zimmer verändert worden. Ich schluckte und zog die Decke zurück.

Es war ein Buch. Ein großes, flaches Buch, dessen harter Einband im Mondlicht, das durch das Fenster drang, schimmerte. Ich berührte es zaghaft und fand die Textur des Papiers rau. Die Seiten im Innern waren dick, einige davon verzogen, sodass der obere Einband nicht ganz gerade saß. Ich rutschte auf dem Bett zum Nachttisch hinüber, schaltete die Nachttischlampe an und schlug das Buch auf.

Schon auf der ersten Seite wusste ich, dass es sich um das Skizzenbuch eines Mädchens handelte. Die Motive waren häuslich: eine Vase mit Blumen, Blätter auf einer karierten Tischdecke, eine Katze in den alten Ställen hinter dem Haus. Es gab ein Profil von Dottie, deren Kopf über ihre Arbeit am Bibliothekstisch gebeugt war, und ein weiteres von Martin in seiner Kriegsuniform. Alle waren detailliert und klar wiedergegeben, so als hätte sich die Künstlerin die Zeit genommen, jedes Detail zu erfassen.

Ich blätterte die Seiten um. Da war ein Porträt von Wych Elm House, die Position der Betrachterin ganz klar im Wald angesiedelt. Ein anderes zeigte den Blick vom Waldrand hinunter zum Dorf, wo ich die Kirchturmspitze und den Rauch aus einigen Schornsteinen sehen konnte. Ich stellte mir Frances vor – denn das war ganz sicher ihr Werk –, wie sie auf dem Pfahl in der Gasse saß, an der ich erst an diesem Tag vorbeigekommen war, stundenlang dort saß und zeichnete, bis ihre Hände verkrampften und ihre Füße jedes Gefühl verloren. Ich konnte sie in diesem Moment so deutlich sehen, dass es mir vorkam, als wäre ich ihr erneut begegnet.

Ich neigte die Seite mit der Skizze des Dorfes zum Licht hin, um genauer hinzusehen. Hinter der Hecke, die zum Dorf führt, hatte sie einen langen, dunklen Schatten gezeichnet, der nicht zum Rest der Szene passte. Ein Mann vielleicht? Oder etwas anderes? Ich blätterte wieder zu dem Bild des Hauses zurück und betrachtete es ebenfalls im Licht. Da war ein Schatten, der sich vom Hauptschatten des Hauses löste und auf den ersten Blick schwer zu erkennen war. Und in einem oberen Fenster, im dritten Stock, war der Schatten eines Gesichts in den Bleistiftflecken, zwei tief liegende schwarze Augenlöcher in einem weißen Oval.

Sie beklagte sich über ein Gesicht, das genau an diesem Fenster erschien. Ein Mann, *der sie anflehte, ihn hereinzulassen.*

Es beobachtet mich.

War es ein Mann? Es war unmöglich zu sagen. War dies das Gesicht, das Frances in ihren Albträumen gesehen hatte, eines der vielen Gesichter, von denen sie behauptete, sie würden sie nicht in Ruhe lassen?

Seltsam aufgeregt blätterte ich durch alle Seiten des Skizzenbuchs. Auf einigen der Bilder waren Schatten zu sehen, auf anderen nicht. Die Zeichnung von Wych Elm House war die einzige, auf der ein Gesicht zu sehen war. Einige Seiten des Buches waren herausgerissen worden, die gezackten Ränder waren im Buchrücken des gebundenen Buches sichtbar. Draußen vor meinem Fenster bellte der Hund mit der tiefen, kehligen Stimme, bis das Geräusch in einem winselnden Knurren endete.

Ich schob meine Füße über die Bettkante und öffnete die Schublade des Nachttisches, in die ich die Fotos aus Frances' Zimmer gelegt hatte. Ich wählte das Foto aus, auf dem Fran und Martin vor Wych Elm House standen. Dann schlug ich das Skizzenbuch mit der Zeichnung des Hauses auf und legte es neben das Foto unter das Licht.

Er war da, auf dem Foto – der gleiche Schatten im oberen Fenster, hinter den Kindern. Zwei schwarze Nadelstiche in einem größeren Oval. Ich hatte ihn vorher nicht gesehen, oder vielleicht hatte ich ihn für einen natürlichen Schatten im Fensterglas gehalten. Aber jetzt, als ich die Skizze neben das Foto legte, konnte ich sehen, was es war.

Es beobachtet mich.

»Frances«, sagte ich leise in die Dunkelheit, »ist es das, was ich sehen soll?«

Es kam keine Antwort.

Ich klappte das Buch vorsichtig zu, legte es ehrfürchtig mit dem Foto darin auf den Tisch und löschte das Licht wieder.

22

»Geht es dir gut?«

Es war Februar 1918, und ich stand in der Victoria Station, um meinen Mann nach seinem letzten Urlaub zu verabschieden. Er war drei Wochen zu Hause gewesen – länger als ich erwartet hatte, länger als er jemals zuvor zu Hause gewesen war. Und nun ging er wieder fort.

Ich ergriff seinen Ärmel mit meiner behandschuhten Hand. »Ich komme schon zurecht«, sagte ich.

»Du siehst völlig durchgefroren aus.«

»Nein, nein.«

In der Nacht zuvor hatte es geschneit, und London war tief im Schneematsch versunken, dessen Ränder auf den Bürgersteigen und in den Gossen vereist waren. Der dreckige, halb gefrorene Schnee war von Tausenden eiliger Füße durch die Victoria Station geschleppt worden und wurde von Tausenden weiterer Füße weitergeschleppt. Ich trug meine dicksten Schuhe, meinen dicksten Mantel und meine dicksten Handschuhe, aber trotzdem wurde mir nicht warm. Ich spürte, wie sich die Muskeln zwischen meinen Schulterblättern krampfhaft zusammenzogen, aber ich kämpfte es nieder. Ein Kopfschmerz bahnte sich seinen Weg durch meinen Nacken und über meine Schädeldecke.

»Pass auf«, sagte Alex, »du brauchst nicht weiter mitzukommen. Wir können uns hier verabschieden.«

Ich packte seinen Ärmel fester und schaute in sein Gesicht. »Nein.«

Er blickte auf mich herab, und diese außergewöhnlichen Augen wurden unter der Krempe seiner hübschen, ordentlich gebügelten Mütze weicher. »Der Zug fährt in 15 Minuten ab, Jo.«

»Dann haben wir noch 15 Minuten. Wir sollten weitergehen. Sonst kommst du noch zu spät zum Bahnsteig.«

Er sah mir noch einen Moment ins Gesicht, dann wandte er sich ab und führte mich durch die Menge. Ich folgte ihm, den Arm in seinen eingehakt, und starrte auf die Linie seiner Schulter und das Gewebe seines Wollmantels. Ich hatte das schon früher gemacht, ihn nach dem Urlaub verabschiedet. Das war immer das Schlimmste, diese letzten Momente inmitten einer Menschenmenge, in denen man alles und gleichzeitig nichts sagen wollte. Es war eine Erfahrung, die so schmerzhaft war, dass der Verstand sie verdrängte wie den Tod eines geliebten Menschen oder die Qualen einer Geburt. Und doch war es nicht zu vermeiden. Ich wollte mich zu Hause nicht von ihm verabschieden und ihn ohne mich gehen lassen, genauso wenig wie ich meine eigenen Gliedmaßen von meinem Körper lösen und sie zur Tür hinausgehen lassen könnte.

Dennoch war es dieses Mal schlimmer als alle anderen Male zuvor. Es ging mir nicht gut, auch wenn ich versuchte, es zu verbergen. Unter meinem schweren Mantel zitterte ich vor kaltem Schweiß, meine Füße waren klamm und gefroren, und in meinem Kopf herrschte ein Nebel, der mir die Sicht verhüllte. Mein Magen rebellierte und drohte, das bisschen Frühstück, das ich gegessen hatte, wieder loszuwerden. 15 Minuten. Ich musste sie einfach nur durchstehen, eine nach der anderen.

Vor diesem Urlaub war er neun Monate fort gewesen. Ich konnte mich an keinen einzigen Tag dieser neun Monate erinnern, an keine einzige Mahlzeit, keine Nacht und keinen Morgen. Ich hätte nicht sagen können, was ich getan hatte, welche Kleidung ich getragen hatte, ob es geregnet hatte oder ob es heiß oder kalt gewesen war. Ich hatte mich beschäftigt, indem ich mich ehrenamtlich für Soldatenhilfsorganisationen engagierte, aber in diesem Moment konnte ich mich an keine einzige Person erinnern, die ich getroffen hatte, an keinen Namen und kein Gesicht.

Ich hatte es versucht. Man musste schließlich weitermachen und durfte sich nicht wegen eines Mannes zum Affen machen, selbst wenn dieser Mann der eigene Ehemann war. Man durfte nicht nur für seine Briefe leben, jedes Mal kurz aufleben, wenn die dünnen Umschläge ankamen und es mir gleichgültig war, dass die dicken, ungeschickten Finger des Zensors die Seite schon vor mir angefasst hatten, dass die Augen eines Fremden die Worte meines Mannes schon gelesen hatten. *Von hier gibt es nicht viel zu berichten, meine Jo. Wir stecken fest wegen Nebels. Die Männer spielen Karten. In der Ferne höre ich die Granaten an der Front. Ich stelle mir vor, wie du am Küchentisch sitzt und dies liest, in dem blau-weiß geblümten Kleid, das du so oft trägst, das Haar zurückgebunden, die Locken offen …*

Wir waren nun am Eingang des Bahnsteigs angelangt, und ein grauhaariger Mann in frisch gestärkter Uniform und mit dickem Schnurrbart schaute Alex an, musterte seine Uniform und sein Ticket und nickte ihm respektvoll zu. Er nickte auch mir zu, als wir an ihm vorbeigingen, aber ich bemerkte es kaum, und er war weg und wirbelte in die Menschenmenge hinter uns, bevor ich mich umdrehen und die Geste erwidern konnte. Ich hätte mich ohnehin nicht umdrehen können – mein Nacken schien mit meinen Schultern zu einer geraden Linie verlötet zu sein. Ich berührte mit meinen behandschuhten Fingern unauffällig mein Gesicht und wischte mir den Schweiß von den Schläfen.

Der Bahnsteig war überfüllt, die kalte Luft vermischte sich mit der Wärme von Hunderten von Körpern zu einem schrecklichen Miasma. Ich versuchte, mir die Nase zuzuhalten. Meine Füße waren taub vor Kälte, während mir der Schweiß unter den Armen und den Rücken hinunterlief. Jemand rempelte mich an und ich stolperte.

Alex fing mich auf, sein Arm legte sich schützend um meine Taille, so selbstverständlich wie das Atmen. »Jo?«, sagte er.

»Mir geht es gut.«

Er wandte sich ab und hielt den Arm um mich. »Verzeihung«, sagte er, während er sich durch die Menge schob. »Machen Sie Platz, bitte. Meiner Frau geht es nicht gut. Machen Sie Platz.«

Die Leute machten natürlich Platz – Alex musste nie die Stimme erheben, damit man ihm gehorchte. Es war etwas in seinem Ton, das einen dazu brachte zu tun, was er verlangte, und das beinahe bevor er den Satz beendet hatte. Aber die Leute schauten an ihm vorbei zu mir, mit alarmierten Gesichtern. Eine Frau zog ihr Kind an der Hand weg, und zwei Mädchen, Arm in Arm, traten zurück. Die Grippe hatte ihren tödlichen Siegeszug angetreten und hinterließ haufenweise Leichen. Ich versuchte, normal auszusehen, den Leuten in die Augen zu sehen und ihnen zuzunicken. *Keine Grippe, nein, nein.* Ich hatte die Geistesgegenwart, den Blick einer Frau zu erhaschen und mir diskret den Bauch zu tätscheln. Sofort sah ich die Erleichterung in ihrem Gesicht.

»Machen Sie bitte Platz. Meiner Frau geht es nicht gut.« Alex manövrierte mich zu einer Bank auf dem Bahnsteig, die jemand – wer auch immer es war, ich habe ihn nie gesehen – sofort frei machte, und sorgte dafür, dass ich mich dorthin setzte. Er hockte sich vor mich und balancierte auf seinen langen Beinen. »Du hättest nicht kommen sollen«, sagte er.

Jetzt, wo ich saß und ihn ganz sehen konnte, fühlte ich mich etwas besser. Ich hatte einen klaren Blick auf seine lange, schlanke Gestalt, die dunkle Wollhose, die er an diesem Morgen angezogen hatte, und seine schweren Stiefel. Der Saum seines Winterwollmantels lag auf seinen Oberschenkeln und er hatte ihn teilweise aufgeknöpft, sodass ich die Uniform sehen konnte, die er darunter trug. Er setzte den Rucksack, den er über einer Schulter trug, ab und beugte sich näher zu mir, wobei seine Augen mein Gesicht nicht verließen.

»Was ist los, Jo?«, fragte er. »Sag es mir.«

»Ich weiß es nicht«, gestand ich. »Ich habe mich bis heute Morgen nicht so gefühlt. Ich weiß, dass ich nicht genug Schlaf bekommen habe.«

Er sprach fast im Flüsterton, um niemanden zu beunruhigen, der es hören konnte. »Wenn es die Grippe ist, um Himmels willen …«

»Nein, nein.« Ich lächelte ihn an. »Jetzt, wo ich sitze, geht es mir wirklich besser. Es ist überhaupt nichts Schlimmes.«

Ich hatte ihn nicht überzeugt, das merkte ich, aber sein Zug würde in wenigen Minuten abfahren. Er schaute hinter sich auf die Gleise und drehte sich dann zu mir um. »Schaffst du den Weg nach Hause?«

»Ja, natürlich.« Ich blinzelte, als mir ein Schmerz in den Hinterkopf schoss, als hätte man mich mit einer Stricknadel durchbohrt. »Das ist dumm. Ich bin hier, um mich von dir zu verabschieden, nicht um dir Kummer zu machen. Bitte sorg dich nicht.«

Er warf wieder einen Blick auf den Zug. Mit einer raschen Bewegung zog er einen seiner schweren Lederhandschuhe aus und berührte mit seinen Fingern mein Gesicht. Seine Haut auf meiner fühlte sich eisig an, und ich merkte, dass das daran lag, dass meine eigene brennend heiß war. Die Berührung war fast schmerzhaft, als wäre meine Haut geschwollen und dünn wie Reispapier, aber dennoch lehnte ich mich an ihn, während die Welt ein wenig kippte.

»Ich darf diesen Zug nicht verpassen.«

»Ich weiß«, antwortete ich und schloss die Augen halb. »Der Krieg wartet auf dich.«

»Ich möchte dem Krieg sagen, dass er sich zum Teufel scheren soll«, sagte er, und seine Grobheit entlockte mir ein Lächeln, wie er es beabsichtigt hatte. »Wirklich. Ein Teil von mir würde sofort Schluss damit machen. Aber, Jo …«

Ich nickte und legte meine behandschuhte Hand auf seine. »Ich hasse den Krieg.« Ich fühlte mich seltsam, unbeteiligt, als ob ich jemand anderem zuhören würde. Meine Wirbelsäule tat weh.

»Himmel.« Alex zog seinen anderen Handschuh aus und legte beide Hände auf mein Gesicht, die Wirkung war wie eisige Klingen auf meiner Haut. »Versprich mir, dass du zu einem Arzt gehst. Heute noch.«

»Ich verspreche es.« Wieder sprach jemand anderes durch meine Lippen: Worte, die ich kaum verstand.

Ein hoher, schriller Pfiff ertönte, eine Warnung, dass der Zug gleich abfahren würde, und drohte meinen Kopf in zwei Teile zu spalten. Ich konzentrierte mich darauf, stillzuhalten und mich nicht vor Schmerz und Schwindel zu übergeben, und lächelte Alex immer noch an, als wäre alles in Ordnung. Er musste abreisen. Ich durfte ihn nicht beunruhigen.

Er warf noch einen letzten Blick auf den Zug, dann nahm er seinen Rucksack und hängte ihn auf die Schulter. Er nahm mein Gesicht wieder in seine Hände und lehnte sich dicht an mich, seine glatt rasierte Wange an meine, sein Atem an meinem Ohr. »Ich habe alles falsch gemacht«, sagte er zu mir, »alles; und du wirst mir nie verzeihen. Aber bleib am Leben, und ich werde zu dir zurückkommen. Ich werde zu dir zurückkommen. Verstehst du das?«

»Ja«, sagte ich. *Nein,* schrie mein Verstand so hoch und schrill wie die Zugpfeife, aber meine Zunge konnte die Worte nicht formen. *Nein, nein, geh nicht weg, ich liebe dich, geh nicht weg.*

Dann küsste er mich auf die Lippen und ließ mich los.

Ich keuchte. Mein Verstand kämpfte sich durch seinen Nebel. Ich versuchte aufzustehen, aber meine Beine wollten mir nicht gehorchen. Alex verschwand in der Menge – er war fort, fort. Hatte er sich noch einmal nach mir umgesehen? Ich konnte mich schon jetzt nicht mehr erinnern. Es war alles so schnell gegangen. Was für ein Kuss war das gewesen? Ich kannte alle Küsse von Alex und wusste, was jeder einzelne von ihnen bedeutete. War es einer seiner leidenschaftlichen Küsse gewesen oder einer seiner süßeren, sanfteren? Ich wusste es nicht.

Schließlich erhob ich mich von der Bank und drängte mich durch die Menge. Jetzt war ich nur noch ein rotwangiges, rotäugiges Mädchen wie Dutzende andere auf dem Bahnsteig, die in ihrer Trauer umherstolperten. Ich versuchte, den Zug zu erreichen – ich hatte keine Ahnung, wie lange ich es schon versucht hatte, als der Zug einen Pfiff ausstieß und wegfuhr. Ich wurde von allen Seiten bedrängt, geschoben und gezogen von der Menge, von Frauen, die mit Taschentüchern winkten, von weinenden Kindern. Meine Wangen waren nass von Tränen.

Hatte er zu mir zurückgeblickt?

Ich konnte mich später nicht daran erinnern, wie ich an diesem Tag nach Hause gekommen war – es gab Zeitabschnitte, die völlig leer waren, als ob ich geschlafen hätte. Ich ging nicht zum Arzt. Ich konnte mich daran erinnern, wie ich auf der Treppe der Wohnung in der Chalcot Road saß, meine Schuhe auszog und schluchzend meine eisigen Füße rieb. Ich erinnerte mich, dass ich vor Schmerzen schrie, als ich meine Kleidung von meiner schmerzenden Haut zog. Ich erinnerte mich daran, dass ich dachte, dass es doch eine Grippe war, dass ich sterben würde und dass Alex enttäuscht sein würde, weil er mir gesagt hatte, dass ich nicht sterben sollte.

Ich war eine Woche lang krank, schwitzte und zitterte im Bett. Ich hatte tatsächlich die Grippe – allerdings mit einem milderen Erreger, der nicht so tödlich war wie die Spanische Grippe. Nach einer Woche war ich so ausgewrungen wie ein Geschirrtuch, und allein die Nahrungsaufnahme war so anstrengend, dass ich sie kaum noch ausführen konnte. Ich blieb in unserer schummrigen Wohnung, einen Tag nach dem anderen. Ich hatte keine Freunde oder Familie, weder in London noch sonst wo. Niemand kam.

Eines Nachts, als ich mich erholte, lag ich im Bett, hörte dem Regen am Fenster zu und beobachtete die Wand. An diesem Tag waren die Zeichen gekommen, dass ich wieder einmal nicht schwanger war. Ich würde kein Kind von Alex bekommen. Ich war allein.

Jemand sollte ein Gedicht schreiben, dachte ich, über die Frauen. Nicht nur über die Männer, die tapfer in den Krieg marschierten und starben, sondern über ihre Frauen, ihre Mädchen, ihre Mütter und Schwestern und Töchter, die schweigend oder schreiend in der Dunkelheit sitzen. Unfähig zu kämpfen, unfähig, ihn zu stoppen, unfähig, dem Krieg zu sagen, dass er sich zum Teufel scheren sollte. Wir kämpften ebenfalls unseren Krieg, so schien es mir, und wenn es auch ein Krieg anderer Art war, so war der Schmerz darüber kaum erträglicher. Jemand sollte ein Gedicht über die Frauen schreiben.

Aber ich wusste bereits, dass das niemand jemals tun würde.

23

Wir näherten uns dem Abend vor Allerheiligen, dem Ende des Herbstes, als die letzten feuchten, lehmigen Gerüche die Luft verließen und die Welt ihre Farben zu verlieren begann.

»Es tut mir leid, dass du da hineingezogen wurdest, Cousine Jo«, sagte Martin. Er zog seinen Schal fester um seinen Hals. »Du musst wissen, dass es nicht meine Idee war.«

»Ich weiß«, antwortete ich. Wir standen draußen und warteten auf Cora. Martin und Cora sollten spazieren gehen, und ich sollte sie begleiten, das unbeholfene alte Klischee einer Anstandsdame. Es war nicht das erste Mal.

»Sie ist ziemlich nett, weißt du?« Martin drehte sich um und blickte zurück zum Haus, wo sich die Haustür öffnete und Cora in einem Wollmantel, der schon von Weitem teuer aussah, hervortrat. »Ich glaube, vielleicht frage ich sie heute.«

Ich hatte nicht gedacht, dass ich überrascht sein würde, aber ich war es. »Bist du sicher?«, fragte ich.

»Mutter hat einen Zeitplan«, antwortete er mit einem Hauch von Humor. »Auf jeden Fall denke ich, dass wir gut miteinander auskommen werden, solange ich noch lebe.«

Ich hob meine Brauen. »Bitte sag mir nicht, dass du das zu ihr gesagt hast«, flehte ich. »Das ist nicht gerade die ideale Art, eine Frau zu umwerben.«

Das brachte ihn zum Lächeln. »Das habe ich nicht, ganz ehrlich. Auch wenn ich kaum weiß, wie man denn eine Frau ideal umwirbt, oder? Ich habe es nie getan.«

»Ich bin sicher, dass du das gut machst.«

Er warf mir einen neugierigen Blick zu. »Wie hat Alex dir den Hof gemacht?«, fragte er.

Die Erinnerung packte mich einen Moment lang schwer, voller Emotionen, dann ließ sie mich wieder los. »Er hat mich zum Essen eingeladen«, antwortete ich.

»Das war alles?«

»Das war alles.«

Martin gab einen leisen Pfiff von sich.

»Guten Tag, Mrs. Manders.« Das war Cora, die mit den Händen in den Taschen ihres teuren Mantels und einer perfekt sitzenden Cloche auf dem Kopf auf uns zukam. Trotz der eleganten Kleidung war ihr Gang unbeholfen und der Mantel hing schwer um ihren schlaksigen Körper. Sie sah fast hübsch aus, die kalte Luft rötete ihre schmalen Wangen unter ihren schrägen Augen. Sie schenkte mir ein Lächeln mit gleichmäßigen weißen Zähnen.

»Guten Tag, Cora«, sagte ich. Wenn sie darauf bestand, mich wie eine alte Matrone anzusprechen, konnte ich mich auch wie eine solche verhalten.

Martin warf einen Blick zurück zum Haus, wo uns zweifellos mindestens ein Elternteil vom Fenster aus beobachtete. »Lasst uns losgehen und die Route für heute festlegen.«

Er bot Cora seinen Arm, und sie nahm ihn, drückte ihn ein wenig und schenkte ihm ein Lächeln. Martin sagte etwas zu ihr, während sie gingen, und Cora lachte, und das Geräusch schallte über die Bäume hinweg. »Du bist ein komischer Kauz«, sagte sie, und ihre Stimme klang zu mir zurück, als ich hinter ihnen herging. Dann beugte sie sich zu ihm hinunter und sagte etwas, das ich nicht hören konnte.

Ich seufzte. Anstandswauwau war wirklich die schlimmste Arbeit der Welt, schlimmer als Dotties Beschimpfungen in der Bibliothek oder Casparovs Anspielungen anzuhören. Bisher hatte ich immer außer Hörweite bleiben müssen, während die beiden zwischen den verlassenen Ställen und den überwucherten Tennisplätzen umherschlenderten. Beim zweiten Mal hatte ich ein Buch mitgebracht, als mir klar geworden war, dass ich das werbende Paar nicht unbedingt anstarren musste, wenn sie Seite an Seite saßen und sich leise unterhielten, wobei Cora gelegentlich über Martins Witze lachte. Heute hatten sie beschlossen, im Wald spazieren zu gehen. Ich schluckte meine Furcht hinunter und versuchte, gelassen zu wirken. Es wäre nicht gut, wenn die vertrocknete Anstandsdame am entscheidenden Punkt der Brautwerbung von Nebel, bellenden Hunden und Martins toter Schwester palaverte.

Als wir weit hinter den Bäumen waren, blieb Martin stehen und Cora ließ ihre Hand von seinem Arm fallen.

»Wohin willst du gehen?«, fragte Martin sie.

Cora zupfte geschickt an ihrem Ärmel und schaute auf ihre Uhr. »Ich weiß es nicht. Wie lange, damit sie zufrieden sind?«

»45 Minuten vielleicht«, sagte Martin. Er wandte sich an mich. »Was denkst du, Cousine Jo?«

Ich zuckte die Achseln. »Eine Dreiviertelstunde klingt gut für mich.«

»In Ordnung«, sagte Martin. Der Wind wehte durch die Bäume, und seine Ohrenspitzen wurden bereits rot vor Kälte. Er wandte sich an Cora. »Das gibt mir genug Zeit, mit euch über die Anhöhe zum Dorf zu gehen, bevor wir umkehren müssen. Allerdings ist es an einigen Stellen etwas steil. Was denkst du?«

Sie biss sich auf die Lippe, ihre Augen auf Martins Gesicht gerichtet. »Ich bin fein angezogen und habe nicht viel gefrühstückt. Können wir etwas Leichteres machen?«

In diesem Moment begann ich, Cora Staffron zu mögen. Trotz ihrer dünnen Statur und ihrer zweifellos knorrigen Knie war sie zäh und hätte den Spaziergang – oder auch einen längeren – schaffen können, ohne außer Atem zu kommen. Es war Martin, der sich abmühen würde. Ich applaudierte ihr im Stillen.

»Leichter? Ja, ich denke, schon.« Martin dachte darüber nach, ohne den Subtext zu bemerken. »Wir gehen in Richtung des Dorfes. Dann führe ich dich hinten herum auf den Waldweg. Da gibt es keine Felsen. Klingt das gut?«

»Na klar«, sagte Cora.

Martin wandte sich wieder mir zu. »Dann bin ich in 45 Minuten wieder hier. Hast du ein Ziel hier irgendwo bis dahin, Cousine?«

Ich hielt überrascht inne und seine Wangen erröteten. Es war schon erniedrigend genug gewesen, ihnen zu folgen, aber jetzt sollte ich auch noch ganz offen im

Stich gelassen werden. Ich riss mich aber rasch wieder zusammen. »Ja, natürlich«, sagte ich.

Cora sah mich strahlend an. »Sie hätten ein Fernglas zur Vogelbeobachtung mitbringen sollen. Sie hätten es unter Ihren Mantel schmuggeln können, ohne dass es jemand bemerkt hätte.«

Ich starrte sie an. Sie sah mich wirklich als uralt an. »Oder vielleicht hätte ich einen Flachmann mitbringen sollen.«

Sie lachte bloß. »Wäre das nicht lustig?«

Ich stimmte zu und wir gingen getrennte Wege. Es war eine Art Erleichterung: Als ich in die schattige Stille eintrat, wurde mir klar, dass ich mich angestrengt hatte, um selbst den bedeutungslosesten Small Talk zu führen. Aber ich wollte nicht allein im Wald sein, nicht einmal an einem sonnigen Tag. Als sie außer Sichtweite waren, hielt ich auf dem Weg inne, und meine behandschuhte Hand glitt in meine Tasche und berührte das Stück Papier dort.

Nimm dich zusammen, Jo.

Die Angst schloss sich für einen ganzen Moment um mich, während ich den leisen Geräuschen des Waldes lauschte, dem Wind, der durch die Bäume rauschte, den fernen Rufen der Vögel. Ich konnte nicht zurück zum Haus gehen, sonst würde jeder wissen, dass Martin und Cora allein waren. Und ich konnte ihnen ebenso wenig folgen und sie stören.

Also spazierte ich weiter. Martin hatte mir einmal von einer besonders schönen Aussicht über das Meer erzählt, vom Dorf aus in der anderen Richtung, also nahm ich den Weg, der mich weiter fort von meinen Schützlingen führte. Auf tauben Füßen bahnte ich mir meinen Weg über den tückischen Boden, stolperte über Spurrillen und Pfützen, schwitzte unter Mantel und Hut, als ich eine Anhöhe erklomm, und der Wind kühlte den dünnen Schweiß auf meiner Stirn.

Als ich endlich an der Stelle ankam, blieb ich vor lauter Staunen unwillkürlich stehen. Ich befand mich am äußersten westlichen Rand des Waldes, auf der dem Haus und dem Dorf abgewandten Seite, an der Stelle, wo die Bäume endeten. Unmittelbar vor meinen Füßen begann eine Lichtung, die steil abfiel, und dahinter schlängelte sich das felsige Gelände an der Küste entlang bis zum Horizont. Das Meer war grau und kalt unter mir, die Küste scharf und abweisend, aber dennoch war die Aussicht atemberaubend. Ich ließ den Wind über die Hutkrempe und den Kragen meines Mantels streichen und nahm die Weite in mich auf.

Ein paar Kilometer weiter am Ufer entlang war ein niedriger, blockartiger Gebäudekomplex zu sehen, der auf einem eingezäunten Platz stand. Das Ensemble lag ruhig und trist im Sonnenschein, direkt am Wasser, wo mehrere kleine Boote vertäut waren. Dies musste das Fischereiministerium sein, in dem Colonel Mabry nach eigenen Angaben in irgendeiner Weise tätig war. Es sah schläfrig und still aus, und ich sah nicht einen Hauch von Bewegung.

Ich drehte mich um und schaute auf das Wasser. Es gab keine Ausflugsboote, keine Schaluppen oder hübsche kleine Segel. Das Wasser war kabbelig, tief und kalt. Weit am Horizont zeichnete sich die Silhouette eines großen Schiffes ab, dessen Schornsteine in den Himmel ragten. Seevögel kreuzten die Uferlinie und riefen sich gegenseitig mit hohen, schrillen Stimmen zu. Ich sah keine einzige andere menschliche Gestalt.

Ich bin allein, dachte ich.

Der Wind brannte in meinen Augen, aber die Tränen auf meinen Wangen stammten nicht von der Kälte. Hier an diesem abgelegenen Ort, wo mich niemand sehen konnte, wischte ich sie nicht weg, sondern ließ sie salzig auf meiner Haut trocknen.

Nimm dich zusammen, Jo.

Ich zog den Brief, den ich heute Morgen erhalten hatte, aus meiner Tasche, faltete ihn auf und sah ihn zum hundertsten Mal an. Der Wind ließ die Seite heftig flattern, aber ich hielt sie fest und sah, wie die Worte verschwammen.

Wir bedauern sehr, Ihnen mitteilen zu müssen, dass Mrs. Christopher letzte Nacht im Schlaf verstorben ist. Da es keine Vorwarnung gab und sie den gestrigen Tag wie üblich verbrachte, haben die Ärzte erklärt, dass ihr Herz im Schlaf aufgehört hat zu schlagen. Auch wenn diese Nachricht Sie sehr betrüben muss, versichern wir Ihnen, dass Mrs. Christopher friedlich, ohne Kampf und Schmerzen zu ihrem Schöpfer gegangen ist und dass sie nun in den Armen des Himmels ruht, unschuldig wie ein Kind, wie alle unsere Patienten.

Nun stehen einige Entscheidungen an …

Ich hob den Brief höher, sah zu, wie er im Wind flatterte. Ich dachte an meine Mutter, an ihr schönes Haar, ihre Porzellanhaut, die feinen Knochen ihrer Handgelenke, die dunklen Halbkreise unter ihren Augen wie blaue Flecken. An all die Jahre, in denen ich den Refrain im Hinterkopf hatte: *Wo ist Mutter? Was macht sie gerade? Geht es ihr gut?* Nun war es vorbei. Sie war ein Mysterium gewesen, ein Labyrinth von Räumen, die ich nicht durchschauen konnte, und jetzt war sie fort, für immer unverstehbar, und ich hatte niemanden mehr, um den ich mich sorgen musste. Hatte sie sich an mich erinnert, als sie starb? Hatte es überhaupt noch eine Erinnerung an mich gegeben?

Ich bezweifelte es. Mutter und ich waren uns fremd; letzte Nacht war ich in meinem Schlafzimmer in Wych Elm House gewesen und hatte bei Lampenlicht ein Buch gelesen, während sie im Sterben lag. Aber ohne Alex war sie alles, was ich noch hatte, das Einzige, was mich mit der Erde verband. Ohne Mutter fühlte ich mich plötzlich so substanzlos wie die Blätter in Wych Elm House, so vergänglich wie das Gesicht von Frances Forsyth, das mit Nitrat auf ein Stück Papier gedruckt wurde. Eines Tages würde ich verschwinden, und niemand würde je erfahren, dass ich da gewesen war.

Wo ist deine Mutter?

Der Wind versuchte, mir den Brief aus der Hand zu reißen, aber ich wollte ihn nicht loslassen. Schließlich faltete ich ihn wieder zusammen und steckte ihn zurück in meine Tasche. Dann wischte ich mir über die Augen.

Ich wandte meine Schritte ab und ging zurück zum Weg, um Martin und Cora einzusammeln, während sie mir entgegenkamen.

24

Es war für niemanden eine Überraschung, dass Cora und Martin nach ihrem Waldspaziergang verlobt wiederauftauchten. Während des anschließenden Jubels beider Elternpaare verschwieg ich die Nachricht von Mutters Tod und bat Dottie später im Stillen um Freistellung, um zu ihrer Beerdigung nach Hertford zu fahren und die Papiere des Krankenhauses zu unterschreiben.

Dottie war abgelenkt, während ich sprach, aber als ich zu meinem Grund für die Bitte kam, richtete sie ihre scharfen Augen ganz gezielt auf mich. »Das ist ein Jammer, Manders. Du kannst den Tag haben. Nimm das Automobil und den Fahrer.«

»Das werde ich, danke.«

»Gibt es irgendwelche finanziellen Bedenken?«

Es dauerte einen Moment, bis ich begriff, dass sie mich fragte, ob ich in der Lage war, die Beerdigung meiner Mutter zu bezahlen. »Das Krankenhaus begräbt sie auf dem Kapellenhof. Dort liegen viele ihrer Patienten. Die Kosten sind bescheiden.«

»Dann werden sie sie ordentlich beerdigen«, sagte Dottie. »Sorg dafür, dass sie das tun. Wenn die Beerdigung nicht zufriedenstellend geplant ist, sollen sie mich anrufen.«

Sie war furchtbar – sie hatte mir nur einen einzigen Tag freigegeben, und gleich würde sie mich ganz vergessen, während sie die Verlobungsfeier von Martin und Cora plante –, aber mir stachen dennoch peinliche Tränen in den Augen. Sie hatte Frances anständig beerdigt, und wahrscheinlich hatte sie dafür kämpfen müssen. Sie war bereit, den gleichen Kampf für mich zu kämpfen, für Mutter. Warum Dottie es einem so schwer machte, sich mit ihr anzufreunden, würde ich wohl nie erfahren.

»Danke«, sagte ich.

»Donnerstagmorgen um acht Uhr, Manders«, antwortete sie. »Sei pünktlich, wir werden viel zu tun haben. Ich verabscheue rührselige Gefühle.«

»Ja, Dottie.«

Tatsächlich wurde Mutter durch die Klinik ordnungsgemäß und mehr als angemessen beerdigt. Der Hof der dortigen Kapelle war ruhig und grün, gut gepflegt, mit Blick auf die sanften Hügel. Sie gaben ihr einen kleinen Stein mit ihrem Namen, ihren Daten und den einfachen Worten INNIG GELIEBT. Außer dem Seelsorger der Klinik und einer Pflegerin, die das Personal vertrat, war ich die Einzige, die anwesend war.

Auf der Rückfahrt im Auto, als ich halb döste unter Trauer und Kopfschmerz, wurde mir plötzlich klar, dass ich nicht mehr für Mutters Unterbringung aufkommen musste. Die Kosten, die mich so viele Jahre lang belastet hatten, die mich dazu getrieben hatten, für Casparov zu arbeiten, Alex zu treffen und mein Leben zu ändern, die mich dazu getrieben hatten, für Dottie zu arbeiten und mein Leben erneut zu ändern – sie waren fort. Ich musste immer noch für mich selbst sorgen, aber ich verdiente jetzt genug, um ein paar Pfund auf die Seite zu legen. Die Erleichterung war so grässlich, dass ich vor Entsetzen über mich selbst weinte, und außer dem schweigenden Fahrer hatte ich keinen Zeugen. Als wir wieder in Wych Elm House ankamen, war ich wieder ich selbst.

Die Verlobungsfeier sollte grandios werden; es war die erste gesellschaftliche Veranstaltung, die Wych Elm House erlebte, seit Dotties Vater es für sie gekauft hatte. Die Eltern der Braut hatten angeboten, die Feier auszurichten, wie es üblich war, aber Dottie hatte darauf bestanden, sie hier abzuhalten. Sie hatte die Ausrede benutzt, dass Martin aus gesundheitlichen Gründen nicht reisen konnte, was zwar stimmte, aber in Wahrheit wollte sie unbedingt angeben.

Die Vorbereitungen waren vielfältig: Blumen, Porzellan, zusätzliche Bedienstete, Champagner, Musik, Essen. Dottie und ich waren von morgens bis abends beschäftigt, und obwohl all das langweilige Arbeit war, war es auch ein Segen, denn es gab keinen Platz für andere Gedanken.

Obwohl Martin und Cora das gefeierte Paar waren, hatten sie mit den Vorbereitungen nichts zu tun. Ich sah sie kaum. Martins Zustand hatte sich wieder verschlechtert, als hätten ihn die Anstrengungen des Werbens und des Heiratsantrags überfordert, und Cora las ihm im hinteren Arbeitszimmer vor, während er auf dem Sofa lag und eine Decke über sich gebreitet hatte. Ihre Stimme war kratzig und grell, ihre Aussprache schrecklich, und sie las kaum sachkundig, aber dennoch lag er Stunde um Stunde da, die Augen geschlossen, während sie vorlas.

Obwohl ich nicht mehr als Anstandsdame fungierte, hatte ich die Aufgabe, gelegentlich den Anschein zu wahren und nach ihnen zu sehen. Als ich dies das erste Mal tat, sah Martin meinen Gesichtsausdruck und nahm meine Hand. Er drückte sie kurz und schüttelte einmal den Kopf als stumme Mitteilung. Er war also nicht wieder auf Morphium. Ich drückte im Gegenzug seine Hand.

Robert, der nun von der Arbeit, die Staffrons zu umwerben, befreit war, floh aus dem Haus in seinem Automobil. Die Abende verbrachte er wieder bei den Nachbarn, obwohl er manchmal zum Abendessen in Wych Elm House blieb und seine nächtlichen Unternehmungen zumindest einschränkte. Er sah mich nie an oder sprach mit mir, wofür ich dankbar war. Sobald die Tinte auf der Heiratsurkunde getrocknet war, würden wir ihn vielleicht nie wiedersehen.

Das Leben ging weiter. Ich schlief so wenig wie immer; meine Albträume waren lebhaft und schrecklich. Ich beobachtete das prächtige Schauspiel, das sich im Haus breitmachte, erstellte Listen mit Wäsche und Silberbesteck, Blumen, die bestellt, und Einladungen, die verschickt und beantwortet werden mussten, und nachts blätterte ich in Frances' Skizzenbuch, betrachtete die Schatten, die sie über der Stadt, die ich besuchte, und dem Haus, in dem ich lebte, gezeichnet hatte, und starrte auf das Gesicht, das sie in das Fenster meines Schlafzimmers gezeichnet hatte. Zweimal wagte ich mich wieder zum oberen Giebel hinauf, stand da und wartete in der Hoffnung, Frances würde mir sagen, wie es passiert war, wer es getan hatte. Ich lebte getrennt von der Familie, allein mit meinen Visionen und Träumen. Ich fragte mich, ob ich an dem litt, was Mutters Ärzte höflich »nervöse Erschöpfung« genannt hatten. Ich erkannte vage, dass ich begonnen hatte, mein Leben loszulassen, es ohne mich weitergehen zu lassen.

Und dann brach der Morgen der Party an, und ich beschloss, meine Kamera wieder herauszuholen.

Ich hatte es nicht geplant. Nach der Begegnung mit Robert – ich erinnerte mich noch deutlich an den Schock, als ich die Gestalt von Frances hinter seiner Schulter sah – hatte ich die Kamera weggepackt und liegen gelassen. Aber als ich eines Morgens bei Tagesanbruch aufwachte, erinnerte ich mich, dass Frances die Kamera an jenem Tag auf den Boden meines Zimmers gelegt hatte. Und als ich die Kamera mit nach draußen genommen hatte, war sie erschienen. Es war das letzte Mal, dass ich sie gesehen hatte.

Ich spürte, dass sie irgendwo in meiner Nähe war und mich beobachtete und wartete. Vielleicht war die Kamera der Schlüssel.

Ich stand auf und zog mich schnell an, wobei ich mir mehrere Schichten überzog, um mich warm zu halten. Dicke Strümpfe, den karierten Rock, den Dottie mir zu tragen verboten hatte, und sowohl eine Bluse als auch einen Pullover über meinem Unterhemd. Ich drehte mein Haar zu einem unordentlichen Dutt zusammen. Dann nahm ich Alex' Kamera aus der Tasche und schlich ohne Schuhe durch die Tür in den Flur.

Der Korridor war still; weder hinter Coras geschlossener Tür noch aus dem Zimmer ihrer Eltern am Ende des Flurs war ein Geräusch zu hören. Die Dienerschaft würde bald aufstehen, also ging ich schnell.

Unten angekommen, schlich ich durch die Küche zur Hintertür. Im Vorraum drückte ich den kleinen Knopf für das elektrische Licht und betrachtete die vielen Jacken und Mäntel, die an Haken hingen, und die Schuhe, die aufgereiht auf dem Boden standen. Ich besaß keine Schuhe, die warm oder dick genug für den November auf dem Lande waren. Ich stellte die Kamera ab und durchstöberte die Sachen der Familie Forsyth nach etwas Passendem. Am Ende fand ich einen glatten schwarzen Regenmantel, der an den Schultern eng anlag – vielleicht von Dottie? –, und ein Paar große, unförmige Gummistiefel, die perfekt an meine Füße passten und mir bis zur Hälfte der Waden reichten. Ich betrachtete die Stiefel, während ich mit den Zehen in ihrem kühlen Inneren wackelte. Ich konnte mir nicht vorstellen, dass Dottie Gummistiefel trug, nicht einmal unter Androhung von Gewalt, und sie waren zu klein, um Roberts zu sein. Es war sehr wahrscheinlich, dass sie Frances gehört hatten.

Ich fand einen grünen Wollschal, der nicht zum Rest des Outfits passte, legte ihn mir um den Hals und machte mich auf den Weg.

An diesem Morgen schien ich die Welt für mich allein zu haben. Die Luft roch nach kalten, gefrorenen Blättern, und mein Atem machte Wölkchen in der Luft. Die Morgendämmerung hatte den Himmel gerade so weit aufgehellt, dass ich die knorrigen Stämme der Bäume und den Weg sehen konnte, der sich vor mir in den Frühnebel schlängelte. Der kalte Dunst der Nacht hüllte den Wald noch immer ein, sodass die Bäume in einer unsichtbaren Ewigkeit zu verschwinden schienen, und die Schreie unsichtbarer Vögel waren zu hören. Von den wenigen Blättern, die noch an den Bäumen hingen, tropfte Wasser mit einem anhaltenden, nassen Geräusch, und der lehmige Weg gab frostig unter den Sohlen von Frances' Gummistiefeln nach.

Ich hatte das Stativ nicht mitgebracht. Ich trug nur die Kamera, als ich den Pfad entlangging, wobei meine Stiefel im Schlamm herumrutschten. Dickes, kaltes Wasser tropfte an meinem Regenmantel herunter, die Tropfen fingen das Licht ein. Ich konnte meinen eigenen feuchten Atem an der Kante des Schals spüren, der meine Lippen berührte. Ich machte mich auf den Weg zu dem Aussichtspunkt, an dem ich Mutters Brief das letzte Mal gelesen hatte, und geriet beim Gehen in einen seltsamen Zustand der Meditation, in dem ich beobachtete und lauschte. Auf einer Ebene hatte ich Angst, aber auf einer anderen war ich aufgeregt und erfüllt von einer fast schmerzhaften Erwartung.

Am Aussichtspunkt ließ der Nebel die Aussicht an den Rändern des Blickfelds verschwimmen. Das Meer war ein tiefes, hohles Rauschen, dessen aufgewühlte Oberfläche durch eine Nebelschicht schwach sichtbar war; das Fischereiministerium war ein geisterhafter Umriss aus Mauern und rechten Winkeln. Ich stand einen Moment lang da, sog die salzige Luft ein, spürte, wie der Wind über meine feuchten Wangen strich, und fummelte dann an der Kamera herum.

Ich sank auf ein Knie auf dem felsigen Boden und legte die Kamera auf mein anderes Knie, um sie zu stabilisieren. Ich nahm die Kappe ab, spulte den Film vor und beugte mich zum Okular, um das neblige Meer in meinem Blickfeld einzurahmen. Ich machte ein Foto, ging dann zurück, um eine breitere Aufnahme zu machen, kniete mich wieder hin und drückte ein weiteres Mal den Auslöser.

»Wo bist du?«, rief ich in den Wind.

Ich änderte meinen Blickwinkel, als der Wind in den Bäumen hinter mir aufkam. Das Licht der Morgendämmerung war einfach perfekt, es machte die Ränder von allem weich, der Nebel streute die aufgehende Sonne. Ein einzelnes Boot auf dem Meer geriet in mein Blickfeld, und ich beugte mich wieder zum Okular und beobachtete den dunklen Fleck, der sich auf der einsamen Weite des Ozeans bewegte, während ich meinen Finger auf den Knopf legte. Hinter mir bewegte sich etwas auf dem Weg.

Ich richtete mich auf, und die Haare in meinem Nacken sträubten sich. »Frances?«, rief ich.

Ich erhielt keine Antwort. Langsam, während meine verkrampften Muskeln protestierten, drehte ich meinen Körper und blickte über meine Schulter zurück auf den Pfad, der in den Wald hineinführte.

Es war nichts zu sehen.

Als ich die Kamera ergriff und aufstand, schmerzte mein Knie an der Stelle, an der es in den harten Boden gedrückt worden war. Ich drehte mich um und wandte mich dem Weg zu, jetzt mit dem Rücken zum Wasser. Noch immer war kein Geräusch zu hören, keine Bewegung, aber ich spürte ganz deutlich, dass sie mich beobachtete. Ich machte ein paar vorsichtige Schritte mit angehaltenem Atem, die Stiefel leise auf dem feuchten Boden.

Sie war nicht auf dem Weg. Ich hatte fast die erste Kurve erreicht, als mir einfiel, die Kamera an mein Auge zu halten und hindurchzusehen.

Ich hielt die Kamera unsicher an mein Gesicht und blinzelte durch das Okular. Ich sah den Weg, den Wald drum herum, die Nebelfetzen. Sonst war nichts zu sehen. Langsam drehte ich mich auf dem Absatz, meine feuchten, eisigen Hände umklammerten das Leder der Kamera, meine Arme zitterten, als ich sie an mein Auge hielt. Mein Atem klang laut in meinen Ohren, als ich mich vorsichtig drehte, mein Objektiv das Muster der Baumstämme aufnahm und ich mich weiterdrehte, um auf die Lichtung und das Wasser zu schauen. Der Wind frischte auf, und ich hörte das Rascheln von totem Laub.

Und dann war sie da. Sie stand dort, wo ich eben noch gestanden hatte, ihre Haut hatte die Farbe von Pergament, ihre Augen beobachteten mich aus ihren dunklen Höhlen und starrten mich an, der Saum ihres Kleides hing unnatürlich still im heftiger werdenden Wind.

Ich stieß einen erstickten Laut aus und wich mit dem Gesicht von der Kamera zurück, wobei meine feuchten Hände sie fast losgelassen hätten. Ich blinzelte und starrte auf den Fleck, den ich gerade durch die Linse gesehen hatte, und mein Blick klärte sich. Da war nichts.

»Frances?«, flüsterte ich.

Bevor ich meinen Blick wieder auf die Kamera richten konnte, wirbelten die Blätter auf der Lichtung im Wind auf. Ich stand wie hypnotisiert da, als tote Blätter vom Boden hochstiegen und von den Ästen über mir herabfielen und sich wie Lichtpünktchen bewegten. Es war schön und schrecklich, unnatürlich. Der eisige Wind heulte.

Hoch über den Bäumen, schrill und gebieterisch, ertönte ein langer, unheimlicher Pfiff.

Ich wandte mich auf dem Weg um und rannte los.

Ich stapfte hastig über den schlammigen Pfad, meine klobigen Stiefel ließen mich ausrutschten. Ich trug die Kamera immer noch in beiden Händen dicht vor der Brust. Meine Finger hatten Mühe, den Griff zu halten, und mein Atem ging stoßweise, während die Kamera unbeholfen gegen meinen Körper schlug.

Der Pfiff ertönte wieder – er fuhr mir direkt ins Hirn, wie es ein Zugpfiff vor langer Zeit an dem schlimmsten Tag meines Lebens getan hatte –, und ein Aufblitzen von Panik schoss mir über den Rücken. *Sie ruft ihn,* dachte ich. Ich änderte die Richtung, verließ den Pfad und kletterte einen mit Gestrüpp überwucherten Abhang hinunter, ohne zu wissen, in welche Richtung ich lief oder welcher Weg zurück nach Wych Elm House führte. Als ich am Fuß des Abhangs ankam, rissen die Dornen von irgendetwas im Unterholz meine Strümpfe oberhalb der Stiefel auf, und ich rannte weiter.

Weit hinter mir im Wald verstummten die Vögel, als ob sie spürten, dass etwas auf sie zukam.

Ich taumelte eine weitere Steigung hinunter und fand mich auf einem breiten, flachen Feldweg wieder, der von dichtem Gestrüpp gesäumt war. Ich konnte weder nach oben noch nach unten sehen – der Nebel war zu dicht. In meiner Panik erkannte ich, dass dies derselbe Weg war, auf dem ich an dem Morgen gestanden hatte, an dem ich Robert getroffen hatte. Ich befand mich am anderen Ende des Pfads, weit auf der anderen Seite des Waldes, der sich über das Grundstück der Forsyths erstreckte.

Ich lief einen Moment an ihm entlang, spürte das zackige Zwicken in meinen Gummistiefeln und ein

Rinnsal warmen Blutes an meiner Wade. Kalter Regen hatte eingesetzt, tropfte von den Bäumen und bespritzte meinen Mackintosh-Mantel. Mein Atem sägte in der Lunge, und kalter Schweiß rann mir unter den Schichten meiner Kleidung den Rücken hinunter, aber ich hielt nicht an. Wenn ich diesem Weg weit genug folgen konnte, um zurück zum Haus zu gelangen, auf vertrauten Boden zu gelangen …

Weit hinter mir bewegte sich etwas zwischen den Bäumen. Ohne nachzudenken, duckte ich mich von dem Weg und kämpfte mich wieder durch das klebrig-nasse Unterholz. Meine Hände glitten auf der Kamera ab, aber ich ließ sie nicht los. Ich rutschte einen Abhang hinunter in ein Tal aus totem Laub und kletterte dann auf der anderen Seite wieder hinauf.

Vom Weg kam ein schweres, kratzendes Geräusch von Krallen in der aufgewühlten Erde. Über mir rauschte es – die Vögel, diesmal noch schweigend, flogen massenhaft in die Höhe. Der ganze Wald wurde in einem einzigen, lautlosen Exodus von Vögeln befreit. Über dem Dröhnen meines eigenen pochenden Herzens in meinen Ohren hörte ich etwas atmen – das raue Raspeln eines Keuchens, tief und kehlig.

Mein Fuß in dem klobigen Stiefel rutschte aus, und ich stürzte, stolperte und schlitterte in einen niedrigen, nassen Graben, wobei der Mackintosh wie ein glatter Schlitten wirkte und mich weiter voranrutschen ließ. Ich kam auf dem Rücken in einer Pfütze aus kaltem Wasser zum Liegen und starrte hinauf in die verregneten Bäume.

Mir blieb keine Zeit mehr zu fliehen, es war zu spät. Ich erstarrte instinktiv, wurde still, mein Atem stockte wie der einer Maus oder einer Spitzmaus, wenn sie eine Eule über sich fliegen sieht. Meine Beine verkrampften sich, mein Verstand wurde weiß und leer. Jeder Gedanke, jede Bewegung stoppte, während ich dort lag und wartete.

Zuerst kam der Geruch. Ein überwältigender, fauliger Gestank, feucht und schmierig. Die Büsche bewegten sich und rissen, als etwas Großes durch sie hindurch die Anhöhe heraufkam und mit schweren, schmatzenden Pfoten in der lehmigen Erde Tritt fand. Ein Keuchen und Knurren ertönte, und das Ding erreichte die Spitze der Anhöhe und machte einen großen Satz über mich hinweg.

Ich konnte nicht schreien. Ein pfeifender Lufthauch entwich erstickt meiner Kehle und verlor seinen Klang im heulenden Wind.

Im Nebel konnte ich nicht alles von der Kreatur sehen. Ich erblickte lange, ausgestreckte Beine, die fast so muskulös waren wie die eines Menschen, und Furcht einflößende Pranken wie Hände. Eine Brust, dick wie ein Fass, bedeckt mit einem Mantel aus langem, schmutzigem Fell. Und einen langen Körper, der in einer einzigen, lautlosen Bewegung über mich in meinem eisigen Graben hinwegsprang, wobei der Bauch nur eine Armlänge von meinem Gesicht entfernt war. Sein Kopf verlor sich im weißen Nebel, doch aus seiner unsichtbaren Kehle drang ein bösartiges, lang gezogenes Knurren, das ihm durch die Luft folgte.

Ich drückte mich in die Wasserpfütze und sah in entsetzter Stille zu, wie Princers Bauch, verfilzt und mit einem kupferartigen Gestank wie von Blut, vor meinen Augen vorbeizog. Wie von selbst ergriffen meine Hände die Kamera, die ich an meine Brust gedrückt hielt, und mein Finger betätigte den Auslöser.

Dann landete er auf dem Kamm auf der anderen Seite des Grabens, ich erblickte eine schwere Schwanzlocke, und er war fort.

Ich lag zitternd da, während meine Hände an der Kamera taub wurden und das Wasser aus dem Graben mein Haar durchnässte. Der Nebel wirbelte an meinen blicklosen Augen vorbei. Es dauerte lange, bis ich merkte, dass die Vögel wieder sangen.

25

»Meine Güte, Mrs. Manders – was ist passiert?« Mrs. Perry ließ ihr Schneidemesser auf den Küchentresen fallen und kam auf mich zu, als ich in der Küchentür stand.

»Mir geht es gut«, sagte ich zu ihr. Ich hatte Frances' schlammverkrustete Gummistiefel ausgezogen und sie neben dem schmutzigen schwarzen Mackintosh auf dem Boden des Vorraums abgelegt. »Ich brauche bitte nur ein Handtuch, damit ich nicht das ganze Wasser in Ihrer aufgeräumten Küche verteile.«

Sie nahm ein Handtuch aus einem Schrank und schüttelte es auf. »Ich wusste gar nicht, dass Sie aus dem Haus gegangen sind. Hatten Sie einen Unfall?«

»Ja.« Ich rieb das Handtuch über meine durchnässten Füße in den zerrissenen Strümpfen und wich den neugierigen Blicken des Dienstmädchens aus, das über die Schulter der Köchin starrte. »Ich habe im Wald fotografiert und bin leider gestürzt. Ich bin ziemlich schmutzig geworden, aber ich bin nicht verletzt.«

Mrs. Bennett kam in die Küche, entdeckte mich und gesellte sich zu Mrs. Perry, während ich ihr alles erklärte. »Sie werden Fieber bekommen«, verkündete sie, die Hände in die Hüften gestemmt. »Sie brauchen Tee und ein heißes Bad.«

Nachdem ich völlig durchnässt durch den nebligen Wald nach Hause gelaufen war, hätte ich Jack the Ripper geheiratet, um an beides heranzukommen. »Ja, danke. Ich gehe einfach die Hintertreppe hoch und …«

»Tildy, geh mit ihr«, blaffte Mrs. Bennett das Dienstmädchen an.

»Nein, bitte.« Ich richtete mich auf, das tropfende Handtuch in der einen Hand, und schob mit der anderen mein Haar aus dem Gesicht. Ich warf beiden einen flehenden Blick zu. »Mir wäre es lieber, wenn Mrs. Forsyth nichts davon wüsste. Sie wusste nicht, dass ich unterwegs war, und wegen der Verlobungsfeier heute … Es war nur ein Versehen. Eher peinlich als alles andere, wirklich.«

Mrs. Bennett und Mrs. Perry tauschten verständnisvolle Blicke aus. »Dann nehmen Sie die Dienstbotentreppe«, stimmte Mrs. Perry zu. »Ich räume den Mantel und die Stiefel weg. Tildy wird in ein paar Minuten den Tee bringen.«

Doch als ich meine Kamera in die Hand nahm und durch die Küche zur Treppe der Bediensteten ging, kam Cora Staffron herein. »Rieche ich da etwa Teegebäck?« Sie sah mich an, und ihre Augen weiteten sich angesichts meiner katastrophalen Erscheinung. »Oh. Mrs. Manders.«

Ich seufzte. »Es war ein Unfall.«

Sie biss sich auf die Lippe. Sie trug einen dicken, gesteppten Morgenmantel, der von oben bis unten mit Blumenranken verziert war und stark an eine Tapete erinnerte. Ihr blonder Bob war nachlässig gekämmt, ihr Hals ragte schlaksig und dünn aus ihrem Kragen. Ich erkannte, dass sie sich genauso schämte wie ich mich.

Mrs. Bennett kam uns zu Hilfe, da wir beide vor Demütigung erstarrt waren. »Das Teegebäck wird jeden Moment fertig sein, Miss Staffron. Ich lasse Ihnen etwas davon hochschicken, zusammen mit dem Tee für Mrs. Manders. Wäre das in Ordnung für Sie?«

Cora schreckte aus ihrer Starre auf, wahrscheinlich bei der Erwähnung von Gebäck, und schenkte Mrs. Bennett eines ihrer breiten Lächeln. »Natürlich!«, sagte sie und drehte sich zu mir um. »Lassen Sie uns gehen, Mrs. Manders.«

Sie war erstaunlich schwesterlich, als wir nach oben kamen, ließ mir ein Bad ein und holte zusätzliche Handtücher aus dem Wäscheschrank. Unser Flur war vorübergehend menschenleer, und niemand sah, wie ich feucht und schlammig ins Bad humpelte, in einen Bademantel gehüllt. Als ich mich ins Wasser sinken ließ und die modernen, tadellosen Sanitäranlagen von Wych Elm House segnete, wurde mir klar, dass Cora immer noch im Flur stand, auf der anderen Seite der geschlossenen Tür. »Ich hoffe, Ihre Kamera kann repariert werden«, sagte sie. »Sie sah ziemlich nass aus.«

»Nass?« Sie war mit mir draußen im Regen gewesen, aber ich hatte gedacht, sie wäre unbeschadet davongekommen.

»Ja, natürlich ist sie nass!«, erwiderte Cora. »Da kommt Wasser raus und alles! Ich finde, es sieht schlimm aus, und ich glaube, Ihre Fotografien werden ruiniert sein. Das ist doch schade, nicht wahr?«

Als ich die Kamera hereintrug, war kein Wasser aus ihr herausgelaufen. Der Name kam mir unaufgefordert über die Lippen: *Frances.* Es würde kein Foto von ihrem

Hund geben, nicht wenn sie es verhindern konnte. Auch die Bilder vom Meer wären ruiniert. Ich presste meine Hände auf die Augen und versuchte, mich zu beruhigen.

»Mama will eine Weihnachtshochzeit.« Cora plapperte nervös durch die Tür. »Aber das ist nur noch knapp sechs Wochen hin. Was halten Sie davon, Mrs. Manders?«

Ich ließ meine Hände sinken und tauchte mein schlammiges Haar ins Wasser. *Nimm dich zusammen, Jo.* »Ich habe gehört, dass Weihnachtshochzeiten schön sind«, antwortete ich mit zittriger Stimme.

»War Ihre eigene Hochzeit sehr groß?«

Die Worte kamen automatisch. »Wir haben allein auf Kreta geheiratet.«

»Sie sind durchgebrannt!« Ich hörte sie in die Hände klatschen. »Das ist so skandalös – wie etwas, das eine Filmschauspielerin tun würde.« Es gab ein polterndes, rutschendes Geräusch, und ich realisierte, dass sie sich auf den Boden des Korridors gesetzt hatte, mit dem Rücken zur Tür. Ich fragte mich, wie nervös sie sein musste oder wie sehr sie es vermeiden wollte, ihren Tag zu beginnen, wenn sie lieber in ihrem Morgenmantel auf dem Boden saß und mit mir redete. »Mama findet, mein Kleid sollte aus Satin sein, aber ich sehe in Satin so schrecklich aus! Es sitzt nie richtig an mir. Ich frage mich, ob Mama mich Rouge tragen lassen wird.«

Ich sah auf meine Hände hinunter, die immer noch zitterten. Ihr Geplapper beruhigte mich tatsächlich und holte mich aus dem Albtraum zurück, den ich eben erlebt hatte und erst jetzt zu verstehen begann. »Werden Ihre anderen Verwandten heute Abend auch hier sein?«

»Ich habe nicht viele«, antwortete Cora. »Ich bin ein Einzelkind. Ich wünschte, ich hätte Cousins und Cousinen in meinem Alter, aber das habe ich nicht, nur einen älteren Cousin, der Arzt ist und an der Harley Street praktiziert. Er möchte kommen.«

»Das ist sehr schön«, sagte ich und benutzte den Schwamm für mein Gesicht und meinen Hals.

»Er ist nett. Mama fragte ihn, ob die Verrücktheit von Martins Schwester in der Familie liegen könnte, aber er sagte, er glaube nicht, dass es so sei.«

Ich sank ins Wasser, seifte mein Haar ein und spülte es wieder aus. *O Frances, Frances. Was willst du bloß?* Aber ich wusste es schon. Sogar durch den Nebel meines Schreckens hindurch wusste ich es. *Sie wollte, dass ich ihn sehe. Deshalb hat Princer mir nichts angetan. Sie wollte, dass ich ihn sehe.*

»Cora, hör nicht auf die Gerüchte über Frances. Und Martin ist nicht verrückt.«

»Oh, ich weiß!« Sie lachte verlegen. »Er ist ein Gentleman, nicht wahr?«

»Ja.« Ich schloss die Augen und versuchte, nicht erneut vor mir zu sehen, wie Princers hässlicher Bauch über mich hinwegsprang. Ich betete, dass sie nicht nach einer Lektion über Hochzeitsnächte fragen würde. »Das ist er.«

»Er ist nett zu mir und er bringt mich zum Lachen. Alles wird gut laufen, ich weiß es einfach! Ich wünschte nur, er könnte etwas essen und sich mehr ausruhen. Das macht ihn launisch – ist Ihnen das aufgefallen? Er ist manchmal ein bisschen beängstigend. Gestern Abend habe ich ihn in seinem Zimmer vorgefunden, wie er die Briefe seiner Schwester verbrannt hat.«

Ich war dabei, mir die Haare auszuwringen, aber nun hielt ich inne. »Was meinen Sie damit, die Briefe seiner Schwester verbrannt?«

»Aus dem Krieg«, sagte Cora. »All die Briefe, die sie ihm im Krieg geschrieben hat, an die Front. Ich weiß nicht, was darin stand, weil er es mir nicht sagen wollte.«

»Warum hat er sie verbrannt?«

»Ich weiß es nicht.« Die freche Zuversicht war aus ihrer Stimme gewichen, und zum ersten Mal seit ich sie kennengelernt hatte, klang sie unsicher. »Er spricht nie über den Krieg, zumindest nicht mit mir. Er spricht auch nicht über seine Gesundheit, und er lässt nicht zu, dass die Ärzte auf meine Fragen antworten. Er schweigt einfach und sagt mir, dass alles in Ordnung sein wird.«

Ich stieg aus der Wanne und zog ein Handtuch um mich. *Verdammt noch mal, Martin. Erzähl ihr einfach von dem Morphium.* »Männer reden nicht über den Krieg«, sagte ich.

»Ich möchte nur helfen. Wir werden bis Weihnachten verheiratet sein. Mrs. Manders, Sie waren schon einmal verheiratet. Wie bringt man seinen Ehemann dazu, einem alles zu erzählen?«

»Das schafft man nicht«, antwortete ich, griff in die Wanne, zog den Stöpsel und sah zu, wie das Wasser in den Abfluss lief.

26

Dottie hatte die obere Galerie für die Verlobungsfeier ausgewählt. Entlang einer Seite des Raums waren Tische mit köstlichen Häppchen und Champagnerflöten aufgestellt worden. In einer Ecke spielte ein Streichquartett, und am Kopf des Raums war ein erhöhtes Podium für Ankündigungen aufgebaut worden. Der Blumenschmuck war bereits zum Mittagessen eingetroffen, eine Fülle von Gardenien, Rosen, Chrysanthemen und Lilien in hoch aufragenden Arrangements. Handwerker hatten die Wände mit kleinen tragbaren elektrischen Lampen versehen, die ein elegantes Licht verbreiten würden, wenn der Raum dunkel war.

Ich trat ein, nachdem die ersten Gäste eingetroffen waren. Etwa zwei Dutzend Menschen tranken und machten die Runde unter den Leinwänden, die wir auf dem Kontinent so fleißig gesammelt hatten – Dotties Kunst- und Geschäftsfreunde, der örtliche Adel, der wahrscheinlich aus Roberts Kumpanen bestand, die Staffrons und die Mitglieder ihrer Bekanntenkreise, die aus London angereist waren.

Jedes Zimmer in Wych Elm House war heute Abend belegt, ebenso wie mehrere Zimmer in den umliegenden Gasthäusern.

Ich entdeckte Cora und Martin in der Mitte des Raums. Sie nickten den Gästen zu und begrüßten sie, als sie sich näherten. Martin trug einen tadellosen schwarzen Frack, sein Haar war nach hinten geglättet und schimmerte im weichen Licht. Seine Augen leuchteten und sein Lächeln war echt. Ich atmete erleichtert auf, denn der heutige Abend schien ein guter zu werden.

Cora trug ein Kleid in einem auffallenden Blauton mit weißen Details, das an den Ärmeln gepufft und am Mieder mit Perlen besetzt war. Es war fast absurd – sie sah ein wenig aus wie Anne Boleyn, gekreuzt mit einer respektablen modernen Matrone –, und doch wirkte Cora irgendwie, als wäre sie geboren, um so etwas zu tragen; ihr Haar war hochgesteckt und ihre schrägen Augen leuchteten vor sittsamer Freude. Sie drehte sich mit ihrem wohlbekannten breiten Lächeln zu mir um.

»Cousine Jo!«, sagte Martin, als ich mich näherte. »Du bist eine Augenweide.«

»Was für ein elegantes Kleid!«, rief Cora.

Ich lächelte sie beide an. Mein Kleid war am Tag zuvor aus London eingetroffen; die Schneiderin in Anningley hatte es speziell für mich bestellt. Es war ein einfaches, ärmelloses Etuikleid, das in einer geraden Linie von meinen Schultern bis zu meinen Hüften und dann bis zu einem kecken Saum am Knie hinunterfiel. Es war von tiefem, sattem Saphirblau, und Pfauenfedern schmückten den Rock, deren weiche Wedel bei meinen Bewegungen winkten. Die letzte Verzierung war eine einzelne Blume aus rosafarbenem Satin, die an der linken Hüfte angenäht war. Ein Dienstmädchen hatte mir geholfen, mein Haar so hochzustecken, dass nur ein paar Locken über meinen

Schläfen hingen, und ich trug schwarze Schuhe mit hohen Absätzen. Da ich keinen teuren Schmuck besaß, trug ich nur meinen Ehering.

»Danke«, sagte ich zu Cora. »Dottie findet es sicher zu gewagt, aber dies ist eine Party, nicht wahr?«

»Mutter denkt, dass alles andere als ein männlich anmutendes Kostüm gewagt ist«, kommentierte Martin. »Sie ist wohl kaum eine Institution in Sachen Mode. Hol dir Champagner, Cousine Jo, denn ich glaube, du warst diejenige, die ihn für heute bestellt hat.«

Das stimmte. Es gehörte zu meinen Aufgaben, Champagner zu bestellen. Ich nippte gerade an meinem ersten Glas – das Zeug war göttlich –, als ein Mann sich mir von hinten näherte. »Mrs. Manders.«

Ich drehte mich überrascht um. »Colonel Mabry.«

Er verbeugte sich kurz und förmlich vor mir, elegant in seinem dunklen Anzug. »Mrs. Forsyth war so freundlich, mich einzuladen, obwohl ich es schändlich lange aufgeschoben habe, mich für eines ihrer Kunstwerke zu entscheiden.« Sein Blick wanderte die Wände hinauf und er betrachtete die verschiedenen Gemälde. »Ich glaube, ich werde mich bald entscheiden müssen.«

»Ja«, sagte ich, meine Stimme vielleicht schärfer, als ich beabsichtigt hatte. »Das sollten Sie. Es ist unhöflich, Ausflüchte zu machen.«

Der Blick, den er mir unter seinen grau melierten Augenbrauen zuwarf, war nicht leicht zu deuten. Er verschränkte die Hände hinter dem Rücken und gab keine Antwort.

»Sagen Sie, Colonel«, stocherte ich weiter, »wie lange sind Sie schon ein Kunstliebhaber?«

»Mrs. Manders, ist alles in Ordnung mit Ihnen?«

»Ja, danke.« Er begann, durch den Raum zu schlendern, und ich folgte ihm dicht an seiner Seite. Meine Erschöpfung und meine überlasteten Nerven hatten die Wirkung des Champagners noch verstärkt, wie ich feststellte. »Ich glaube nicht, dass ich Ihnen dafür gedankt habe, Colonel, dass ich die Akte meines Mannes einsehen durfte.«

Er sah mich von der Seite an, ein Blick, der spekulativ war und in dem unerklärlicherweise ein Hauch von Furcht mitschwang. »Es war nicht der Rede wert, das versichere ich Ihnen.«

»So viele interessante Informationen. Selbst eine dumme Frau wie ich konnte so viel daraus erfahren.«

»Und was genau haben Sie erfahren, Mrs. Manders?«, fragte er.

Ich überlegte es mir anders. Der Champagner hatte mich schwindelig gemacht, meine Zunge war zu lose geworden. »Wissen Sie, ich glaube, ich werde es Ihnen nicht sagen.«

»Mrs. Manders.«

Er blieb stehen und sah mich an. Ihn anzuschauen war, als würde man in ein flaches Becken blicken und feststellen, dass man den Grund nicht sehen konnte, nicht ergründen konnte, wie tief es war.

»Sie sind verärgert, und ich glaube, wir verstehen beide, warum. Aber ich fühle mich verpflichtet, Ihnen eine Warnung mit auf den Weg zu geben. Ich weiß, es war sehr schwierig für Sie – aber es wird noch schwieriger werden, fürchte ich.«

»Was soll das heißen?« Meine Stimme sank fast zu einem Flüstern. »Sagen Sie es mir.«

Er antwortete nicht, und ich hätte noch mehr gesagt, aber dann streckte sich eine Hand nach mir aus und berührte mich.

»Mrs. Manders!« Robert beugte sich zu mir und legte einen schweren Arm um meine Schultern. »Sie müssen sich wirklich einen Sack über den Kopf stülpen, meine Liebe, damit Sie die Braut nicht in den Schatten stellen. Wie geht es Ihnen, Sir?«

Ich erstarrte. Robert, der dem Geruch nach zu urteilen schon vor Beginn der Party getrunken hatte, drückte dem Colonel die Hand und führte mich dann weg, seine kräftige andere Hand immer noch auf meiner bloßen Schulter. Ich schluckte die aufsteigende Galle hinunter. »Es ist eine Party«, zischte er mir durch seinen Gin-getränkten Atem zu, bevor er zum Du überging. »Benimm dich bitte gefälligst auch so.«

Unter Roberts feuchtem Griff bewegte ich mich durch den Raum, wurde Fremden vorgestellt, bis er an einer Säule anhielt, einem vorbeigehenden Kellner zwei Getränke abnahm und mir eines reichte.

»Ich will das nicht«, sagte ich.

»Trink«, befahl er und nahm selbst einen großen Schluck.

Ich nippte an dem Champagner, dessen Süße auf meiner Zunge mich jetzt zum Würgen brachte.

»Du musst lockerer werden, Jo.« Robert beobachtete mich mit trüben Augen. »Nimm meinen Rat an. Du magst die bestaussehende Frau in diesem Raum sein, aber dein Gesichtsausdruck ist geradezu säuerlich. Mrs. Mandels Schwiegercousin ist ein Baronet, und Staffron hat einige seiner reicheren Bankiersfreunde mitgebracht.

Du wirst keinen der begehrten Männer hier erwischen, wenn du nicht flirtest.« Ich entfernte mich mit einem Schritt aus seiner Reichweite und nahm einen weiteren Schluck von meinem Getränk. »Was kümmert Sie das überhaupt? Sie sollten eine der Nachbarsfrauen betatschen gehen.«

»Vorsichtig.« Robert hob sein Glas und gestikulierte in den Raum um uns herum. »Ich habe dich ermahnt, deine Zunge zu hüten. Ich habe dich sofort bemerkt, weißt du? Wie du dich an diesen alten Knüppel von einem Colonel ranwirfst … Er könnte dein Vater sein, meine Liebe. Wusstest du, dass Wilde, der Anwalt, euch beide beobachtet hat?«

»Wovon reden Sie?« Ich sah mich im Raum um, konnte aber Dotties Bevollmächtigten nicht sehen.

»Er war sehr interessiert«, sagte Robert. »Aber du könntest es besser treffen, selbst als Geliebte.«

Bevor ich ihm entkommen konnte, wechselte die Band zu einem beschwingten Marsch, und Dottie trat auf das erhöhte Podium und winkte, um die Aufmerksamkeit aller Anwesenden auf sich zu ziehen. Sie trug, man glaubte es kaum, auch heute eine Jacke und einen Rock – allerdings waren diese von einem seltsamen Gelbgrün und mit Glasperlen bestickt, die das Licht wie Scherben reflektierten. Die Kostümjacke war vorn zugeknöpft und trug einen orientalischen Kragen, der mit einem Band um ihren schmalen Hals geschnürt war. Sie trug die gleiche Frisur wie immer.

»Meine schöne Frau«, zischte Robert betrunken in mein Ohr.

»Halten Sie die Klappe«, sagte ich, und er lachte.

Es wurden Reden gehalten – viele Reden. Dottie sagte ein paar Worte, knapp und doch von Herzen kommend. Mr. Staffron, mit dem ich kaum gesprochen hatte, seit er zu uns gekommen war, hielt eine klangvolle Rede; dann kam seine Frau, Coras Mutter, auf die Bühne, plapperte und tupfte ihre Tränen mit einem Taschentuch ab. Robert wich endlich von meiner Seite, bestieg die Bühne und machte ein paar Witze, die den Saal zu peinlich berührtem Lachen brachten. Ich stand da und hörte zu, meine Schuhe drückten, und statt der funkelnden Lichter der Party sah ich die Blätter nach oben wirbeln; statt des Wortschwalls vom Podium hörte ich den schrillen Pfiff; und als Cora und Martin die Stufen hinaufstiegen, sah ich, wie Princers Bauch, nach geronnenem Blut stinkend, immer wieder über mich hinwegsetzte. Als ich allein und unbeachtet mit dem Glas in der Hand herumstand, kamen mir die Schrecken des Waldes einen Moment lang realer vor als die angenehme Zivilisiertheit dieses Raums.

Ich blinzelte und versuchte, mich auf Cora und Martin zu konzentrieren. Martin sprach zuerst und erklärte, wie glücklich er sei, eine so schöne Frau gefunden zu haben. Cora folgte, untypisch schüchtern, ihre wenigen Sätze gestelzt und einstudiert, ihr hageres Gesicht in Lampenfieber erstarrt, als sie allen für ihr Kommen dankte und erklärte, wie glücklich sie sei. Sie standen fast einen halben Meter voneinander entfernt und berührten sich nicht.

Danach wurde getanzt: Das vierköpfige Orchester setzte wieder ein, es floss noch mehr Champagner, und die Paare begannen, sich auf der Tanzfläche zu drehen. Ich wurde von einem von Dotties Kunstkäufern und dann von Coras Cousin, dem Arzt aus der Harley Street, zum

Tanz aufgefordert. Ich nahm stumm an und bewegte mich wie benommen mit dem einen, dann dem anderen Mann auf der Tanzfläche und unterhielt mich mechanisch. Mabrys Worte gingen mir im Takt der Musik durch den Kopf. *Ich fürchte, es wird noch schwieriger werden.*

Ich nahm noch ein Glas Champagner und wünschte, ich hätte eine Uhr, um entscheiden zu können, wann ich gehen konnte oder wollte. Der Champagner machte mich noch müder, und der Puls in meinen Schläfen begann zu pochen. Die geübten Töne des Orchesters klangen wie Gekreische. Irgendetwas stimmte nicht. Nicht nur ich fühlte mich unwohl: Es lag eine dichte Spannung in der Luft wie bei einem aufziehenden Gewitter. Ich sah mich im Raum um und stellte fest, dass Dottie, Robert und Martin nicht mehr da waren.

Das Stimmengewirr und die Musik im Raum schienen lauter zu werden. Meine Augenhöhlen pochten. Wohin war die Familie verschwunden? Warum hatten sie ihre eigene Party verlassen? Ich erspähte Cora in der Ecke des Raums, die jemandem zunickte und lächelte, die Augenwinkel müde, das Lächeln angespannt und verkrampft. Ich machte mich auf den Weg zu ihr, aber jemand kam mir in die Quere – David Wilde, gekleidet in einen formellen schwarzen Anzug. »Mrs. Manders«, sagte er. »Bitte erweisen Sie mir die Ehre eines Tanzes.«

»Mr. Wilde«, begrüßte ich ihn.

Mr. Wilde lächelte mich an. Er sah gut aus und wirkte distinguiert, mit dem Silber in seinem Haar und den passenden silbernen Augen. Er winkelte seinen rechten Ellbogen in meine Richtung an. »Ich verspreche, dass ich ein guter Tänzer bin«, sagte er.

Es war ein seltsam unausgeglichenes Gefühl, mit einem einarmigen Mann zu tanzen. Aber er manövrierte mich gekonnt durch den Raum, seine rechte Hand fest auf meiner Taille, als ob er ständig mit Frauen tanzte. Unter meiner Hand fühlte sich die in seiner Jacke steckende Schulter seines verkümmerten Arms wuchtig und stark an.

»Haben Sie Ihre Frau heute Abend nicht mitgebracht?«, gelang es mir zu fragen.

»Mrs. Wilde mag keine gesellschaftlichen Veranstaltungen«, antwortete er. »Mrs. Manders, ich fürchte, ich muss mich für die Umstände unserer ersten Begegnung entschuldigen.«

»Das brauchen Sie nicht. Sie wurden gebeten, Ihre Meinung über mich als Martins mögliche Frau abzugeben, und das haben Sie getan.«

»Hat Mrs. Forsyth Ihnen das erzählt?«, fragte er erstaunt.

»Das musste sie gar nicht. Ich habe es in der ersten Minute begriffen, als ich nach Wych Elm House zurückkam.« Ich merkte, dass mir die Zunge davonlief, und ich konnte sie nicht kontrollieren. »Da wir auf Martins Verlobungsfeier sind, Mr. Wilde, spielt es keine Rolle mehr. Ich verstehe, was es bedeutet, wenn man im Rahmen seiner Arbeit zu etwas verpflichtet ist.«

Er war einen Moment lang still, während sich der Raum um uns drehte. Ich blinzelte, versuchte, nicht umzufallen, und merkte, dass ich mich noch etwas fester an ihn klammerte, um aufrecht zu bleiben. Er reagierte darauf, indem er seinen Körper anwinkelte und seine Hand noch fester auf meine Taille legte – aber nicht wie bei einer von Casparovs fiesen Fummeleien damals, sondern wie ein gentlemanhafter Versuch, mich diskret in der Senkrechten zu halten. »Haben Sie sich jemals gefragt, Mrs. Manders«, sagte er, »ob meine Einschätzung von Ihnen positiv oder negativ war?«

»Nein«, erwiderte ich. »Nein.«

»Dann werde ich es Ihnen vielleicht auch nicht sagen.«

»Sie sagten ihr, ich sei anständig.« Meine lose Zunge wollte mir einfach nicht gehorchen. »Sie haben mich über meine Aussichten befragt und sind zu dem Schluss gekommen, dass ich nicht hinter Geld her bin, also wahrscheinlich vertrauenswürdig. Sie haben mir detailliert von Frances erzählt, um zu sehen, ob ich schockiert oder entsetzt sein würde, und auch diesen Test habe ich bestanden.« Ich wartete darauf, dass er protestieren würde, aber er tat es nicht. »Aber Sie wussten von Mutter«, fuhr ich fort. »Sie hatten sich bereits über meinen Hintergrund informiert. Ich nehme an, Sie haben sich gefragt, ob sich der Wahnsinn in meiner Familie mit dem Wahnsinn in Martins Familie vermischen würde, wenn wir Kinder hätten.«

Daraufhin schwieg er entsetzt, aber er war es nicht, wie ich wusste, über mich. »Es muss schwierig sein«, sagte Mr. Wilde leise, »eine so scharfsinnige Frau zu sein.«

Der Tanz neigte sich dem Ende zu und wir wurden langsamer. »Scharfsinnig oder verrückt. Fragen Sie sich manchmal, ob das dasselbe ist?«

Die Musik hörte auf und er trat von mir zurück. »Was meinen Sie?«, fragte er.

»Ich frage mich das bloß manchmal.« Ich schwankte ein wenig, und er streckte die Hand aus und ergriff meinen Arm mit seiner gesunden Hand. »Ich bin mit dem Wahnsinn gut vertraut, wie Sie damals sagten. Meine Mutter ist gestorben. Manchmal frage ich mich, ob nur die Verrückten die Wahrheit sehen oder laut aussprechen.« Ich zog meinen Arm langsam aus seinem Griff. »Ich danke Ihnen für den Tanz.«

Ein neuer Tanz begann und ich kehrte an die Saalwand zurück. Ich trank noch mehr Champagner. David Wilde tanzte mit einer anderen Frau und schaute nicht in meine Richtung. *Gut gemacht, Jo. Jetzt hält er dich für wahnsinnig.*

Ich schaute mich um und sah, dass die Familie immer noch fort war, und Cora war nun auch weg. Mein Kopf pochte. Irgendetwas stimmte nicht; irgendetwas war schrecklich, schrecklich falsch. Das Orchester spielte eine lebhafte Melodie, um die Tänzer in Schwung zu halten, aber die Leute begannen, es zu bemerken. So sollte die Party eigentlich nicht ablaufen. Ich erntete neugierige Blicke, denn ich war das einzige Familienmitglied, das noch übrig war. Ich zog mich in die Ecke zurück und hoffte, dass mich niemand ansprechen und ausfragen würde. *Ich weiß es nicht, ich gehöre nicht wirklich zur Familie.* Vielleicht war der Champagner ausgegangen oder es gab einen Notfall in der Küche.

Ich drehte mich um und sah das Gesicht von Frances Forsyth unter einem Blumenbogen am anderen Ende des Raums. Sie trug ihr graues Kleid und ihre Perlen, und einen Moment lang sah sie mich an, bevor jemand vor ihr vorbeiging und sie verschwand. Hatte ich sie mir eingebildet? Ich wusste es nicht. Ich bewegte mich durch den Raum auf die leere Stelle zu, wo ich sie gesehen hatte.

Ich konnte einen Zusammenstoß mit einem tanzenden Paar gerade noch vermeiden – die Frau hatte den Kopf nach hinten geneigt, sodass man ihren Hals sehen konnte, als sie über etwas lachte, das ihr Partner sagte – und schwankte so geradewegs, wie ich es vermochte, durch den Raum. Mein Herz pochte. Ich blieb an der Stelle stehen, an der ich Frances gesehen hatte, aber sie war nicht da. Dort, wo sie gewesen war, war nicht einmal ein Hauch von Kälte zu spüren.

Es gab keinen Notfall in der Küche, keinen kleinen Zwischenfall, der die Familie für so lange Zeit aus dem Raum gehalten hätte. Irgendetwas war geschehen. Der Gedanke, dass jemand gestorben war, setzte sich in meinem Kopf fest, und ich wurde ihn nicht los. Jemand war tot – jemand musste tot sein. War Martin zusammengebrochen?

Ich hatte wieder ein Glas Champagner in der Hand – ich hatte keine Ahnung, woher es gekommen war. Wenn Martin tot war, wäre alles vorbei. Es würde Dottie ruinieren, sie brechen. Sie würde dieses Haus verlassen und nie wieder zurückkommen, und Robert ebenso. Aber Martin kämpfte noch, sagte ich mir. Er hatte noch nicht aufgegeben. Er hatte einen Arzt, und er bemühte sich so sehr …

Ich manövrierte mich an den Wänden entlang durch den Raum und schob mich dann zur Tür hinaus. Ich musste mich der Sache stellen. Wenn Martin tot war, wenn die Familie am Ende war und meine Zukunft ausgelöscht, musste ich es wissen. Ich hatte schon Schlimmeres erlebt. Ich fühlte mich panisch und gleichzeitig seltsam distanziert, wie an jenem Tag auf dem Bahnhof, als Alex gegangen war, auch wenn ich dieses Mal nicht krank war. Ich ging in meinem Pfauenkleid den schummrigen Korridor entlang, das leere Sektglas baumelte von meinen Fingern, meine Absätze klackten leise auf dem Boden.

Ein Kellner – einer der Mitarbeiter, die Dottie für den Abend eingestellt hatte – ging an mir vorbei und warf mir einen neugierigen Blick zu, blieb aber nicht stehen. Ich erreichte die Treppe und begann hinunterzusteigen, meine Hand umklammerte das Geländer. Das Schreckliche würde sich unten abspielen, weit weg von der Party und den Gästen. Es würde in einem der privaten Räume stattfinden, so wie es bei schrecklichen Dingen immer der Fall war.

Ein Dienstmädchen erschien am Fuß der Treppe. Ich erkannte sie, ihr Name war Tildy, eine von Mrs. Bennetts Helferinnen. Sie blickte zu mir auf, und der Ausdruck ihres bleichen Gesichts war so entsetzlich, dass ich vor Überraschung fast stehen blieb.

»Sag es mir nicht. Tu es nicht.« Was auch immer es war, ich wollte es nicht von dem Dienstmädchen hören.

»Mrs. Manders …«

»Bitte nicht«, sagte ich. »Du wirst keinen Ärger bekommen. Wir haben uns nie gesehen.« Ich erreichte das untere Ende der Treppe und suchte mein Gleichgewicht. Meine Beine fühlten sich zu lang an, zu unausgeglichen. Mein Kleid war zu kurz. Mein Herz klopfte so heftig, dass mir der Atem stockte. Ich wollte einfach nur, dass es vorbei war.

Tildy hastete an mir vorbei und rannte die Treppe hinauf. Ich ging weiter den Korridor entlang, der dunkel und still war. Nicht einmal das Echo des Orchesters war hier zu hören.

Stimmen. Leise, dringend, unglücklich. Dotties Stimme: hell ansteigend, dann wieder unter Kontrolle. Roberts Stimme, tief und zornig. Stimmen, die sich überschnitten. Ich folgte ihrem Klang und setzte einen Fuß vor den anderen.

Sie befanden sich in dem großen Salon. Die Türen standen offen, und in der Mitte des Raums stand Dottie in ihrem schicken Kostüm mit den Perlen. Sie sah so verzweifelt aus, wie ich sie noch nie gesehen hatte. Robert stand einige Meter entfernt, die Hände in den Taschen, sein Gesicht blass und wütend. Martin saß auf einem Stuhl in der Nähe des Ellbogens seines Vaters und stützte sich schwer auf einen Arm, sein Gesicht war schlaff und seine Augen glühten vor schmerzhafter Ekstase. Cora stand hinter ihm und biss sich den Lippenstift von den Lippen, ihre Hände waren zu Fäusten geballt.

Martin war nicht tot. Ich konzentrierte mich auf diese Tatsache, während mein Blick auf ihn gerichtet war und ich mich der Tür näherte. Dann wurde mir klar, was Martin mit diesem Ausdruck komplexer Verwunderung in seinen Augen ansah.

Es war noch eine weitere Gestalt im Raum. Ein Mann saß mit dem Rücken zu mir auf einem Stuhl, seine Gesichtszüge lagen im Schatten. Die ganze Familie starrte ihn an wie gebannt.

Sie hörten das Klicken meiner Absätze auf dem Boden erst, als ich bereits in der Tür stand. Die Luft war so stickig, dass ich kaum atmen konnte, aber ich stützte mich mit einer Hand gegen den Türrahmen und hielt mich aufrecht. »Was ist hier los?«, fragte ich in die Stille hinein.

Dotties entsetzter Blick spiegelte den des Dienstmädchens wider. Ihr Blick fing meinen ein und durchbohrte ihn. Ihre schmalen Schultern bebten, als sie Luft holte. »Wir wollten dich darauf vorbereiten.«

Mit einer Bewegung erhob sich der Mann von seinem Stuhl, stand auf und wandte sich mir zu. Ich sah lange Beine und die vertrauten Schultern. Ich stieß den Atem aus. Ich konnte nicht sprechen.

Alex trat nach vorn ins Licht. Allein diese kleine Bewegung durchbohrte mich und verursachte mir Schmerzen, als hätte mir jemand einen Ellbogen in den Bauch gestoßen. Sein Gesicht tauchte aus dem Schatten auf, und ich zitterte.

»Jo«, sagte er.

Ein leises Stöhnen entfuhr mir. Ich umklammerte den Türrahmen, meine Finger waren taub. Ich spürte, wie meine Beine nachgaben, sah Flecken vor meinen Augen tanzen. Der Raum drehte sich, entglitt mir. »Nein«, sagte ich, meine Stimme heiser in meinen eigenen Ohren. Ich hörte ein Klackern und sah das leere Champagnerglas sanft auf dem Boden landen.

Er machte einen weiteren Schritt auf mich zu.

Ich zuckte entsetzt zusammen, mein Gehirn und mein Körper rebellierten völlig. Ich stolperte zurück und schwankte auf meinen Absätzen. »Nein«, sagte ich erneut.

Rückwärts verließ ich das Zimmer und rannte den Korridor entlang, ein Schluchzen in der Kehle. Hinter mir ertönten Stimmen.

Ich riss die Tür zum Frühstückszimmer auf und ging zu der Glastür der Terrasse. Hinter mir waren jetzt Schritte zu hören – ich kannte diesen ausgreifenden, sicheren Schritt, ich hatte ihn in meinen Fieberträumen gehört. Ich stieß die hohen Schuhe von meinen Füßen und rannte auf die Terrasse hinaus, und die kalten Fliesen unter meinen Sohlen versetzten mir einen Schock.

Er folgte mir. Allein. Ich eilte über die Terrasse und stieg die Stufen zum Garten hinunter. Als meine Füße den Boden berührten, begann ich zu rennen, ohne Rücksicht auf die Kälte und die harte Erde an meinen Fußsohlen, ohne Rücksicht auf das Rascheln meines Kleides und die kalte Nachtluft in meiner Kehle. Ich rannte durch den Garten in Richtung der im Schatten liegenden Bäume.

Alex' Schritte kamen hinter mir her. »Jo«, sagte er mit drängender, aber nicht atemloser Stimme. Er holte mich mit Leichtigkeit ein, und er rannte nicht einmal. »Jo, sieh mich an.«

Ich schluchzte. Das war mein Traum, mein Albtraum. *Jo, sieh mich an.* Ich wusste, was als Nächstes passieren würde. Er würde sagen, *sie haben sich geirrt, da war doch Blut im Cockpit,* und ich würde mich umdrehen und sein Gesicht sehen, seinen Kopf …

»Jo, sieh mich an!«

Ich rannte schneller, meine Füße waren jetzt taub auf dem Weg, aber ich konnte ihm nicht entkommen. Genau wie in meinem Traum kam er hinter mir her, immer näher und näher. Ich konnte nur hoffen, dass ich in meinem einsamen Schlafzimmer aufwachen würde und …

Seine Hand griff nach meinem Arm. Ich zuckte zusammen, als ob seine Berührung mich verbrannt hätte, und versuchte, mich loszureißen, aber er hielt mich fest. Er zerrte mich nach hinten und drehte mich zu sich um.

»Du bist es nicht. Das kann nicht sein.«

»Herrgott noch mal, Jo.« Er zog mich näher zu sich heran, seine Hand lag fest auf meinem Arm. Er trug einen Wollmantel, und die Bewegung brachte mich aus dem Gleichgewicht und zwang mich, meine Hände auf das Revers zu legen. Es war ungewohnt unter meinen Fingerspitzen. Ich hatte diesen Mantel noch nie gesehen.

»Sieh mich an«, sagte mein Mann.

Ich hob meinen Blick. Es war Alex: seine hohen Wangenknochen, sein Mund, seine blauen Augen. Sein dunkelblondes Haar, das jetzt etwas länger geworden war und in der kalten Brise zerzaust wurde. Er starrte mir ins Gesicht, seine Hand auf meinem Arm, seine Brust unter meinen Fingern, und endlich erkannte ich ihn. Es war Alex.

Er war am Leben.

Ich holte tief Luft und fand mein Gleichgewicht wieder. Er spürte, wie sich mein Körper beruhigte, und sein Griff um mich lockerte sich, aber er sah mich immer noch an und musterte meinen Gesichtsausdruck. Ich machte einen kleinen Schritt zurück.

Drei Jahre. Drei Jahre lang am Leben, und ich hatte es nicht gewusst.

Die ganze Familie, die sich im großen Salon um ihn geschart hatte. *Wir wollten dich darauf vorbereiten.*

Colonel Mabry, der mich mit besorgten Augen ansah. *Es wird noch schwieriger für Sie werden.*

Wie immer konnte Alex meinen Gesichtsausdruck lesen, selbst im Dunkeln, selbst nach drei Jahren Abwesenheit. »Ich kann es erklären.«

»Das kannst du nicht«, sagte ich zu diesem Fremden, und meine Stimme war traurig, fast ein Seufzer. »Du kannst es unmöglich erklären.«

Er trat vor und legte seine Hände auf mein Gesicht. Seine Berührung war sanft, vertraut. Mir wurde plötzlich warm, und ebenso plötzlich wurde ich mir meines Körpers scharf und schmerzhaft bewusst.

»Schätzchen«, sagte Alex Manders. »Doch, das kann ich. Ich verspreche es dir. Komm mit hinein, dann erzähle ich dir alles.«

27

Er war es.

Aber er war es auch nicht.

Sein Gesicht hatte sich verändert, seine Züge waren vielleicht härter geworden. Und doch war es Alex' unverwechselbares Gesicht, das Gesicht, das ich zum ersten Mal gesehen hatte, als ich an meiner Schreibmaschine saß und er auf mich herabblickte. Es war sein Körper, aber die Kleidung war ungewohnt. Sein Haar war länger. Und der Ausdruck in seinen Augen, wenn er mich ansah – ich konnte ihn nicht lesen. Ich konnte den Blick meines Mannes nicht lesen.

Er brachte mich zurück zum Haus. Ich war benommen und fror, und er führte mich leichtfüßig über die Terrasse. Im Korridor bückte er sich, hob meine hohen Schuhe auf und hielt sie mir hin. »Zieh die an«, sagte er.

Ich nahm sie entgegen. »Ich kann nicht …«

»Sie warten im Salon auf uns. Wir müssen hingehen. Sie haben Fragen.«

Ich schlüpfte in die Schuhe und folgte blindlings den Anweisungen. »Was für Fragen?«, fragte ich. »Alle wussten es, nur ich nicht.«

Alex' blaue Augen waren einen Moment lang verwirrt, dann erhellten sie sich. »Ich nehme an, es sah richtig gemütlich aus, als du hereinkamst, nicht wahr? Keiner wusste es, Jo. Ich bin erst vor 30 Minuten angekommen. Wir haben gerade überlegt, wie wir dich aus der Party holen können, um es dir zu sagen, als du durch die Tür kamst.« Er hielt inne. »Ich habe nichts von der Verlobungsparty gewusst. Es sieht so aus, als hätte ich mir einen schrecklichen Abend ausgesucht, um nach Hause zu kommen.«

Nach Hause zu kommen. Die Worte trafen mich erneut wie Schläge und machten mich sprachlos, und als Alex meinen Arm nahm, folgte ich ihm widerstandslos. Er hatte immer noch seine Hand auf mir liegen, als wir zurück in den Salon gingen.

Die Szenerie hatte sich verändert. Cora war nicht mehr da, Martin hatte seinen Stuhl näher an seine Eltern herangerückt, und die drei unterhielten sich leise. Sie verstummten, als sie uns sahen.

»Alex«, sagte Dottie.

Alex führte mich zu einem Sofa und sorgte dafür, dass ich mich darauf niederließ, dann setzte er sich neben mich. Und das war's: Nach drei Jahren der Trauer um ihn saß ich neben meinem Mann. Er war mir so nahe, dass sich unsere Beine fast berührten und die dicke Wolle seines Mantels über meine nackte Schulter strich. Sein Körper strahlte Wärme aus, eine Hitze, die ich gut kannte. Ich wollte mich wegdrehen, aber plötzlich spürte ich die Aufmerksamkeit aller auf mich gerichtet – Dotties scharfen Blick, Martins erstaunten Blick, Roberts verhangenen Blick. Ich blieb an Ort und Stelle, fühlte mich verletzlich und ungeschützt.

»Also«, sagte Robert. »Eine romantische Wiedervereinigung.«

»Ich weiß, dass ich einige Erklärungen schuldig bin«, sagte Alex.

»Wo bist du gewesen?«, unterbrach ihn Martin. Und dann, als könnte er es nicht glauben: »Wo bist du *gewesen?*«

»Wo ist Cora?«, fragte ich.

Eine Sekunde lang herrschte Schweigen, während alle mich anstarrten. »Ich habe sie zurück zur Party geschickt«, sagte Dottie. »Sie soll den Gästen sagen, dass es einen Notfall in der Küche gab. Ihre Eltern werden ihr helfen, alle hinauszubegleiten. Ich denke, sie werden nachsichtig sein.«

Neben mir verlagerte Alex sein Gewicht, und ich presste meine Knie zusammen und senkte meinen Blick.

»Es ist alles meine Schuld«, sagte Alex. »Noch einmal, es tut mir wirklich leid.« Er holte tief Luft. »Seit dem Krieg war ich in deutscher Gefangenschaft. Sie haben mich fast augenblicklich geschnappt, als ich mit dem Fallschirm aus dem Flugzeug gesprungen bin.«

»Diese ganze Zeit?«, fragte Robert und zog die Augenbrauen hoch. »Für einen Gefangenen siehst du gut genährt aus.«

»Unterbrich ihn nicht«, schnauzte Dottie ihn an. »Alex erklärt es doch gerade.«

Alex wandte seinen Blick zu seinem Onkel. »Am Anfang war es hart, aber ich stamme aus einer guten Familie, und ich war für sie wertvoll.«

»Das ergibt Sinn, Papa«, sagte Martin. »Alex hat deutsche Verwandte und er kennt die Sprache.«

»Ja«, erwiderte Robert, wobei die Gedankenspiele bemerkenswert rasch hinter seinen Augen abliefen. Obwohl er zweifellos viel getrunken hatte, sah er jetzt so nüchtern aus, wie ich mich fühlte. »Ich bin sicher, das war sehr nützlich.«

»Es war das Beste abzuwarten«, sagte Alex. »Es hatte keinen Sinn zu versuchen, nach Hause zu kommen, bevor der Krieg vorbei war. Es gab eine bürokratische Verwechslung, und ich stand auf keiner der Listen.«

Ich spürte seinen Blick auf mir. Er musste es also wissen – er musste wissen, wie ich das Kriegsministerium und das Rote Kreuz um ein Wort, eine Bestätigung angefleht hatte. Ich saß wie betäubt da, starrte auf meine Hände im Schoß, unfähig, ihm in die Augen zu sehen.

Alex hielt nur kurz inne und fuhr dann fort. »Nach dem Waffenstillstand wurde ich krank.«

»Was ist passiert?«, fragte Dottie.

»Grippe«, antwortete Alex. »Ich wäre fast gestorben. Sie brachten mich mit hohem Fieber in ein Krankenhaus nahe der polnischen Grenze. Auf dem Weg dorthin wurden mir irgendwie meine Papiere und meine Erkennungsmarken abgenommen – ich war nicht bei Bewusstsein, und ich habe keine Ahnung, was da passiert ist. Aber ich wachte in einem Krankenhaus östlich von Breslau auf, halb im Delirium, ohne Identität. Schließlich beschlossen sie, während ich schlief, dass ich ein Deutscher war, und man begann mit dem Papierkram, um mich dortzubehalten.«

Grippe.

Ich erinnerte mich daran, wie ich allein in unserem Bett in der Wohnung in der Chalcot Road gelegen hatte, meine Kehle wie wund gescheuert, jeder Nerv und Muskel voller Schmerzen.

»Mein Gott, Alex«, sagte Martin leise. »Was für ein Schlamassel. Ich bin erstaunt, dass du das überlebt hast.«

»Als ich mich zu erholen begann«, so Alex, »sagte man mir nur, dass man mich nach Hause schicken würde. Das tröstete mich eine Zeit lang sehr, bis ich merkte, dass ich im falschen Land bleiben sollte. Ich hatte keine Papiere, keinen Identitätsnachweis, und meine deutschen Verwandten waren zu Beginn des Krieges aus dem Land geflohen. Man hatte mich irgendwie als einen deutschen Flieger identifiziert, der drei Monate zuvor verschwunden war – man dachte, ich wäre irrtümlich in Gefangenschaft geraten. Meine RAF-Uniform war zu diesem Zeitpunkt längst verschwunden und ich trug Krankenhauskleidung. Ich musste sie davon überzeugen, dass ich nicht der war, für den sie mich hielten.

»Sie haben es nicht gemerkt, als du ihnen gesagt hast, dass sie sich geirrt haben?«, fragte Robert.

»Natürlich haben sie es bemerkt.« Wenn Alex über Roberts Skepsis verärgert war, ließ er es sich nicht anmerken. »Ich habe ihnen gesagt, ich sei Engländer. Aber ich hatte mit ihnen fließend Deutsch gesprochen, woher sollten sie also wissen, ob es die Wahrheit war? Die Krankenakte, die sie hatten, sagte etwas anderes. Ich war weit vom Konsulat entfernt, das bereits überlastet war, und ich hatte kein Geld. Ihr macht euch keine Vorstellung von dem Chaos, das in diesem Teil des Kontinents nach dem Krieg herrschte. Ich habe schließlich mit den richtigen Leuten gesprochen und sie überzeugt, aber das hat gedauert, das hat Zeit gebraucht.«

»Drei Jahre Zeit«, stellte Robert fest.

»Papa«, sagte Martin tadelnd.

»Du bist jetzt zu Hause«, sagte Dottie. »Du bist wieder bei deiner Familie, wo du hingehörst. Das ist die Hauptsache. Ich nehme an, es gelang dir letztendlich, zu den zuständigen Behörden durchzudringen und deinen Fall vorzubringen?«

»Ja«, sagte Alex. »Es war das Kriegsministerium, das mich schließlich nach Hause brachte. Ich reiste nach London, musste aber feststellen, dass Jo aus unserer Wohnung verschwunden war und keine Nachsendeadresse hatte. Also habe ich mir ein Automobil besorgt und bin direkt hierhergekommen. Ich wollte nicht erst schreiben oder gar anrufen. Ich dachte, ihr wüsstet vielleicht, wo Jo zu finden ist, und ich konnte nicht warten.« Er legte eine Hand auf meine, die leblos in meinem Schoß lag.

Ich musste mich beherrschen, um nicht zurückzuweichen. Ich zwang mich, still zu sitzen, und wenn er bemerkte, dass meine Hand unter seiner warmen Hand kalt war, ließ er sich auch das nicht anmerken. Ich blieb stumm. In diesem Moment hätten mich keine zehn Pferde dazu bringen können, auch nur ein Wort zu sagen.

Es waren Lügen. Alex' eigene Worte bestätigten es. *Das Kriegsministerium brachte mich nach Hause.* Ich hatte die Akte erst vor wenigen Wochen gesehen; von Grippe oder verlorenen Papieren war da keine Rede. Diese Tatsache machte jedes Wort, das gerade aus dem Mund meines Mannes gekommen war, unwahr.

Ich riskierte einen Blick zu Martin, um zu sehen, ob es irgendwelche Anzeichen gab, dass auch er es wusste. Aber Martin saß entrückt da, die Ellbogen auf den Knien, und beobachtete Alex. Dottie hatte ein bewunderndes Funkeln in den Augen, und selbst Robert hatte sich zurückgelehnt, stützte einen Ellbogen auf Martins Stuhllehne und hörte mit einem halben Lächeln auf den Lippen zu.

Mein Herz hämmerte in meiner Brust. Alex, der Alex, den ich kannte und liebte, hatte gelogen – hatte seine Familie und mich angelogen. Das war schon erschreckend genug. Aber was mir den Atem raubte, war die Tatsache, dass ich immer noch nicht wusste, wo mein Mann diese drei Jahre lang gewesen war. Was für ein Geheimnis würde er denn so tief in sich vergraben, dass er alle, die er liebte, anlog? Hatte er für den Feind gearbeitet? Hatte er eine andere Frau gefunden? Der Gedanke machte mich krank.

Alex hatte Geheimnisse – jahrelange Geheimnisse. Was, wenn Frances es irgendwie herausgefunden hatte? Was mochte er getan haben, wenn sie unschuldig etwas erfahren hatte, das er verbergen musste? Hätte er um eine Sondererlaubnis gebeten, Wych Elm House im Stillen zu besuchen, und dann seine Cousine vom Dach gestoßen? Wie weit genau war er gegangen, wie weit würde er gehen?

Die Familie war noch immer mit dem Gespräch beschäftigt – Dottie sagte irgendetwas über die Begrenzung des Klatsches über Alex im Dorf –, aber plötzlich konnte ich es nicht mehr aushalten. Ich schüttelte Alex' Hand von meiner ab und stand auf. »Ich bin sehr müde«, sagte ich. »Ich gehe ins Bett.«

»Geht es dir gut, Cousine Jo?«, fragte Martin. »Du hast einen ziemlichen Schock erlitten.«

Meine Lippen waren taub und ich konnte mich kaum zum Sprechen zwingen. »Ich bin müde«, sagte ich wieder. »Gute Nacht.«

Von seinem Platz auf dem Sofa aus nahm Alex meine Hand, die schlaff an meiner Seite baumelte, und drückte sie, während er zu mir aufsah. »Ich komme gleich nach oben«, sagte er.

Ich hatte keine Zeit, die Reaktion der anderen zu sehen, als ich meine Hand aus seiner zog und aus dem Raum stolperte.

In meinem Schlafzimmer zog ich die Haarnadeln aus meinem Haar. Ich zog meine Schuhe wieder aus und schleuderte sie neben den Kleiderschrank. Dann stand ich in der Mitte des Zimmers und überlegte, was ich tun sollte.

Ich warf einen Blick auf das Bett. Ein Teil von mir wollte schlafen oder zumindest so tun, als ob – sich hinlegen und so tun, als ob der heutige Tag, der vor einem Jahr begonnen zu haben schien, als ich aus dem Bett stieg, um Fotos zu machen, nie stattgefunden hätte. Aber ein anderer Teil von mir war so wach wie seit Jahren nicht mehr – vielleicht noch nie. Der Nebel, der sich über meinen Verstand, über meine Existenz gelegt hatte, hatte sich aufgelöst, war durch das Wiederauftauchen von Alex Manders in meinem Leben wie weggeblasen.

Ich komme gleich nach oben.

Und das würde er. Mein Mann mochte ein anderer sein als der, der mich 1918 auf dem Bahnhof verlassen hatte, aber ich wusste so sicher, wie ich meinen eigenen Namen kannte, dass er in Kürze nach oben in mein Schlafzimmer kommen würde. Und er würde genau wissen, welches Zimmer es war.

Ich könnte die Tür abschließen. Das immerhin. Das würde ihn zumindest für heute Nacht fernhalten. Aber wie lange genau glaubte ich, ihm ausweichen zu können? Wollte ich das überhaupt?

Ich ging zum Waschbecken, schüttete Wasser aus dem Krug hinein, wusch mir das Gesicht und schrubbte es gründlich ab. Alex war ein Lügner und vielleicht sogar ein Mörder, aber er war auch der klügste Mann, den ich kannte. Er war nicht nur der Mann, der mich vor sieben Jahren geliebt und geheiratet hatte. Wenn er jetzt mein Feind war – und ich musste zugeben, dass ich keine Ahnung hatte, was genau er jetzt war –, dann brauchte ich meinen wachen Verstand. Ich brauchte einen Plan.

Er gab mir nicht mehr die Gelegenheit, die Tür abzuschließen. Denn während ich mir das Gesicht abtrocknete, klopfte er leise. »Jo«, sagte er.

Ich ließ das Handtuch fallen, öffnete die Tür und versperrte ihm den Weg. »Ich nehme nicht an, dass es eine Möglichkeit gibt, dich dazu zu bringen, mich in Ruhe zu lassen?«

Etwas blitzte in seinem Gesicht auf – Verletztheit oder Gekränktheit, glaubte ich –, aber er überspielte es schnell. »Das ist ein bisschen hart nach drei Jahren.«

Ich starrte auf die Säule seines Halses, wo sie in seinem Kragen verschwand. Ich wusste genau, wie dieser warme Fleck Haut schmeckte. »Ich bin wirklich müde.«

»Ich kann auf dem Korridor eine Szene machen, wenn du das willst. In allen Zimmern sind Gäste, und ich habe gehört, dass Miss Staffron auf der anderen Seite des Flurs logiert.« Er hielt inne. »Jo, ich muss mit dir reden.«

Ich trat zurück, und er schob sich an mir vorbei und schloss die Tür leise hinter sich. Ich trug immer noch das Pfauenkleid, und ich spürte die Federn an meinen Beinen wehen. »Setz dich«, sagte er.

»Du musst dich nicht rechtfertigen.« Ich blieb stur stehen. »Ich habe alles gehört. Grippe, Krankenhäuser, fehlende Papiere. Es war sehr heldenhaft.«

Alex seufzte. »Verdammt noch mal, Jo.«

Ich zwang mich, zu seinem Gesicht aufzublicken, zu dem Gesicht, das für mich nach all dieser Zeit immer noch das schönste Gesicht der Welt war. Im Halbdunkel meines Schlafzimmers wirkte es vertraut und unvertraut zugleich. Ich spielte mit dem Gedanken, dass ich zu hart zu ihm war – dass ich mich geirrt hatte und er die Wahrheit gesagt hatte –, aber dann erinnerte ich mich an seine Akte.

Es wird noch schwieriger werden für Sie. Colonel Mabry hatte es gewusst.

»Wenn ich ein Krankenhaus östlich von Breslau ausfindig mache, und ihnen von dir schreibe, was denkst du, was ich dort herausfinden werde?«

»Du wirst die Akten finden, die besagen, dass ich dort war, an Grippe litt und fälschlicherweise als Deutscher identifiziert wurde.« Die Worte kamen tonlos, er klang müde. Aber als er aus dem Schatten trat, sah ich etwas beinahe Trauriges in seinen Augen, etwas, das sich veränderte und weicher wurde, als er mich ansah. »Es war alles sehr sorgfältig gemacht«, sagte er leise.

Ich spürte, wie meine Schultern bei diesem Geständnis nachgaben. Ich blinzelte und hielt mir die Hand vor den Mund. »O Gott.«

»Es ist wichtig, dass sie die Geschichte glauben. Ich habe sie überzeugt, auch wenn Robert noch leise Zweifel hat.

Aber dich kann ich nicht überzeugen, oder? Ich glaube, das wusste ich von Anfang an. Jetzt setz dich, liebe Frau, und ich werde dir sagen, was wirklich passiert ist.«

Ich wich vor ihm zurück. Ohne nachzudenken, setzte ich mich auf das Bett und kroch in die hinterste Ecke, meine bestrumpften Füße auf der Bettdecke, meine Knie angezogen. Dann wurde mir klar, was ich getan hatte.

»Nein«, sagte ich, als er auf mich zukam. »O nein. Das ist keine Wiedervereinigung. Denk nicht einmal daran.«

Alex blieb einen Moment lang still stehen, dann zog er den Holzstuhl des Zimmers in die Mitte des Fußbodens vor das Bett und setzte sich darauf. Ich hörte den Atem aus ihm herausseufzen.

Es war zu dunkel, also beugte ich mich vor und schaltete die Nachttischlampe ein. Das Licht unter dem Porzellanschirm beleuchtete schwach sein Gesicht. »Rede«, sagte ich.

»Darf ich meine Jacke ausziehen?«

»Ja.« Ich lehnte mich zurück und schlang meine Arme wieder um meine Knie.

Er erhob sich vom Stuhl und zog die Wolljacke aus; dann löste er seine Krawatte. »Keine Sorge«, sagte er und blickte mich an. »Ich habe dich gehört. Ich fühle mich nur unwohl, das ist alles.«

Als er fertig war – er trug ein weißes Hemd unter der Jacke, seine Bewegungen waren so klar und elegant, wie ich sie in Erinnerung hatte –, warf er Jacke und Krawatte über die Lehne seines Stuhls und setzte sich wieder. Er legte einen Knöchel auf das andere Knie und betrachtete mich, die Hände ordentlich über dem Bauch gefaltet. Er wirkte angespannt und kontrolliert, sich jeder seiner

Bewegungen bewusst. Absichtlich wurde er ganz ruhig und bewegte sich nicht.

»Du«, sagte er langsam, »bist schöner als je zuvor. Ich habe mir drei Jahre lang vorgestellt, wie du mit offenem Haar aussiehst.«

In mir regte sich etwas, heftig, aber ich tat es ihm gleich und blieb still sitzen. Ich schwieg.

Er sah mich noch einen langen Moment an, schaute einfach nur, und dann sprach er. »Ich werde am Anfang beginnen.«

»Bitte tu das«, blaffte ich, denn die Spannung machte mir zu schaffen.

Er schien nachzudenken, wie er anfangen, seine Worte wählen sollte. »Ich habe hier eine Zeit lang gelebt. Das weißt du doch, oder?« Er sah meinen Gesichtsausdruck und nickte. »Ich weiß, ich habe es dir nie erzählt. Mein liebstes Hobby war es, an einer Stelle in der Nähe der Klippen an der Küste zu sitzen und die Boote zu beobachten. Das Fischereiministerium liegt direkt an der Küste. Hast du es gesehen?«

Ich nickte. Er lehnte sich zurück, und sein Blick wanderte die Wand hinauf und blickte in die Vergangenheit, während er weitersprach. »Ich träumte wohl davon, ein tapferer Seekapitän zu sein, wie alle Jungen es tun. Aber ich verbrachte so viel Zeit an meinem Beobachtungsplatz, dass ich begann, etwas bei den Booten zu bemerken. Ein Muster. Es gab Schiffe, die regelmäßig kamen und gingen – einfache Boote, die mit Forschern, Kartografen und anderen Zivilisten besetzt waren. Und dann lief eines Tages ein Boot mit Kanonen in den Hafen ein.«

»Kanonen?«

Alex nickte. »Das war 1907, musst du wissen. Wir befanden uns nicht im Krieg. Das Fischereiministerium ist keine Einrichtung der Royal Navy. Aber Kanonenboote liefen in den Hafen des Ministeriums ein, blieben ein paar Tage und liefen wieder aus. In einem regelmäßigen Muster.« Er dachte wieder zurück und verlor sich in Erinnerungen. »Ich war 15 und ungestüm, und ich fand Kanonenboote romantisch. Also machte ich mich eines Tages auf den drei Meilen langen Weg zum Ministerium hinunter, in der Absicht, eines von ihnen aus der Nähe zu sehen.

Das Ministerium ist umzäunt und bewacht. Ich ging die Auffahrt zum Tor hinauf, aber bevor ich etwas zu dem Wachmann sagen konnte, fuhr ein Automobil vor. Ich war wie geblendet, denn ein Auto war damals eine wunderbare, selten gesehene Sache. Ein Mann lehnte sich heraus und fragte mich nach meinem Anliegen. Ich sagte ihm, ich wolle wissen, wozu die Kanonenboote da seien. Er schaute mich lange an und antwortete dann, ich solle mit ihm kommen. Dann sagte er mir seinen Namen.«

Mein Verstand hatte schon weitergedacht. »Colonel Mabry.«

Alex hielt erstaunt inne. »Du warst immer schnell, Jo«, sagte er. »Ja, das war er, obwohl er damals noch kein Colonel war. Ich nehme an, du hast ihn kennengelernt. Er sollte eigentlich nicht hier sein, aber offenbar hat er beschlossen, seine Rolle als Fluch meines verdammten Lebens fortzusetzen.«

Ich blinzelte, als ich die Feindseligkeit in seiner Stimme hörte. Mein eigener Zorn auf Colonel Mabry verblasste neben dieser kalten Wut.

»Mabry hat mir natürlich nichts erzählt«, fuhr Alex fort. »Er hat mich auch nicht zu den Booten mitgenommen, was mich enttäuscht hat. Stattdessen setzte er sich mit mir in ein Büro und befragte mich ausgiebig. Ich erzählte ihm alles, was ich gesehen hatte, die Bewegungsmuster der Kanonenboote, ihre Formen und Größen, die Tage und Zeiten, an denen ich sie kommen und gehen sehen hatte. Er fragte mich, ob ich mir Notizen über das Gesehene gemacht hätte, was ich natürlich nicht getan hatte. Er befragte mich über meine Familie und meinen Hintergrund. Ich platzte vor lauter Fragen, aber er war so entgegenkommend wie eine Marmorplatte. Schließlich sagte er mir, dass ich ein intelligenter, aufmerksamer Junge sei und dass er wahrscheinlich einen Job für mich hätte, wenn ich älter wäre.«

Ich blinzelte erneut. »Ein Job?«

Alex nickte. »Ich wusste damals nicht, was er meinte – das wurde mir erst später klar. Er meinte einen Job beim Geheimdienst. Um genauer zu sein, dem militärischen Geheimdienst.«

»Im Jahr 1907?«, fragte ich ungläubig. »Der Krieg war noch sieben Jahre entfernt.«

»In bestimmten Kreisen der Regierung, Jo, war der Krieg schon lange abzusehen. Für einige von ihnen war die Frage nicht, ob wir einen Krieg haben würden, sondern wann. Bis heute hat mir Mabry nicht genau gesagt, was in jenen Monaten im Ministerium vor sich ging, aber ich glaube, dass sie den Hafen als Teil eines Programms nutzten, um Kanonenboote auf offener See zu testen. Der Kaiser war für unsere Regierung bereits von Interesse, ebenso wie seine Aufrüstungskampagne; Deutschland war noch kein gefährliches Problem. Aber Mabry hatte mich für eine zukünftige Verwendung vorgemerkt, wie er es eben tut.«

»Du warst 15 Jahre alt.«

»Ich war 15 Jahre alt, stammte aus gutem Hause, sprach fließend Deutsch, war ein aufmerksamer Beobachter und übereifrig. Männer wie Mabry steigen zum Colonel auf, indem sie jeden benutzen, den sie finden, wie und wann und wo immer sie ihn brauchen können. Alles, was er an jenem Tag tat, war, mir zu sagen, ich solle ihm schreiben, wenn ich nach Abschluss meiner schulischen Ausbildung Arbeit suchte, und er würde mir eine Stelle besorgen. Ich machte mich auf den Weg nach Hause, ein Waisenjunge, der sehr stolz auf sich war, weil er dachte, dass er seine Zukunft selbst in die Hand genommen und gesichert hatte.«

Ich ließ die Arme von den Knien fallen, streckte die Beine auf dem Bett aus und dehnte sie. »Und hattest du das?«

Seine Augen folgten meinen Beinen, sein Blick ruhte eine Weile auf ihnen. Ich rührte mich nicht. Der Saum meines Kleides bedeckte meine Knie, aber er starrte immer noch auf meine Waden, meine bestrumpften Füße.

»Alex.«

Er hob den Blick nicht. »Bist du dir deines Entschlusses von vorhin ganz sicher?«

»Hör auf. Du hast mir *nichts* gesagt.«

Langsam wanderten seine Augen zu meinen hinauf. Er zögerte einen Moment, dann sagte er: »Du wirst mich hassen.«

Ich hielt seinem Blick stand. »Werde ich das?«

Er atmete langsam aus. »Ich schrieb Mabry während meines letzten Jahres in Oxford. Damals gab es schon Gerüchte über einen kommenden Krieg. Er hatte es nicht vergessen. Er meinte, er habe Arbeit für mich.«

Oxford. Bevor ich ihn kennenlernte also. »Was für eine Arbeit?«

»Deutschland baute Kriegsschiffe und U-Boote. Die Spannungen stiegen. In Geheimdienstkreisen wurde spekuliert, dass eine mögliche Invasion geplant sei.

»Eine Invasion ... Du meinst, dass Deutschland in England einmarschieren würde?«

»Ja. Man glaubte, die Deutschen wären damit beschäftigt auszukundschaften, wo eine Invasion landen könnte. Im Norden? Im Süden? Welche Route würde sie nehmen? Wir vermuteten, dass sie hier Agenten hatten, die sich als Touristen und Geschäftsleute ausgaben und Karten und Zeichnungen schickten. Wir mussten sie aufspüren und ihre Nachrichten abfangen, um uns ein genaues Bild vom deutschen Netzwerk zu machen. Meine Aufgabe war es, deutsche Kontakte in England ausfindig zu machen und über sie zu berichten – Namen, Adressen, Berufe, Beschreibungen. Das alles kam in die Akten. Ich sammelte Informationen und gab sie weiter. Es wurde sehr gut bezahlt.«

»Und diese Männer, über die du ... Bericht erstattet hast, wurden die verhaftet?«

»Ganz und gar nicht. Die meisten von ihnen waren keine Agenten, sodass die Informationen im Sande verliefen. Ein paar von ihnen hatten sich jedoch bereit erklärt, Nachrichten nach Deutschland zu schicken, so wie ich mich bereit erklärt hatte, meine eigene Regierung zu informieren. Die Briefe dieser Leute wurden abgefangen, und die örtliche Polizei überwachte ihre Reisen, ihre Aktivitäten. Ein aktiver Agent kann dich zu weiteren aktiven Agenten führen, während ein verhafteter oder hingerichteter Agent dich zu niemandem mehr führen kann. So läuft das Spiel.« Alex schlug die Beine übereinander, lehnte sich auf seinem Stuhl nach vorn und stützte die Ellbogen auf die Knie. Sein Haar schimmerte im Lampenlicht. »Was mich betrifft, so habe ich, wenn ich Informationen hatte, diese an Colonel Mabrys Vertreter in London weitergegeben. Ein Anwalt in der Nähe von Gray's Inn.«

Eis schoss meine Wirbelsäule hinauf. Ich setzte mich auf dem Bett aufrechter hin. »Das kannst du nicht ernst meinen. Casparov?«

»Er hat als Vermittler fungiert, ja. Er nahm meine Informationen entgegen und leitete sie an die entsprechenden Stellen weiter.«

Mir schwirrte der Kopf. Die entsprechenden Stellen. »Diese Briefe, die wir getippt haben. All diese Briefe … endlose Stapel.«

»Einige von ihnen waren echt«, sagte Alex leise. »Casparov hat tatsächlich als Anwalt gearbeitet. Aber andere waren höchstwahrscheinlich in Code verfasst.«

Ich legte eine Hand an meine Stirn. Helen und ich, wie wir all diese Schneewehen aus Stenografie abtippten. *Ihr Geschäft ist nur das Tippen und das seriöse Aussehen.* Tag für Tag in diesem winzigen Büro. Und Alex, der aus der nassen Kälte hereinkam, und Casparov, der zu ihm sagte: *»Vielen Dank.«*

»O Gott. Das war der Grund, warum du da warst. Ich habe all diese Briefe getippt, ohne zu wissen, dass es sich um einen Code handelt. Ich hatte nie eine Ahnung, und ich habe monatelang für ihn gearbeitet. Du musst mich für so unglaublich dumm gehalten haben.«

»Dumm?« Er klang überrascht und ein wenig verärgert. »Du verstehst nicht, worum es hier geht.«

»Worum es hier geht?« Ich ließ meine Hand fallen und sah ihn an. »Es geht darum, dass du mir an jenem Abend am Tisch in dem Restaurant gegenübergesessen hast und mir absolut *nichts* über dich erzählt hast.«

»Ich habe dir alles berichtet, was wichtig ist«, schoss Alex zurück. »Was ich davor gemacht habe, war nicht mehr wichtig, weil ich aufgehört habe.«

»Du hast was?«

»Ich bin ausgeschieden, als ich dich kennengelernt habe«, sagte er. »Ich habe es am nächsten Morgen getan, nachdem wir zusammen gewesen waren. Du warst nicht dumm, Himmel noch mal, du warst *Jo.* Ich wusste von der ersten Minute an, was ich wollte, und das war nicht das Aufspüren von Mabrys nutzlosen Deutschen. Du warst es.«

Ich holte tief Luft und meine Wangen wurden heiß.

Er fuhr fort, und seine Stimme wurde ein wenig sanfter. »Ich wusste schon vor dem ersten Glas Wein an diesem Abend, dass ich es tun musste. Es war mir verboten, über das zu sprechen, was ich tat. Wenn ich so weitermachen und es dir verheimlichen würde, würdest du es irgendwann herausfinden. Du warst zu schlau. Und wenn du erst einmal wüsstest, dass ich dir etwas verheimlichte, würdest du einfach gehen, ohne dich noch einmal umzusehen. Darüber war ich mir ganz sicher. Es war also ganz einfach, wirklich. Ich hatte keine andere Wahl.« Seine Augen beobachteten mich in dem schwachen Licht. »Mabry hat natürlich mit mir gestritten, aber es hat nichts genützt. Als ich dich am nächsten Tag aus Casparovs Büro kommen sah, war es bereits vorbei.«

Das würde mich umbringen. Wenn er weiterredete, würde es mich umbringen, aber ich fragte nach – ich wollte auch den Rest wissen. »Aber es war nicht wirklich vorbei, nicht wahr?«

Er antwortete einen langen Moment nicht. Um uns herum war es still im Haus. Zum ersten Mal fragte ich mich, wie spät es war, was aus der Party geworden war, ob alle Gäste schon ins Bett gegangen waren. Es schien alles so weit fort zu sein.

Als Alex sprach, war seine Stimme rau. »Eine Zeit lang war es vorbei. Und dann kam der Krieg. Und es war nicht mehr vorbei.«

Der Krieg. Ich saß bei diesem letzten Mal auf der Bank in der Victoria Station, krank und fiebrig und verzweifelt, sein Kuss noch auf meinen Lippen. Die Schmerzen waren so furchtbar gewesen, dass ich dachte, ich würde sterben.

Ich schloss meine Augen, die brannten und trocken waren, und gab mir einen Ruck.

»Sag es mir«, bat ich. »Sag es mir.«

28

Alex stellte seine Beine wieder nebeneinander und stand dann auf, unruhig. Er ging quer durch den Raum, seine langen Beine brauchten dafür nur drei Schritte, und drehte sich um. »Mabry kontaktierte mich wieder, als der Krieg begann. Er hatte mehr Arbeit für mich. Ich sagte ihm Nein. Meine Gründe waren dieselben wie zuvor: Ich würde meine Frau nicht anlügen. Ich würde für mein Land kämpfen, aber ich würde es tun wie jeder andere auch – als Soldat.«

Bitterkeit stieg in meiner Kehle auf. *Ich würde meine Frau nicht anlügen.* »Sprich weiter.«

»Mabry fand, ich sei verrückt«, berichtete Alex. »Der Krieg war noch nicht weit fortgeschritten, aber er wusste schon, wie es war. Er sagte, dass ich in sechs Wochen auf einem belgischen Schlachtfeld zu blutigem Mulch würde, während ich stattdessen hier für mein Land wirklich Gutes tun könnte. Mit meinen Fähigkeiten könnte ich Agenten ausfindig machen, Nachrichten entschlüsseln, sogar verdeckt durch Deutschland reisen und berichten. Er meinte, ich hätte kein Recht, Selbstmord zu begehen.« Alex schaute mich an. »Aber ich war ein törichter Optimist, wie jeder andere im Jahr 1914. Ich wusste es nicht besser. Ich entschied mich für die RAF, weil sie mir anspruchsvoller und glamouröser erschien als der Bodenkampf. Ich wollte etwas Schwieriges tun.« Er zuckte die Achseln, und die Geste war fast ein Zucken vor Schmerz. »Mein Wunsch hat sich erfüllt, zumindest was das angeht.«

»Ich nehme an, du hast schließlich nachgegeben«, sagte ich, um nicht noch mehr von ihm zu hören, um nicht noch eine weitere Lüge aus seinem Mund zu hören. »Weil du nach Reims gegangen bist, obwohl du mir gesagt hast, dass du in Reading ausgebildet wurdest. Ich habe deine Akte gelesen.«

Er hörte auf, im Zimmer auf und ab zu gehen. Er hatte sich von der Lampe abgewandt, und ich sah, wie sein Schatten still wurde. »Mabry?«, fragte er mit erstickter Stimme.

»Er hat mir die Akte gezeigt«, bestätigte ich. »Ich weiß, dass du in Reims ausgebildet wurdest und dass du auf einer genehmigten Reise hierher nach Wych Elm House kamst, ohne es mir zu sagen. Dass du am Tag von Frances' Tod hier warst. Dass du nach Reims zurückgekehrt bist, als du mich 1918 am Bahnhof verlassen hast.« Die Worte sprudelten nur so aus mir heraus, unaufhaltsam. Sie fühlten sich nicht gut an, sie taten mir lediglich weh und sorgten dafür, dass es mir noch schlechter ging. »Ich weiß all das, Alex.«

»Daher wusstest du, dass ich unten nicht die Wahrheit gesagt habe«, stellte er leise fest. »Deshalb hast du mir meine Geschichte nicht geglaubt. Du hast die Akte gesehen. Mabry spielt ein schmutziges Spiel.«

»Martin hat die Akte auch gesehen.« Ich versuchte, die Bitterkeit aus meiner Stimme zu halten. »Er muss wissen, dass es eine Lüge ist, genau wie ich.«

Aber Alex schüttelte den Kopf. »Martin wird mir glauben. Er war dort drüben. Er weiß, dass das, was am Ende in den Akten des Kriegsministeriums landet, meist nichts mit der Wahrheit zu tun hat.«

»Bist du dir da sicher?«

»Er wird mir glauben.«

Ich wollte widersprechen, aber ich konnte nicht. Ich dachte an den entrückten Gesichtsausdruck von Martin, wie sein Blick beinahe anbetend auf Alex gerichtet war, und ich wusste, dass Alex Martin alles weismachen konnte. Der Gedanke machte mich nur noch wütender.

»Wirst du mir sagen, worum es in Reims ging?«, fragte ich. »Oder darf ich das nicht wissen?«

Alex strich sich langsam mit der Hand über das Gesicht. »Reims war Training. Bei all meiner Selbstgerechtigkeit hatte ich eine wichtige Tatsache vergessen: Ein Mann in der Armee ist nicht mehr sein eigener Herr. Ich bin nach Reims gegangen, weil man mich dorthin geschickt hat, und ich habe es dir nicht gesagt, weil ich angewiesen wurde, es nicht zu tun, da meine Briefe vielleicht abgefangen würden. Zuerst war ich wütend, aber als ich dann dort war, erschien es mir wie eine Kleinigkeit, eine Überreaktion der Armee. Es war tatsächlich eine Air-Force-Ausbildung, nur eben für Fortgeschrittene. Wir bekamen Zugang zu den neueren Flugzeugmodellen; wir waren dorthin geschickt worden, um sie zu studieren und zu testen. Wir wurden in zusätzlichen Fertigkeiten wie dem Nahkampf und dem Verlegen von Telegrafendrähten unterrichtet. Wir erhielten Karten, die einige der anderen Piloten nicht sehen durften. Wir sollten fortgeschrittene Aufklärungsarbeit leisten.« Er schüttelte den Kopf. »Ich wusste, dass du mich hassen würdest, verdammt noch mal. Ich habe es gewusst. Das ist es, was ich verdammt noch mal vermeiden wollte.«

»Also schön«, sagte ich. Ich wollte vom Bett aufstehen, aber das Zimmer war zu klein und ich wäre ihm zu nahe gewesen. »Du hast trainiert, und dann hast du gekämpft. Sprich weiter.«

»Mabry kam immer wieder zu mir«, erklärte Alex, »und bot mir Aufgaben an. Er versprach, mich aus dem aktiven Kampfgeschehen herauszuholen und mir andere Aufgaben zu geben, bei denen ich den britischen Geheimdienst mit Informationen füttern sollte. Ich habe immer wieder Nein gesagt. Ich hatte mich auf meine Position versteift und wollte meine Meinung nicht ändern, auch nicht als er mich kontaktierte, während ich auf Heimaturlaub zu Hause war. Bei dir.«

Die Erinnerungen ergaben Sinn, das Puzzle setzte sich zusammen. Alex, auf Urlaub zu Hause. Ein Paket, das an unserer Tür ankam. »Die Kamera«, sagte ich.

»Ja, meine scharfsinnige Frau. Die Kamera.«

Ich setzte mich aufrechter hin. »Wer ist Hans Faber?«

Sein Tonfall war jetzt bitter. »Bis hierher hast du es verstanden, Jo. Rätsle noch ein bisschen weiter.« Er drehte sich zu mir um, sein Gesicht war noch immer in Schatten gehüllt. »Hans Faber bin *ich*. Er sollte meine deutsche Identität sein, als ich von meiner eigenen Regierung als Spion dorthin geschickt wurde.« Er trat vor und ließ sich wieder auf seinen Stuhl sinken. »Hans Faber bin ich die letzten drei Jahre gewesen.«

Das Zimmer war still. Ich hatte überall Schmerzen, in den Beinen, im Rücken und hinter den Augen. Mein Kopf pochte. Drei Jahre. Drei Jahre lang hatte ich ihn für tot gehalten, war fast wahnsinnig geworden, und er hatte als Hans Faber gelebt, nur einen Brief oder ein Telegramm entfernt.

»Jo.«

»Ich denke, du solltest jetzt gehen.« Meine Augen brannten vor ungeweinten Tränen.

»Jo.«

»Ich möchte, dass du gehst.«

Er streckte eine Hand aus, legte sie leicht auf meinen Fuß und fuhr mit dem Daumen an der Unterseite des Fußes entlang, wobei er unsagbar traurig aussah. Ich spürte seine Berührung wie einen Blitzschlag. »Deine Strümpfe sind zerrissen.«

Ich riss meinen Fuß mit einem Ruck zur Seite. »Alex.«

»Ich will nicht mehr über mich reden«, sagte er. »Ich habe genug von mir.«

Ich schluckte. »Und jetzt sind sie mit dir fertig? Nach all der Zeit? Deshalb bist du hier?«

»Nicht ganz.« Seine Hand griff wieder über das Bett, als konnte er sie nicht zurückhalten, und berührte meinen Fuß. Diesmal zog ich ihn nicht zurück. »Ich bin hier, weil ich den Dienst wieder quittiert habe. Zuerst wollten sie mich nicht gehen lassen, aber ich blieb hartnäckig, und schließlich gaben sie nach.« Sein Daumen strich wieder über meine Fußsohle. »Mabry ist wütend darüber. Er mag es nicht, zu verlieren.«

»Er kam hierher und gab vor, Kunst von Dottie kaufen zu wollen.«

»Das überrascht mich nicht.« Sein Blick war auf meinen Fuß gerichtet, und seine Hand glitt meinen Knöchel hinauf. »Er wusste, dass ich zu dir kommen würde, sobald ich dazu in der Lage war.«

»Alex.«

»Still«, antwortete er. »Ich habe dich ja gehört. Ich will dir nur die Strümpfe ausziehen.«

Ich wand mich unter seiner Berührung. »Du hast zugestimmt.«

»Es wird nichts passieren«, sagte er, und ich blieb ruhig und glaubte ihm. Immer, immer glaubte mein Körper ihm, selbst nach drei Jahren der Verheerung und der Lügen. Mein Körper beruhigte sich, als er näher an den Rand des Bettes rückte und seine Hände mein Bein hinaufwanderten, unter den Saum meines Pfauenrocks.

Hitze durchströmte mich in einer erschreckenden Welle. »Du hättest mir nichts von alledem erzählen sollen.« Ich versuchte verzweifelt, mich an die Logik zu halten. »Wenn das alles so geheim ist, hättest du es mir nicht sagen dürfen.«

»Ich will nicht darüber reden.« Seine Stimme war ein leises, bitteres Kratzen, ein Ton, den ich nicht kannte. Seine Hände streckten sich bis zur Hälfte meines Oberschenkels, seine geschickten Finger fanden den oberen Rand meines Strumpfes und lösten ihn von meinem Strumpfband. »Ich habe all das so furchtbar satt. Ich will über *dich* reden. Erzähl mir, Jo. Erzähl mir alles.«

»Da gibt es nichts zu sagen«, gab ich hilflos zurück, während er den zweiten Verschluss meines Strumpfbands öffnete. »Ich habe mich eine Zeit lang über Wasser gehalten, und dann ging mir das Geld aus. Dottie bot mir einen Job als ihre Gesellschafterin, und ich nahm ihn an.«

Seine Hände hatten begonnen, meinen Strumpf an meinem Bein hinunterzurollen, aber sie hörten auf, und seine Finger streichelten die Rückseite meines Oberschenkels. »Dir ist das Geld ausgegangen?«, fragte er und seine Stimme wurde schärfer.

Ich spürte meine Wut, denn ich fasste die Nachfrage als Vorwurf auf. »Was hast du erwartet?«, schoss ich ihm entgegen und blickte in seine blauen Augen. »Es war gar nicht viel da, und es gab keine Rente, weil ich laut Kriegsministerium keine Witwe war.«

Er rührte sich einen Moment lang nicht, während mir von der Rückseite meines Oberschenkels Hitze durch den Körper entgegenflutete. Als er weitersprach, war seine Stimme leise und gefährlich. »Sie sagten mir, dass für dich gesorgt werden würde«, brachte er mit eisiger Wut hervor, die ich noch nie von ihm gehört hatte. »Jemand wird dafür sehr, sehr teuer bezahlen.«

Seine Düsternis machte mir Angst, also redete ich lieber weiter. »Tja, nun ja. Dottie war eigentlich recht nett zu mir, auf ihre seltsame Art. Sie bezahlt mich – sporadisch, das gebe ich zu – und ich habe Kost und Logis. Obwohl ich dieses Kleid nicht hätte kaufen sollen.« Ich blickte auf die Pfauenfedern hinunter, die nun von einer anderen, längst vergangenen Frau gekauft worden zu sein schienen. »Ich werde für sie arbeiten, bis ich 60 bin, um es abzubezahlen.«

Langsam begannen seine Hände aufs Neue, den Strumpf hinunterzurollen. »Ich werde die Dinge wieder in Ordnung bringen, Jo.«

Ich hätte fast laut aufgelacht, während ich den Kopf schüttelte. »Das kannst du nicht. Dottie und Robert hassen einander. Martin ist krank. Er heiratet ein Mädchen, das er kaum kennt, weil Dottie einen Erben will, und er glaubt, dass er nicht mehr lange zu leben hat. Ich glaube, er schafft es nicht einmal bis zur Hochzeit.«

»Das Mädchen im Salon?«, fragte Alex. Der zerrissene Strumpf war jetzt bis zu meinem Knöchel hinuntergerollt, und er zog ihn mir vom Fuß. »Sie schien zumindest höflich zu sein, wenn auch nicht sehr klug. Ich glaube, ich habe sie erschreckt.«

»Sie war eine bessere Wahl, als ich es gewesen wäre, so viel ist wohl sicher.«

»Du?«

»Dottie wollte mich nicht verkommen lassen. Sie hatte die Idee, mich mit Martin zu verheiraten, aber wir wollten es nicht tun. Außerdem gab es ja offenbar irgendwo im Kriegsministerium eine Verwechslung, und ich hatte keine Witwenpapiere. Ich war nicht frei.«

Alex begann an meinem anderen Bein. Er schob seine Hände mit einer Bewegung unter meinen Rock, bis zum oberen Rand meines Strumpfes, und löste ein Strumpfband, seine Gesichtszüge hart. »Dottie hätte sich nicht einmischen sollen. Du warst ganz sicher nicht frei.«

Ich starrte ihn an. »Du wusstet auch das«, sagte ich leise und beobachtete sein Gesicht. »Du wusstest von meinen Papieren. Es gab keine Verwechslung, nicht wahr? Du wusstest es.«

»Jo, denk logisch. Was sollten sie denn tun? Dich heiraten lassen? Dann wärst du rechtskräftig mit zwei verschiedenen Männern verheiratet.«

Ich griff durch den Stoff meines Rocks nach seiner Hand und brachte sie zum Stillstand. »Darum geht es doch überhaupt nicht. Es hat nichts mit rechtlichen Fragen zu tun. Es geht darum, dass du mich nicht gehen lassen wolltest, obwohl ich dich für tot hielt.«

»Bist du verrückt?« Alex' Stimme wurde lauter, während sein Blick mich durchbohrte. »Ich habe dich geheiratet. Ich würde lieber sterben, als dich gehen zu lassen.«

»Und was ist mit *mir?*«, rief ich. »Für dich mag das alles schön und gut sein. Ohne Ehemann oder Witwenschaft bin ich nichts. Ich bin nunmehr seit drei Jahren unsichtbar. Ich bin nicht einmal ein richtiger Mitleidsfall. Ich bin nur eine Frau, mit der ein Mann ein paarmal ins Bett steigen könnte, das ist alles.« *Du könntest es besser treffen, selbst als Geliebte,* hatte Robert Forsyth gesagt.

Alex' Hand an meinem Bein zuckte heftig. Sein Gesicht errötete, als die Worte ihn erreichten und er begriff. Dann kämpfte er um seine Beherrschung, und sein Blick suchte meinen. Wie immer sah er alles, was in mir vorging. Seine Hand wurde weicher auf meiner Haut. »Sie sollten sich etwas einfallen lassen«, sagte er. »Sie sollten sich eine Art Überbrückungszahlung ausdenken, auf die du Anspruch hättest. Was auch immer es sein würde, wenn es direkt vom Kriegsministerium käme, hättest du es nicht infrage gestellt. Auf diese Weise solltest du keine finanziellen Sorgen haben müssen, bis ich nach Hause kommen konnte. Sie haben es mir versprochen und sie haben gelogen.« Seine Stimme versagte nur ein wenig, aber ich hatte noch nie erlebt, dass Alex' Stimme brach. »Ich bitte dich, Jo, zu überlegen, welche Möglichkeiten ich hatte.

Wenn ich dich kontaktiert hätte, wäre ich verantwortlich dafür gewesen, dass die ganze Operation auffliegen konnte, und wäre wegen Verrats hingerichtet worden. Oder ich hätte zurück an die Front gehen und getötet werden können. Ich habe das Einzige getan, was mir einfiel, den einzigen Preis bezahlt, den ich zahlen konnte, damit ich eine Chance hatte, nach Hause zu kommen.«

Eine Chance, nach Hause zu kommen. Und da war er wieder, nach drei Jahren. Ich wollte ihn – so sehr, dass es ein Schmerz war, der heiß durch jeden Teil von mir floss. Ich wollte meinen Mann, seinen Körper, den ich fast so gut kannte wie meinen eigenen. In meiner Trauer hatte ich dieses Begehren abgestumpft und unterdrückt, aber ich hatte ihn vermisst. Doch gleichzeitig fragte ich mich immer noch, ob Frances gewusst hatte, dass er ein Spion war, ob Alex sie hatte zum Schweigen bringen müssen. Ob es in jenen Jahren noch andere Frauen gegeben hatte, Frauen, die er geküsst, angefasst und mit in sein Bett genommen hatte. Ich zuckte wieder unter seiner Berührung zusammen.

Sein Blick wurde distanzierter. Er drückte noch immer lässig mein Bein und begann, den zweiten Strumpf abzurollen. Ich konnte nicht atmen. *Ich könnte ihn aus dieser Position heraus treten,* dachte ich wild. *Ich könnte ihm einen heftigen Tritt in die Brust verpassen.* Fast hätte ich es getan. »Alex«, sagte ich.

»Was ist?«

»Du musst jetzt gehen.«

Er zog mir den Strumpf vom Fuß. Wir schwiegen einen Moment lang. Ich konnte das leise Geräusch seines Atems hören.

»Du meinst es ernst, nicht wahr?«, flüsterte er.

»Es tut mir leid.« Ich versuchte, nicht zu bemerken, dass meine Hände vor Angst kalt waren. »Ich bin erschöpft. Ich kann nicht mehr klar denken.«

Er saß immer noch da und schaute mich an, seine Finger lagen um meinem nackten Knöchel. Er wandte seinen Blick nicht von meinem Gesicht ab. Er hatte eine solche Gabe, reglos zu bleiben, mein Mann, eine solch völlige Kontrolle über jeden Nerv und Muskel. Er sah mich einen endlos scheinenden Moment lang an, sein Gesichtsausdruck war unmöglich zu lesen. Es war diese Reglosigkeit, erkannte ich jetzt, diese Fähigkeit zu schweigen und die unendliche Geduld zu warten, was ihn zu einem so guten Spion gemacht hatte.

Ohne ein Wort zu sagen, setzte er meinen Fuß auf der Bettdecke ab und erhob sich von seinem Stuhl.

»Schlaf ein wenig«, sagte er. Einen Moment später schloss sich die Tür leise hinter ihm.

Ich zitterte. Die Haut an meinen Beinen brannte noch immer dort, wo er mich berührt hatte. Ich streckte die Hand aus, schaltete die Lampe aus und legte mich dann flach auf die Bettdecke, immer noch in meinem Kleid. Ich fragte mich kurz, ob die Dienstmädchen ein anderes Zimmer für ihn hergerichtet hatten. Ob sie über uns so reden würden, wie sie unten über Dottie und Robert redeten. *Sie schlafen getrennt.*

Aber er hatte mir nur gesagt, ich solle ein wenig schlafen. Er hatte nicht »Gute Nacht« gesagt. Und Alex sagte nie etwas ohne Bedeutung.

Ich rollte mich zusammen, machte mich ganz klein und schloss meine Augen.

29

Es war dunkel, als ich aufwachte, und ich lag mit Alex im Bett, und ich hatte geträumt.

Ich blinzelte gegen die Schwärze an, und im ersten Moment, als der Traum wie Spinnweben aus meinem Gedächtnis verweht wurde, begriff ich noch nicht ganz, dass Alex an meinem Rücken lag und seinen Arm um meine Taille gelegt hatte. Ich zuckte heftig zusammen und drehte mich überrascht um.

Ich hatte immer noch das seidene Pfauenkleid an und lag immer noch auf der Bettdecke. Auch Alex lag auf der Bettdecke, vollständig bekleidet mit seinem weißen Hemd und seiner Hose; er musste geschlafen haben, doch nun war er wach, sein Kopf hob sich vom Kissen, sein Körper war sofort angespannt. Seine Hand drückte meine Hüfte, und ich begriff, dass er mich geweckt hatte. Er flüsterte meinen Namen.

»Was ist denn?«, flüsterte ich zurück.

»Ich habe etwas gehört. Ich dachte … Da ist es wieder.«

Aus dem Wald draußen, weit entfernt in den Bäumen, ertönte ein einsames Heulen. Es erhob sich, hallte wider, stieg spiralförmig nach oben und verstummte dann langsam. Der Ton war so unheimlich, so verzweifelt, dass er aus einer menschlichen Kehle hätte kommen können.

»Was zum Teufel«, zischte Alex, als es sich in einem Knurren verlor und dann verstummte.

Ich fürchtete mich – das musste man einfach, wenn dieses Heulen die Luft durchdrang –, aber gleichzeitig durchströmte mich ein Gefühl der Erregung. »Das ist Princer. Du kannst ihn also hören?«

Alex sah zu mir herunter. »Was meinst du damit?«

»Sie ruft ihn«, sagte ich. »Sie pfeift, wenn sie will, dass er kommt. Aber ich dachte, ich wäre die Einzige … Du meinst also, du hast es tatsächlich gehört?«

Er sah mich stirnrunzelnd an, aber alles, was ich spürte, war ein wildes, innerliches Triumphgeheul. Vielleicht war ich doch nicht die Einzige, die diese Dinge hören und sehen konnte. Wenn ich ihm die Blätter zeigen könnte … wenn er sehen könnte …

»Jo«, unterbrach Alex leise meine galoppierenden Gedanken, »wovon redest du? Wer ruft ihn?«

»Frances«, antwortete ich. »Sie macht das nicht oft – ich habe es bisher nur ein Mal gesehen. Die anderen Male ist es nur Frances, die mich beobachtet.«

Die Erwähnung von Frances' Namen schien ihn zu schockieren, und ich sah, wie sein Gesichtsausdruck flackerte, bis er sich wieder unter Kontrolle hatte. *Vielleicht,* dachte ich, *kann er Princer* hören, *weil er Princers Frauchen getötet hat.* Aber das erklärte nicht, warum ich ihn ebenfalls hören konnte.

»Willst du mir sagen, dass Frances …« Alex' Tonfall wechselte von schockiert zu ungläubig. »Sagst du da gerade, dass sie diesen Ort *heimsucht?*«

»Sie ist einsam«, erwiderte ich. Ich musste es ihm verständlich machen. »Sie will kommunizieren. Ich dachte, ich wäre die Einzige, die sie gesehen hat. Aber du hast gerade ihren Hund gehört.«

Alex runzelte die Stirn und konzentrierte sich wieder auf das Fenster. Ich beobachtete ihn genau im Mondlicht, sein makelloses Profil, die perfekte Furchtlosigkeit seiner Haltung. Ich suchte nach Anzeichen von Schuldgefühlen, aber mir wurde klar, dass ich nicht mehr wusste, wie Schuld bei Alex aussah.

»Es scheint aufgehört zu haben«, sagte er nach einem Moment. Er drehte sich um, das Mondlicht zeichnete sein Profil nicht mehr nach. Dann blinzelte er und schien mich jetzt erst richtig zu sehen, meine nackten Schultern, mein Haar, das auf dem Kissen ausgebreitet lag. »Komm näher«, sagte er. »Es ist kalt.«

Ich spürte, wie ich mich versteifte, als der Triumph mich verließ und ich mich erinnerte, wo ich war. »Was machst du hier?«

»Was meinst du?«

»Ich habe dich nicht eingeladen, mit mir ins Bett zu steigen. Ich habe dich sogar ausdrücklich gebeten zu gehen. Es gibt viele Schlafzimmer in diesem Haus, das weißt du. Ein Dutzend davon.«

»Sie sind alle belegt wegen der Party.«

»Dann solltest du auf einem Sofa schlafen.«

Sein Blick verengte sich, während er mich ansah. »Ich werde mich an deine Regel halten, aber wenn du denkst, dass ich irgendwo anders schlafe, dann denk noch mal nach.«

»Und das war's?«, fragte ich verzweifelt. »Du willst einfach jede Nacht in deinen Klamotten schlafen, für den Rest deines Lebens?«

Er hob eine Augenbraue, und in der Dunkelheit spürte ich, wie meine Wangen heiß wurden. »Und wenn ich mir ein anderes Bett suche?«, schlug ich vor.

»Dann werde ich dir dorthin folgen. Ich kenne jedes Zimmer in diesem Haus, Jo.«

»Du hast zugestimmt zu gehen.«

»Habe ich nicht.« Ich hatte gewusst, dass er das sagen würde. »Ich habe dir gesagt, du sollst etwas schlafen.«

Ich seufzte und drehte mich wieder um, wobei mein Kleid raschelte. Hinter mir legte er seinen Kopf auf das Kissen.

Wir hatten in unserer Ehe schon viele Nächte so gelegen, und unsere Körper passten zueinander; Alex verstand es, mit seinem langen, schlanken Körper wenig Platz zu beanspruchen und mir den größten Teil des Bettes zu überlassen.

»Wo bist du denn hingegangen?«, fragte ich. »Als du vorhin gegangen bist?«

»Martin war noch auf«, antwortete er. »Ich habe eine Weile mit ihm geredet.«

»Du hast dir deine Geschichte zurechtgelegt.«

»Ich sagte doch, es ist wichtig.«

Er war ein so guter Lügner geworden. »Du kannst nicht jede Nacht hier schlafen.«

»Doch, das kann ich. Du warst drei Jahre lang frei von meinen Aufmerksamkeiten«, murmelte er leise in einem Tonfall, dem ein Hauch von tödlichem Ernst anhaftete. »Du magst deinen kleinen Urlaub genossen haben, aber er ist zu Ende.«

»Du bist nicht meinetwegen zurückgekommen.«

»Doch, das bin ich.«

»Willst du wirklich leugnen, dass du auch andere Gründe dafür hattest?«

Er schwieg. Ich hatte also recht. Ich war ohne Nachdenken darauf gekommen, während ich ihn betrachtete und ihm zuhörte, verborgen im wortlosen Code der Kommunikation zwischen Mann und Frau. Daher wusste ich, dass er an etwas anderes dachte als an mich, dass es noch etwas anderes gab. Er hatte es mir unbewusst mitgeteilt. Es tat nicht einmal weh – es war in gewisser Weise eine Erleichterung, ein leicht zugänglicher Ausweg aus meiner schmerzhaften Verwirrung zurück in die Erstarrung. Ich schloss meine Augen.

»Ich habe meine Gründe, warum ich dir meine Gründe nicht sage.«

»Dann sind wir wohl in einer Sackgasse«, antwortete ich. »Schlaf jetzt.«

Ich schlief lange Zeit nicht, und ich glaube, er auch nicht. Mein Kopf pochte. Meine Augen taten weh. Und doch lag ich in der Stille, spürte seine Brust an meinem Rücken und lauschte seinem Atem.

30

Als ich am nächsten Morgen aufwachte, war er weg. Das Schlafzimmer war menschenleer, ebenso das Bad und der Flur. Es war inzwischen Vormittag, und die meisten Gäste der letzten Nacht waren bereits abgereist, während ich noch im Bett gewesen war und geschlafen hatte. Auch die Staffrons waren fort, ihre Zimmer leer.

Ich ließ mir Zeit beim Waschen, ließ heißes Wasser aus Dotties teuren, modernen Wasserhähnen laufen, während das Pfauenkleid über mir auf der Stange hing und der Dampf die Falten in der Seide auflöste. Ich schrubbte mich gründlich mit dem Schwamm, kehrte dann ins Schlafzimmer zurück und zog mir eines meiner neuen Kleider, ein Paar meiner neuen Strümpfe und meine neuen Schuhe an. Ich drehte mein Haar ordentlich ein, nahm es zu einem Chignon am Hinterkopf zusammen und befestigte es mit Haarnadeln. Irgendetwas an der langsamen Routine wirkte stärkend. Ich wollte bereit sein, die Treppe hinunterzugehen und zu sehen, was mich erwartete.

Das Frühstück war beendet – ich war ziemlich spät dran –, und das Geschirr war bereits aus dem Frühstückszimmer abgeräumt. Nur Dottie war noch dort, stand an der Balkontür und blickte auf die Terrasse hinaus. Sie drehte sich zu mir um.

»Das wird aber auch Zeit, Manders«, sagte sie. »Keine Zeit zum Frühstücken, du wirst später essen müssen. Nimm eine Tasse Tee mit in die Bibliothek. Wir haben eine Familiensitzung.«

Allein die Normalität ihrer Unhöflichkeit beruhigte mich. Ich nahm eine Tasse Tee und folgte ihrem schmalen, in Wolle gekleideten Rücken den Korridor entlang in die Bibliothek.

Die Familie hatte sich bereits in der Bibliothek versammelt. Robert lehnte an einem Bücherregal, Martin saß allein auf einem Sofa und sah blass aus. Alex saß auf dem Stuhl gegenüber von Dotties Schreibtisch, als wäre er ein Besucher, in Tweedjacke, karamellfarbener Hose und teuren Leder-Oxfords, ein langes Bein über das andere geschlagen und einen Ellbogen hinter sich über die Stuhllehne gestreckt. Er beobachtete mich, als ich durch die Tür kam.

Außer dem von Dottie gab es keine weiteren Stühle im Raum, abgesehen von dem hinter meiner kleinen Schreibmaschine, der neben Alex aufgestellt worden war. Ich setzte mich darauf, die Hände im Schoß, und wartete.

»Nun«, sagte Dottie in den Raum hinein. Sie ging zügig zu ihrem Schreibtisch und stellte sich dahinter. »Jetzt, wo die Gäste weg sind, können wir eine Diskussion führen. Der gestrige Abend endete unerwartet, aber ich glaube, der Skandal ist vorläufig eingedämmt.«

»Wir sind froh, dass du wieder da bist, alter Junge«, sagte Robert.

»Danke, Onkel«, antwortete Alex.

»Meine Sorge gilt jetzt der Privatsphäre der Familie«, sagte Dottie. »Wir haben die Nachricht vor den Partygästen geheim gehalten, aber die Bediensteten haben zweifellos schon angefangen zu reden. Die Geschichten werden sich verbreiten, und je mehr sie sich verbreiten, desto wilder und unwahrer werden sie.«

Keiner der Anwesenden widersprach.

Ich dachte an Frances, an die Geschichten, dass sie in Ketten gehalten worden sei. Ich fragte mich, ob Mrs. Baines, die Postmeisterin des Dorfes, schon von Alex gehört hatte.

»Ich glaube, Klatsch und Tratsch sind meine geringste Sorge, Tante Dottie«, sagte Alex. »Ich habe vor, das zu ignorieren.«

»Das wäre töricht von dir«, sagte Dottie. »Es ist das Beste, wenn du dich vom Dorf fernhältst, zumindest vorläufig. Ich möchte nicht, dass irgendein Gerede Martins Verlobung schadet.«

»O bitte, Mutter«, protestierte Martin müde. »Was macht das schon? Alex lebt und er ist zu Hause. Was spielt es für eine Rolle, was andere denken?«

»Es spielt eine Rolle«, antwortete Dottie. »Es spielt immer eine Rolle, was die Leute denken.«

»Ich werde bei den Nachbarn vorbeischauen«, sagte Robert. »Ihnen die Geschichte erzählen. Auf diese Weise wird die Wahrheit zumindest unter der besseren Gesellschaft in dieser Gegend verbreitet. Ich werde heute Nachmittag damit anfangen.«

Dottie sah aus, als hätte sie eine Zitrone verschluckt. Sie hasste Roberts soziale Aktivitäten und weigerte sich, an ihnen teilzunehmen, aber selbst sie konnte sehen, dass sie in diesem Fall nützlich waren. »Gute Idee, nehme ich an«, sagte sie ungnädig.

»Außerdem werde ich damit schön auftrumpfen können. Mein Neffe kommt als Held nach Hause, gerade jetzt, nach all der Zeit.« Sein Lächeln, das er Alex zuwarf, war fast wölfisch. »Wenn das nicht ein paar Drinks wert ist, dann weiß ich auch nicht.«

»Nun gut«, sagte Dottie mit säuerlicher Endgültigkeit. »Aber es bleibt die Frage nach Manders.«

»Ja.« Alex' Stimme war ausgesprochen kühl. »Bleibt noch die Frage nach meiner Frau.«

Alle sahen mich an. Meine Wangen wurden heiß. Robert schaute von mir zu Alex, ein wissendes Grinsen auf seinem Gesicht. Ich fühlte mich durchsichtig wie Glas, als ob alles, was gestern Abend passiert war – und was nicht passiert war –, offen zutage trat. »Die Arbeit, für die Dottie Unterstützung braucht, hört nicht auf, nur weil Alex nach Hause gekommen ist«, sagte ich.

Neben mir spürte ich das subtile Pulsieren von Alex' Schock. Er hatte nicht damit gerechnet, dass ich als Dotties Gesellschafterin weitermachen wollte. Nun, er war nicht der Einzige, der Überraschungen in petto hatte. Außerdem war mir Dottie im Moment vertrauter als er.

Dottie zuckte nicht einmal mit der Wimper. »Ich habe einen vollen Terminkalender«, stimmte sie zu. »Aber, Manders, ich erwarte nicht, dass du heute produktiv bist, also gebe ich dir den Tag frei. Du kannst tun, was du willst, und dich morgen bei mir melden.«

»Ich danke dir.«

»Du kannst wohl kaum meine Frau weiterhin bei dir beschäftigen, Tante«, sagte Alex und sein Tonfall wurde gefährlich leise.

»Das kann sie, wenn ich es wünsche«, gab ich zurück.

Roberts Grinsen wurde breiter. Ich blieb wie angewurzelt auf meinem Platz sitzen und hielt seinem Blick stand. *Ich habe Gründe, dir meine Gründe nicht zu sagen.* Alex hatte seine eigene Absicht hier – sollte er sie doch verfolgen, und ich würde meine verfolgen.

Frances und ihr Mörder waren mein Ziel. Ich würde herausfinden, was geschehen war, ob mit oder ohne Ehemann. Als Dotties Gesellschafterin zu bleiben war der beste Weg.

Dottie vertagte die Sitzung. Ich musste fliehen; die Luft in Wych Elm House war zu stickig, die Gänge zu dunkel und muffig. Obwohl es regnete, suchte ich den Fahrer auf und bat ihn, den Wagen zu holen. Ich ging zum Küchenvorraum und nahm den schwarzen Mackintosh von seinem Haken. Auf dem Rücken war noch Schlamm von dem Graben, in dem ich gelegen hatte, als ich Princer über mich hinwegsetzen sah. Ich fand eine Bürste und entfernte schnell den getrockneten Dreck. Dann holte ich meinen Hut und meine Handschuhe.

Als ich in den Flur zurückkehrte und der Wagen gerade vorfuhr, stand Alex mit Hut und Mantel und einem Regenschirm unter dem Arm an der Haustür.

»Wohin gehen wir?«, fragte er mich.

Ich hielt inne. Ich wollte fliehen, aber ich hatte auch vor, David Wilde in der Stadt etwas zu befragen. »Einkaufen.«

»Ich verstehe.« Sein Blick unter der Krempe seines Hutes war fest auf mich gerichtet. Hinter ihm prasselte der Regen gegen die dicken Scheiben des Zierglases in der Tür.

»Alex, du hast Dottie gerade versprochen, dass du im Haus bleibst.«

»Nein, das habe ich nicht«, sagte er mit unanfechtbarer Logik, »obwohl das ein guter Versuch war. Ich lehne es allerdings ab, dich ohne Begleitung irgendwohin gehen zu lassen.«

»Wir haben doch eben darüber gesprochen«, protestierte ich. Ich machte einen Schritt auf ihn zu, wollte an ihm vorbeigehen, aber er ließ mich nicht vorbei. »Wenn du ins Dorf gehst, sorgst du für Klatsch und Tratsch.«

»Und ich habe bereits gesagt, dass es mir scheißegal ist.« Alex beugte sich zu mir herunter, die Schatten in der schummrigen Halle waren tiefschwarz unter der Krempe seines Hutes. Er legte zwei Finger unter mein Kinn und hob es an. »Du bist an mich gebunden, Jo. In guten und in schlechten Zeiten. Wir sind verheiratet. Du bist für immer an mich gebunden.«

Ich schluckte. Ich konnte meinen Puls in der Kehle spüren. »Dann bleibe ich zu Hause«, murmelte ich.

»Wenn dir das lieber ist. Es ist ein regnerischer Tag, und wir haben nichts zu tun. Wir können den Tag sicher im Bett verbringen.«

Ich riss mich aus seinem Griff los, riss die Haustür auf und schritt hinaus in den Regen. Er folgte mir problemlos und nahm meinen Arm, als ich in das Automobil stieg. Einen Moment lang, während der Fahrer den Wagen startete und wir die Auffahrt hinunterfuhren, konnte ich ihn nicht ansehen. Meinen eigenen Mann. Wir hatten einst lange, sinnliche Nachmittage miteinander verbracht und dem Regen zugehört, der gegen unser Schlafzimmerfenster prasselte, während wir im Bett lagen. Ich zwang mich, mich umzudrehen und ihn anzuschauen. »Das war unangebracht«, sagte ich.

Alex lehnte sich in den Sitzpolstern zurück, den Schirm zwischen den wohlgeformten Knien. »Es ist unangebracht«, beschwerte er sich milde, »dass meine Frau nach drei Jahren Abwesenheit den Nachmittag nicht mit mir im Bett verbringen will.«

Ich starrte ihn an. »Kannst du es mir verübeln?«

»Gewisse Teile von mir verübeln es dir sehr, ja.«

»Dann hätten diese Teile früher nach Hause kommen sollen«, schnauzte ich.

»Glaub mir«, antwortete er mit Aufrichtigkeit in der Stimme, »sie haben es versucht.«

Ich drückte meine Fingerspitzen an meine Schläfen und schloss die Augen. Ich war kurz davor, verrückt zu werden.

»Wohin fahren wir?«, fragte mich Alex einen Augenblick später, während der Regen auf das Dach des Automobils prasselte.

»Einkaufen. Sagte ich doch.«

Er schien darüber nachzudenken. »Nein. Ich glaube nicht, dass wir das tun. Es regnet, und du hast das Einkaufen immer gehasst. Da ist etwas anderes im Gange. Was genau tust du, Jo? Was treibt dich so schnell aus dem Wych Elm House, außer meiner Anwesenheit?«

Ich konnte das nicht. Ich war nicht für Täuschungen geschaffen, nicht so wie er. Ich vergewisserte mich, dass die Glasscheibe zwischen uns und dem Fahrer oben war, und dann platzte ich heraus: »Hast du deine Cousine getötet?«

Das brachte ihn zum Schweigen. Außer dem Brummen des Motors war kein Geräusch zu hören.

»Es gibt nichts, was ich tun kann, wenn du es getan hast«, fuhr ich fort. »Es ist Jahre her, und niemand würde mir glauben. *Ich* würde mir selbst nicht glauben. Die Untersuchung ist längst vorbei, und es stünde dein Wort gegen meines.«

Als Alex sprach, war seine Stimme sanft und kühl wie aufsteigender Nebel. »Das ist sehr außergewöhnlich.«

»Das ist es nicht«, protestierte ich. »Es ist nicht im Geringsten außergewöhnlich, dass ich mich so etwas zumindest frage. Du warst an jenem Tag hier im Haus. Du hattest ausdrücklich um Urlaub gebeten. Man hat dich am Tag vor ihrem Tod mit ihr sprechen sehen. Es gibt so vieles, was du mir nicht erklärt hast. Und erzähl mir nicht, es sei kein Mord gewesen, denn das war es.«

»Nein. Es ist nicht außergewöhnlich, dass du dich das fragst, obwohl ich nicht leugnen will, dass es schmerzt. Was außergewöhnlich ist, ist, dass du und ich nach all der Zeit scheinbar immer noch die gleiche Mission haben.«

Ich starrte ihn an. »Was meinst du damit?«

»Du hast mich gestern Abend gefragt«, sagte Alex langsam, »welchen anderen Grund ich hatte, nach Wych Elm House zu kommen. Nun, jetzt hast du ihn gefunden. Ich bin hierhergekommen, Jo, weil ich den Mörder meiner Cousine finden will. Genau wie du.«

31

Der Regen kam in kalten Platschern herunter, die von Windböen verweht wurden. Ich hielt die Krempe meines Hutes fest, als Alex mir aus dem Auto half, und wartete, während er seinen Regenschirm aufspannte und ihn über unsere Köpfe hielt. Wir befanden uns am Ende von Anningleys High Street und blickten bergab in Richtung Kirche, aber Alex berührte meinen Arm und lenkte mich in eine Seitengasse. »Lass uns ein Stückchen laufen«, sagte er.

Ich folgte ihm, meine Handtasche unter dem Arm. Obwohl es dunkel und kühl war, war ich froh, aus der stickigen Enge des Automobils herauszukommen, und die frische Luft auf meinen Wangen war willkommen. »Ich nehme nicht an, dass du mir das irgendwie erklären kannst«, sagte ich zu meinem Mann.

»Es ist eine sehr lange Geschichte.«

Ich seufzte. »Du scheinst voller langer Geschichten zu sein. Bitte erzähl mir auch diese.«

Alex ging einen Moment lang schweigend neben mir her. Wir schlenderten eine Gasse entlang, die von kleinen Häusern gesäumt war, deren Vorgärten dicht mit Hecken und braun werdenden Rosenstöcken bewachsen waren und von denen die abgestorbenen Köpfe der

Rhododendren sich über die Zäune beugten. Der Boden war nass und mit Pfützen übersät, und bis auf einen einzelnen Bauernkarren, der in der Ferne auf der Straße fuhr, war niemand zu sehen. Ich lehnte mich dicht an ihn heran und nahm so viel Platz unter dem Schirm ein, wie ich konnte. Er war in Gedanken versunken und schien es nicht zu bemerken.

»Ich sagte dir ja«, begann er schließlich, »dass ich die längste Zeit des Krieges die Angebote von Colonel Mabry abgelehnt habe. Aber 1917, als ich an der Front war, kontaktierte er mich wegen etwas, von dem er sagte, dass es mich sehr stark beträfe. Etwas, von dem er dachte, ich würde es wissen wollen.«

»Was war es?«, fragte ich.

»Der militärische Geheimdienst hatte eine Reihe von Plänen abgefangen, die auf dem Weg zum Feind waren. Konkret handelte es sich um eine Karte der Küste von Sussex in der Nähe von Wych Elm House, zusammen mit einer detaillierten Zeichnung der dortigen Basis. Die Anlage des Fischereiministeriums war bereits 1915 für militärische Zwecke umgewidmet worden, für die Reparatur und Versorgung von Kriegsschiffen.« Er warf mir einen Blick zu. »Die Zeichnungen waren sehr gut gemacht, das kann ich mit Bestimmtheit sagen, denn ich habe sie selbst gesehen.«

»Die Kanonenboote waren also nicht zufällig vor all den Jahren dort«, stellte ich fest.

»Wie gesagt, man verriet mir nicht viel. Der Ort wurde für die Kriegsanstrengungen in Beschlag genommen, da er an einer nützlichen Stelle auf unseren Schifffahrtsrouten liegt. Als Mabry die Zeichnungen auf ihrem Weg zu den Deutschen abfing, wusste er natürlich, worum es sich handelte. Die naheliegende Schlussfolgerung war, dass jemand in oder um Wych Elm House die Zeichnungen für den Feind angefertigt hatte.«

Ich wurde an einer Schulter nass, also hakte ich mich bei ihm unter und lehnte mich unter dem Regenschirm näher an ihn heran und runzelte die Stirn. »Warum sollten die Deutschen diese Zeichnungen wollen?«

»Um einen Angriff auf unsere Schiffe zu planen. Die Bucht ist breit und tief genug für U-Boote, wenn die Deutschen bloß wüssten, wohin sie sie schicken sollten. Die Zeichnungen entstanden aus dem gleichen Blickwinkel, den ich damals als Junge eingenommen hatte.«

Ich hielt inne und verdaute dies schockiert. »Sie wurden auf dem Gelände der Forsyths angefertigt? Willst du damit sagen, dass die Deutschen die Zeichnungen benutzt haben könnten, um die Basis anzugreifen? Und jemand aus Wych Elm House hat sie ihnen geliefert?«

»Es sah ganz danach aus«, antwortete Alex. Sein Hut war tief in die Stirn gezogen, und er starrte auf die Straße, sein langer Schritt passte sich meinem kürzeren an. Die Wolle seines Ärmels war warm unter meinem Handschuh. »Es ist auch möglich, dass die Zeichnungen von einem Besucher des Hauses oder von jemandem, der auf der Durchreise war, angefertigt wurden.«

»Der Mann im Wald«, schlussfolgerte ich sofort. »Der Fremde, der gestorben ist. Du meinst, er war ein Spion?« Selbst als das Wort aus meinem Mund kam, konnte ich kaum glauben, dass ich in der ruhigen, feuchten, friedlichen englischen Landschaft spazieren ging und über Spione sprach.

»Ich weiß nicht, wer dieser Mann war«, gab Alex zu. »Bis zum heutigen Tag habe ich keine Ahnung. Die Zeichnungen wurden lange vor jenem Tag abgefangen. Der Geheimdienst musste jemanden hinschicken, und Colonel Mabry sagte mir, dass er einen anderen Agenten schicken würde, wenn ich nicht nach Wych Elm House ginge, um Nachforschungen anzustellen. Mir gefiel der Gedanke nicht, dass ein Fremder in meiner Familie herumstöbern würde. Also nahm ich den Auftrag an und kam zum Haus meiner Tante in Sussex zu Besuch.«

Ich war einen Moment lang still. »Und weil es ein Geheimauftrag war, konntest du es mir nicht sagen.«

»Nein«, antwortete Alex leise. »Das konnte ich nicht.«

Ich ertappte mich dabei, wie ich Tränen wegblinzelte. Er schien es nicht zu bemerken, sondern sprach weiter. »Tante Dottie freute sich über meinen Besuch. Ich war eine Woche lang hier. Ich ging durch den Wald und konnte den Blickwinkel der Zeichnungen bestätigen. Martin war in Frankreich, aber ich unterhielt mich mit Tante Dottie und Onkel Robert und machte mir ein Bild davon, wer in letzter Zeit in der Gegend gewesen war. Ich beobachtete und erfuhr ein paar Dinge. Ich machte mit Frances einen Spaziergang durch den Garten und befragte sie, so gut ich konnte, aber sie war in einer ihrer verwirrten Stimmungen und konnte mir nicht helfen. Am zweiten Tag ging ich ins Dorf und sprach mit einigen Einheimischen. Als ich am Nachmittag zum Haus zurückkam, musste ich feststellen, dass Franny sich umgebracht hatte, ein Fremder tot im Wald lag und alles im Chaos versunken war.«

Ich biss mir auf die Lippe. Wenn Alex in der Stadt gewesen war, als Franny starb, wäre es ein Leichtes, diese Geschichte zu überprüfen. Ich konnte mir nicht vorstellen, wie er in dieser Sache mit einer Lüge durchkommen sollte.

»Nichts davon ergab einen Sinn«, fuhr Alex fort. »Wenn der Mann im Wald der Spion war, warum war er dann noch Wochen, nachdem er die Zeichnungen fortgeschickt hatte, in Sussex? Warum sollte Franny ausgerechnet diesen Tag für ihren Selbstmord wählen? Und was für ein Tier lebt in den Wäldern von Sussex, das einen Mann bei Tageslicht in Stücke reißen würde? Es waren Teile eines Puzzles, aber sie schienen nicht wie Teile *desselben* Puzzles zu sein. Und ich hatte nicht viel Zeit, sie zusammenzusetzen, bevor ich zurück an die Front musste.«

»Die Polizei hat dich nicht gedrängt hierzubleiben?«

»Ich war ein Soldat, es war mitten im Krieg. Ich hatte meine Befehle, Franny war eine Selbstmörderin, und ich war in der Stadt gewesen, vier Meilen von den Wäldern entfernt, als der Mann getötet wurde. Nein, ich wurde nicht unter Druck gesetzt, zu bleiben. Ich habe versucht, meine eigenen Fragen zu stellen, aber es war hoffnungslos – alles, was ich bekam, waren wilde Gerüchte und finstere Geschichten, Geschichten über Dottie, die Frances' Verbrechen mithilfe von David Wilde vertuschte.« Bitterkeit schlich sich in seine Stimme. »Ich verließ das Haus keinen Deut klüger, als ich am Tag meiner Ankunft gewesen war. Wer auch immer versucht hatte, die Skizzen an die Deutschen zu schicken, lief immer noch frei herum. Ich hatte mein Land enttäuscht.«

»Du hast dein Land nicht enttäuscht«, sagte ich leise. Mir wurde etwas Entscheidendes klar: Alex war in allem gut, weil er so hart zu sich selbst war. *Er strebte nach dem Höchsten,* hatte Martin über ihn gesagt, sodass *der Rest von uns rennen musste, um mit ihm Schritt zu halten.* Er hatte mir nur seine unbekümmerte Seite gezeigt. Es brauchte den Krieg, damit ich den Rest sehen konnte.

Er sprach weiter. »Nachdem ich fortgegangen war und darüber nachgedacht hatte, begann ich, die Abfolge der Dinge anders zu sehen. Franny zeichnete gern, und es ist möglich, dass sie Skizzen von der Basis und der Küste gemacht hat. Daran hatte ich schon gedacht, bevor ich hierherkam. Also fragte ich an jenem ersten Abend eine der Bediensteten, ob Franny immer noch gern zeichnete und was für Dinge sie zeichnete. Und am nächsten Tag war Frances tot. Das ist eine Sackgasse, über die ich nichts mehr erfahren konnte, eine Ungewissheit, die ich nicht aufklären konnte. Ich konnte Mabry nicht von meinem Verdacht erzählen – was gab es da schon zu erzählen? Dass ich dachte, ein verrücktes 15-jähriges Mädchen sei womöglich der gesuchte Verräter? Ohne Beweise konnte ich der Sache nicht nachgehen. Ich musste das auf sich beruhen lassen, zumindest so lange, bis ich die Freiheit hatte, den Faden wieder aufzunehmen.«

Wir hatten das Ende der Gasse erreicht und bogen in die High Street ein. Ich lehnte mich nachdenklich an Alex' Arm und sagte: »Es kann aber einfach nicht sein, dass Frances die Zeichnungen abgeschickt hat, selbst wenn sie diejenige war, die sie angefertigt hat.«

»Nein. Aber jemand könnte sie aus ihrem Skizzenbuch genommen und abgeschickt haben.«

Ich blieb auf der Straße stehen und sah ihn schockiert an. »Jemand hat genau das getan.«

»Was meinst du damit?« Alex sah zu mir hinunter. »Willst du mir etwa sagen, du hast das Skizzenbuch gefunden? Ich habe es nie gefunden … mir lief die Zeit davon.«

»Ich habe es«, bestätigte ich. »Frances hat es mir gegeben.«

In Alex' Tonfall schwang ein Hauch von Warnung mit. »Jo.«

»Das hat sie«, beharrte ich. Ich wurde langsam aufgeregt, als sich die Teile zusammenfügten. »Ich habe es unter der Decke meines Bettes gefunden. Ich habe es immer wieder angestarrt und angestarrt. Ich dachte, sie wollte es mir wegen der Skizzen zeigen, die darin waren. Aber das war gar nicht der Grund. Sie wollte es mir wegen der *herausgerissenen* Seiten zeigen. Das war es, was ich sehen sollte.«

»Jo, jeder hätte das Buch in dein Bett legen können. Ein lebender Mensch, meine ich.«

»Ich schlief zu der Zeit im Bett.«

Alex' Blick verfinsterte sich.

»Das ist beunruhigend, und es gefällt mir gar nicht, was da herausklingt. Aber es könnte dennoch eine lebende Person gewesen sein.«

»Leugnest du, was du letzte Nacht erlebt hast?«, fragte ich, verärgert darüber, dass er mir immer noch nicht glaubte. »Was du gehört hast?«

»Ich weiß nicht genau, was ich gestern Abend gehört habe«, sagte er, »und ich bin mir nicht sicher, ob ich den Mut habe, es zu erforschen.«

Er legte seine Hand auf meinen Ellbogen, um mich aufzufordern weiterzugehen, aber ich blieb stehen, was ihn zwang, ebenfalls zu bleiben, wo er war, und den Schirm über mich zu halten. »Sag mir eines«, verlangte ich.

Er schaute misstrauisch. »Was denn?«

»Die Tatsache, dass du den Zeichner nicht ausfindig machen konntest«, sagte ich. »Dass du das Gefühl hattest, du hättest dein Land enttäuscht. Deshalb bist du schlussendlich auf Colonel Mabrys Drängen eingegangen, ein Spion zu werden – deshalb wurdest du Hans Faber. Nicht wahr?«

Der Blick, den er mir zuwarf, voller Schmerz und Erschöpfung, war Antwort genug.

»Komm«, sagte er und berührte erneut meinen Arm. Diesmal ließ ich mich von ihm führen, als wir uns der High Street näherten.

Der Regen hatte nachgelassen, aber noch immer fielen kalte Tropfen von den Bäumen und prasselten auf den Schirm. In Anningley waren ein paar Leute unterwegs, und Alex erregte Aufsehen: Ladenbesitzer, die auf ihren Stufen standen, nickten ihm zu, Frauen, die ihre Einkäufe erledigten, reckten die Hälse, Vorhänge in oberen Fenstern zuckten. Alex ignorierte das alles. Stattdessen lehnte er sich dicht an mich, sodass ihn niemand hören konnte, und sprach mit mir.

»Ich habe dir gesagt, dass Mabry ein schmutziges Spiel spielt. Ich hätte sowieso nicht mehr kämpfen können, ich hatte mein Glück als Pilot schon zu lange herausgefordert. Ich bewarb mich darum, als Ausbilder nach England zurückgeschickt zu werden, denn der Air Force fehlte es an Männern, die lange genug überlebt hatten, um die nötige Erfahrung zu sammeln. Ich war dafür bestens qualifiziert, aber mein Antrag wurde abgewiesen. Ich brauchte nicht lange zu überlegen, warum.«

Ich schloss kurz die Augen. Alex hätte nach Hause kommen können, hätte vom sicheren England aus andere Piloten ausbilden können? »Sprich weiter«, brachte ich heraus.

»Es war ein Todesmarsch«, sagte Alex leise, während der Regen auf den Schirm prasselte. »Die meisten Piloten überlebten zwei Monate – ich hatte es geschafft, zwei *Jahre* zu überleben. Ich konnte in einer Kiste nach Hause kommen und dich als Witwe zurücklassen, oder ich konnte Hans Faber werden. Das waren meine Möglichkeiten.«

»Du hast also zugestimmt.«

»Der ursprüngliche Plan«, so Alex, »sah vor, dass Hans Faber ein wohlhabender Geschäftsmann sein sollte, der aufgrund eines Herzleidens nicht kämpfen konnte. Er würde das Land bereisen und angeblich Kameras und Filme an die deutsche Armee liefern, die zur Aufklärung und Überwachung eingesetzt werden sollten. Er trug einen vollständigen Satz Ausweispapiere, eine authentische Dokumentation seines Herzleidens und eine Kameraausrüstung als Verkaufsmuster bei sich. Ein deutscher Staatsbürger, der seinen Geschäften nachging und dabei in aller Stille Fotos für England machte.

»Die Kamera«, stellte ich fest, »und ihre teure Aufbewahrungstasche.«

»Ja. Aber als ich dem Auftrag dann einiges später zustimmte, war die Lage in Deutschland schwieriger, und der Plan musste geändert werden. Du hattest recht, Jo. Als ich dich das letzte Mal verließ, ging ich wieder nach Reims, um mich weiter in verdeckter Arbeit ausbilden zu lassen. Sie gaben mir die Papiere von Hans Faber, obwohl ich dieses Mal nicht herzkrank war. 1918 ging ich als Soldat zurück nach Deutschland.«

Ich hatte das Gefühl, dass uns alle vorhandenen Augenpaare in Anningley beobachteten, angefangen bei den Leuten, an denen wir vorbeigingen. Ich begann mich zu fragen, wie viele von ihnen uns hören konnten. Wir kamen an der Leihbücherei vorbei, und ich zog ihn am Arm. »Rein da«, sagte ich. »Lass uns reingehen.«

Außer der Bibliothekarin, die an ihrem Schalter saß, war niemand hier. Alex klappte den Schirm zu. »Wenigstens sind wir aus dem Regen«, flüsterte er. »Willst du wirklich ein Buch?«

»Hier entlang.« Ich flüsterte ebenfalls und führte ihn in den hinteren Teil des Raums, zu meinen Lieblingsregalen, in denen sich hauptsächlich anspruchslose Romane und Melodramen befanden, und tat so, als würde ich darin schmökern.

»Liest du die?«, fragte Alex neugierig und schaute mir über die Schulter.

»Das geht dich nichts an«, antwortete ich. »Erzähl weiter.«

Er warf einen Blick auf die Bibliothekarin, die in ihrem Sessel ein Nickerchen machte, und fuhr fort, indem er so tat, als würde er über meine Schulter hinweg in die Bücher schauen. »Als wir die Operation schließlich durchführten«, sagte er, »verlief sie ohne Probleme. Ich flog über die feindlichen Linien und sprang mit meinen

Papieren und meiner deutschen Uniform in meinem Rucksack mit dem Fallschirm ab. Als das Flugzeug abstürzte, landete ich und wechselte schnell die Seite. Ich kam als Faber aus dem Wald heraus und begrüßte den ersten Mann, den ich sah, in fehlerfreiem Deutsch und erzählte ihm, dass ich auf dem Weg zu meinem Regiment ein Flugzeug hatte abstürzen sehen. Niemand stellte mich und meine Identität auch nur eine Sekunde lang infrage.«

Ich erschauerte. »Alex, das war verdammt gefährlich. Du hättest getötet werden können.«

Einen Moment lang schwieg er hinter meiner Schulter, dann legte er eine Fingerspitze hinter mein Ohr und zog sie am Rande meines Haaransatzes entlang. »Nun habe ich dich auch noch dazu gebracht zu fluchen.«

Ich wurde rot und nahm mir ein Buch mit dem Titel *Molly of the Plains* aus dem Regal. Es schien von einem jungen Mädchen zu handeln, das von Indianern entführt wurde. »Hans Faber war aber nicht gelistet in einem der existierenden Regimente«, sagte ich. »Wie hast du das gemacht?«

»Im Krieg herrscht Chaos auf dem Boden«, flüsterte Alex in mein Ohr. »Es gibt riesige Menschenmassen, die in die eine oder andere Richtung bewegt werden. Ich war als Bote getarnt, also immer in Bewegung. Ich tat so, als müsste ich immer auf dem Weg zu diesem oder jenem Ort sein, und zwar ganz dringend. Mit genügend plausiblen Details habe ich das hinbekommen. Und wenn ich die Möglichkeit hatte, funkte ich Informationen nach England, wer sich wohin bewegte, welche Nachschublinien und welche Routen sie benutzten.«

Ich konnte mir das nicht vorstellen, von einem Tag auf den anderen so zu leben. »War es besser als bei der Air Force?«, fragte ich. »Oder schlechter?«

Er war so lange still, dass ich nicht dachte, er würde mir antworten. Dann sagte er: »Es war sowohl besser als auch schlechter, würde ich sagen. Schlimmer, weil ich die Geschichte ständig aufrechterhalten und die meiste Zeit sonst wo schlafen musste – ich habe monatelang kaum geschlafen. Weil ich wusste, dass du zu Hause warst und dachtest, ich sei verschollen. Aber auch besser, denn anstatt in die Luft gesprengt zu werden, hatte ich eine minimale Chance, nach Hause zu kommen.«

Ich senkte den Kopf und starrte blind auf das Buch in meinen Händen. »Es hat zu gut funktioniert, nicht wahr? Deshalb bist du auch nicht nach Hause gekommen.«

Ganz sanft legte er seine Handfläche in meinen Nacken und berührte mein Haar fast ehrfürchtig. »Ja«, gab er zu. »Nach dem Krieg haben sie mich nicht mehr gehen lassen. Hans Faber wurde wieder ein reisender Geschäftsmann. Er reiste durch Deutschland, Österreich, Serbien, Belgien. Sie brauchten Informationen, um sie den Diplomaten beim Versailler Vertrag zu übermitteln. Sie mussten wissen, was mit dem Kaiser in Berlin geschah. Sie mussten wissen, was in Italien geschah. Sie brauchten immer irgendetwas, eine Sache nach der anderen. Es sei eine wichtige Arbeit, sagten sie. Eine Arbeit, die das Leben von Tausenden von Menschen beeinflusste – was war dagegen das Leben eines einzelnen Mannes, der nach Hause und zu seiner Frau zurückwollte.«

In diesem Moment hätte ich ihn küssen können. Ich hatte es eine Million Mal getan, so selbstverständlich und leicht wie das Atmen. Ich hätte mich umdrehen und meine Lippen auf seine pressen können, alles spüren, was er dachte, alles in seiner Seele verstehen. Genau hier in der Anningley-Bibliothek, während die Bibliothekarin in ihrem Sessel schlief. Aber als ich mich umdrehte und zu ihm aufblickte, war sein Blick von Schmerz geprägt.

»Ich dachte, es würde leichter sein, zurückzukommen«, sagte er. »Aber ich sehe jetzt, dass ich naiv war. Ich muss den Verräter finden – ich kann nicht ruhen, bis ich ihn gefunden habe. Und ich muss den Mörder von Franny finden.«

Ja, ja, natürlich. Er war nicht wegen mir nach Hause gekommen, nicht ganz. Ich klemmte mein Buch unter den Arm und wandte mich ab.

32

Wir verließen die Leihbücherei und Alex klappte den Schirm wieder auf.

»Ich kannte Franny ihr ganzes Leben lang«, sagte er. »Abgesehen von deiner Mutter, Jo, war sie der am meisten gequälte Mensch, den ich je getroffen habe. Ihr Bezug zur Realität war dürftig, und sie hatte Halluzinationen. Aber sie hatte eine Art von Vitalität an sich, die schwer zu erklären ist. Sie war sehr intelligent, sehr lebendig und manchmal sehr entschlossen. Sie war nicht selbstmordgefährdet.«

»Deshalb glaubst du, dass es Mord war?«, fragte ich.

»Deshalb, und wegen dem Zeitpunkt.« Er schüttelte den Kopf. »Irgendetwas stimmte an diesem Tag nicht. Ich wusste es von dem Moment an, als ich nach Hause kam und erfuhr, dass sie tot war.« Er schaute mich an. »Wenn ich an solche Dinge glauben würde, müsste ich sagen, dass es mich nicht überrascht, dass sie im Haus spukt.«

»Sie trägt ein dunkelgraues Kleid und eine Perlenkette«, sagte ich. »Ihr Haar ist zurückgebunden und mit Nadeln befestigt.

Er schwieg, und ich wusste, dass ich gerade beschrieben hatte, was Frances am Tag ihres Todes getragen hatte.

»Ich habe keine Halluzinationen, Alex. Ich habe Fotografien in ihrem Zimmer gefunden – eine davon war von mir. Das Foto von mir als Künstlermodell. Es war in meinem Koffer, als ich ankam, aber ich fand es zusammen mit zwei anderen, mit einer Nachricht auf der Rückseite. Auf einem der anderen Bilder war Wych Elm House abgebildet, und im Fenster war ein Schatten zu sehen …«

»Genug.« Er seufzte leise, immer noch nicht bereit, zu glauben. »Wir sind uns zumindest einig, dass Frances ermordet wurde. Wir sollten uns als Nächstes auf eine Liste von Verdächtigen einigen.«

»Na schön«, sagte ich. »Die muss mit den Leuten beginnen, die an diesem Tag im Haus waren. Die Liste beginnt also mit Dottie.«

»Du kannst die Dienerschaft hinzufügen, obwohl ich mir nicht sicher bin, was das Motiv für eine solche Tat sein könnte.«

Irgendetwas an diesen Worten löste in meinem Hinterkopf einen Gedanken aus, eine Erinnerung wie ein Jucken, aber ich konnte ihn nicht greifen, nicht hervorholen. »Der Mann im Wald«, fügte ich hinzu.

»Er war nicht im Haus«, erinnerte mich Alex.

»Das wissen wir nicht. Es ist nicht unmöglich, vor allem, wenn er einen Komplizen in der Familie oder in der Dienerschaft hatte. War Robert an diesem Tag zu Hause?«

»Ja«, antwortete Alex. »Er war nicht im Haus, als es geschah, aber er kam kurz danach nach Hause. Er war bei einem Nachbarn gewesen.«

»Hat er das Automobil genommen?«

»Nein, er ist gelaufen. Er war bei den Astleys, eine halbe Meile entfernt.«

»Geht er normalerweise zu Fuß zu den Astleys?« Seit wir zu Hause waren, hatte Robert jedes Mal das Auto genommen, wenn er Freunde besuchte.

»Ich habe keine Ahnung, was Robert normalerweise macht.«

»Hat jemand die Astleys danach gefragt?«

»Das habe ich in der Tat getan«, sagte Alex. »Ich fand es ziemlich praktisch, dass er kaum 20 Minuten nach dem Tod seiner Tochter den Weg aus dem Wald heraufkam. Also habe ich die Astleys selbst besucht. Robert war da gewesen. Du bist nicht die Einzige, die zunächst einmal jeden unter Verdacht stellt.«

Das ignorierte ich. »Konnten sich die Astleys an die genaue Uhrzeit erinnern, zu der er gegangen ist?«

»Nein, nicht ganz genau.«

»Er hätte es also tun können, das Haus verlassen und 20 Minuten später ganz unschuldig zurückkommen können.«

»Ja. Ich verfolge den Gedanken nicht gern, aber ohne ein Alibi mit genauem Zeitplan wäre es möglich.«

»Und du?«, fragte ich. »Wo genau warst du, als es passiert ist?«

»Im Automobil, auf dem Heimweg von diesem Dorf«, antwortete Alex. »Ich kam nur wenige Minuten nach dem Vorfall an. Eines der Dienstmädchen hatte sie fallen sehen und schrie immer noch.« Er blickte zur Seite, sein Kiefer war hart. »Ich war es, der sich um die Leiche gekümmert hat.«

Er musste sie also tot auf den Steinen liegen sehen und sie zugedeckt haben, bis die Polizei kam. Der Gedanke war schrecklich, aber ich musste mein Herz verschließen und klar denken. »Das ist also unsere Liste der Verdächtigen«, sagte ich. »Dottie, Robert, die Bediensteten, der Mann im Wald, du. Der Einzige, den wir mit Sicherheit ausschließen können, ist Martin, weil er in Frankreich war.«

»Nein. Wir können Martin nicht ausschließen.« Er schaute mich an. »Wenn du kalt sein kannst, dann kann ich das auch: Wenn Martin seiner Schwester vom Krankenhausbett in Frankreich aus den Tod gewünscht hat, dann könnte er jemanden beauftragt haben. Er hatte sicherlich die Mittel dazu.«

»Das ergibt keinen Sinn«, sagte ich. »Er hat sie geliebt.« Aber ich erinnerte mich daran, dass Cora mir erzählt hatte, Martin habe alle Briefe verbrannt, die Frances ihm während des Krieges an die Front geschickt hatte. Warum sollte er das tun?

»Liebe und Mord gehen öfter zusammen, als du denkst«, antwortete Alex. »Und du hast noch eine Person vergessen. Wie es der Zufall will, kommt er jetzt gerade.«

Ich schaute nach vorn. Durch den Regen kam eine vertraute Gestalt auf uns zu, den verkümmerten Arm in den Ärmel seines Regenmantels geklemmt. »Das ist Mr. Wilde.«

»Ja, das ist er.«

Ich hatte keine Gelegenheit, Alex zu fragen, was er meinte, denn Mr. Wilde war bereits nahe genug, um es zu hören. »Mrs. Manders«, begrüßte er mich. Er wandte sich an Alex. »Mr. Manders. Wie schön, dass Sie aus dem Krieg zurück sind. Mrs. Forsyth rief mich heute Morgen an und teilte mir die Neuigkeiten mit.«

»Das war schnell von ihr«, sagte Alex.

»Ich bin mit den geschäftlichen Angelegenheiten der Forsyths betraut und der Familie eng verbunden.« Ich wunderte mich über die ausgeprägte Kühle zwischen den beiden, als Mr. Wilde sich mir zuwandte. »Mrs. Manders, Sie sehen heute Morgen gut aus. Unser Tanz gestern Abend hat mir sehr gefallen. Sie tanzen sehr elegant.«

David Wilde war kleiner als Alex, hatte einen dunkleren Teint und war älter, was durch das Grau in seinem Haar noch stärker in den Vordergrund gerückt wurde. Aber ich hatte seine Stärke selbst gespürt, als ich mit ihm getanzt hatte. Seine entstellte Hand steckte wie die letzten Male in ihrem grauen Handschuh am Ende seines Ärmels, und er sah vornehm aus. Gleichwohl bemerkte ich, dass die Dorfbewohner um uns herum ihn nicht ansahen, wenn sie vorbeigingen. Ich erinnerte mich daran, wie beschwipst ich am Abend zuvor in seiner Umarmung gewesen war, wie seine eine Hand auf meiner Taille gelegen hatte.

»Danke«, sagte ich. »Sie waren sehr freundlich.«

»Sie scheinen einen ruhigen Morgen zu haben«, sagte Alex zu Mr. Wilde. »Nicht besonders viel zu tun heute?«

»Ich finde Spaziergänge erfrischend«, antwortete Mr. Wilde. »Meine Tage sind sehr ruhig, wie ich Mrs. Manders erklärt habe.« Er verbeugte sich leicht, wobei er den Kopf fast sarkastisch neigte. »Es ist schön, einen echten, leibhaftigen Kriegshelden nach Hause kommen zu sehen, Mr. Manders. Ich wünsche Ihnen einen schönen Tag.«

»Was in aller Welt habe ich da gerade miterlebt?«, fragte ich Alex, als er wieder außer Hörweite war.

»Wie viel weißt du über David Wilde?«, fragte er mit grimmiger Miene zurück.

»Kaum etwas.«

»Dann weißt du ungefähr so viel wie wir anderen auch. Er ist erst seit fünf Jahren der Anwalt von Tante Dottie, seit ihr letzter Anwalt gestorben ist und er die Praxis übernommen hat. Es gibt widersprüchliche Geschichten darüber, woher er kommt, und er scheint keine anderen Mandanten zu haben.« Er warf mir einen Blick zu. »Er ist ein Frauenheld.«

Ich sah ihn mit offenem Mund an. »Das kannst du doch unmöglich wissen. Und er hat eine Frau.«

»Ich bin ein Mann, also doch, ich weiß es. Und eine Ehe hat nichts mit Schürzenjägerei zu tun, auch wenn die wenigsten Menschen die schwer fassbare Mrs. Wilde je gesehen haben.«

»Dottie vertraut ihm«, sagte ich.

»Vielleicht tut sie das, aber ich traue ihm nicht, und er weiß es. Er war an jenem Tag in Wych Elm House, um sich mit Tante Dottie über geschäftliche Angelegenheiten zu unterhalten.«

Ich runzelte die Stirn. »Aber Dottie sagte, sie war auf der Terrasse, als es passierte. Sie dachte, sie hätte ein Geräusch gehört.«

»Und Wilde saß in der Bibliothek und wartete auf ihre Rückkehr; das behauptet er jedenfalls. Es war niemand bei ihm im Zimmer, als Franny starb.«

Ich drückte eine feuchte, behandschuhte Hand an meine Stirn, dicht unter die Hutkrempe.

»Das ist schrecklich«, sagte ich. »Ich dachte, es gäbe zu wenige Verdächtige, um ein überzeugendes Argument für einen Mord zu haben. Jetzt stelle ich fest, dass es zu viele sind. Ich glaube, ich bin die einzige Person, von der wir mit Sicherheit sagen können, dass sie deine Cousine nicht ermordet haben kann.«

»Ich habe dich immer noch nicht davon überzeugt, dass ich es nicht getan habe, nicht wahr? Vertraust du mir so wenig?« Alex schüttelte den Kopf. »Darauf brauchst du nicht zu antworten. Ich habe gewusst, dass das passieren würde, seit ich dein Gesicht an jenem Tag in der Victoria Station gesehen habe, als ich dich allein gelassen habe, krank mit einer Grippe.«

Ich wich vor ihm zurück und trat unter dem Schirm hervor in den Regen. Ich hatte ihm nie von der Grippe erzählt. »Ich hatte eine Erkältung«, sagte ich.

»Nein.« Die Stimme von Alex wurde düster und trostlos. »Hattest du nicht. Du hattest eine Grippe. Ich wusste es, als ich dein Gesicht sah, als ich spürte, wie das Fieber dich innerlich verbrannte.«

Wir waren stehen geblieben, und er trat näher an mich heran, sah mich mit harten, unversöhnlichen Zügen an. »Verstehst du? Das ist die Art von Ehemann, die du dir ausgesucht hast. Einen Mann, der dich in einem überfüllten Bahnhof mit einer tödlichen Krankheit zurücklassen konnte, um als Deutscher an die Front zurückzukehren. Einen Mann, der sich seinen Befehlen nicht widersetzte, um dir wenigstens ein einziges Telegramm zu schicken oder einen einzigen Anruf zu tätigen, um dein Elend zu beenden. Kein Wunder, dass du dich nicht mehr freust, mich zu sehen.«

»Hör auf damit«, sagte ich. Er war wieder von dieser eisigen Wut gepackt, dieser ungewohnten Verzweiflung, die ich gestern Abend gesehen hatte. »Du hast selbst gesagt, man hätte dich wegen Verrats erschossen.«

Er nahm meinen Arm, sein Griff war fest, aber selbst in seinem Zorn tat er mir nicht weh. »Wir sind hier fertig«, sagte er. »Ich denke, wir haben dem Dorf Anningley genug gezeigt, worüber sie reden können, meinst du nicht auch? Lass uns gehen.«

33

Nach einem schnellen Abendessen, das ich in der Küche hastig eingenommen hatte, um Alex und der Familie im Esszimmer aus dem Weg zu gehen, war ich unterwegs zur Treppe, als ich leise, flüsternde Stimmen hörte. Ich machte einen Umweg durch den Korridor und schaute durch die offene Tür des Frühstückszimmers.

Martin stand eingerahmt in der Tür zur Terrasse, mit dem Rücken zu mir. Die Terrassentür war offen, und er lehnte sich hinaus und sprach mit harschem Unterton zu jemandem draußen. Ich konnte die Worte nicht verstehen, aber die Feindseligkeit in seiner Stimme ließ mich überrascht innehalten. Aus der Dunkelheit draußen antwortete eine Frauenstimme, leise und wütend.

»Geh«, sagte Martin.

Ich sah eine Gestalt durch das Fenster, eine Frau in einem dunklen Rock und Mantel, die sich zurückzog. Martin richtete sich auf und trat näher zur Tür, um sie zu schließen. Ich machte einen Schritt zurück, um mich umzudrehen und zu gehen.

»Cousine Jo«, sagte er.

Ich blieb erschrocken stehen.

Martin schloss die Terrassentür und drehte sich zu mir um. Das Licht des aufgehenden Mondes war hinter ihm und warf Schatten, aber ich konnte sehen, dass er mir ein entschuldigendes Lächeln schenkte. »Nun«, sagte er, »da wären wir. Ich hatte angenommen, du würdest heute Abend mit den anderen zu Abend essen, jetzt, wo Alex zu Hause ist. Aber es sieht so aus, als hättest du dich davor gedrückt, genau wie ich.«

»Es tut mir leid«, stammelte ich. »Ich wollte nicht …«

»Es ist alles in Ordnung.« Er kam auf mich zu. »Ich bin auf dem Weg nach oben, und ich fühle mich nicht wohl. Meinst du, du könntest mich begleiten?«

»Ja, natürlich.« Ich nahm seinen Arm, der sich im Ärmel des weiten Pullovers, den er trug, dünn wie ein Streichholz anfühlte. »Du solltest etwas essen.«

»Unmöglich«, wehrte er ab, als wir aus der Tür traten und den Flur entlanggingen. »Es wird nicht mehr besser, Cousine. Das ist die Wahrheit.« Er schwieg einen langen Moment, als wir die Treppe hinaufgingen. »Ich nehme an, du fragst dich, wer sie war.«

»Das geht mich nichts an«, antwortete ich.

»Trotzdem muss es ja schlimm aussehen.« Er hielt sich mit einer dünnen Hand am Treppengeländer fest und zog sich die Stufen hinauf. »Tatsache ist, dass sie die Frau eines Mannes ist, der hier gearbeitet hat.«

»Ich verstehe«, sagte ich, obwohl ich nicht viel verstand.

»Er war nicht lange hier.« Martin hielt seinen Blick auf die Treppe vor ihm gerichtet. Sein Kiefer war verkrampft, entweder vor Schmerz oder weil er nicht wirklich bereit war, die Geschichte zu erzählen. »Er war einer der Gärtner. Er war ein Trinker, unzuverlässig und neigte zu Wutausbrüchen. Mutter hat ihn nach ein paar Wochen entlassen.«

»Das muss schon eine Weile her sein«, sagte ich. Der Garten war inzwischen völlig zugewachsen, auch wenn Dottie seit ihrer Rückkehr jemanden eingestellt hatte, der das ganze Kraut zu bändigen versuchte.

»Zu Beginn des Krieges, ja. Der Kerl hat die Nachricht zwar nicht gut aufgenommen, aber wie die meisten von uns hat er sich für die Armee gemeldet. Er muss gehört haben, dass ich auch gedient hatte, denn während ich im Krankenhaus lag, hatte er die Dreistigkeit, mir einen Brief zu schreiben, in dem er sich über Mutters Behandlung beschwerte und Geld verlangte.« Er holte tief Luft. »So«, sagte er, als wir den Treppenabsatz erreicht hatten und weiter nach oben gingen. »Ich habe dir gerade etwas gesagt, was ich noch nie einer anderen Seele erzählt habe. Ich glaube, ich werde alle meine Vergehen beichten, bevor ich sterbe.«

»Hör auf, so zu reden.«

»Komm schon, Cousine. Wir wissen beide, dass es ein Wunder ist, wenn ich es bis zur Hochzeit schaffe. Ich habe Mitleid mit Mutter, weil sie so viel Energie in die Planung dieser Sache steckt. Und mit Cora natürlich auch. Aber sie und ich haben uns geeinigt.«

»Ich weiß nicht, was das bedeutet. Die Ärzte …«

»Ich möchte nicht über Ärzte sprechen«, unterbrach er mich. »Willst du nicht die Geschichte vom Gärtner hören?«

»Na gut. Fahr bitte fort.«

Er seufzte. »Er hat mir einen Brief geschickt. Er schrieb, er sei im Krieg verwundet und nach Hause geschickt worden. Er könne nicht mehr arbeiten. Unsere Stelle war die letzte, die er innegehabt hatte, und er sei ungerechtfertigt entlassen worden, ohne Referenzen. Er wandte sich an mich als Mitsoldat und bat um Geld. Ich fand die ganze Bitte absurd, und ich war in meiner eigenen Hölle gefangen. Ich schrieb ihm zurück und sagte Nein.«

»Ich verstehe«, erwiderte ich. Da steckte noch mehr dahinter, und ich glaubte zu ahnen, in welche Richtung es ging. Wir erreichten das obere Ende der Treppe und gingen den Korridor hinunter zu Martins Zimmer. »Und ist die Geschichte damit zu Ende?«

»Das dachte ich damals. Ich habe jedenfalls nie wieder etwas von ihm gehört. Aber erst heute Abend habe ich erfahren, dass die Geschichte damit noch lange nicht zu Ende war.« Sein Atem ging rasselnd von der Anstrengung auf der Treppe; er war in viel schlechterer Verfassung als an dem Tag, an dem er nach Hause gekommen war, seine Gesichtszüge waren von Schmerz gezeichnet. »Die Frau des Mannes hat mir gerade einen Besuch abgestattet, wie du gesehen hast. Sie sagte, er sei nach seiner Heimkehr im August 1917 verschwunden und sie habe ihn seitdem nicht mehr gesehen. Sie glaubt, er ist tot.«

Ich blieb vor seiner Schlafzimmertür stehen. »Der Mann im Wald. Der Mann, der an dem Tag starb, an dem auch Frances starb.«

»Genau, Cousine Jo«, antwortete Martin. »Manövriere mich einfach zum Bett dort drüben, bitte. Ich werde die Kissen richten. Ja, sie glaubt, dass ihr Mann an jenem Tag im Wald gestorben ist. Sie hat darauf gewartet, dass unsere Familie nach Hause kommt, damit sie ihren Anspruch geltend machen kann.«

»Anspruch?«

»Sie will natürlich Geld.« Martin lehnte sich auf dem Bett zurück und stützte sich auf den großen Stapel von Kissen, den er an das Kopfende des Bettes geschichtet hatte. »Sie glaubt, dass Frannys Höllenhund Princer ihren Mann in Stücke gerissen hat, und sie macht unsere verfluchte Familie – wie sie uns nennt – für seinen Tod verantwortlich. Sie will Wiedergutmachung. Sie fängt bei mir an, aber wenn ich nicht zahle, droht sie damit, an die Öffentlichkeit zu gehen.«

Ich zog einen Stuhl heran und setzte mich neben ihn. Er hatte sich auf das Bett gelegt, vollständig bekleidet, die Hände auf dem Bauch. »Es ist ein Bluff«, sagte ich. »Wenn sie wirklich an die Öffentlichkeit gehen wollte, hätte sie das in den letzten vier Jahren jederzeit tun können.«

»Ich stimme dir zu. Es ist so viel einfacher, der Familie privat Geld zu entlocken, nicht wahr? Weniger Aufmerksamkeit und mehr Profit. Kein Risiko, sich lächerlich zu machen, weil man behauptet, ein fiktiver Dämonenhund habe den Ehemann getötet.«

»Du musst zur Polizei oder zum Magistrat gehen«, sagte ich. »Jetzt, wo du die Identität des Mannes kennst. Die Behörden müssen informiert werden.«

»Nur kenne ich sie ja nicht wirklich«, antwortete er. »Ich weiß nur, dass sein Verschwinden mit dem Tod des Unbekannten zusammenfiel. Und selbst dafür habe ich nur das Wort seiner Frau.«

»Was wirst du dann tun?«

»Ich kümmere mich darum«, kam eine Stimme von der Tür her.

Wir wandten uns beide um. Alex stand an den Türpfosten gelehnt und lauschte, die Hände lässig in die Taschen gesteckt.

»Alex!«, rief Martin fröhlich.

Alex richtete seinen Blick auf mich. »Du warst nicht beim Abendessen.«

»Hat es dir gefallen?«, fragte ich unschuldig.

»Himmel, nein. Du hättest mich warnen müssen. Ich hatte keine Ahnung, dass es so unerträglich sein würde.« Seine Stimme wurde leiser. »Tante Dottie hat mir erzählt, dass deine Mutter vergangene Woche gestorben ist. Das hast du mir nicht gesagt.«

Ich wandte den Blick ab. »Das spielt keine Rolle.«

»Doch, das tut es. Sie hat mir auch gesagt, dass du nie zum Abendessen kommst.«

Ich drehte mich zu Martin um, und wir tauschten einen Blick aus. »Martin ist krank«, erklärte ich Alex, »und ich bin nur die Hilfskraft. Wir versuchen, nicht zum Abendessen erscheinen zu müssen, wenn es sich vermeiden lässt.«

Alex' Stimme klang leise verärgert. »Eine weitere Tatsache, die du mir hilfreicherweise nicht erklärt hast.«

»Hört mal«, unterbrach Martin. »Ist alles in Ordnung zwischen euch beiden?«

Alex stieß sich vom Türpfosten ab und betrat den Raum. »O ja«, sagte er. »Einfach klasse, wie deine Verlobte sagen würde.«

Martin legte eine Hand an die Stirn, wie eine der Ohnmacht nahe Frau in einem Film. »Bitte mach dich nicht über Cora lustig. Sie ist ein liebes Mädchen. Überraschenderweise habe ich festgestellt, dass ich sie sehr mag.«

»Dann solltest du froh sein, dass sie mit ihren Eltern nach Hause gefahren ist. Was ist eigentlich in Tante Dottie und Onkel Robert gefahren? Sie gehen sich praktisch gegenseitig an die Gurgel.«

»Es ist schlimmer als je zuvor, da stimme ich zu«, gab Martin zu. »Sie haben nie viel voneinander gehalten, aber Frannys Tod scheint sie beide fertiggemacht zu haben.«

Alex stellte sich neben meinen Stuhl, nahm die Hände aus den Taschen und sah auf Martin auf dem Bett hinunter. »Matty«, sagte er, »du siehst furchtbar aus.«

Zu meiner Überraschung bebte Martins Brust vor leisem Lachen. »So hast du mich nicht mehr genannt, seit wir Jungs waren.« Er sah Alex mit der seltsamen, komplexen Verehrung an, die ich bereits in dem ersten Moment, als ich in den Salon gekommen war, auf seinem Gesicht gesehen hatte, eine Mischung aus Liebe und bitterem Schmerz. »Ich nehme an, du hast mitbekommen, was ich Cousine Jo erzählt habe?«

»Genug jedenfalls.« Ich konnte spüren, wie die Spannung in beiden schwang. »Überlass das mir, Matty. Wie war der Name des Mannes?«

Martin schien zu zögern, blickte in Alex' Gesicht, doch schließlich sprach er die Worte. »George Sanders. Das war der Kerl. Der Name seiner Frau ist Alice. Sie wohnt in Torbram.«

»Und wie viel Geld hat sie verlangt?«, fragte Alex.

»1000 Pfund. Ich hab geantwortet, ich würde darüber nachdenken. Ich wusste nicht, was ich sonst sagen sollte.«

»Ich kümmere mich darum«, sagte Alex leise. »Ruh dich einfach etwas aus.« Er musterte Martin genau. »Du nimmst nichts gegen die Schmerzen«, stellte er fest.

Martin schaute mich kurz an, dann sah er wieder zu Alex auf. Diesmal war sein Lachen bitter. »Ich fürchte, nein, alter Junge.«

Alex wippte auf seinen Fersen vor uns zurück. Er hatte verstanden. »Kann man denn gar nichts tun?«

»Das spielt keine Rolle«, sagte Martin. »Es kümmert mich nicht mehr, ich spiele keine Rolle mehr. Ich will nur bis zur Hochzeit da sein, um Coras willen. Sie wird dann Teil der Familie sein, eine verheiratete Frau, und als richtige Witwe hat sie wenigstens ein paar Möglichkeiten.« Er sah Alex nachdenklich an. »Das ist der einzige Grund, warum ich dich nicht bitte, deine Pistole zu holen und mich aus meinem Elend zu befreien, Cousin.«

Ich saß in schockiertem Schweigen da, und mir drehte sich der Magen um, während Alex die Idee tatsächlich in Erwägung zu ziehen schien.

»Nein«, sagte er schließlich.

»Du könntest es tun«, sagte Martin zu ihm, und die Worte waren ein Flüstern in dem stillen Raum.

»Das könnte ich«, stimmte mein Mann zu. »Aber ich werde es nicht tun.«

Sie sahen sich einen langen Moment lang in die Augen, dann ließ sich Martin in die Kissen zurückfallen und schloss die Augen. »Zur Hölle.« Die Worte kamen mit einem Seufzer heraus.

Er sagte nichts weiter, und nach einem Moment spürte ich, wie Alex' Hand sich um mein Handgelenk legte. Seine Berührung war warm auf meiner kalten Haut. Ich ließ widerstandslos zu, dass er mich von meinem Stuhl hochzog und mich aus dem Zimmer führte, wobei er Martins Schlafzimmertür leise hinter uns schloss.

34

»Ich kann es nicht glauben«, sagte ich zu Alex, als er mich die Treppe hinunter und den Flur entlang zu meinem Schlafzimmer führte. »Das war barbarisch.«

»Ich habe Nein zu ihm gesagt«, argumentierte er.

»Aber du hast darüber nachgedacht. Du hast tatsächlich darüber nachgedacht, ihn zu töten, damit der Schmerz aufhört. Deinen eigenen Cousin.«

Alex zog mich in mein Zimmer und schloss die Tür. »Ich wiederhole – ich habe Nein gesagt. Aber ich würde es sauber machen und schneller als das, was ihn umbringt.«

»Was ist nur in dich gefahren?«, rief ich.

Er hielt immer noch mein Handgelenk fest. Er beugte sich vor, und ich konnte seinen Duft riechen, während ich meinen eigenen Puls in meiner Kehle spürte. »Zieh in den Krieg, Jo. Zieh in den Krieg und sieh zu, wie ein Mann unter Qualen stirbt und nach seiner Mutter schreit, und sag mir dann, dass der Tod nicht barmherzig sein kann.«

Ich erstarrte in seinem Griff. »Hast du Menschen getötet?«, fragte ich ihn. »Als du … ein Deutscher warst? Hast du gekämpft? Hast du als Teil deiner Tarnung englische Soldaten getötet?«

Sein Griff um mein Handgelenk zuckte, er schloss seine Finger fester, ohne nachzudenken. »Nein«, sagte er. »Ich war als Bote getarnt, schon vergessen? Nein, ich habe nicht gekämpft. Damals nicht. Aber ich kann nichts darüber sagen, was ich getan habe, bevor ich Hans Faber wurde, Jo. Frag mich nicht. Ich erinnere mich nicht gern.«

Ich sah in seine blauen Augen und hielt seinen Blick fest. Er war schon immer in allem so gut gewesen – er wäre auch im Töten gut gewesen, selbst wenn er es nicht gewollt hätte.

»Ich war im Krieg«, sagte ich. »Vielleicht habe ich nicht mit Gewehren geschossen oder bin mit dem Fallschirm aus Flugzeugen abgesprungen, aber ich war auch im Krieg. Ich habe Verbände gerollt und Freiheitsanleihen gekauft und mich für rationierte Lebensmittel angestellt. Und ich habe die Verlustlisten gelesen und gewartet, und ich habe nach dem Waffenstillstand an das Kriegsministerium und das Rote Kreuz geschrieben, und … und ich habe deine Sachen zusammengepackt; ich habe sie in Kisten gelegt. Ich …«

»Schätzchen«, sagte er.

Ich riss mein Handgelenk aus seinem Griff. »Du kannst das nicht verstehen.« Tränen brannten in meinen Augen. »Ich habe alles falsch gemacht, verstehst du das nicht? Mutter hätte nicht an diesem Ort sein dürfen. Sie sagten mir, es sei das Beste, aber ich hätte mich dagegen wehren müssen. Sie starb unter Fremden, allein, mitten in der Nacht. Und du …« Ich presste meine Hände auf die Augen, während sich die Tränen verzweifelt und heiß ihren Weg über meine Wangen bahnten. Ich setzte mich auf die Bettkante, die Kraft war aus meinen Beinen gewichen. »Ich habe alle deine Sachen zusammengepackt, deine Kleidung, deine Habseligkeiten, und bin sie losgeworden. Dottie wollte mich auf den Kontinent mitnehmen, und ich hätte mir die Miete für die Wohnung in den drei Monaten, in denen ich weg sein würde, nicht leisten können, und ich …« Ich hörte ihn seufzen, und ich schnappte nach Luft, während die Worte sich ihren Weg aus meiner Kehle bahnten. »Ich hätte es wissen müssen.« Die Scham brannte wie Feuer in mir. »Dass du am Leben warst. Sie haben nie eine Leiche gefunden. Ich hätte daran glauben sollen. *Ich hätte es wissen müssen.* All deine Sachen, die Hemden, die du so gern mochtest, die Manschettenknöpfe, die du in Oxford bekommen hast, der Mantel, den du an dem Tag getragen hast, als wir uns kennenlernten.«

Ich hörte, wie er sich vor mich hinkniete. »Sieh mich an«, sagte er leise.

Aber ich hielt meine Augen geschlossen. »Ich konnte das nicht mehr«, gestand ich. »Konnte das alles nicht mehr. Ich hätte Dottie anflehen können, die Sachen aufzubewahren, aber die Wahrheit ist, ich konnte nicht. Ich konnte es einfach nicht. Die Kamera habe ich behalten, aber alles andere … sogar mein lavendelfarbenes Wollkleid. Ich konnte es mir nicht mehr ansehen. Und das tut mir so leid.«

Seine Hände glitten über meine, hoben sie sanft von meinem Gesicht. Ich blinzelte ihn an, sein Gesicht zersplitterte und zerrann, während ich immer noch mit meinen Tränen kämpfte. Er sprach nicht. Stattdessen legte er seine Hände sanft auf meinen Hals, seine Finger drückten sich in mein Haar, seine Daumen fuhren an meinem Kinn entlang. Er beugte sich vor, und einen Moment lang spürte ich seinen Atem auf der Haut meines Halses, direkt unter meinem Ohr. Dann küsste er mich dort.

Meine Reaktion war so unmittelbar und so überwältigend, dass ich nach Luft schnappte. Ich konnte mich nicht bewegen. Er hielt mich fest und drückte Küsse auf meinen Nacken, langsam, mich auskostend. Alles in mir brannte lichterloh – das Blut in meinen Adern, die Tränen in meinen Augen, der Atem in meiner Lunge, die Oberfläche meiner Haut. Alles brannte für ihn, und als er mich schließlich auf die Lippen küsste, hörte ich auf zu denken.

Er drückte mich zurück auf das Bett, sein Gewicht auf mir, warm und vertraut. Ich reckte mich ihm entgegen, als er mich sanft in die zarte Haut biss, wo mein Hals auf mein Schlüsselbein traf, und seine Hände schoben den Saum meines Rocks hoch. Dann fuhren seine Finger geschickt über die Innenseiten meiner Oberschenkel, und meine Hände krallten sich in die Falten seines Hemdes, während ich an seinem Hals stöhnte.

Ich brauchte nur wenige Minuten. Als ich fertig war, half ich ihm, seine Hose zu öffnen, meine Unterwäsche herunterzuschieben, und dann war er an der Reihe. Wir sprachen beide nicht. Ich schlang meine Beine um ihn und reckte mich ihm wieder entgegen, und er kam mir Welle für Welle entgegen, eine Hand hart an meiner Hüfte durch den Stoff meines Rocks, sein Atem rau an meinem Ohr. Es war vielleicht nicht langsam oder anmutig, aber es waren *wir,* jeder träge verregnete Nachmittag, jede abenteuerliche Nacht und jeder verschlafene Morgen, den wir je erlebt hatten. Danach blieb er auf mir liegen, während wir beide auf der zerknitterten Bettdecke wieder zu Atem kamen.

Er stützte sich auf die Ellbogen und sah auf mich herab. »Gab es noch jemanden?«, fragte er.

Ich blinzelte ihn verblüfft an. »Ist das eine ernsthafte Frage?«

»Ja. Das ist es verdammt noch mal.«

Ich drückte meine Hände gegen seine Brust und schob ihn von mir. Dann stand ich auf und ging zu dem Waschtisch an der Wand.

»Diese Frage hat mich drei Jahre lang nachts wachgehalten«, sagte Alex in meinem Rücken. »Colonel Mabry sagte, es scheine nicht, als hättest du einen anderen, aber …«

»Colonel *Mabry?*« Ich hielt den Wasserkrug in der Hand und hielt vor Empörung inne, bevor ich das Wasser in die Schüssel goss. »Du hast mich von Colonel Mabry *beobachten* lassen?«

»Nicht so ganz«, antwortete Alex. »Er hat mich auf dem Laufenden gehalten, aber seine Meldungen waren sehr vage. Und ich weiß nie, wann Mabry lügt.«

Ich erinnerte mich daran, was er gesagt hatte, als er vorgeschlagen hatte, dass wir auf Kreta heiraten. *Es geht verdammt noch mal niemanden etwas an, was ich tue.* Ich hatte gedacht, er wolle Dotties Neugierde entgehen, aber jetzt wusste ich es besser. Es war Colonel Mabrys Beobachtung, der er hatte entgehen wollen. Ich wrang das Tuch aus und tupfte schnell die Innenseiten meiner Oberschenkel ab, mit dem Rücken zu ihm. Ich war zu wütend, um zu sprechen.

»Fragst du dich das nicht auch?«, fragte er.

»Nein«, antwortete ich, und das Wort kam scharf heraus. Ich konnte den Gedanken nicht ertragen, dass hübsche blonde deutsche Mädchen Alex wie Welpen hinterhergelaufen sein mussten. Er hatte sich ihrer sicher erwehren müssen. »Ich will es nicht wissen.« Ich spülte das Tuch aus und wrang es erneut aus. Meine Hände zitterten.

Ich hörte, wie er vom Bett aufstand und seine Kleidung zurechtrückte. »Verdammt noch mal, Jo. Ich scheine einfach nicht mehr das Richtige zu dir sagen zu können.«

Ich ließ meinen Rock fallen und hob meine Unterwäsche vom Boden auf. »Wir sollten das nicht noch einmal machen.«

»Da bin ich ganz anderer Meinung.«

»Ich könnte ein Kind bekommen.«

Er hielt inne, und ich wusste, dass ich ihn verwundet hatte. »Früher wolltest du ein Kind«, sagte er.

»Das stimmt.« Ich richtete mich auf und sah ihn endlich wieder an. »Will ich auch immer noch. Aber nicht hier. Nicht an diesem Ort.« Der Gedanke an ein Baby in Wych Elm House war schlicht und ergreifend schrecklich.

»Dann werden wir fortgehen.« Alex schritt auf mich zu. »Ich habe jetzt Geld, Jo. Sie haben mir viel gegeben für die Arbeit, die ich getan habe. Wir müssen nicht hierbleiben. Wir können überall hingehen.«

»Wir können nicht fortgehen«, protestierte ich. »Nicht jetzt. Martin ist todkrank, die Ehe von Dottie und Robert ist eine Katastrophe, und jemand hat deine Cousine ermordet. Wir können nicht einfach weggehen.«

Frustriert fuhr er sich mit der Hand durch die Haare. »Na schön. Aber ich fahre morgen nach Torbram, um diese Alice Sanders zu treffen. Kommst du mit mir?«

Ich hielt inne. Dottie erwartete, dass ich morgen wie üblich pünktlich um acht Uhr auftauchen und für sie arbeiten würde. »Ja«, sagte ich. »Ich komme mit. Und es gibt eine Frau im Dorf, die wir auch aufsuchen sollten. Ein Dienstmädchen, das bis zu Frances' Tod hier gearbeitet hat.« Ich erinnerte mich an meine Begegnung mit den Bainses im Postamt. »Petra Jennings ist ihr Name. Die Postmeisterin hat sie mir gegenüber erwähnt. Sie sagte, das Mädchen sei nach Frannys Tod entlassen worden, und sie würde nie darüber sprechen. Sie glaubt, dass die Familie ihr mit etwas gedroht hat.«

»Dann werden wir auch mit ihr sprechen«, sagte Alex. »Torbram ist mehrere Stunden Fahrt entfernt, und das Wetter wird morgen nicht gut sein. Wir werden über Nacht bleiben müssen.« Er sah mich an, sein Gesichtsausdruck war jetzt beherrscht, zeigte keine Gefühle.

Das würde bedeuten, dass ich einen weiteren Tag meinen Pflichten nicht nachkommen konnte. »Ich werde mitkommen.«

An diesem Abend zeigte ich ihm das Skizzenbuch. Er blätterte es durch, wobei er die Reste der aus dem Buchrücken herausgerissenen Seiten sorgfältig betrachtete. Ich zeigte ihm die Fotos, die Handschrift darauf, den Schatten im Skizzenbuch, der mit dem Schatten auf dem Bild von Martin und Frances übereinstimmte. Er sah sich alles an, ließ nichts aus und sagte mir dann mit sanfter Stimme, dass jeder das Bild aus meinem Koffer genommen und die Notizen geschrieben haben könnte, um mir Angst zu machen. Er glaubte, der Schatten im Fenster sei nur ein Trick des Lichts.

Ich ließ ihn wieder oben auf der Decke schlafen. Und ich träumte von einer Tür in einer dicken, überwucherten Mauer, das Schloss schwarz vor Schimmel. Ich versuchte, das Schloss aufzuhebeln, aber meine Finger rutschten auf dem Metall ab und meine Knöchel begannen zu bluten. *Ich habe meine Meinung geändert,* sagte Alex hinter mir. *Gib mir die Waffe. Ich habe es mir anders überlegt.* Dann war die Tür verschwunden, und ich stand auf dem oberen Türmchen von Wych Elm House und sah zu, wie totes Laub vor mir aufgewirbelt wurde, während der kalte Wind mir ins Gesicht wehte. Und als die Hände mich hinabstießen und das Kopfsteinpflaster auf mich zustürzte, blieb mir keine Zeit zu schreien.

35

Ich wollte Dottie am nächsten Morgen um Urlaub bitten, aber als ich die Treppe hinunterkam, war sie nicht wie üblich im Frühstückszimmer. Stattdessen fand ich sie im großen Salon, wo sie mit Colonel Mabry saß.

In der Tür blieb ich abrupt stehen. Mein Entsetzen mochte sich in meiner Miene gezeigt haben, aber Dottie bemerkte es nicht. Sie trug einen ihrer äußerst säuerlichen Blicke, der verriet, dass ihr etwas nicht gefiel.

»Manders«, sagte sie, »Colonel Mabry ist gekommen, um dich zu sehen.«

Ich zwang mich, ihn anzuschauen. Er saß aufrecht auf seinem Platz auf dem Sofa, den Hut auf dem Schoß, die hellen, unerbittlichen Augen auf mich gerichtet.

»Wie bitte?«, fragte ich.

Der Tonfall von Dottie war fast schon angewidert. »Er möchte die Werke in der oberen Galerie besichtigen, und er hat darum gebeten, dass du ihn begleitest. Bitte führe ihn herum und zeige ihm die Werke, die ihn interessieren.«

Wieder sah ich den Colonel an. Er wusste, dass Alex nach Hause gekommen war. Und doch war er hier und wollte mich sehen, nicht meinen Mann. Ich straffte die Schultern. Vielleicht würde dem Colonel nicht alles gefallen, was ich zu sagen habe.

»Gewiss«, brachte ich zwischen zusammengebissenen Zähnen hervor. »Colonel, bitte folgen Sie mir.«

»Mrs. Manders«, sagte er leise, als wir die Treppe hinaufstiegen, »bitte entschuldigen Sie mein Eindringen. Die kleine Täuschung war notwendig. Ich möchte dringend mit Ihnen über eine bestimmte Angelegenheit sprechen.«

»Ist das so?«, fragte ich, die Hand auf dem Geländer und den Blick auf den oberen Teil der Treppe gerichtet. »Ich kann mir nicht vorstellen, worum es sich dabei handeln könnte.«

»Eigentlich glaube ich, dass Sie das sehr genau wissen.«

Eines der Dienstmädchen ging an uns vorbei, und wir schwiegen, bis ich ihn auf die Empore führte. Das Personal war gestern damit beschäftigt gewesen, die Dekoration von der Verlobungsfeier herunterzunehmen, und die Galerie war wieder in Ordnung gebracht worden, die Lichterketten und das erhöhte Podest waren verschwunden. Dotties Kunstwerke säumten die hohen Wände. Ich konnte kaum glauben, dass die Verlobungsfeier erst vor zwei Tagen stattgefunden hatte.

»Ich habe Ihnen nichts zu sagen«, sagte ich dem Colonel, als wir unbeobachtet vor den Gemälden an der ersten Wand standen. »Sie haben mich angelogen, Colonel. Zum wiederholten Male. Dachten Sie, ich würde das einfach vergessen?«

Er war nicht im Geringsten pikiert. »Manche Unwahrheiten sind unerlässlich, Mrs. Manders.«

»So zu tun, als hätten Sie meinen Mann nie gekannt? Mir seine Akte zu zeigen, als ob Sie nicht wüssten, dass er noch lebt?«

Er stand groß und aufrecht neben mir, den Hut in der Hand. »Ich würde sehr gern wissen, wie viel Alex Ihnen erzählt hat.«

»Sind Sie deshalb heute hierhergekommen und haben dieses alberne Täuschungsmanöver durchgeführt?« Ich schlenderte zur nächsten Wand mit den Gemälden. Meine Wut war gleichmäßig, wie ein kleiner Wasserstrahl, der aus einem großen Damm austrat. »Um mich das zu fragen?«

»Nicht ganz.«

»Warum dann?« Ich drehte mich zu ihm um, obwohl ich wusste, dass es sinnlos war, ihn etwas zu fragen. Er würde mir nur das sagen, was er mich hören lassen wollte, aus Gründen, die ich nie erfahren würde. »Warum sind Sie überhaupt gekommen, um mich kennenzulernen, ganz zu Anfang? Warum saßen Sie mit Mrs. Forsyth zusammen und gaben vor, sich für ihre Bilder zu interessieren, um mich zu beobachten? Warum haben Sie sich bereit erklärt, sich mit mir zu treffen und die gesamte fiktive Akte meines Mannes im Kriegsministerium durchzugehen? Warum das alles?«

Colonel Mabry wandte sich von mir ab und schlenderte langsam an der Galeriewand entlang. »Na schön«, sagte er. »Ich bin gekommen, weil ich Sie mit eigenen Augen sehen wollte, Mrs. Manders. Ich wollte sehen, was für eine Frau Sie sind. Ich war einfach neugierig.«

»Auf mich?« Ich folgte ihm, meine klackenden Absätze hallten auf dem leeren Fliesenboden wider. »Das ist doch lächerlich. Sie wussten bereits alles, was es über mich zu wissen gab – und alles, was Sie nicht wussten, konnten Sie herausfinden. Sie wussten, dass ich ihn für tot hielt. Sie wussten, wo ich wohne. Sie wussten, dass ich als Mrs. Forsyths bezahlte Gesellschafterin arbeitete.« Er blieb stehen und blickte wieder auf die Bilder, und ich wollte ihn schütteln. »Alex ist nach Hause gekommen, um Ihren Auftrag zu beenden. Ich weiß nicht, was das mit mir zu tun hat.«

Er sah mich zum ersten Mal an, der Ausdruck in seinen Augen war fast als Überraschung zu erkennen. »Sie glauben nicht, dass er wegen Ihnen nach Hause gekommen ist?«

»Ich glaube, er kam aus mehreren Gründen nach Hause, von denen nur einige mit mir zu tun hatten.«

Er betrachtete mich noch einen langen Moment, dann blickte er mit einem hörbaren Seufzer erneut auf die Bilder. »Mrs. Manders.« Seine Stimme war ruhig und sachlich. »Vielleicht sollte ich Ihnen etwas erklären. Sie sind, um ehrlich zu sein, seit 1914 der Fluch meiner Existenz.«

Ich starrte ihn mit offenem Mund an. »Ich bitte um Verzeihung?«

»Wie ich Alex kenne«, sagte Colonel Mabry, »hat er Ihnen alles erzählt, auch wenn er das nicht darf. Ich gehe also davon aus, dass es Sie nicht schockiert, wenn ich sage, dass ich in meiner Laufbahn mit sehr vielen Undercover-Agenten zu tun hatte, Mrs. Manders. Was Sie wahrscheinlich nicht verstehen, ist, dass die meisten von ihnen inkompetent sind.«

»Ich kann Ihnen nicht folgen.«

Er seufzte erneut enttäuscht auf. »Sie sind ungeschickt, um ehrlich zu sein. Sie gehen nicht dorthin, wo man sie hinschickt. Sie ignorieren sachdienliche Einzelheiten und geben uns irrelevante Informationen. Sie lassen ihre

Koffer im Zug stehen und verlieren wichtige Dokumente. Sie schreiben geheime Dinge in Briefen an ihre Liebsten auf. Sie bitten um eine Gehaltserhöhung. Sie trinken zu viel und beginnen zu prahlen. Sie geben Dinge an den Feind weiter. Sie verschwinden.« Er schüttelte den Kopf. »Es ist äußerst schwierig, jemanden zu rekrutieren, der auch nur annähernd vertrauenswürdig ist. Ich vergeude sehr viel Zeit mit diesen Dingen. Aber nicht mit Ihrem Mann, Mrs. Manders. Trotz seines Versagens hier im Jahr 1917 ist Alex der beste Rekrut, den ich je hatte.« Er schaute mich wieder an. »Verstehen Sie? Ich habe jeden Tag mit Inkompetenz zu tun, aber Alex hat jahrelang für mich gearbeitet und nur einen einzigen Auftrag nicht erfüllt. Er speichert jede Anweisung in seinem Hirn. Er löst Probleme. Seine Instinkte sind unübertroffen. Er macht sich Vorwürfe, weil er den Verräter nicht gefunden hat, aber Ihr Mann hat *drei Jahre lang* Seite an Seite mit dem Feind gelebt, ohne einen einzigen Fehler zu machen. Verstehen Sie jetzt, wie außergewöhnlich das ist?«

Ich war dabei, es zu tun. »Und nun ist er ausgeschieden, und Sie geben mir die Schuld dafür.«

»Ich gebe Ihnen die Schuld, weil Sie der Grund dafür sind. Er hat immer wieder gebockt, weil er unglücklich war. Er kam 1914 zu mir und quittierte den Dienst, weil er Sie heiraten wollte. Wir standen am Rande des Krieges, aber er ging trotzdem. Dann meldete er sich bei der Royal Air Force, womit garantiert war, dass er im Gemetzel enden würde, anstatt für mich zu arbeiten, weil er Sie beeindrucken wollte.«

»Er wollte mich nicht beeindrucken«, widersprach ich.

»O doch, das wollte er. Er wollte ehrenhaft dienen, sagte er. Er schaffte es, zwei Jahre im Krieg zu überleben, bevor ich ihn überredete, sein eigenes Leben zu retten und auszusteigen.«

»Sie hätten ihn retten können!«

Ich war jetzt hitzig, jede vorgetäuschte Höflichkeit war dahin. Meine Stimme hallte von den hohen Wänden der Galerie wider.

»Er wollte nach England zurückkehren, um Ausbilder zu werden, aber Sie haben es verhindert!«

»Weil es nicht reicht, den Krieg zu überleben«, erklärte Mabry. Die Röte auf seinen aristokratischen Wangenknochen war die einzige Emotion, die er zeigte. »Man muss ihn auch *gewinnen*. Ich konnte nicht zulassen, dass mein bester Mitarbeiter weitere Männer für den sicheren Tod ausbildet, während der Feind am Gewinnen war. Das war für meine Vorgesetzten inakzeptabel, und es war auch für mich inakzeptabel.«

»Gut«, sagte ich. »Sie haben Ihren Willen bekommen. Er hat für Sie gearbeitet. Aber der Krieg ist schon seit drei Jahren vorbei. *Wir haben gewonnen.* Lassen Sie ihn doch einfach nach Hause kommen. Es gibt nichts mehr für ihn zu tun.«

»Es gibt«, sagte er kalt, als wäre ich ein Kind, »noch sehr viel für ihn zu tun, wie Sie es ausdrücken. Es gibt immer etwas zu tun, damit England sicher bleibt. Sie mögen glauben, dass die Welt jetzt, wo der Krieg vorbei ist, zu einer Gartenparty geworden ist, aber da würden Sie sich vollkommen irren.«

»Das glaube ich nicht«, schnauzte ich. »Aber Deutschland ist ruhig. Und Deutschland ist der Ort, an dem

Alex' Expertise liegt. In Moskau oder Japan können Sie ihn nicht gebrauchen.«

»Wo ich meinen Mitarbeiter einsetzen möchte, geht nur die Regierung etwas an, Mrs. Manders, nicht Sie.« Er drehte sich zu mir um. »Und damit kommen wir zum Kern der Sache. Ich bitte Sie, ihn mir zurückzugeben. Geben Sie ihn seinem Land zurück.«

»Nein«, sagte ich sofort. »Das werde ich nicht tun.«

»Es gibt einen großen Bedarf im Kampf gegen den Kommunismus. In Russland. In Spanien.«

»England kann den Kommunismus auch ohne ihn bekämpfen«, schoss ich zurück. »Rekrutieren Sie jemand anderen und bilden Sie ihn aus. Wenn Sie einen Russen wollen, nehmen Sie Casparov. Als Anwalt hat er sowieso nicht viel zu tun.«

Es gab einen winzigen Moment der Überraschung, und dann sagte Mabry: »Ich sehe, Alex hat Ihnen tatsächlich mehr erzählt, als er hätte tun sollen. Casparov war einer der Ungeschickten, Mrs. Manders. Und auf jeden Fall kann ich ihn nicht einsetzen, denn Casparov ist tot. Wir haben ihn 1918 erschossen an seinem Schreibtisch gefunden.«

Ich schluckte meinen Schock hinunter. »Und Sie möchten, dass mein Mann ihn ersetzt?«, fragte ich. »Nein. Er ist müde, Colonel.« Ich wusste, dass es stimmte – es kam in Alex' neuer Bitterkeit zum Vorschein, in der trostlosen Wut, die sich manchmal in seine Stimme schlich. »Er ist erschöpft. Er ist in dieses Haus gekommen, um den Auftrag zu beenden, den Sie ihm gegeben haben, um den Tod seiner Cousine aufzuklären und das aus der Welt zu schaffen, und das ist alles.«

»Glauben Sie, dass er glücklich sein wird?« Ich konnte die Verzweiflung in Colonel Mabrys Stimme hören, eine weitere noch nie dagewesene Gefühlsäußerung. »Glauben Sie, dass ein Mann wie er die nächsten 40 Jahre damit zufrieden sein wird, die Nachrichten zu lesen und abends mit seinen Kindern Radio zu hören?«

»Ja, wenn er es will. Sie haben gerade angedeutet, dass mein Mann fast alles tun kann, was er sich vornimmt. Wenn er sich vornimmt, mit seinen Kindern Radio zu hören, dann bin ich sicher, dass er das auch kann. Wenn er lieber für Sie arbeiten möchte, dann wird Alex es mir sagen. Bis dahin sollten Sie uns besser in Ruhe lassen.«

Es waren kühne Worte, aber als der Colonel sich verabschiedete und wir die Treppe hinuntergingen, waren meine Schritte unsicher. Draußen verschwand die schwache Spätherbstsonne hinter einer bedrohlichen Wolkenbank, als Colonel Mabry mit zügigem, förmlichem Gang auf seinen Wagen zuging und seinen Hut mit einer knappen Bewegung zurück auf den Kopf setzte.

Dottie war nicht in der großen Stube, also ging ich auf wackeligen Beinen ins Frühstückszimmer, wo ich Alex beim Lesen der Zeitung fand. Er saß halb auf dem Tisch, ein langes Bein angewinkelt, und sein großer Körper lehnte an der Balkontür hinter ihm.

»Da bist du ja«, sagte er. »Hast du mit Tante Dottie gesprochen? Pack eine Tasche mit Sachen zum Übernachten. Wir sollten uns auf den Weg machen.« Er blickte auf. »Irgendetwas hat dich aufgeregt. Was war es?«

Einen Moment lang konnte ich nicht sprechen. Ich schritt zur Terrassentür und blickte hinaus auf die

Terrasse, presste die Handflächen zusammen und versuchte, das Zittern meiner Hände zu stoppen. Ich holte tief Luft.

Hinter mir hörte ich ein Rascheln, als Alex die Zeitung weglegte und aufstand. »Jo?«

Ich drehte mich um und ging auf ihn zu. Ich legte meine Hände um seinen Nacken, und er ließ sich von mir herunterziehen und küssen, aber der Kuss hatte etwas Hartes, Verzweifeltes an sich, und als wir uns trennten, war sein Blick dunkel und wachsam.

»Möchtest du mir das erklären?«, fragte er.

Ich ließ meine Hände fallen. »Danke, dass du nach Hause gekommen bist.«

»Ich sagte doch, dass ich zurückkommen würde.«

»Das weiß ich.« Mein Blick fiel auf die Zeitung. *Glauben Sie, er wird die nächsten 40 Jahre damit zufrieden sein, die Nachrichten zu lesen und abends mit seinen Kindern Radio zu hören?* Wenn wir keine Kinder bekommen würden, hätte er nicht einmal das. Ich hatte nicht die Absicht gehabt, mit Colonel Mabry über meine ausgebliebene Empfängnis in den vergangenen Jahren zu sprechen.

Das Geräusch von Dotties Oxfordschuhen, die sich auf dem Flur mit schweren Schritten näherten, unterbrach die deprimierende Wendung meiner Gedanken. Sie blieb in der Tür stehen und starrte uns mit zusammengekniffenen Augen an.

»Alex«, sagte sie, »hör auf, deine Frau so anzuschauen. Ich bevorzuge Anstand in diesem Haus. Manders, pass auf.«

»Ja, Dottie«, sagte ich.

»Eines der Dienstmädchen hat mir erzählt, dass Colonel Mabry abrupt abgereist ist. Ich muss wohl annehmen, dass er kein Gemälde gekauft hat.«

Ich spürte, wie Alex neben mir überrascht zusammenzuckte, aber ich sagte: »Nein, das hat er nicht. Es tut mir leid.«

»Ich verstehe. Ich hoffe natürlich, dass seine Entscheidung nichts mit deinem Verhalten zu tun hat.«

»Nein, Dottie.«

»Dann waren seine Absichten nicht so aufrichtig, wie er mich glauben ließ, was ich missbillige. Ich mag es nicht, wenn meine Zeit verschwendet wird, wie du weißt. Komm bitte in die Bibliothek und lass uns mit der Arbeit beginnen, denn ich muss eine Hochzeit planen. Alex, geh jetzt und amüsiere dich.«

Als sie sich abwandte und den Korridor zurückging, wandte sich Alex an mich. »Wovon zum Teufel hat sie gesprochen?«

»Ich werde es dir erklären«, sagte ich. »Lass mich mit Dottie reden.« Ich folgte ihr durch den Korridor in die Bibliothek.

36

Ich kam in die Bibliothek und probte in meinem Kopf, was ich sagen würde, aber Dottie ergriff das Wort, bevor ich Gelegenheit dazu hatte. »Du brauchst es nicht zu sagen, Manders. Ich weiß es schon.«

Ich hätte wissen müssen, dass sie mir zuvorkommen würde. »Ich brauche nur heute frei, Dottie, und dann morgen …«

»Sei keine Närrin«, sagte sie. Sie hatte sich hinter ihren Schreibtisch zurückgezogen und sortierte ihre Papiere. »Das habe ich bestimmt auch nicht vor. Du willst kündigen.«

»Das hatte ich eigentlich nicht vor.«

»Hattest du nicht?« Dottie fand ihre Zigarettenspitze unter den Papieren – ihr Schreibtisch war untypisch unordentlich – und öffnete ihr silbernes Zigarettenetui. »Dann hast du wohl nicht mitbekommen, was in den letzten Tagen passiert ist. Dein Mann ist nach Hause gekommen. Deine Kündigung war nur eine Frage der Zeit.«

Ich zog den Stuhl an meinen Schreibmaschinentisch heran und setzte mich. »Dottie, du brauchst keine bezahlte Gesellschafterin. Ich bin mir nicht sicher, ob du das jemals getan hast.«

Sie drehte eine Zigarette in den Halter und schaute mich scharfsinnig an. »Ich muss eine Hochzeit planen«, sagte sie erneut. »Die Verlobungsfeier war ein Erfolg, obwohl mein Neffe ein schreckliches Gespür für den falschen Zeitpunkt hat. Aber die Hochzeit wird etwas ganz anderes werden. Sie wird das Ereignis der Saison sein, und ich möchte, dass sie noch vor Weihnachten stattfindet. Vielleicht brauche ich keine bezahlte Gesellschafterin, aber eine Assistentin wäre nützlich gewesen.«

»Dann helfe ich dir«, sagte ich und überraschte mich selbst, als die Worte über meine Lippen kamen, »aber ich werde nicht für dich arbeiten. Ich werde kein Geld dafür nehmen. Wie hört sich das an?«

Der Stuhl hinter ihrem Schreibtisch knarrte, als sie sich schnell darauf fallen ließ. Sie zündete sich eine Zigarette an, lehnte sich zurück und betrachtete mich. »Du bist jetzt aber sehr großzügig.« In ihrer Stimme schwang eine Emotion mit, die ich nicht deuten konnte. »Ich weiß, dass es neben Alex' Rückkehr noch etwas gibt, das dich beschäftigt. Du bist eine schlechte Lügnerin, Manders. Sag es mir einfach.«

Ich schluckte. Natürlich wusste Dottie, dass da etwas war – sie konnte mich immer durchschauen. Ich konnte ihr nicht davon erzählen, dass Frances vom Dach gestoßen worden war, oder von dem Mann im Wald, oder von der Reise nach Torbram, noch nicht. Nicht, bis es etwas Konkretes zu erzählen gab. Aber ich war ihr etwas schuldig. »Es geht um Frances«, sagte ich.

Für einen kurzen Moment verfinsterte sich ihr Gesicht, doch dann riss sie sich wieder zusammen. »Du weißt, dass ich nicht über Frances sprechen möchte.«

»Du denkst, ich verstehe sie nicht, oder was du durchgemacht hast, was sie erlitten hat. Aber das tue ich.«

»Ist es das, was du glaubst?«, sagte Dottie. »So einfach ist es nicht. Es gibt keine rührselige Verbindung zwischen dir und mir wegen deiner Mutter. Die Fälle waren völlig unterschiedlich. Die Tatsache, dass du all diese Jahre mit deiner Mutter erlebt hast, bedeutet nicht, dass du sie verstehst.«

Ich beobachtete, wie sie die Zigarette in den Aschenbecher legte, ihre Bewegungen waren bedächtig. Ich merkte, dass sie erschüttert war. »Es ist nicht nur das«, sagte ich. »Ich verstehe Frances, weil ich sie gesehen habe. Hier im Haus. In den Wäldern. Ihren Hund Princer … Ich habe sie beide gesehen. Sie trägt ein graues Kleid und eine Perlenkette.«

»Ist das so?« Ihre Stimme war brüchig. »Du glaubst, du hast den Geist meiner Tochter gesehen?«

»Den habe ich gesehen«, bestätigte ich.

»Nun.« Sie war einen langen Moment lang nachdenklich, ihr Blick weit fort. »Weißt du, ein Teil von mir dachte … Ich dachte, sie würde vielleicht …« Sie schüttelte den Kopf. »Sie hat so oft die Toten gesehen. Nach ihrem Tod fing ich an, mich zu fragen … Deshalb konnte ich bis jetzt nicht zurück zu diesem Haus kommen. Wie lange siehst du sie schon?«

»Seit dem ersten Tag. Wenn auch nicht ständig.«

»Ich habe ihr diese Perlen zum Geburtstag geschenkt«, sagte Dottie. »Ich habe sie damit begraben. Wo ist sie? Wo im Haus?«

»Sie erschien in der kleinen Stube. So klar, wie du jetzt vor mir sitzt.«

»Ich verstehe. Sieht sie aus wie …?« Sie konnte die Worte nicht beenden.

»Sie sieht genauso aus wie an ihrem letzten Tag, da bin ich mir sicher.«

Das tat ihr weh, aber sie schluckte es hinunter. »Fragt sie nach mir? Ich bin ihre Mutter. Ich würde es wissen … Ich würde wissen, was sie will.«

Sie wurde ermordet. Deine Tochter wurde ermordet, und du bist einer der wenigen *Menschen, die es hätten tun können.* Aber ich schüttelte nur den Kopf. »Sie spricht nicht.«

»Ich verstehe.« Sie schien sich Stück für Stück wieder zu fangen. »Nun, das ist schon ein Grund, so verrückt es auch klingen mag.« Sie schaute mich an. »Geh Alex suchen und dann tut, was immer ihr beiden mir verschweigt. Den Rest werden wir morgen besprechen.«

»Danke. Du bist sehr gut zu mir gewesen.«

»Manders, geh jetzt.«

Das tat ich, aber als ich das Zimmer verließ, konnte ich mich des Gefühls nicht erwehren, dass es das letzte Mal war. Ich warf einen Blick auf den Schreibtisch, die Regale mit den ungelesenen Büchern, meinen kleinen Schreibtisch mit der Schreibmaschine unter der Abdeckung. Was auch immer als Nächstes kommen mochte, meine Tage als bezahlte Gesellschafterin waren vorbei.

»Es gefällt mir nicht, wie sie mit dir redet«, sagte Alex, als wir auf dem Weg nach Anningley waren. Er hatte sein eigenes Automobil – eine Leihgabe der britischen Regierung, wie ich annahm – und er fuhr, während ich auf dem Beifahrersitz saß.

»Tante Dottie. Sie nennt dich ständig Manders.«

Ich beobachtete die Landschaft, die Blätter, die von dem kalten Wind, der vom Meer heraufstieg, von den Bäumen geweht wurden. »Es ist eine Gewohnheit«, sagte ich.

»Ich werde mit ihr darüber sprechen.«

»Das ist nicht nötig. Ich bin daran gewöhnt.« Ich lehnte mich in dem bequemen Sitz zurück. Das Automobil war schön, die Sitze aus weichem Leder. »Tatsächlich mag ich es sogar.«

»Wirst du mir sagen, was zum Teufel Mabry heute Morgen im Haus gemacht hat?«

Ich blickte ihn an. Sein Blick war auf die Straße gerichtet, sein Mund zu einer wütenden Linie verzogen. »Ich habe dir ja erzählt, dass er vorgab, sich für Dotties Kunst zu interessieren. Heute hat er so getan, als wollte er sich einige Gemälde genauer ansehen, um mit mir zu reden.«

Der Gedanke machte ihn im Stillen wütend, das merkte ich an dem müden Zorn, der sich erneut in seinen Zügen bemerkbar machte. »Mit dir allein? Worüber?«, fragte er.

»Er wollte, dass ich dich ermutige, wieder für ihn zu arbeiten und den Kommunismus zu bekämpfen.«

Alex fluchte. »Das ist wahrlich eine Entscheidung, die ihr beide treffen solltet. Was hast du ihm geantwortet?«

»Ich habe gesagt, er soll gehen und uns in Ruhe lassen.« Ich sah ihn einen Moment lang an. »Willst du den Kommunismus bekämpfen?«

»Ich wüsste nicht, wie ich das könnte«, antwortete Alex. »Ich kann gerade genug Russisch, um nach dem Weg zur Toilette zu fragen.« Er hielt inne. »Aber um die

Frage zu beantworten: Ich möchte mein eigener Herr sein. Ich weiß nicht einmal, ob das möglich ist, oder wie lange, aber das ist es, was ich will. Ergibt das einen Sinn?«

»Ja«, sagte ich unglücklich. »Wenn du lieber gegen den Kommunismus kämpfen willst, um glücklich zu sein, dann sag es mir bitte vorher, ja? Bitte verschwinde nicht wieder.«

Er blickte mich an, dann wieder auf die Straße vor sich. »Ich glaube, du hast nicht zugehört.«

»Ich musste es sagen. Was willst du dann tun? Hast du darüber nachgedacht?«

»Ein wenig. Ich habe einige Kontakte in der Regierung, und ich glaube, ich könnte einen anständigen Job bekommen. Würde es dir etwas ausmachen, zurück nach London zu ziehen?«

Zum ersten Mal wurde mir wirklich klar, dass er zu Hause war, dass wir uns wieder ein gemeinsames Leben aufbauen würden. »London wäre in Ordnung«, sagte ich. Ich hatte nicht ohne ihn dorthin zurückkehren wollen, aber mit ihm käme ich in der Großstadt klar.

»Dann werde ich sehen, was ich tun kann. Welche Vorkehrungen wurden für deine Mutter getroffen?«

Den Rest des Weges sprachen wir über praktische Dinge: die Beerdigung meiner Mutter, meine Kündigung der Wohnung in der Chalcot Road, Mutters letzte Klinikrechnungen. Alex war schon immer gut darin gewesen, Probleme zu lösen, und zwei Jahre in RAF-Flugzeugen und drei Jahre in einem Doppelleben als Hans Faber hatten daran nichts geändert. In dieser seltsamen, unwirklichen Welt, die ich mir vor drei Tagen noch nicht hätte vorstellen können, begannen wir zaghaft über unsere

Zukunft zu sprechen. Aber als ich aus der Windschutzscheibe auf die neblige Straße vor uns blickte, konnte ich nicht weit sehen.

Petra Jennings lebte in einem kleinen, aufgeräumten Häuschen am Rande von Anningley. Der Garten war gut gepflegt, der Gehweg von Laub befreit, die Fenster geputzt. Als Alex an die Haustür klopfte, erschien eine Frau um die 30, die ein einfaches Hauskleid trug und deren langes, dünnes, blondes Haar zu einem Zopf geflochten ihren Rücken hinabfiel. Aus dem Haus hinter ihr drang ein feuchter, seifiger Geruch, der die Luft unter Dampf setzte.

»Es tut uns leid, Sie zu stören, Miss Jennings«, sagte Alex zu ihr und nahm seinen Hut ab. »Ich hoffe, Sie erinnern sich noch an mich?«

Ihrem Gesichtsausdruck nach zu urteilen – vage Panik gepaart mit Unglücklichsein – tat sie das. »Ja, Sir«, sagte sie, ohne ihren Blick von ihm abzuwenden und mich anzusehen. »Sie sind der Neffe von Mrs. Forsyth. Ich habe Sie zuletzt an dem Tag gesehen, als Miss Frances starb.«

»Das ist richtig. Alex Manders«, sagte Alex. Ich konnte sehen, dass er sie ebenfalls wiedererkannte. »Das ist meine Frau Jo. Ich würde Ihnen gern ein paar Fragen stellen, wenn Sie die Zeit erübrigen können.«

Petra Jennings war einen Moment lang offensichtlich hin- und hergerissen. Mrs. Baines hatte gesagt, sie würde nie über die Familie sprechen – aber Alex *war* die Familie. Außerdem konnte ich sehen, dass sie damit beschäftigt war, irgendeine Art von Wäsche zu waschen.

Aber schließlich trat sie zurück und schwang die Tür auf. »Wenn Sie hereinkommen möchten.« Es klang nicht gerade freundlich.

Wir traten ein und fanden die inneren Räume genauso ordentlich und aufgeräumt vor wie die äußeren, obwohl der dampfige Geruch allgegenwärtig war. »Es tut mir leid«, sagte Miss Jennings und führte uns den Korridor entlang, vorbei an einem gemütlich eingerichteten Wohnzimmer. »Ich muss mit Ihnen in der Küche sprechen. Ich lebe davon, Wäsche zu machen, und habe das Bügeleisen an.«

In der Küche stapelten sich saubere Kleidungsstücke: Hemden, Hosen, Kleider, Hemdblusen, Unterwäsche. An einem Ende des Raums war ein Bügelbrett aufgestellt, auf dem ein Dampfbügeleisen ruhte. Wir setzten uns, und Petra Jennings drehte uns sofort den Rücken zu und ging wieder an die Arbeit.

»Sie haben eine Zeit lang für meine Tante und ihre Familie gearbeitet«, begann Alex.

Miss Jennings' schmale Schulterblätter arbeiteten emsig unter dem Stoff ihres Tageskleides. »Ein Jahr etwa, ja. Ich spreche nie über die Familie, falls Sie das wissen wollen. Ich bin der Typ, der lieber für sich bleibt. Ich weiß nicht, woher all die furchtbaren Gerüchte kommen, aber von mir stammen sie nicht.«

»Welche Gerüchte wären denn das?«

»Dass Miss Frances in einem Zimmer eingesperrt lebte. Dass sie eine Art Hund hatte, der durch die Wälder streifte und böse Kinder fraß. Ich habe nur meine Arbeit gemacht, das war alles, bis Mrs. Forsyth uns alle entlassen und das Haus geschlossen hat.«

»Und Sie machen seitdem hier die Wäsche?«

»Es ist eine Möglichkeit, meinen Lebensunterhalt zu verdienen.«

Ich sah mich in der Küche um. Der Wäschedienst musste recht gut bezahlt werden, wie es aussah. Petra Jennings hatte ein Häuschen für sich, was weit mehr war, als sich die meisten Bediensteten leisten konnten, und ihr Bügeleisen war eines der neuen elektrischen Geräte. »Wie gut kannten Sie Frances Forsyth?«, fragte ich.

Geschickt drehte sie ein Männerhemd auf dem Bügelbrett um und arbeitete weiter, ohne mich anzusehen. »Miss Frances hat mir nie Ärger gemacht«, sagte sie mit vorsichtiger Stimme. »Sie hatte Ängste und Anfälle, aber es tat ihr hinterher immer leid. Sie konnte launisch sein, zürnend oder weinend. An manchen Tagen schlief sie den ganzen Tag durch, ohne das Bett zu verlassen. Sie war nicht normal, aber sie hat mir nie Ärger gemacht. Als Dienstherrin war Mrs. Forsyth nicht angenehm, das kann man wohl mit gutem Recht sagen, aber der Lohn war ziemlich gut.«

»Miss Jennings.« Irgendetwas in seinem Ton veranlasste sie, das Bügeleisen abzustellen und Alex wieder anzuschauen. »Sie waren an dem Tag da, als Frances starb.«

Sie starrte ihn an, wie eine Schlange einen Beschwörer anstarrt. »Ja.«

»Können Sie mir sagen, wo Sie an diesem Tag waren? Und was genau passiert ist?«

»Ich war es nicht, die sie gefunden hat«, antwortete Miss Jennings. »Ich war in der Küche. Es war Helen … Ach, ich weiß ihren Nachnamen nicht mehr. Sie war ein Dienstmädchen. Sie war diejenige, die sie gefunden hat.«

Alex nickte. »Erzählen Sie weiter.«

Sie blinzelte, aber sie sah ihn immer noch an, und etwas in ihrem Gesichtsausdruck begann, mich zu erschrecken. »Helen hat geschrien und geschrien. Ich kam aus der Küche die Treppe hochgerannt. Ich ging zur Haustür, aber sie war schon offen, und Mrs. Forsyth stand auf der Vordertreppe und schaute. Sie sagte kein Wort. Sie war eine kalte Frau und eine überstrenge Herrin, aber das würde ich niemandem wünschen.«

»Was noch?«, fragte Alex, seine Stimme war leise.

»Ich habe an ihr vorbeigeschaut. Sie waren da, Sir. Sie hatten Ihren Mantel ausgezogen und ihn über Miss Frances gelegt, damit niemand sie sehen konnte. Helen übergab sich in den Büschen. Einer der Gärtner kam um die Ecke, und Sie riefen ihm zu, er solle einen Arzt rufen.«

In der Küche war es einen Moment lang still. Ich konnte mir das Grauen nicht vorstellen. Ich konnte es nicht.

»Woran erinnern Sie sich noch?«, fragte Alex schließlich.

»An nichts weiter, Sir. Ich ging zurück ins Haus. Die Bediensteten unterhielten sich alle in der Küche. Ich wollte nicht mehr draußen sein, wollte nichts sehen. Irgendwann kamen der Arzt und die Polizei. Sie haben uns Fragen gestellt und sind dann wieder gegangen.«

»Haben Sie noch jemanden gesehen, als es passiert ist?«

»Nein, Sir.«

»Haben Sie Mr. Forsyth gesehen?«

»Nein, Sir. Ich glaube nicht, dass er zu Hause war.«

»Was ist mit Mr. Wilde?«

Sie schüttelte den Kopf. »Er war nicht da, Sir.«

»Doch, das war er«, beharrte Alex. »Erinnern Sie sich nicht?«

Sie hielt inne und schüttelte dann erneut den Kopf. »Es tut mir leid, Sir. Ich habe ihn nicht gesehen. Wenn er da war, kann ich mich nicht erinnern.«

So ging es noch ein paar Minuten weiter, während Alex ihr Gedächtnis anzustacheln versuchte, aber Miss Jennings hatte nichts mehr zu sagen. Schließlich erhoben wir uns, um uns zu verabschieden.

»Sie werden doch niemandem erzählen, dass Sie mit mir gesprochen haben, oder?«, fragte sie, als sie uns zur Tür begleitete. »Ich habe Ihnen ja gesagt, dass ich nicht über die Familie spreche. Ich will nicht als Tratschtante dastehen.«

»Das geht schon in Ordnung.« Alex drehte sich auf der Treppe zu ihr um und setzte seinen Hut auf. »Ich versichere Ihnen meine Diskretion.«

»Ja, Sir«, sagte sie.

Er ging die Treppe hinunter zum Automobil, aber als ich ihm folgen wollte, ergriff Petra Jennings meinen Arm. »Ich weiß, dass Sie mir nicht zuhören wollen, aber ich sage es trotzdem.«

Ich hielt inne und sah sie an. »Was ist denn?«

»Ihr Mann.« Ihr Gesicht war in dem trüben Licht farblos, ihre Augen groß in ihrem schmalen Gesicht, ihr Griff um meinen Arm kalt. »Alle sagten, er wäre tot.«

»Er war ein Gefangener«, erklärte ich. »Jetzt ist er wieder zu Hause.«

»Tatsächlich?« Ihr Blick war hart. »Er kam aus dem Nichts zu uns nach Hause, den ganzen Weg aus Frankreich.

Er stellte mir Fragen über Miss Frances, über ihr Skizzenbuch. Er fragte mich, wo es sei und was für Zeichnungen sich darin befänden. Und am nächsten Tag war Miss Frances tot. Was meinen Sie, was das bedeutet?«

»Er saß in seinem Automobil, als es passierte, und fuhr die Einfahrt hoch«, sagte ich.

»*Das* habe ich nicht gesehen. Ich weiß nur, *was* ich gesehen habe. Er hatte seinen Mantel über sie gelegt, als ich rauskam. Das ist alles.« Sie ließ mich los, und ich folgte Alex in den Wagen. Als wir losfuhren, blickte ich nicht zu ihr zurück.

»Worum ging es da?«, fragte mich Alex.

Ich klappte die Straßenkarte auf und suchte den Weg nach Torbram. »Jemand hat dich belauscht«, antwortete ich.

»Wieso belauscht?«

»Du hast Petra Jennings am Tag vor ihrem Tod nach dem Skizzenbuch von Frances gefragt. Jemand hat euch belauscht und war schneller. Er war auch schneller bei Frances und hat sie getötet. Miss Jennings glaubt, dass du der Mörder bist, weil du derjenige warst, der Fragen gestellt hat.«

»Das erklärt die Tatsache, dass sie Angst vor mir hatte«, sagte Alex. Aus den Augenwinkeln sah ich, wie er mir einen Blick zuwarf. »Das ist eine Theorie, die du vor nicht allzu langer Zeit selbst vertreten hast. Ich nehme an, meine männlichen Reize haben dich umgestimmt?«

Ich drehte die Karte um. »Die mögen ihren Anteil haben«, gab ich zu. »Aber dann ist da noch die Tatsache, dass Miss Jennings in einem Cottage wohnt, das sie unmöglich bezahlt haben kann. Und die Tatsache, dass das Hemd des Mannes, das sie gebügelt hat, Nadelstiche im linken Ärmel hatte.«

»Das ist dir also auch aufgefallen«, sagte Alex. »David Wilde. Und sie kann sich nicht daran erinnern, ihn an diesem Tag gesehen zu haben.«

»Ja«, erwiderte ich. »Lass uns nach Torbram fahren und sehen, was Alice Sanders zu sagen hat.«

37

Als wir in Torbram ankamen, war es bereits später Nachmittag, der Himmel verdunkelte sich, und die Wolken drohten mit einem heftigen Regenschauer. Während der gesamten Fahrt hatte es immer mal wieder geregnet, was uns verlangsamt hatte. Nun standen wir vor der Aufgabe, Alice Sanders zu finden, während der Abend verfrüht hereinbrach und vom Meer her einen Sturm mit sich brachte.

Wir begannen in einem Gasthaus, wo Alex das Automobil abstellte, uns ein Zimmer für die Nacht mietete und den Gastwirt fragte, ob er die Sanders' kenne. Als Londonerin hielt ich diese Methode, jemanden zu finden, für absurd, aber Alex versicherte mir, dass sie in einem so kleinen Ort wie Torbram funktionieren würde.

Er hatte recht. Torbram war zwar größer als Anningley, hatte eine schickere High Street und eine schöne Strandpromenade entlang der Südküste mit Blick auf den Ozean sowie verwinkelte Viertel mit hübschen Häusern, aber es war immer noch eine Kleinstadt. Der Gastwirt kannte das Ehepaar Sanders nicht, aber seine Frau hatte von ihnen gehört, und das Mädchen, das in der Küche arbeitete, wusste, dass Alice Sanders in einem der örtlichen Pubs servierte. Alex und ich folgten dem lokalen Hörensagen, und schließlich machten wir uns unter dem bedrohlichen Himmel auf den Weg entlang der Küste zu dem Ort, an dem Alice Sanders kellnern sollte.

Der Pub hieß »The Red Haired Queen« und lag am Ende des Küstenstreifens, seine abgenutzten alten Balken waren dem kalten, dunklen, felsigen Strand und der tosenden Brandung dahinter zugewandt. Um die Kurve der Küstenlinie herum konnte ich durch die Wolken hindurch schwach die Umrisse eines Leuchtturms erkennen, und ich stellte mir vor, dass ich an einem klaren Tag bis nach Cornwall sehen könnte.

In der Schankstube herrschte reger Betrieb, und viele Männer aus der Stadt saßen bei ihren Getränken zusammen, froh, der windigen Kälte entkommen zu sein und am Kamin zu sitzen, wo ein Feuer entzündet worden war. Ich zog meine Handschuhe aus, als Alex meinen Arm nahm und mich zu dem großen hölzernen Bartresen führte und mir auf einen Hocker half.

Er bestellte für jeden von uns ein Bier, wobei er darauf achtete, das dunkle Bitter zu bestellen, das ich mochte, dann drehte er sich zu mir um und zuckte die Achseln. »Es war ein langer Tag, und ich denke, wir werden es brauchen.«

»Ich denke auch«, sagte ich.

Er nahm nicht Platz, sondern lehnte sich neben mir an die Theke und stützte sich anmutig auf einen Ellbogen. Er nahm seinen Hut ab und fuhr sich schnell mit der Hand durch die Haare. »Ich bin mir nicht ganz sicher, wie ich das anstellen soll. Ich möchte nicht zu auffällig sein.«

»Ich glaube nicht, dass sie im Schankraum ist«, sagte ich und nippte an dem Bier, das mir der Wirt vor die Nase geschoben hatte. »Hier gibt es nur eine Frau, die bedient, und die ist schon über 40. Zu alt, um die Frau eines Mannes im Armeealter zu sein.«

»Vielleicht hat George Sanders eine ältere Frau geheiratet«, sagte Alex, obwohl ich merkte, dass er mir zustimmte.

»Unwahrscheinlich«, antwortete ich ruhig. »Erschien es dir nicht seltsam, dass die Frau des Gastwirts wusste, wer die Sanders' waren, aber nicht, dass George Sanders verschwunden ist?«

Alex nippte an seinem Bier, sein Blick schien auf mir zu ruhen, obwohl ich wusste, dass ihm kein Detail in dem Raum um uns herum entgangen war. »Entweder hat sie es niemandem erzählt, oder George Sanders war die Art von Mann, nach dem niemand gern fragen möchte.«

Ich fuhr mit dem Daumen an der Seite meines Glases entlang. »Oder eine Kombination aus beidem. Es ist möglich, dass sie nicht sehr viel darüber gesprochen hat. Die Leute könnten denken, dass er sie verlassen hat.«

Er warf mir einen langen Blick zu. »Könnte das auch der Grund sein, warum sie sein Verschwinden nicht bei der Polizei gemeldet hat?«

»Vielleicht hat sie das«, antwortete ich. »Aber die Polizei mag angenommen haben, dass ein solcher Mann einfach freiwillig gegangen ist, dass sie etwas getan haben muss, um ihn zu provozieren. Frauen haben in solchen Situationen nicht sehr viele Möglichkeiten.«

Er sah unbehaglich und ein wenig traurig aus. »Ich habe versucht, dafür Sorge zu tragen, dass du abgesichert bist, bis ich zurückkomme, weißt du. Stattdessen habe ich dich in einem furchtbaren Schlamassel zurückgelassen.«

Ich sah zu ihm auf. »Es ist vorbei. Und ich glaube, Alice Sanders ist gerade ins Zimmer gekommen.«

Eine Frau kam soeben durch die Tür aus der Küche und trug zwei Schalen mit Suppe. Sie war um die 30, rundlich und rotgesichtig; ihr braunes Haar war unter einem Tuch zusammengebunden. Sie hätte eine beliebige Frau aus England sein können, abgesehen von den dunklen Tränensäcken unter ihren Augen, die von Schlaflosigkeit zeugten. Sie stellte die Suppenschalen auf einem Tisch ab, ohne einen Blick auf die Gäste zu werfen, und wandte sich dann ab. Ich glaubte, ihre Gestalt als diejenige zu erkennen, die ich beim Verlassen unserer Terrasse gesehen hatte, aber ich war mir nicht wirklich sicher.

Die Frau ging an uns vorbei, und Alex sagte leise: »Madam, ich bitte um Verzeihung.«

Sie blieb stehen und drehte sich um, so wie es alle taten, wenn Alex diesen besonderen ruhigen Tonfall anschlug. »Ich werde Sie gleich bedienen«, sagte sie. »Oder rufen Sie das andere Mädchen.«

»Ich denke, ich bin hier, um Sie zu sehen«, sagte Alex, der sich immer noch lässig auf den Bartresen stützte. »Ich wurde in einer gewissen privaten Angelegenheit von Mr. Martin Forsyth hergeschickt.«

Die Augen der Frau weiteten sich, und ich wusste sofort, dass sie wirklich Alice Sanders war. »Ich habe Ihnen nichts zu sagen.«

Alex schüttelte den Kopf. »Ich bin nicht von der Polizei.« Seine Stimme war so leise, dass niemand sonst mithören konnte. »Ich bin Mr. Forsyths Cousin, Alex

Manders, und das ist meine Frau. Mr. Forsyth hat mich bevollmächtigt, in seinem Namen zu handeln.«

Alice schaute von Alex zu mir und wieder zurück, ihre Gesichtszüge wurden hart. »Martin Forsyths Cousin ist tot, das habe ich zumindest gehört.«

»Das ist ein häufiges Missverständnis«, sagte Alex leichthin. »Ich bin nicht tot. Können wir irgendwo unter vier Augen reden?«

Alice warf einen Blick auf die andere Kellnerin, dann auf den Barmann hinter dem Tresen und strich sich schnell mit den Handflächen über die Schürze. »Wir treffen uns hinten vor der Tür«, sagte sie. »Ich habe nicht viel Zeit.«

Sie verschwand in der Küche. Alex und ich nippten noch ein paar Minuten an unseren Pints – ich war enttäuscht, dass ich mein Bier stehen lassen musste, denn es war bitter und köstlich – und verließen das Lokal dann durch die Vordertür, bevor wir um das Gebäude herum zur Rückseite des Pubs gingen. Der Wind blies jetzt kalt und zornig und fegte unbarmherzig über das Wasser, und Alice stand zusammengekauert neben der Küchentür, die Arme über der breiten Brust verschränkt, den Schal im Haar flach auf den Kopf gelegt und die Gesichtszüge zu einem finsteren Blick verzogen.

»Ich habe diesem Mann alles erzählt, was ich zu sagen habe«, sagte sie, als wir in Reichweite waren. »Man schuldet mir Geld und das ist alles. Wenn Sie hier sind, um einen niedrigeren Preis auszuhandeln, werde ich nicht zuhören.«

Alex hatte seinen Hut wieder aufgesetzt und manövrierte sich näher an die Wand, um den Böen zu entgehen, die ihm den Hut wieder vom Kopf fegen würden.

»Ich bin nicht hier, um zu verhandeln«, sagte er in einem flachen Ton, den er drinnen nicht benutzt hatte. »Ich bin hier, um zu fragen, woher Sie wissen, dass es Ihr Mann war, der in diesen Wäldern gestorben ist.«

»Er war es. Er ging an jenem Morgen fort und sagte nicht, wohin er wollte, und dann starb das Mädchen und man fand eine Leiche. Er kam nie wieder nach Hause. Er war es.«

»Nicht gut genug, Mrs. Sanders. Nicht für tausend Pfund.«

Sie zögerte. »Er war mit den Forsyths in etwas verwickelt. Das ist alles, was ich weiß.«

»Wie konnte er mit den Forsyths in etwas verwickelt sein?«, fragte Alex. »Er hatte schon seit Jahren nicht mehr für sie gearbeitet, und Martin Forsyth war an der Front.«

»Er hat es mir gesagt«, schnauzte sie. »Die Forsyths waren uns etwas schuldig. Diese furchtbare alte Frau hat ihn entlassen, und er hatte keine Referenzen. Als er aus dem Krieg nach Hause kam, gab es keine Arbeit, und niemand wollte ihn nehmen. Er bat Martin als Mitsoldat um Geld, aber Martin lehnte ab. Die Familie hätte uns etwas geben können. Wir haben einen kleinen Jungen.«

»Und in was genau war er mit der Familie verwickelt?«, fragte Alex erneut.

Sie brauchte eine Weile, bis sie antwortete. »Er wollte mir nicht alles erzählen. Nachdem Martin den Brief geschrieben hatte, war er sehr niedergeschlagen … es wurde schlimm. Er trank zu viel, blieb die ganze Nacht weg. Ich wollte ihn nicht in der Nähe unseres Sohnes haben. Dann kam er eines Abends nach Hause und lächelte, obwohl er immer noch betrunken war. Er sagte, dass er gewonnen hätte und dass die Forsyths uns doch noch zu etwas machen würden.«

»Zu etwas machen? Was sollte das heißen?«

»Ich nahm an, dass es um Geld ging, aber George war sehr zugeknöpft über die Einzelheiten. Er sagte, er habe noch eine Aufgabe zu erledigen, und dann hätten wir mehr Geld, als wir je für möglich gehalten hätten.«

»Was war die Aufgabe?«, fragte ich.

Alice Sanders sah mich an, betrachtete meine anständige Kleidung, meinen neuen Hut und meine Handschuhe und wandte den Blick dann wieder ab. »Das hat er nie gesagt.«

»Aber Sie wissen es.« Ich trat näher an sie heran.

»Nein. Er hat es ja nie gesagt.«

Ich trat noch näher heran. Eine seltsame Art von Wut stieg in meiner Kehle auf angesichts der Gedanken, die mir durch den Kopf gingen. »Sie wissen es«, sagte ich, und der Wind trug meine Worte fort in Richtung des Meeres. »Jemand hat ihn dafür bezahlt, Frances Forsyth zu töten, war es nicht so? Jemand hat ihm eine Menge Geld dafür geboten. Sie wussten es damals und Sie wissen es jetzt. Sie heißen es sogar stillschweigend gut.«

»Damals wusste ich es nicht«, fauchte Alice zurück. »Ich wusste es erst, als sie starb. Da habe ich es mir zusammengereimt. Sie können auf mich herabsehen, so viel Sie wollen, aber wenigstens gehöre ich nicht zu einer Familie, die jemanden dafür bezahlt, einen der ihren zu töten.«

»Nein.« Ich kämpfte gegen die Wut an. »Sie gehören zu einer Familie, die für Geld tötet.«

»Es war eine Gnade.« Alice Sanders' Stimme war kalt wie Eis. »Sie war doch sowieso verrückt. Was für ein Leben sollte sie jemals führen? Sie konnte nicht heiraten, keine Kinder haben. Sie würde einfach in einer Anstalt enden, wie alle anderen Wahnsinnigen auch. Was für ein Leben wäre das? Mein George hätte es schnell und schmerzlos getan, und sie hätte gar nichts gemerkt. Eine Gnade, wie das Einschläfern eines Hundes, und wir hätten Geld für unseren Sohn gehabt.«

»Nur ist es nicht ganz so gelaufen wie geplant, oder?«, fragte Alex. Die verhaltene Wut in seinen Augen spiegelte meine eigene wider. »Er ist in den Wald gegangen, um die Tat zu verrichten, aber etwas hat stattdessen ihn getötet.«

»Es ist unnatürlich, das ist es«, sagte Alice. Ihre Wangen waren trotz des kalten Windes gerötet. »Dieses Mädchen war nicht nur verrückt, sondern auch eine Art Hexe. Sie hat eine Bestie beschworen, um meinen Mann zu töten. Als ich gelesen habe, was dem Mann angetan wurde, den sie gefunden haben … was für Wunden er hatte …« Sie hielt inne und schluckte schwer. »Er war in Stücke zerlegt. Etwas hatte ihn von Kopf bis Fuß aufgerissen. Sie haben ihn nie identifiziert, aber ich wusste, dass er es war. Am frühen Morgen bekam er einen Anruf, und dann ging er wortlos fort und kam nicht mehr nach Hause. Zuerst begriff ich nicht, was geschehen war, aber als ich den Artikel in der Zeitung sah, wusste ich es. Die Forsyths haben meinen Mann umgebracht.« Sie betrachtete meinen schockierten, empörten Gesichtsausdruck, ihre Augen waren müde und feindselig, während der Wind versuchte, ihr den Schal aus dem Haar zu reißen. »Das Mädchen ist gesprungen. Vielleicht fühlte sie sich schuldig wegen George. Ich weiß es nicht, und es ist mir auch egal. Ich weiß nur, dass George fort ist und das Geld nie zu uns gekommen ist. Ich sehe Ihnen an, dass Sie kein Kind haben. Hätten Sie eins, würden Sie anders über mich denken.«

»Genug«, sagte Alex ruhig. »Wir haben keine Zeit mehr zu verlieren. Mrs. Sanders, wir müssen wissen, wer genau Ihren Mann angeheuert hat. Wer hat ihn kontaktiert und ihm das Geld versprochen? Wer hat an jenem Morgen das Telefonat geführt?«

Aber sie schüttelte den Kopf. »Ich weiß es nicht.«

Das war die Wahrheit. Wenn Alice Sanders gewusst hätte, wen sie damit erpressen konnte, hätte sie sich nicht an Martin gewandt. Sie hatte es wahrscheinlich wegen Georges Brief versucht, und sie dachte, er wäre am einfachsten zu bedrängen, jetzt wo er wieder zu Hause war.

Alex musste die Hoffnungslosigkeit der Situation erkannt haben, aber er drängte sie trotzdem. »George hat Ihnen keinen Hinweis gegeben?«, fragte er. »Es gibt nichts, woran Sie sich erinnern können?«

»Nichts, nein«, antwortete sie kalt. »Sie könnten es selbst gewesen sein, ich weiß es doch nicht. Für mich sind alle in dieser Familie gleich. Ich muss jetzt wieder reingehen. Was gedenken Sie zu tun, wegen meinem Geld?«

»Ich werde mit den Forsyths darüber sprechen«, sagte Alex zu ihr. »Ich bin ihr Vertreter in dieser Angelegenheit. Sie werden sehr bald von mir hören.«

Wir machten uns schweigend auf den elenden Weg zurück zum Gasthaus, hielten unsere Hüte gegen den

Wind fest und zogen unter unseren Mänteln die Schultern ein. Es hatte zu regnen begonnen, aber das Fehlen eines Regenschirms machte keinen Unterschied – jeder Regenschirm hätte sich innerhalb von Minuten in nutzloses Metall und Stoff verwandelt. Bei diesem Wetter war es unmöglich, sich zu unterhalten, und außerdem wollte keiner von uns darüber sprechen, was wir gerade gehört hatten. Was Alice Sanders uns erzählt hatte, war zu erschütternd, um darüber zu sprechen.

Wir kamen kalt und durchnässt im Gasthaus an und stellten fest, dass wir die einzigen Gäste waren. Der Wirt hatte im Hauptraum ein Kaminfeuer entzündet, und wir zogen unsere Mäntel und Hüte aus und zogen uns zwei Stühle vor das Feuer, um die trockene Wärme aufzusaugen. Meine Hände waren trotz meiner Handschuhe durchgefroren, ebenso wie meine Knie und Füße. Wir wollten nichts zu essen, aber der Gastwirt brachte jedem von uns einen Brandy, den er auf den kleinen Tisch zwischen uns stellte, bevor er uns allein ließ.

Wir saßen eine Weile da und betrachteten die Flammen, während der Wind an den Fensterscheiben heulte. Ich befühlte mein Haar, das sich zunehmend von den Haarnadeln löste, dann gab ich die Hoffnung auf und legte meine Hände zurück in den Schoß.

»Er könnte es getan haben«, sagte ich schließlich. »George Sanders könnte ins Haus gekommen sein, sie getötet haben und dann auf der Flucht getötet worden sein. Dottie hörte ein Geräusch auf der Rückseite des Hauses. Das könnte er gewesen sein, beim Betreten oder Verlassen.«

»Das ist möglich«, sagte Alex. »Seine Leiche wurde erst Stunden später gefunden. Es gibt keine Möglichkeit, genau zu bestimmen, wann er gestorben ist.«

»Es könnte also nach Frances' Tod gewesen sein«, stellte ich fest.

»Oder wir haben uns beide geirrt und sie ist doch gesprungen«, antwortete er.

»Nein.« Ich dachte an die Dinge, die in meinem Zimmer umgestellt worden waren, an die Fotografien, daran, wie Fran in Richtung der Tür, die zum Dach führte, gegangen war, an das Skizzenbuch in meinem Bett. Damals war es erschreckend gewesen, aber jetzt sah ich, dass es vor allem verzweifelt und traurig war. »Sie ist nicht gesprungen.«

Alex wandte sich zu mir. »Wir müssen uns den Fakten stellen, Jo. Wenn sie nicht gesprungen ist, hat sie jemand aus ihrem nächsten Umfeld vom Dach gestoßen. Ihre Mutter, ihr Vater, David Wilde. Jemand, den sie gut genug kannte, dem sie genug vertraute, um ihm den ganzen Weg bis hinauf zum Dach zu folgen, ohne um Hilfe zu schreien.«

»Vielleicht ist sie ihm oder ihr nicht freiwillig gefolgt. Sie könnte bedroht worden sein, unter Drogen gesetzt oder bewusstlos gemacht.«

»Es ging alles so verdammt *schnell*«, sagte Alex. Er lehnte sich nach vorn, stützte die Ellbogen auf die Knie, legte den Kopf in die Hände und fuhr sich dann mit den Händen durch die Haare. »Was für ein Chaos.« Er rieb sich mit den Händen über die Augen, und ich sah, dass er müder war, als selbst ich es gemerkt hatte. »Ich werde einen Weg finden, das Rätsel zu lösen.«

Ich sah ihn lange Zeit an. Auch wenn er müde und zerzaust war, auch nach allem, was passiert war, war es eine Freude, Alex zu betrachten. Er hatte sein Jackett ausgezogen, und ich betrachtete die Kurve seines Rückens, der im Licht des Feuers flackerte, die Linie seiner Schultern, und wieder einmal wusste ich, was ich bereits an jenem Tag im Jahr 1914 zum ersten Mal begriffen hatte: Ich war furchtbar und unwiderruflich in ihn verliebt. Diesmal bereitete mir der Gedanke nicht denselben Schmerz.

Ich stand von meinem Stuhl auf und setzte mich auf seinen Schoß, ohne auf andere zu achten, die den Raum betreten könnten. Ich legte meine Beine über seine langen, starken Glieder und meine Arme um seinen Hals, lehnte meine Schulter an ihn und ließ meine Wange an seinen Kragen sinken.

Seine Hand berührte meinen Rücken, aber ich spürte, wie sich sein Körper unter mir anspannte. »Jo«, sagte er, »spiel nicht mit mir.«

Ich hob meinen Kopf und sprach in sein Ohr, drückte ihn fester an mich und drehte meinen Körper so, dass er sich noch enger an seinen schmiegte.

»Na schön«, sagte ich. »Das werde ich nicht. Sag mir nur, ob Hans Faber eine Freundin hatte.«

Er seufzte kapitulierend. »Nein, du Dummerchen«, antwortete er und zog Nadeln aus meinem verfilzten Haar. »Er lebte wie ein Mönch.«

»Ich kenne dich. Das klingt schwierig.«

»Es war einfach.«

Das ließ mich innehalten, während mein Herz einen Schlag aussetzte. Dann gab ich ihm eine Reihe sanfter Küsse entlang seines Kinns. »Ich denke, wir sollten gehen und unser Zimmer so nutzen, wie es gedacht ist«, sagte ich zu ihm, den Geschmack seiner Haut auf den Lippen. »Das heißt, wenn du noch weißt, was du tun sollst?«

Er drehte mein Gesicht zu seinem und küsste mich, langsam und gründlich, bis mein Blut in Wallung geriet. Ich kannte alle Küsse von Alex, und dieser war von sehr ernster Absicht.

Wir gingen nach oben. Es stellte sich heraus, dass keiner von uns beiden etwas vergessen hatte. Und in den folgenden Stunden, als der Sturm vom Meer her polterte, taten wir so, als wären wir die einzigen Menschen auf der Welt.

38

Am nächsten Morgen machten wir uns auf den Weg nach Wych Elm House, über von heruntergefallenen Ästen übersäte Straßen und vom Regen aufgeweichte Spurrillen. Der Himmel war völlig grau, der Wind unangenehm und kalt, und selbst in Alex' modernem Automobil wurde uns nicht ganz warm, denn die Winterkälte kroch in unsere Hände und Füße.

Während der Fahrt schwiegen wir. Es war eine dieser stillen Stimmungen, die lange verheiratete Paare kennen, in denen wir nicht zu sprechen brauchten. Alex richtete seinen Blick auf die Straße und hielt in der Dämmerung Ausschau nach dem nächsten Hindernis. Ich saß mit der aufgefalteten und ungelesenen Landkarte auf meinem Schoß, das Haar unter meinen Cloche-Hut gestopft, die behandschuhten Hände untätig, während ich die Landschaft aus dem Fenster beobachtete.

Ich war glücklich – natürlich war ich glücklich –, aber ich konnte nichts gegen das Grauen tun, das sich in mir breitmachte, je länger wir fuhren. Es war wie das Gefühl, das ich bei der Verlobungsfeier gehabt hatte, als ich bemerkt hatte, dass die ganze Familie nicht mehr im Raum war. Während wir der kurvenreichen Straße folgten, die uns immer näher an Wych Elm House heranbrachte, wurde ich das Gefühl nicht los, dass etwas ganz und gar nicht stimmte. Alex schien dasselbe zu empfinden, und je weiter wir fuhren, desto grimmiger wurde seine Miene, und er drückte auf das Gaspedal, um den Wagen schneller fahren zu lassen.

Wir kamen ungefähr zur Mittagszeit in Anningley an, aber keiner von uns wollte anhalten und etwas essen. »Lass uns weiterfahren«, sagte ich.

»Ich würde gern einen Zwischenstopp einlegen«, antwortete Alex.

Er fuhr uns zu dem kleinen Häuschen, das Petra Jennings gehörte. Anningley war seltsam ruhig, und wir sahen nur eine Handvoll Menschen, als hätten alle beschlossen, wegen der Kälte drinnen zu bleiben. Das wirkte unheimlich und beunruhigte mich nur noch mehr. Vielleicht hatte Alex noch weitere Fragen an Petra Jennings. Was auch immer er vorhatte, ich hoffte, er würde sich beeilen, damit wir den Weg fortsetzen konnten.

Aber er kam gar nicht dazu, seinen Plan in die Tat umzusetzen. Als wir uns dem Haus von Miss Jennings näherten, fanden wir es verschlossen und dunkel vor, die Vorhänge vor die Fenster gezogen. Alex stieg aus dem Wagen, und ich beobachtete, wie er an die Tür klopfte und dann einen schnellen Rundgang um das Gebäude machte, durch die Ritzen zwischen den Vorhängen spähte.

»Sie ist weg«, sagte er zu mir, als er wieder ins Automobil stieg und einen eisigen Lufthauch mitbrachte. »In der Wohnung ist alles weggepackt. Die Kleidung ist aus der Küche verschwunden, das Bügeleisen und das Brett, alles. Es sieht ganz so aus, als ob sie vorhat, für eine Weile weg zu sein.«

Ich starrte auf das dunkle Cottage, und mein Entsetzen wurde immer größer. Was hatte Petra Jennings dazu gebracht, innerhalb einer einzigen Nacht ihre Sachen zu packen und ihr Haus zu verlassen? Wohin war sie gegangen? Hatte ihr etwas Angst gemacht? Hatte sie das Haus überhaupt aus freien Stücken verlassen? Ich warf einen Blick die ruhige Straße hinauf und sah, wie eine Gardine in einem der Nachbarfenster zuckte. »Bitte, Alex«, sagte ich. »Lass uns gehen.«

Er nickte nur und ließ das Automobil wieder an.

Die Straße nach Wych Elm House hatte ihren letzten herbstlichen Glanz verloren und war von den kräftigen, rotbraunen Farbtönen des Herbstes zu dem besiegten, farblosen Grau übergegangen, das die zweite Novemberhälfte ankündigte. Der Sturm war auch hier durchgezogen, hatte den Bäumen die letzten Blätter entrissen und die Äste vor dem gebleichten Himmel entblößt. Als ich die Landschaft betrachtete, beschleunigte sich mein Herzschlag in meiner Brust langsam, eine Mischung aus schrecklicher Vorahnung und Angst. Ich erwartete fast, Frances Forsyth aus dem Blätterwirbel auftauchen zu sehen, ihren riesigen Hund auf den Fersen. Dies waren ihre Wälder.

»Du hast mir in der ersten Nacht erzählt«, sagte Alex, der meine Gedanken las, »dass du den Hund gesehen hast.«

Ich blinzelte und sah erneut die grässliche Unterseite der Bestie, wie sie über mich hinwegsprang und nach Blut stank. »Sein Name ist Princer. Er beschützt sie.«

Er war einen Moment lang still. »Martin hat von ihm gesprochen. In der ersten Nacht, als ich zurück war, nachdem ich dich allein gelassen hatte. Frances schrieb ihm über Princer, wie er durch die Tür gekommen war, um sie zu beschützen. Er hat die Briefe verbrannt.«

»Warum?«, fragte ich.

»Weil er nicht sicher ist, wie lange er noch leben wird, und er wollte nicht, dass jemand die Briefe in seinen Sachen findet, wenn er tot ist. Er hatte das Gefühl, dass die Dinge, die Frances ihm in ihrem Wahnsinn erzählte, privat waren.«

Das war also der Grund, warum er sie verbrannt hatte. Ich fragte mich, ob er es Cora erzählen würde. »Alle glauben, dass Frances sich Princer eingebildet hat«, sagte ich, »dass sie ihn heraufbeschworen hat, um sich sicher zu fühlen, besonders nach ihren Erlebnissen in der Schule. Aber sie rief ihn auch herbei, als ich im Wald fotografierte. Ich sah … etwas. Ihn.« Ich blinzelte, wandte mich von ihm ab und starrte angestrengt aus dem Fenster. »Es fühlte sich sehr real an. Vielleicht bin ich genauso verrückt, wie Frances es war. Aber ich habe ihn gesehen. Ich habe ihn *gerochen.*«

Alex widersprach mir dieses Mal nicht. »Warum?«, fragte er. »Warum hat sie ihn an diesem Tag herbeigerufen? Wollte sie dir wehtun?«

Ich schüttelte den Kopf. »Das dachte ich zuerst auch, aber nein. Princer – er war schneller als ich. Er hat mich eingeholt, aber mir nichts getan.«

»Dann wurdest du verschont«, sagte er, und ich wusste, dass er an das dachte, was Alice Sanders gesagt hatte. *Etwas riss ihn von Kopf bis Fuß auf.* »Wenn er Frances vor George Sanders beschützt hat, Jo, hat er vielleicht auch dich beschützt.«

»Vor was?«

Er schüttelte den Kopf. »Ich wünschte, ich wüsste es.«

Das Automobil der Familie war nicht vor dem Haus geparkt, und als wir durch die Eingangstür traten, fanden wir es drinnen schummerig und still vor, mit dem Echo der Leere eines unbenutzten Ortes. Die Luft war kühl, und keiner von uns zog seinen Mantel aus. Ich folgte Alex durch den Flur, vorbei an einem leeren Zimmer nach dem anderen. Wir begegneten keinem Bediensteten und hörten keine Geräusche von Menschen. Unten gab es keine Spur von Martin oder Dottie. Wie das Dorf hallte auch das Haus, als wären alle fort.

Ich hielt an der Tür zur Bibliothek inne und trat dann ein. In der Luft lag ein schwacher Hauch von Zigarettenrauch, als ob Dottie und ihre Zigarettenspitze hier gewesen wären, aber der Geruch fühlte sich schal an. Dottie rauchte normalerweise immer nur eine Zigarette, nicht mehrere hintereinander. Dem Geruch in der Bibliothek nach zu urteilen, hatte sie irgendetwas dazu gebracht, hier zu sitzen und eine nach der anderen zu rauchen.

Der Schreibtisch war noch genauso unordentlich wie am Vortag, aber oben auf dem Stapel lag ein Brief, aufgefaltet, an den Rändern geknickt und zerknittert, als wäre er durch viele Hände gegangen. Ich nahm ihn in die Hand.

Mutter,

Dieser Brief wird dich beunruhigen, und ich bitte dich, ihn zu entschuldigen, aber bitte lies ihn durch und lass dir alles durch den Kopf gehen, bevor du ein Urteil über mich fällst.

Ich bin zu Cora gefahren. Ich habe den Zug genommen und werde bereits in London sein, wenn du aufwachst und dies erhältst. Wir werden heiraten, und wir haben vor, dies als Erstes zu arrangieren, wenn ich in der Stadt bin.

Mutter, ich habe Cora alles erzählt. Ich habe ihr von all dem berichtet, was mir im Krieg widerfahren ist – Dinge, die ich nicht einmal dir oder Vater erzählt habe –, und auch von der Sucht, die mich verfolgt, seit ich zum ersten Mal wegen meiner Verletzung behandelt wurde. Es hat sich herausgestellt, Mutter, dass sie die beste Art von Mädchen ist. Die stärkste Art. Die Art, die mir helfen kann, die Art, die mir helfen wird. Und, Mutter, ich brauche Hilfe. Ohne sie werde ich Cora ohne Ehemann und dich ohne Sohn zurücklassen. Ich dachte, dass mir das nicht allzu viel ausmacht. Aber wenn ich Coras Briefe lese, wenn ich höre, wie sie mir am Telefon sagt, dass es noch nicht vorbei ist, dann wird mir klar, dass es mir nicht egal ist.

Sie bringt mich zu ihrem Cousin, dem Arzt in der Harley Street, der behauptet, er habe neue Ideen, wie man meine Schmerzen behandeln kann. Er ist ein aufstrebender, erfolgversprechender Arzt auf seinem Gebiet und kennt viele der besten Chirurgen Londons. Es ist möglich, Mutter, dass die Chirurgen in der Schweiz nach dem Krieg übereilte und ungenaue Arbeit geleistet haben, und mit Tests und Behandlungen könnte eine neue Operation die letzten Schrapnellreste in mir entfernen und den Schaden mit der Zeit beheben. Ich könnte gesund werden und wieder ganz der Alte sein. Cora und ich haben das Geld, und jetzt haben wir auch den Willen dazu. Ich habe ihr zuliebe beschlossen, mein Bestes zu geben, um hundert Jahre alt zu werden.

Bitte folge uns nicht. Ich bin in den allerbesten Händen. Ich weiß, wir haben dich um eine große Hochzeit betrogen, aber ich denke, wenn sich dein Temperament abkühlt und deine unanfechtbare Logik zurückkehrt, wirst du sehen, dass es das Beste ist. Cora ist meine Frau, ihre Kinder werden deine Enkel sein, und wenn Gott und die Ärzte von London es wollen, werde ich noch eine Weile dein Sohn sein.

Das ist letztlich alles dein Werk, Mutter. Ich danke dir.

Martin

Alex stieß einen leisen Pfiff aus, als er sich neben mich stellte und über meine Schulter las. »Das ist ein Schock. Tante Dottie muss außer sich sein.«

Das musste sie, das wusste ich. Sie musste auch verletzt sein, auch wenn es sich als ihre übliche lebhafte Wut äußern würde. »Sie ist ihm gefolgt«, sagte ich. »Deshalb ist es im Haus so still, und deshalb ist das Auto weg. Sie ist ihm nach London gefolgt.«

»Das Haus ist zu still«, sagte Alex. »Wo sind die Bediensteten?«

»Ich habe sie entlassen.«

Wir drehten uns um. Robert Forsyth stand am Eingang der Bibliothek und beobachtete uns. Er trug einen teuren Anzug aus dicker Wolle, sauber gekleidet wie immer, sein Haar zurückgekämmt, ein Lächeln im Gesicht. Er kam auf uns zu, die Hände in den Taschen.

»Warum?«, fragte Alex ihn.

»Weil ich sie nicht hier haben will«, antwortete Robert. »Weil ich niemanden hier haben will. Als Martin fort war und meine Frau ihm wie ein Bluthund hinterherfuhr, sah ich meine Chance. Darin war ich schon immer gut.«

Alex drehte sich zu ihm um. Meine Hände wurden kalt. »Deine Chance auf was, Onkel?«, fragte Alex.

Robert warf ihm einen merkwürdigen Blick zu. »Meine Chance, euch beide loszuwerden«, sagte er und zog seine Hand aus der Tasche. Ich konnte gerade noch sehen, dass er eine Pistole in der Hand hielt, bevor er abdrückte und Alex einmal in die Brust schoss. Das Geräusch war ohrenbetäubend in der Stille der Bibliothek, abgesehen von dem Echo meiner Schreie, als mein Mann zu Boden fiel.

39

Eine Hand packte das Haar an meinem Hinterkopf, schlug mir den Hut vom Kopf und riss mich nach hinten, sodass ich fast das Gleichgewicht verloren hätte. »Halt den Mund und hör auf zu schreien«, sagte Robert an meinem Ohr.

Ich starrte an die Decke, als er meinen Kopf nach hinten zerrte, und das Geräusch erstarb in meiner Kehle. Vom Boden zu meinen Füßen kam ein Geräusch, ein grässliches flüssiges Gluckern.

»Hörst du das?«, fragte Robert. »Nein, sieh nicht hin. Das ist das Geräusch des Lebens, das aus meinem lieben Neffen, deinem Mann, herausblutet. Der feine Kerl, der jetzt schon zweimal versucht hat, alles zu ruinieren, was ich mir aufgebaut habe.«

Sein Griff in meinem Haar wurde noch fester.

»Und du weißt alles darüber, nicht wahr? Was für ein Anblick er jetzt ist, meine Liebe. Wir müssen uns beeilen, bevor das Blut, das den Teppich durchtränkt, auf unsere Schuhe kommt.«

»Bitte«, flehte ich.

»*Bitte*«, äffte er mich nach. »Ich kann ihn nicht mehr ansehen, aber ich bin noch nicht ganz fertig mit dir. Komm mit mir.«

»Einen Arzt«, flehte ich ihn an, als er mich aus dem Zimmer zerrte, seine Hand noch immer in meinem Haar, die andere hielt die Pistole, und sein Arm umfing meine Taille. »Ruf einfach einen Arzt … Bitte … Ich werde nichts verraten …« Hinter uns ertönte ein keuchendes Geräusch, als wir die Bibliothek verließen, jetzt leiser, und ich spürte den Schrei in meiner Kehle. »Alex!«

Robert warf mich mit roher Gewalt zu Boden. Ich schlug auf dem Boden des Korridors auf, mein Knie knackte, und dann schrie ich erneut. Er holte mit einem lederbeschuhten Fuß aus und trat mir hart in die Rippen, dann stand er über mir, die Pistole baumelte an seiner Seite. Sein Gesicht war rot gefleckt, sein Haar zerzaust, sein Blick wütend, als er auf mich herabstarrte.

»Du hast ja keine Ahnung«, sagte er, »was ich erleiden musste.«

Der Schmerz pochte in meinem Knie, aber ich schob mich auf dem polierten Holz des Korridors weiter, weg von ihm. Ich musste mir etwas einfallen lassen – musste etwas tun. Das Telefon befand sich in der Bibliothek, wo Alex war, aber Robert würde es mich niemals benutzen lassen. »Warum?«, fragte ich ihn mit rauer Stimme, um Zeit zu gewinnen. »Warum hast du die Skizzen genommen?«

»Was glaubst du wohl?« Robert machte einen lässigen Schritt nach vorn und folgte mir, als ich versuchte, mich von ihm zu entfernen. »Wegen Geld. Gerade du solltest das doch verstehen. Ich habe es so satt, von der Gnade meiner wortkargen Frau abhängig zu sein. Mich von ihr beherrschen und kontrollieren zu lassen.« Er machte einen weiteren Schritt, und die Pistole schwang an seiner

Seite. Hinter ihm hörte ich keinen weiteren Ton mehr aus der Bibliothek, und ich unterdrückte ein Schluchzen. »Franny, mein süßes Mädchen, hat gern gezeichnet. Eines Tages fand ich ihr Buch mit den Zeichnungen der Militärbasis. Die Marine benutzte die Basis während des Krieges. Die Zeichnungen waren sehr detailliert, und es war alles ganz unschuldig. Sie war ahnungslos. Ich hatte durch Freunde von mir einige Verbindungen, und ich erkundigte mich. Es schien, als ob die Zeichnungen meiner Tochter eine hervorragende Summe wert sein könnten. Also arrangierte ich ihre Übersendung.« Er schüttelte den Kopf. »Verstehst du? Es war so einfach. Ich hätte mein Geld bekommen, und niemand wäre verletzt worden.«

»Du hast dem Feind geholfen«, sagte ich.

Er schwang seinen Fuß und trat erneut nach mir, trat mir diesmal schmerzhaft gegen das Brustbein. »Es gibt keinen Feind außer der Armut«, knurrte er. »Keinen Feind außer Enttäuschung und mangelndem Stolz. Hat dir meine Frau in all den Monaten, die du als ihr Schoßhündchen verbracht hast, nicht den Wert des Geldes beigebracht?«

Ich versuchte aufzustehen und keuchte vor Schmerz, aber er legte seine kräftigen Hände auf meine Schultern und drückte mich nach unten. »Da unten gefällst du mir besser«, sagte er. »Hör mir zu. Ich werde deinen Mann nicht retten. Er ist ein Lügner. Er hat die letzten drei Jahre nicht in einem Gefangenenlager verbracht. Er ist auch nicht 1917 hierher zurückgekommen, um seine liebe alte Tante und seinen Onkel zu besuchen. Ich bin nicht dumm. Er ist hierhergekommen, um nach mir zu suchen.« Ich versuchte wieder, mich zu bewegen, aber er stand nur noch dichter über mir und richtete die Waffe nach unten. »Ich habe die Skizzen weggeschickt, und was ist dann passiert? Ich hörte, dass Alex plötzlich zu Besuch kommen würde. Ich hatte einen Verdacht, aber ich konnte mir nicht sicher sein. Von mir würde er natürlich nichts erfahren, und Dottie wusste nichts. Die Einzige, die dem lieben Alex in ihrer Unschuld verraten konnte, dass ihr Daddy ihr die Zeichnungen weggenommen hatte, war Franny.«

»Also hast du George Sanders gefunden.«

»Nein. Er hat mich gefunden. Er hat zuerst Martin geschrieben und ihn um Geld angebettelt. Als Martin ablehnte, schrieb er mir. Einen privaten Brief. Er wäre verzweifelt, sagte er. Also bin ich nach Torbram gefahren.« Robert lächelte, seine Zähne leuchteten weiß im schwachen Licht des Korridors. »Ich bin nachts gefahren; Dottie und die Dienerschaft sind es gewohnt, dass ich die ganze Nacht unterwegs bin, und sie haben nie Fragen gestellt. Ich fuhr nach Torbram, fand George Sanders und sagte ihm, wenn er Geld von der Familie Forsyth erwartete, wüsste ich, wie er es bekommen konnte.«

»Du musstest sie wirklich umbringen?«, brüllte ich ihn an. »Konntest du sie nicht anders zum Schweigen bringen, sie fortschicken?«

»Wir hatten sie bereits fortgeschickt, und sie kam zurück«, sagte Robert. »Ihre Mutter würde nie wieder zustimmen, sie irgendwohin zu schicken. Und sie auf andere Weise zum Schweigen zu bringen … Nun, niemand würde einem verrückten Mädchen wie Frances glauben. Niemand außer jemandem, der sie gut kannte und bereit war, sich ihr Geschwätz anzuhören. Wie Alex.«

»Wie konntest du wissen, dass er wegen der Skizzen herkam?«, fragte ich.

»Ich sage dir doch, das wusste ich nicht. Ich habe mich lediglich versichert, dass George Sanders interessiert war, und ihm gesagt, dass ich ihn anrufen würde, wann er die Tat begehen sollte. Ich sagte ihm, er solle sich bereithalten, falls ich ihn bräuchte, und er stimmte zu.«

Meine Gedanken rasten. Es gab niemanden in Rufweite, der mich hören konnte. Wenn ich eine Waffe in die Hände bekäme, könnte ich ihn außer Gefecht setzen und zum Telefon gelangen … zu Alex gelangen. Dottie hatte eine Schere, aber sie war zu klein, um Schaden anzurichten, und sie war in der Bibliothek. Ich schob mich auf dem Boden durch den Korridor, in Richtung der Treppe, die zur Küche führte. Wenn ich es bis zur Küche schaffte, konnte ich mich vielleicht mit einem Messer bewaffnen, bevor er mich einholte.

»Alex stellte Fragen«, sagte Robert und folgte mir. »Ich habe Frances gedroht, ihr gesagt, sie solle in ihrem Zimmer bleiben und sich auf Bauchschmerzen berufen. Sie gehorchte, aber sie war immer schwer zu kontrollieren. Ich wusste, dass sie nicht lange Angst vor mir haben würde, und wenn sie das nächste Mal mit ihrem geliebten Cousin Alex spräche, dann würde sie es ihm sagen. Trotzdem verschaffte mir das etwas Zeit. Dann hörte ich, wie Alex eins der Dienstmädchen nach dem Skizzenbuch fragte, und ich wusste, dass er hierhergeschickt worden war, um mich aufzuspüren. Ich wusste in diesem Moment auch, dass meine Skizzen abgefangen worden waren und ich nie mein Geld für sie bekommen würde. Mir lief die Zeit davon, und die Strafe für Landesverrat ist die Hinrichtung. Also habe ich den Anruf getätigt.«

Ich konnte jetzt die Tür zum Treppenhaus sehen. Ich würde mich schnell aufrappeln und dorthin laufen müssen, die Tür hinter mir schließen. »Deine eigene Tochter«, sagte ich. »Sie hat dich geliebt. Hat dich verehrt.«

»O ja, ich weiß«, erwiderte Robert. »Es ist leicht, über all das zu urteilen, wenn man nicht ihr Vater ist. Du weißt nicht, wie es war, ein Kind wie Frances aufzuziehen. Ihr Schreien zu hören, ihre Wahnvorstellungen mit anzuhören. Nachts wach zu liegen und sich zu fragen, wie das weitergehen würde. Zu wissen, dass sie niemals geistig gesund sein würde, dass sie nie heiraten würde, dass sie für den Rest meines Lebens eine Last sein würde. Ich glaube nicht, dass du das verstehst.« Er atmete jetzt schwer. »Ich konnte es nicht selbst tun. George war ein Fremder; er hatte keine Verbindung zum Haus oder dem Wald. Er sollte es schnell tun, ohne ihr Schmerzen zu bereiten, und dann wieder verschwinden. Niemand würde es je erfahren. Man würde annehmen, dass sie vielleicht von einem Landstreicher getötet worden war oder einen Unfall hatte. Sie würde in Frieden ruhen, und mein Geheimnis wäre sicher.«

Ich hatte die Tür im Visier, aber ich drehte mich um und sah zu ihm hoch. »Und was ist passiert?«

Robert blinzelte, erinnerte sich, und einen Moment lang war er so abgelenkt, dass ich dachte, ich könnte nach der Pistole greifen. Ich regte mich nicht.

»Ich weiß es nicht«, sagte er. »Ich habe dafür gesorgt, dass ich aus dem Haus war, Freunde besucht habe, damit kein Verdacht auf mich fällt. Ich ging zu Fuß – damals ging ich noch zu Fuß, aber jetzt hasse ich den Wald und gehe nie mehr zu Fuß hindurch. Ich näherte mich dem Haus von der Rückseite und erwartete, dass es in Aufruhr war. Stattdessen kam Frances von vorn um das Haus herum und rannte auf mich zu. Sie weinte. Sie warf sich in meine Arme und erzählte mir, dass ein Mann sie im Wald angegriffen hatte, aber dass Princer sie gerettet und den Mann getötet hatte. Dass es schrecklich gewesen und sie gerannt und gerannt war, und dass sie nicht wusste, was sie jetzt tun sollte.

»O mein Gott«, sagte ich leise.

»Kannst du dir das vorstellen?« Robert lächelte ein wenig. »Sie warf sich mir an den Hals und nannte mich *Papa.* Sie war so erschüttert – sie wollte, dass ich sie rette, dass ich alles in Ordnung bringe, als wäre sie ein kleines Mädchen. Ich hielt sie fest und sagte, dass alles gut werden würde und sie mit mir ins Haus kommen sollte.«

Ich spürte die Tränen auf meinem Gesicht, obwohl meine Wangen vor Angst ganz taub waren. »Sie hat dir vertraut«, flüsterte ich mit heiserer Stimme.

»Natürlich hat sie das. Ich war ihr Vater. Ich nahm sie mit auf das Dach und bat sie, mir die Richtung im Wald zu zeigen, in der sie den fremden Mann getroffen hatte. Ich sagte ihr, ich wolle sehen, wo er sei, ohne dass sie mich dorthin führen müsse. Sie stellte sich an den Rand und zeigte hinüber, woraufhin ich sie schubste. Dann schlich ich mich die Treppe wieder hinunter und aus der Tür des Frühstückszimmers und tat so, als wäre ich gerade durch den Wald nach Hause gekommen.«

»Du bist widerlich«, sagte ich. Dann trat ich ihm gegen das Knie, so fest ich konnte, drehte mich um, kam hastig auf die Füße und rannte den Korridor hinunter zur Treppe in die Küche.

Hinter mir brüllte Robert. Mein Knie war ein pochender Schmerz und ich konnte mich kaum noch aufrecht halten, aber ich zwang mich zu laufen, in der Erwartung, dass die Pistole losgehen würde, in der Erwartung, dass die Kugel zwischen meinen Schulterblättern einschlagen würde. Stattdessen stürzte er sich auf mich und landete auf meinem Rücken, und ich fiel wieder zu Boden.

Ich schrie auf und versuchte, mich von ihm loszureißen, aber er hielt mich fest in seinem Griff, sein dicker, verschwitzter Körper lag auf dem meinen. Dann spürte ich, wie sich sein Fokus verschob, sein Gewicht von mir abfiel und er hektisch nach der Pistole angelte.

Ich schaute auf. Im Türrahmen zum Treppenhaus, in der Tür, auf die ich gerade zuzurennen versucht hatte, stand Dottie. Sie hatte den gleichen Gedanken gehabt wie ich: In einer Hand hielt sie ein Küchenmesser. Ihr Gesichtsausdruck, als sie ihren Mann anstarrte, war voller Hass und Wut, die Lippen nach hinten gezogen, die Wangenknochen heiß und rot.

»Du hast sie umgebracht!«, schrie sie. »Meine Tochter!«

Robert schwang die Pistole. Ich trat ihm gegen den Unterarm, und der Schuss ging daneben und schlug in der Flurwand ein. Robert riss sich von mir los, stand auf und holte mit seinem schweren Arm in einem weiten

Bogen aus, wonach der Griff der Pistole mit einem unangenehmen Geräusch auf Dotties Schläfe traf. Sie hatte kaum Zeit, die Hände zu heben, bevor sie zu Boden sackte.

Ich kam wieder auf die Beine und schluchzte. Diesmal rannte ich zur Tür des Frühstückszimmers, um auf die Terrasse zu gelangen, um zu fliehen. Aber wieder erwischte mich Robert, und wieder rang er mich zu Boden. Er hielt mir die Hände fest, drückte mir ein Knie in den unteren Rücken und schickte Schmerzenswellen meine Wirbelsäule hinauf und meine Beine hinunter.

»Armer, labiler Alex«, keuchte Robert in mein Ohr, als ich vor Schmerz wimmernd stillhielt. »Der Krieg hat ihn schlimm aus dem Gleichgewicht gebracht, schätze ich. Als ich nach Hause kam, musste ich feststellen, dass er seine Tante umgebracht und seine schöne Frau vergewaltigt hatte, also habe ich ihn erschossen. Ein Veteran, der seinen Verstand verliert, ist heutzutage leider eine allzu häufige Geschichte.« Er beugte sich näher vor. »Du hast mir immer schon gefallen, Mrs. Manders.«

Ich schrie. Ich konnte mich nicht bewegen, konnte nicht von ihm wegkommen, und niemand würde kommen, aber ich schrie, schrie den Tod von Frances heraus, schrie nach Dottie, nach Alex. Ich schrie vor Angst und mit einer widerhallenden, furchtbaren Verzweiflung. Ich würde hier sterben, auf dem Boden, auf halbem Weg durch die Tür des Frühstückszimmers von Wych Elm House, und auf die geblümte Tapete starren.

Dann sah ich Frances auf der Terrasse.

Sie beobachtete uns. Ihr Gesichtsausdruck war gelassen und fast traurig, ihre blauen Augen unter den Strichen ihrer Brauen intelligent. Sie trug das bekannte graue Kleid und Perlen. Sie sah nicht mich an. Sie schaute ihren Vater an.

Ich spürte, wie Robert auf meinem Rücken verharrte. Es war kalt, das spürte ich auch, meine Nase und meine Lippen waren ganz verfroren. Draußen hörte ich den Wind.

»Frances«, sagte ich.

»Nein«, sagte Robert. »Das kann nicht sein.«

Hinter uns krachte es, und ich drehte den Kopf, meine Wange gegen den Boden gepresst. Alex war aus der Bibliothek und den Korridor hinaufgekommen. Er war auf den Knien, sein Gesicht war aschfahl, sein Blick auf mich gerichtet. Sein Hemd und sein Hosenbund, seine Ärmel und seine Handflächen – alles war blutdurchtränkt.

»Jo«, sagte er. Er beugte sich vor, schwang den Arm, und etwas rutschte auf dem Boden zu mir hin und glitt über den Teppich. Ein Messer. Das Messer, das Dottie in der Hand gehalten hatte.

»Das kann nicht sein«, wiederholte Robert, immer noch vor Überraschung erstarrt, und ich riss mein Handgelenk aus seinem Griff, packte das Messer und stieß es ihm in den Oberschenkel.

Er brüllte auf und verlor das Gleichgewicht. Ich krümmte mich unter ihm, wälzte ihn von meinem Rücken und kroch über den Teppich zu Alex, der wieder zu Boden gesunken war. Hinter mir hörte ich das leise Klicken des Entriegelns der Terrassentür, das leise Knarren der sich öffnenden Türflügel. Ein kalter Wind wehte in den Raum. Über Roberts Schmerzensschreie hinweg ertönte ein hoher, schriller Pfiff.

Alex war grässlich blass, aber ich konnte sehen, wie sich sein Brustkorb hob und senkte. Er atmete. Seine Augen waren halb geöffnet und beobachteten mich, als ich auf ihn zukam. Als ich nahe genug war, ergriff ich seine eisige Hand und blickte hinter mich.

Robert war auf die Beine getaumelt. Ich hatte ihn an der Außenseite seines Oberschenkels getroffen, und die Klinge steckte immer noch dort, der Griff des Messers ragte grotesk hervor und war mit Blut verschmiert. Er konnte sich kaum auf den Beinen halten, aber er tatschte immer noch nach dem Griff des Messers und versuchte, die Waffe aus seinem Körper zu ziehen, doch seine Hände waren zu glitschig, um das Messer richtig festzuhalten. Das Blut spritzte an seinem Bein hinunter auf den Boden und durchtränkte seine teure Wollhose. Hinter ihm, hinter der Flügeltür, stand seine Tochter immer noch am Rand der Terrasse. Abgestorbene Blätter wirbelten um den Saum ihres Rocks herum auf, wehten nach oben und wirbelten um sie herum, sodass sie wie verschwommen schien. Hinter ihr tauchte eine massige Gestalt aus dem Wald auf, schwerfällig und muskulös, das lange Fell nass vor Schmutz. Sie trottete von hinten auf Frances zu, doppelt so breit wie sie, und ich erhaschte einen flüchtigen Blick auf ein Paar scheußlicher Augen, bevor sie eine Hand hob und ich wegschaute.

Vielleicht will er dich beschützen, hörte ich Alex in meinem Kopf sagen.

Ich kroch das letzte Stück zu Alex und nahm seinen Kopf mit beiden Händen, hielt ihn sicher. »Sieh nicht hin«, flüsterte ich, während mein Atem in der eisigen Luft aufstieg. Hinter mir roch es nach Blut, ich hörte das schwere Kratzen und Schaben auf den Terrassenfliesen, das Geräusch von Atem, von dem ich wusste, dass er heiß und widerlich war, und sehr bald hörte Robert auf zu schreien.

In der darauffolgenden Stille rollte ich mich noch näher an Alex heran und presste meine Körperwärme an seine. Er hatte angefangen zu zittern.

»Ich muss zum Telefon gehen«, sagte ich zu ihm und wollte ihn doch nicht loslassen. Meine eigenen Hände zitterten, und mein Magen rebellierte. Ich versuchte, nicht an die schleifenden Geräusche zu denken, die ich auf der Terrasse gehört hatte. Robert war fort.

Alex fand die Kraft, meine Taille mit einer blutigen Hand zu umklammern. »Das habe ich schon getan«, sagte er. »Sie kommen.«

Ich strich ihm über die Schläfe und drückte meine Wange an seine. Alex, der auch dann noch Probleme löste, wenn er gerade einen Bauchschuss erlitten hatte. Alex, der jedes Risiko auf sich genommen hatte, um zu mir nach Hause zu kommen. Alex, der alles nur getan hatte, weil er mich liebte.

»Verlass mich nicht.«

Er packte mich fester, schlang seine Hand in den Stoff meiner Bluse, als ob er sich festhalten wollte, und schloss dann die Augen.

40

Am Ende weigerte sich mein Mann zu sterben.

Es war so knapp, so knapp, dass ich mich in meinem verzweifeltesten Moment gegen die Wand des Waschraums im Krankenhaus sinken ließ, wo ich gerade den Inhalt meines ohnehin leeren Magens ausgekotzt hatte, und hemmungslos schluchzte. Mein Bauch und meine Brust waren voller blauer Flecken von den Tritten, die Robert mir verpasst hatte, und mein Knie war schmerzhaft verdreht. Seit Tagen trug ich dasselbe Kleid. Ich starrte mit brennenden Augen auf die nach Bleiche duftenden Fliesen und sagte mir, dass ich seinen Tod nicht noch einmal überleben könnte. Aber danach stand ich auf, ging zurück an sein Bett und hielt noch eine Nacht lang seine Hand.

Die Welt schien zersplittert, als ob ich sie aus der Ferne durch zerbrochenes Glas betrachten würde. Ich kannte den zeitlichen Ablauf meines Lebens nicht mehr. Männer sprachen mit mir – Männer, die ich nicht kannte, einer nach dem anderen in einer langen Reihe. Männer in Anzügen und Uniformen und mit Polizeimützen, Männer mit Schnurrbärten und Männer mit Vollbärten. Da war ein Arzt, der mir sagte, dass die Kugel hoch, schräg nach oben in Alex' Schulter eingedrungen war und seine lebenswichtigen Organe verfehlt hatte, aber dass er so stark geblutet hatte, dass die Lage immer noch ernst war. *Sie müssen stark sein, Mrs. Manders, um seinetwillen.* Ich dachte: *Ich bin schon stark. Ich war gestern stark, und vorgestern auch.* Aber ich wusste nicht, ob ich es laut ausgesprochen hatte.

Augenblicke oder Stunden oder Tage später waren da die Gesichter von Polizisten, die mir Fragen stellten. *Was genau haben Sie gesehen? Wo ist Robert Forsyth? Hat er Mrs. Forsyth niedergeschlagen, bevor oder nachdem er die Waffe auf Ihren Mann abgefeuert hat? Sind Sie sicher? Sind Sie sicher, dass das Messer sein Bein durchstochen hat? Was genau hat er gesagt? Lassen Sie es uns noch einmal durchgehen, Mrs. Manders. Sind Sie sich ganz sicher?* Ich antwortete mit einer Stimme, die aus der Kehle einer anderen zu kommen schien, die Worte kamen gezwungen und schwer, als wären sie in mir verschluckt worden und wollten nicht wieder hochkommen. Der Gedanke an Frances ging mir immer wieder durch den verwirrten Kopf, und ich erinnerte mich daran, dass es sehr wichtig war, dass ich nicht von ihr sprach, dass ich nicht erzählte, was ihr Vater ihr angetan hatte, obwohl ich mich nicht genau erinnern konnte, warum.

Ich erinnerte mich daran, wie ich mich wie ein Geist durch die Gänge des Krankenhauses bewegte und meinen Weg von der Männer- zur Frauenstation fand. Ich erinnerte mich an Dottie, die in einem Krankenhausbett lag, mit Verbänden um den Kopf, die Augen in dunklen Höhlen und geschwärzter Haut versunken. *Gehirnerschütterung,* hatten sie gesagt. Ich saß an ihrem Bett, wann immer ich mich von Alex losreißen konnte, auch wenn ich ihre Hand nicht hielt. Als sie das erste Mal die Augen öffnete, starrte sie mich trübe an, ohne zu sprechen, und wir saßen schweigend da und sahen uns an wie Fremde.

»Wo ist er?«, fragte sie mich endlich mit rauer Stimme.

Ich durchsuchte mein Gedächtnis. »Weg«, antwortete ich.

»Geflohen?«

Nein. Wo immer Robert Forsyth war, er war nicht entkommen. »Es war Princer«, sagte ich.

Ihr Gesicht entspannte sich, und sie wandte den Blick ab. »Braves Mädchen.« Ich wusste, dass sie nicht mich meinte.

Ich erzählte der Polizei nichts von Princer. Ich erzählte ihnen, dass Robert Forsyth auf meinen Mann geschossen, seine Frau mit einer Pistole niedergeschlagen und mich angegriffen hatte. Als ich ihm ein Messer ins Bein gerammt hatte, war er durch die Terrassentür hinausgerannt und im Wald verschwunden. Den Rest sah ich jedes Mal, wenn ich die Augen schloss: die wirbelnden Blätter, das Ding, das aus dem Wald kam, Frances, die eine blasse Hand hob, das Geräusch des Dings, das durch die Terrassentür hinter mir kam – aber ich sprach nichts davon laut aus. Ich saß an Alex' Bett, betrachtete die wächserne Blässe seines Gesichts und versuchte, mich an nichts davon zu erinnern.

Dann saß ich David Wilde gegenüber, der mich zu überreden versuchte, einen Teller Suppe zu essen. Er trug einen Anzug aus marineblauer Wolle mit einer grauen Krawatte, die die silbernen Strähnen in seinem Haar hervorhob. Er hielt eine Tasse Tee in der gesunden

Hand. Auch er sprach zu mir, und als die Suppe mich wieder ein wenig belebte, begann ich zu verstehen, was er meinte.

»Zeitungen?«, wiederholte ich.

»Ich habe sie abgewimmelt«, antwortete Mr. Wilde. »Kein Reporter wird Sie oder Mrs. Forsyth belästigen. Sie bringen natürlich immer noch Geschichten – was in Wych Elm House geschehen ist, macht sich gut auf den Titelseiten. Ich hoffe, dass das Interesse nachlässt, wenn sich die Familie nicht äußert.« Er stellte seine Teetasse auf die Untertasse und schob mir meine noch unangetastete Tasse mit unmissverständlicher Bitte über den Tisch zu. »Ich habe mich auch um die Löhne der Bediensteten gekümmert und für die Reinigung des Hauses gesorgt. Es sollte Ihnen und Mrs. Forsyth keine Schwierigkeiten bereiten, nach Wych Elm House zurückzukehren.«

Mit dem Tee lichtete sich der Nebel in meinem Gehirn, und es begann wieder zu arbeiten. »Was ist mit Martin?«, fragte ich ihn.

»Er ist in London in ärztlicher Behandlung«, antwortete Mr. Wilde. »Ich habe sowohl mit ihm als auch mit Mrs. Forsyth gesprochen – mit Mrs. Cora Forsyth. Es geht ihm nicht gut genug, um hierher zu reisen. Er wird in zwei Tagen operiert. Ich habe die Reporter auch von den beiden ferngehalten.«

Ich dachte, du hättest vielleicht Frances ermordet, hätte ich beinahe laut gesagt. Wie dumm ich doch gewesen war. »Mr. Wilde, es tut mir so leid«, sagte ich.

Er dachte, ich würde mich für die Mühe, die er sich gemacht hatte, entschuldigen. »Das ist meine Aufgabe, Mrs. Manders«, erwiderte er mit seiner ruhigen, kompetenten Stimme. »Die Familie macht eine außergewöhnlich schwierige Zeit durch.« Er sprach etwas sanfter weiter. »Wie geht es ihm?«

»Sie denken, dass er überleben wird.«

»Dann müssen Sie zu ihm zurückkehren.«

Ich kehrte in das Krankenzimmer zurück und fand Alex wach in seinem Bett vor. Eine Krankenschwester hatte ein Kissen hinter seinen Rücken geschoben und ihm einen Schluck Wasser gegeben. Einen Moment lang stand ich in der Tür und fühlte einen wilden Stich der Enttäuschung, weil eine Krankenschwester statt mir hier gewesen war. Und dann war ich an seinem Bett, nahm seine Hand in meine zitternde eigene und weinte ganz bestimmt nicht.

»Komm her«, sagte er nach einem Moment, und ich lehnte mich aufs Bett, legte meine Arme um seinen Hals, während er seinen Arm um mich schlang und mich leise schluchzen ließ.

»Es tut mir leid.« Seine Stimme stockte ein wenig. »Er hat mich überrumpelt. Wie dumm von mir.«

»Ich hasse dich«, sagte ich in seinen Nacken.

»Ja, ich weiß.« Er rieb meine Schulter und meinen Oberarm durch meine Strickjacke, sein Griff war schwach, aber entschlossen. »Wie lange war ich nicht bei Bewusstsein?«

»Vier Tage.«

Alex fluchte leise.

»Es tut mir leid. Tut das weh?«, fragte ich und versuchte, ihn nicht ganz so fest zu umklammern.

»Bleib, wo du bist, bitte. Ich habe dich genau da, wo ich dich haben will.«

»Es waren furchtbare Tage. Ich bin nur noch ein fleckiger, überreizter Abwaschlappen.« Ich drehte meinen Kopf auf dem Kissen neben ihm und fuhr mit den Fingern über seinen Vier-Tage-Bart. Er stand ihm natürlich gut.

»Du bist umwerfend.« Alex strich mit dem Daumen sanft über meinen Nacken und mein Haar. »Und jetzt erzähl mir alles, was hier los ist.«

»Du bist gerade erst aufgewacht.«

»Ja, und die Polizei ist wahrscheinlich schon informiert worden. Sie werden jederzeit zu einem Plausch vorbeikommen. Also erzähl mir alles, Jo.«

Ich tat es und war überrascht, an wie viel ich mich durch den Schleier meiner Panik hindurch erinnern konnte. Er blieb lange genug wach, um zu sagen, dass das alles ein verdammtes Durcheinander wäre und er alles in Ordnung bringen würde und dass er in kürzester Zeit aus dem Bett kommen würde; es wäre schließlich nur eine Kugel gewesen. Dann driftete er wieder ab in den Schlaf. Ich löste mich von ihm und ging auf die Frauenstation, um Dottie zu besuchen.

»Alex ist wach«, sagte ich zu ihr.

Ihr Kopf war immer noch bandagiert, aber sie saß aufrecht, die Hände auf der Bettdecke gefaltet. Ihr Blick war wach und aufmerksam, aber er hatte etwas anderes an sich, etwas, das nicht ganz Dottie entsprach. Es gab keinen Hinweis auf ihre übliche Schärfe. Stattdessen schaute sie mich aus ihren dunkel umrandeten Augen mit einem eher verwirrten Ausdruck an.

»Ich habe gerade mit David Wilde gesprochen«, sagte sie.

Ich nickte. Er hatte sie also nach seinem Gespräch mit mir aufgesucht. »Er hat dir von Martin berichtet?«

»Ja.« Ihre Hände zuckten auf der Decke. »Manders.« Sie sprach den Namen sanft aus, ohne den alten Stachel in ihrem Tonfall. »Ich habe nachgedacht.«

Ich saß da und wartete. Ihr Denken schien sich verlangsamt zu haben.

»Ich habe David alles erzählt.« Dottie ignorierte meine Überraschung darüber, dass sie seinen Vornamen benutzte. »Alles, was ich gehört habe … was Robert zu dir gesagt hat. Allerdings habe ich nicht wiederholt, was er über Alex gesagt hat.«

Sie meinte den Teil, in dem Robert davon gesprochen hatte, dass Alex nach Hause gekommen war, um den Verrat zu untersuchen. »Dottie, es gibt eine Erklärung …«

»Stopp«, sagte sie schwach. »Ich möchte nicht mehr wissen, als ich bereits gehört habe. Was Alex in den letzten drei Jahren getan hat, was auch immer es war, ist seine Sache. Ich möchte über David sprechen. Er hat sich bei mir entschuldigt.«

»Entschuldigt?«

»Es gibt da eine Frau, die im Dorf lebt. Eine ehemalige Bedienstete der Familie. In der Zeit, in der wir fort waren, haben David und diese Frau eine persönliche Bindung aufgebaut.« Ein Hauch ihrer alten Schärfe durchzog ihren Blick. »Ich hoffe, ich schockiere dich nicht, Manders.«

»Nein«, antwortete ich. »Obwohl ich mich frage, wie Mrs. Wilde darüber denkt.«

Sie schürzte ihre Lippen ein wenig. »Davids Probleme hat er selbst verursacht, und es steht mir nicht zu, sie zu wiederholen. Ich bin zu müde, um es überhaupt zu versuchen. Aber diese Frau …«

»Petra Jennings«, ergänzte ich.

»Ja.« Sie zeigte sich nicht überrascht, dass ich den Namen kannte. »Sie kam zu David und erzählte ihm, dass Robert sie bedroht hatte.«

»Bedroht?«

»Ja. Als du und Alex mich an jenem Morgen verließt, seid ihr offenbar zu dieser Frau gegangen und habt mit ihr gesprochen. Robert wusste irgendwie davon. Er dachte, dass Alex ihr sein Geheimnis verraten hatte – was er Frances angetan hatte und warum. Er glaubte, dass sie als Zeugin des Tages, an dem Frances starb, und der Skizzen, die Frances in ihrem Buch gemacht hatte, gegen ihn verwendet werden würde. Er sagte ihr, dass er sie umbringen würde, wenn sie sich bereit erklärte, auszusagen.«

Ich lehnte mich auf meinem Stuhl zurück und starrte sie an, während mein müder Verstand alles zusammensetzte. »Deshalb hat sie ihr Zuhause verlassen. Deshalb war sie fort.«

»David hielt es für das Beste, sie in Sicherheit zu bringen, also begleitete er sie zu ihrem Haus und half ihr beim Packen ihrer Sachen. Dann brachte er sie unter einem falschen Namen in ein Hotel in einer nahe gelegenen Stadt. Als er damit fertig war, wollte er mich sofort warnen.«

»Aber er war zu spät«, sagte ich. Alex und ich mussten erst, kurz nachdem sie gegangen waren, zu Petras Haus gekommen sein.

»Ja.« Dottie hob eine Hand und berührte leicht ihren Verband, dann ließ sie sie wieder fallen. »Er wollte sich bei mir entschuldigen, nicht nur für sein Versagen in dieser Sache, sondern auch für die Peinlichkeit seiner Situation. Ich hatte natürlich keine Ahnung von der Frau. Hätte ich es gewusst, hätte ich ihn zur Rede gestellt.«

Ich dachte darüber nach. Was, wenn Alex und ich früher zu Petras Haus gekommen wären? Was, wenn wir sie und David Wilde angetroffen hätten, wenn wir gewarnt worden wären? Alles hätte anders kommen können.

»Worüber ich nachgedacht habe«, sagte Dottie, »ist, dass ihr über Robert Bescheid gewusst haben müsst. Deshalb seid ihr zu dem Haus dieser Frau gefahren. Du und Alex müsst es gewusst haben, und ihr habt es mir nicht erzählt.«

»Nein. Wir wussten es nicht. Aber wir glaubten, dass es kein Selbstmord war, dass jemand sie getötet hatte. Wir dachten, Petra Jennings könnte der Schlüssel dazu sein, könnte etwas wissen.«

Dottie lehnte sich in die Kissen zurück. »Du hast geglaubt, sie sei ermordet worden, weil du Frances' Geist gesehen hast«, sagte sie, und in ihrer Stimme klang wieder Verwirrung mit. »Ist es so gewesen?«

»Ja. Ich wollte es dir sagen, an jenem Tag in der Bibliothek, aber es klang schon verrückt genug. Und ich hatte keine Beweise.«

Dottie winkte mit einer Hand ab, und ich bemerkte, wie die Knochen unter ihrer blassen Haut fast sichtbar wurden. »Ich bin nicht an weiteren Entschuldigungen interessiert. Meine Tochter hat, aus welchen Gründen auch immer, dich ausgesucht, um dir zu erscheinen. Sie wählte dich, um die Wahrheit zu sagen.«

Sie hat mich auch ausgewählt, um mich zu beschützen, dachte ich, sagte es aber nicht. »Ja.«

»Was ich will ... Das *Einzige,* was ich will, Manders, ist zu wissen, ob sie noch immer in Wych Elm House ist.«

Ich würde zurück zum Haus gehen müssen, um nachzusehen. Der Gedanke, dorthin zurückzugehen, ließ mich augenblicklich erstarren. »Ich kann das nicht.«

»Ich glaube, du kannst es«, widersprach Dottie.

Ich spürte, wie mir der Schweiß auf dem Rücken und in den Handflächen ausbrach. »Und wenn sie dort ist?«

»Dann finde heraus, warum.« Dotties Stimme driftete jetzt in die Erschöpfung ab. »Finde heraus, was sie daran hindert, in Frieden zu ruhen.«

»Dottie ...«

»Bitte.«

Das hatte sie noch nie zu mir gesagt. Sie hatte ihre Tochter, ihren Mann und möglicherweise ihren Sohn verloren, während ich meinen Alex zurückhatte. Ich verstand, wie ein solcher Verlust einen berauben kann. Im Vergleich dazu spielte es keine Rolle, dass ich Wych Elm House nie wieder sehen wollte.

»In Ordnung, Dottie. Ich werde hingehen.« Ich stand auf, doch an der Tür drehte ich mich noch einmal zu ihr um. »Darf ich dir eine Frage stellen?«

Sie hatte die Augen geschlossen, aber sie winkte zustimmend mit der Hand.

»Warum bist du zurückgekommen?«, fragte ich. »Du hast das Haus verlassen, um Martin nach London zu folgen. Warum bist du umgekehrt?«

Sie öffnete die Augen und warf mir wieder diesen verwirrten Blick zu, und es schien, als müsste sie nach den

Worten suchen. »Er hat mich darum gebeten«, sagte sie schließlich, wobei ihren Worten die übliche Kraft fehlte. »In dem Brief, den er hinterlassen hat. Martin bat mich, ihm nicht zu folgen. Zuerst habe ich das nicht beachtet – ich war wütend. Aber als ich unterwegs war, wurde mir klar, dass ich es nur noch schlimmer machen würde, wenn ich ihm folgte. Martin ist jetzt erwachsen und verheiratet, und er hat es nicht nötig, dass seine Mutter ihn quer durch das Land verfolgt.«

»Du hast also umgedreht und bist nach Hause gekommen, und hast alles mit angehört.«

»Ich war auf der Eingangstreppe, als ich den Schuss hörte. Ich dachte, wir würden ausgeraubt werden. Ich sagte dem Fahrer, er solle die Polizei holen, und dann ging ich hinten herum zur Küchentür, um ein Messer zu holen.« Sie schloss wieder ihre Augen. »Die Bediensteten waren fort. Ich konnte Roberts Stimme hören. Du hast geschrien, geschrien.« Sie hielt inne. »Ich möchte dieses Geräusch nie wieder hören. Aber ich nahm ein Messer und schlich die Treppe hinauf, um zu sehen, ob ich dafür sorgen konnte, dass es aufhört.«

Ich stellte sie mir vor, klein und schmal, wie sie in ihren Oxfords zur Küchentür schlich, um denjenigen abzuwehren, der ihr kostbares Heim ausraubte. Wie unbesiegbar sie doch war. »Dottie«, sagte ich, »wir hätten dich einsetzen sollen, um den Krieg zu gewinnen.«

Aber sie war bereits eingeschlafen und hörte mich nicht mehr.

41

Es war fast zehn Uhr am nächsten Morgen, als ich auf der Treppe von Wych Elm House stand und den Mut fasste hineinzugehen. Ich fühlte mich außerhalb meiner selbst, als hätte man der alten Jo eine fremde Haut übergezogen, denn die Ereignisse der letzten Tage hatten mich auf eine Weise verändert, die ich noch nicht wiedererkannte oder zu verstehen begann. Ich wusste nur, dass ich dasselbe Kleid trug wie die alte Jo, dieselben Schuhe, denselben Hut und dieselben Handschuhe. Ich hatte Schmerzen hinter den Augen, von denen ich wusste, dass sie von der Erschöpfung herrührten, meine blauen Flecken taten weh, und meine Beine fühlten sich schwach an, aber ich zwang mich, die Tür zu öffnen und hindurchzugehen.

Das Haus roch nach Zitronenpolitur und Holz, unterlegt mit einem strengen, sauberen Geruch, den ich nicht kannte. Hier war der vertraute Schirmständer, dort der abgenutzte Teppich. Ich blieb einen Moment lang stehen, als ob Frances sich mir zeigen würde, während ich an der Haustür stand und darauf wartete, dass sie erschien. Als nichts geschah, ging ich in den Korridor.

Ich ging an mehreren Räumen vorbei, die genauso aussahen, wie ich sie in Erinnerung hatte. Der große Salon, in dem ich Martin zum ersten Mal getroffen hatte, in dem ich Alex am Abend der Party zum ersten Mal gesehen hatte. Der kleine Salon, in dem ich Frances auf einem Stuhl sitzen gesehen hatte, den Kopf zu mir gewandt, um mich anzusehen. Jetzt war sie nicht mehr da, und es gab auch sonst keine Spur von ihr. Ich fühlte mich, als würde ich ein Haus besichtigen, das ich seit Jahren nicht mehr gesehen hatte, oder vielleicht nur in den Tiefen meiner Erinnerung, eine alte Frau, die an einen Ort zurückdachte, an dem ich einst gewesen war.

In der Bibliothek blieb ich in der Tür stehen und wurde mit einem Ruck in die Gegenwart zurückgeholt. Dotties Schreibtisch war aufgeräumt, ihre Papiere sauber gestapelt, das Telefon in seiner Halterung, ihr Aschenbecher sauber und perfekt auf die vordere Ecke gestellt. Meine Schreibmaschine stand unter ihrer Abdeckung auf dem kleinen Tisch am Fenster, mein Stuhl war daruntergezogen. Die Regale mit den unberührten Büchern, das kleine Sofa – alles war so, wie es sein sollte, und doch hatte es die Qualität eines Museumsstücks, orchestriert von Fremden, die ein Zimmer so zusammenstellten, wie sie es für richtig hielten.

Ich blickte nach unten und bemerkte, dass der Teppich anders war. Er war ausgetauscht worden – der alte war wohl zu sehr mit Alex' Blut durchtränkt gewesen, als dass man ihn hätte retten können. Ich versuchte mir vorzustellen, wie ein Team von Bediensteten hier drin die Möbel umgestellt und den blutigen Teppich aufgerollt hatte, aber mein geistiges Auge ließ mich im Stich. Alex war hier angeschossen worden, war zum Schreibtisch getorkelt und hatte das Telefon benutzt. Jemand hatte pflichtbewusst sein Blut vom Hörer abgewischt.

Ich verließ die Bibliothek und ging den Korridor entlang. Meine Schläfen pochten. Hier, auf diesem sauberen und polierten Teil des Fußbodens, war die Stelle, an der ich hingefallen war, an der Robert mich getreten hatte. Die Haut meiner Rippen und meines Bauches war immer noch hässlich lila-gelb verfärbt. Hier war die Stelle, an der ich schreiend gelegen hatte. Ich zwang mich zu blinzeln und wegzusehen.

Ich ging an der Tür zur Hintertreppe vorbei, wo Dottie auf den Boden gesunken war, und betrat das Frühstückszimmer. Auch dieses Zimmer war sauber, alles war von Fremden weggeräumt worden. Der Teppich war neu – auch hier musste Alex' Blut das Original ruiniert haben. Besonders an der Stelle, wo er gelegen und sich an mich geklammert hatte, den Kopf auf meinem Schoß, während ich wartete und wartete, bis der Krankenwagen kam.

Ich gab einen erstickten Laut von mir, als ob sich alles wiederholen würde. *Es ist vorbei,* versuchte ich mir einzureden. *Es ist vorbei. Alex ist am Leben. Ich habe ihn doch nur im Krankenhaus zurückgelassen.* Er war an diesem Morgen wieder aufgewacht, und obwohl er Schmerzen hatte, hatten wir uns hingesetzt und leise gesprochen, bis er wieder eingeschlafen war. Es würde einige Zeit dauern, aber mein Mann würde sich erholen. Er war nicht gestorben, nicht beim ersten Mal und nicht beim zweiten Mal. Ich holte tief Luft und atmete wieder den Geruch von Reinigungsmittel ein.

»Mrs. Manders?«

Ich zuckte zusammen. Es war Mrs. Bennett, die Haushälterin, die in der Tür stand und mich beobachtete. Ihr Blick war mitfühlend und wachsam.

»Es tut mir leid«, sagte ich. »Ich habe Sie nicht gesehen.«

Sie schaute sich im Zimmer um. »Mr. Wilde hat alles reinigen lassen«, erwiderte sie höflich. »Es gab ein Team von Bediensteten. Ich habe das Aufräumen der Zimmer selbst überwacht. Ich hoffe, es ist akzeptabel.«

»Ja«, stotterte ich. »Ja, natürlich.«

»Wie geht es Mr. Manders und Mrs. Forsyth? Gibt es irgendwelche Neuigkeiten?«

»Sie erholen sich beide. Mrs. Forsyth hat heute Morgen das Bett verlassen, und ihre Verbände werden heute Nachmittag abgenommen.«

»Das ist sehr gut zu hören. Im Dienstbotentrakt machen sich alle Sorgen um sie. Wir warten sehnlichst darauf, dass Mrs. Forsyth nach Hause kommt.«

»Ich werde sie wissen lassen, dass Sie sich nach ihr erkundigt haben.« Ich sagte ihr nicht, dass ich vermutete, dass Dottie nicht hierher zurückkommen würde. Hier gab es nichts mehr für sie.

Mrs. Bennett sagte noch etwas, aber ich hörte sie nicht mehr. Mein Blick war an einer verglasten Vitrine an der Wand hängen geblieben, in der einige der im Haus allgegenwärtigen Figuren und Kunstgegenstände ausgestellt waren. In der Vitrine befand sich eine Figur von Salome, die den Kopf von Johannes dem Täufer auf ihrem Schoß hielt. Diese Figur hatte Frances auf meinen Nachttisch gestellt, als sie mein Schlafzimmer umgeräumt hatte. Ich hatte sie nie zurückgebracht, sondern sie in meinem Zimmer aufbewahrt.

»Mrs. Bennett«, sagte ich und unterbrach, was auch immer sie gesagt hatte, »wie ist diese Figur in die Vitrine gekommen?«

Sie hielt verwirrt inne. »Welche Figur, Mrs. Manders?«

»Die Statue von Salome.«

Ihr Blick folgte dem meinen, und sie runzelte die Stirn. »Diese Statue war schon immer da«, antwortete sie.

»Wurde mein Zimmer sauber gemacht und aufgeräumt?«

Sie blinzelte, und ich merkte, dass ich fast zu scharf gesprochen hatte. »Wir haben die Laken wie üblich gewechselt, Mrs. Manders, aber ...«

»Danke.« Ich verließ das Frühstückszimmer – ich wollte es nie wieder sehen müssen – und schritt zur Haupttreppe, die ich zügig hinaufstieg, um in mein Schlafzimmer zu gelangen.

Es war aufgeräumt, meine Kleidung ordentlich im Kleiderschrank verstaut. Das Bett, in dem ich in meinem Pfauenkleid gesessen und mit Alex gesprochen hatte, in dem er mich ein paar Tage später mit Hast genommen hatte, in dem ich so viele seltsame Träume und Albträume gehabt hatte, war wie das eines Fremden aufgeschüttelt und hergerichtet. Das Figürchen stand nicht mehr auf dem Nachttisch. Ich eilte hinüber und öffnete die einzige Schublade, um das Skizzenbuch zu suchen, das Frances unter meinem Kopfkissen zurückgelassen hatte und in dem die Fotos gelegen hatten. Die Schublade war leer. Das Skizzenbuch und die Fotografien waren verschwunden.

Ich öffnete den Kleiderschrank und fand die Kamera im untersten Fach. Ich zog sie heraus und stellte sie auf den Boden. Sie befand sich sicher aufbewahrt in ihrem Lederetui. Ich konnte mich nicht erinnern, dass ich sie an dem Tag, als ich Princer im Wald gesehen hatte, in die Ledertasche gepackt hatte, und ich wusste auch nicht, wer sie für mich weggeräumt hatte. Ich öffnete die Verschlüsse und zog die Kamera heraus in der Erwartung, dass das Innere der Tasche mit Wasser durchtränkt sein würde. *Da kommt Wasser raus und alles,* hatte Cora zu mir gesagt, als sie sich vor der Badezimmertür auf den Boden gesetzt hatte. Aber nun lief kein Wasser aus der Kamera, es war kein Wasser im Inneren des Etuis. Ich entriegelte die Kamera und klappte sie auf, sodass die Spulen im Inneren zum Vorschein kamen, aber sie waren alle trocken und unbenutzt. Es befand sich kein Film darin.

»Frances?«, fragte ich in die Stille. Es kam keine Antwort.

Es wurde alles ausgelöscht, dachte ich in Panik, als ich die Treppe zum oberen Stockwerk hinaufstieg. Alles, was an diesem Ort geschehen war, wurde ausgelöscht, als wäre es niemals passiert. Die Dienerschaft hatte geputzt, das war ihre Aufgabe. Aber kein Dienstbote hatte das Innere meiner Kamera gereinigt oder die Figur, die Frances hierhergebracht hatte, zurückgestellt. Ich erreichte das obere Ende der Treppe und ging direkt in Frances' Zimmer.

Es sah noch genauso aus wie vorher. Das Bett mit dem hübschen Baldachin, die Fensterbank, der gemusterte Teppich auf dem Boden – das Schlafzimmer eines fast 15-jährigen Mädchens, unbenutzt, weil sie vielleicht in der Schule war oder ein paar Wochen bei Freunden verbrachte. Ich machte mich auf den Weg zu den Bücherregalen, hockte mich davor und las die Buchrücken im hellen, kalten Vormittagssonnenlicht, das durch die

Fenster fiel. Oft gelesene Kinderbücher, Bücher mit Weihnachtsgeschichten, das Jahrbuch für Mädchen – all das war da. Aber es gab kein Skizzenbuch und hinter dem *Weltatlas für Mädchen* verbarg sich kein Päckchen mit Fotografien. Ich suchte im Kleiderschrank, der mit Frances' Kleidung aus ihrem kurzen Leben gefüllt war, und unter dem Bett, aber beides fehlte.

Ich setzte mich in den Schaukelstuhl und starrte aus dem Fenster auf die kahlen Äste der Bäume. Das Skizzenbuch war fort. Robert war fort. Vielleicht war ich wirklich ebenso verrückt wie Mutter; vielleicht würde ich eines Morgens aufwachen und erwarten, dass der Viscount kam und mich nach Budapest oder New York mitnahm. Aber ich merkte, dass es mich nicht mehr kümmerte. Meine Mutter hatte mich geliebt, so gut sie es konnte, so sehr, wie es ihr möglich war. Der Wahnsinn hatte sie nie daran gehindert. Ich verstand sie jetzt besser. Ich verstand, wie es war, in einem Dunst aus Verwirrung und Angst zu leben, und welchen Mut es brauchte, um jeden Tag aufzustehen und sich einer Welt zu stellen, die verwirrend und manchmal erschreckend war. Ich hatte das Skizzenbuch gesehen, war mit ihm in meinem Bett aufgewacht. Ich hatte seine Seiten berührt. Ich hatte den Schatten auf der Fotografie gesehen. Ich hatte Frances an jenem Tag im Salon gesehen und beobachtet, wie sie an ihrer Zimmertür vorbeiging, und ich hatte sie im Wald gesehen, hinter der Schulter ihres Vaters, wie sie mich warnte – auch wenn ich damals nicht auf sie gehört hatte. Ich hatte den kupfernen Gestank von Princer gerochen, als er über mich hinweggesprungen war, als er durch die Balkontür hinter mir ins Frühstückszimmer gekommen war.

Dieser Gedanke tröstete mich auf perverse Weise.

Ich dachte an ein Gesicht am Fenster, das flehte, hereinkommen zu dürfen. Ich dachte an eine Tür und fragte mich, ob ein außergewöhnliches 14-jähriges Mädchen durch sie hindurchgehen könnte, hin und her.

Ich würde Dottie sagen, dass Frances fort war. Falls das eine Lüge war, würde sie es nie erfahren.

Schließlich stand ich auf, ließ den Stuhl hinter mir schaukeln und ging wieder nach unten, um meine Sachen zu packen.

42

Drei Wochen später wurde die Leiche von Robert Forsyth auf einem Felsvorsprung an der Küste, etwa sieben Meilen von Wych Elm House entfernt, angespült. Er wurde fast sofort identifiziert, nicht nur aufgrund der Reste der Kleidungsstücke, die der Tote anhatte und die sein Monogramm trugen, sondern auch aufgrund der Tatsache, dass es sich um das aufsehenerregendste Verschwinden in der Gegend seit 30 Jahren handelte. Alle, von der Polizei bis zu den Dorfbewohnern, waren davon ausgegangen, dass Robert Forsyth tot war, aber niemand wusste, was genau geschehen war.

Die Leiche war keine Überraschung, aber sie löste das Rätsel nicht. Sie war in einem so zerfallenen Zustand, dass die Zeitungen sie nicht genau beschreiben konnten, und die Todesursache konnte nicht exakt bestimmt werden. Das Genick der Leiche war gebrochen, die Gliedmaßen zerrissen, aber der Gerichtsmediziner konnte nicht sagen, ob diese Verletzungen vor oder nach dem Tod eingetreten waren. Auf Dotties Wunsch hin wurde die Obduktion schnell durchgeführt, und dann wurde die Leiche eingeäschert und ihr übergeben. Ich habe nie erfahren, was sie mit der Asche gemacht hat; sie hat sie jedenfalls nicht im Familiengrab auf dem Anningley-Friedhof beigesetzt.

Ich hatte manchmal den Verdacht, dass sie sie in einem Mülleimer oder vielleicht in der Toilette entsorgt hat, obwohl sie das selbstverständlich nie verraten würde.

Die Zeitungen berichteten natürlich über den Fund. Die Öffentlichkeit konnte gar nicht genug bekommen von der tragischen Geschichte des verrückten Patriarchen von Wych Elm House, der durch seinen unsteten Lebenswandel so ausschweifend geworden war, dass er schließlich ausrastete und versuchte, seine Frau, seinen Neffen und seine Schwiegernichte zu töten. In den Zeitungen wurde kein Verdacht über Frances' Tod geäußert; es blieb ein Selbstmord. Nur Dottie, Alex, David Wilde und ich kannten die Wahrheit, und wir hatten kein Interesse daran, sie mit der Polizei oder der Öffentlichkeit zu teilen. Jetzt, da Robert tot war, hatte es keinen Sinn mehr; und zu behaupten, er habe seine Tochter getötet, würde die Aufmerksamkeit gefährlich nahe an die Sache mit den Skizzen und dem versuchten Landesverrat heranbringen. Ich nahm an, dass Colonel Mabry, wo immer er auch sein mochte, unser Schweigen guthieß.

Wie ich mir schon gedacht hatte, kehrte Dottie nicht nach Wych Elm House zurück. Als sie knapp fünf Tage nach der Tragödie aus dem Krankenhaus entlassen wurde, ließ sie sich von Bediensteten eine gepackte Tasche bringen und fuhr direkt nach London. Dort richtete sie sich in einem Hotel ein und half Cora und ihren Eltern, Martin durch die beiden Operationen zu bringen, von denen sie alle hofften, dass sie ihn wieder ins Leben zurückholen würden. Die Operationen waren erfolgreich, aber Martins Genesung verlief langsam, und ihre geplanten Wochen in London zogen sich über Monate hin. Schließlich entließ sie durch die Vermittlung von David Wilde die Dienerschaft und schloss das Haus.

Auch Alex und ich kehrten nicht dorthin zurück. Ich hatte an dem Tag, an dem ich hingefahren war, alle unsere Sachen gepackt und sie in ein Hotelzimmer gebracht, das ich ein paar Blocks vom Krankenhaus entfernt nahm, wo Alex immer noch behandelt wurde. Er war fast drei Wochen dort, viel länger als Dottie, und ich lief mehrmals am Tag zwischen meinem Zimmer und dem Krankenhaus hin und her. Die Krankenschwestern kümmerten sich natürlich rührend um ihn – er war selbstverständlich ein Liebling der ganzen Station – und durch seine natürliche Stärke erholte er sich schnell, obwohl die Verwundung schwerwiegend gewesen war.

An dem Tag, an dem er entlassen wurde, ging ich mit ihm die paar Blocks zu unserem Hotel und hatte meinen Mann endlich wieder für mich allein. Ich gab ihm starken Tee und fütterte ihn mit Roastbeef, das ich unten in der Küche bestellt hatte, und half ihm dann beim Baden, Haarewaschen und Rasieren, wobei wir beide fast eine Stunde lang im dampfenden Badezimmer verbrachten. Als das erledigt war, taten wir andere Dinge. Ich war besorgt, dass dies seine Verletzung verschlimmern könnte, aber Alex versicherte mir, dass es die bestmögliche medizinische Therapie sei, und so hatte ich wirklich keine andere Wahl, als mich zu fügen.

Als er gesund genug war, um zu reisen, fuhren wir nach London. Wir hatten es uns über Weihnachten in unserem Hotelzimmer gemütlich gemacht, und es war fast Neujahr, die Bäume waren mit Frost bedeckt und der Wind war eisig und feucht. Alex fuhr das Automobil, und ich saß wie immer auf dem Beifahrersitz, die Landkarte auf dem Schoß. Wir hielten häufig an, um uns mit heißem Tee aufzuwärmen. Wir fühlten uns eher wie Bohemiens, wie fahrendes Volk, das ein Leben auf Reisen führte, und wir sprachen nicht über die Tatsache, dass wir keinen festen Wohnsitz und keine festen Pläne hatten. Wir sprachen über Politik, die Situation auf dem Kontinent und die Theaterstücke, die wir in London sehen wollten. Nach drei Jahren Trennung hatten wir einen unerschöpflichen Strom an Gesprächsthemen.

Nur ein Mal sprach Alex mit mir über das, was er an jenem Tag gesehen hatte, als er auf dem Boden des Frühstückszimmers in Wych Elm House lag und über meine Schulter blickte, während ich zu ihm kroch. Es war in der Dämmerung an einem Morgen, kurz bevor wir nach London aufbrachen, und ich drehte mich im Bett um und fand ihn auf seinen Kissen liegend, hellwach und nachdenklich.

»Was ist?«, fragte ich ihn.

»Ich kann mich fast daran erinnern«, sagte Alex. Sein Arm war hinter seinem Kopf angewinkelt, die zornigrote Narbe der Schusswunde war auf seiner linken Schulter oberhalb des Herzens sichtbar. Im Krankenhaus hatte er abgenommen, und im Licht der Dämmerung waren seine Wangen leicht eingefallen. »Es kommt bis an den Rand meiner Erinnerung heran, und dann verschwindet es wieder.«

Ich stützte mich auf einen Ellbogen und wusste sofort, wovon er sprach. »Was hast du gesehen?«

Er dachte darüber nach und schüttelte dann den Kopf. »Es ist so unklar, als hätte ich es nur aus dem Augenwinkel gesehen. Und aus irgendeinem Grund wird es mit dem Krieg vermischt.«

»Mit dem Krieg?«

»Mit dem, was ich dort gesehen habe.« Sein Blick nahm einen weit entfernten, harten und kalten Ausdruck an. »Ich dachte, ich hätte alles gesehen, was einem Menschen passieren kann, was er erleiden kann. Aber dieses … dieses *Ding* kam durch die Tür …« Er rieb sich die Stirn, als ob ihm die Erinnerung Schmerzen bereitete. »Mir tut der Kopf weh, wenn ich daran denke«, sagte er schließlich. »Ich habe dir nie wirklich geglaubt. Aber du hattest mit allem recht.«

»Hör auf. Das ist nicht wichtig. Es ist vorbei.«

Das war es. Aber ich spürte den Schatten des Erlebten immer noch, selbst als wir im Auto auf dem Weg nach London saßen, in den Falten im Gesicht meines Mannes oder in der Art, wie ich manchmal mit kaltem Schweiß auf meinem Körper erwachte und mein Nacken schmerzte. Die blauen Flecken an meinem Körper verblassten, aber ich erinnerte mich noch lebhaft daran, wie Robert mich an jenem Tag getreten, wie er mich zuvor im Wald geschubst hatte. Als wir in London ankamen, sah ich bei Dottie ein Echo der gleichen Verletzbarkeit in den Schatten unter ihren Augen, in der neuen Weichheit, die in ihr Verhalten eingekehrt war.

Derjenige, dem es besser ging als uns allen zusammen, war Martin, wie sich herausstellte. Durch die Operationen hatte sich sein Gesundheitszustand dramatisch verbessert, und obwohl er sich noch nicht ganz erholt hatte, strahlte er eine neue Lebendigkeit aus, wie ich sie noch nie bei ihm gesehen hatte. Er war schockiert und trauerte um seinen Vater, aber als chronisch Kranker konnte er gar nicht anders; seine eigene Gesundheit war das Wichtigste für ihn. Die Ehe tat ihm gut, ebenso wie London. In stillschweigendem Einvernehmen erzählte ihm keiner von uns die Wahrheit über den Tod von Frances. Das war ein Gespräch für einen späteren Zeitpunkt, wie wir alle fanden. Was Frances' Geist und Princer betraf, so würde ich ihm nie etwas davon erzählen.

Wir trafen uns mit Dottie, Martin und Cora zum Abendessen im Savoy, wo Dottie untergebracht war. Dottie hatte sich vollständig von ihrer Verletzung erholt, war rüstig und unermüdlich wie eh und je und trug ihr übliches strenges Kostüm, aber ich war schockiert, als ich sah, dass sie ihr Haar abgeschnitten hatte – anstelle der üblichen eng eingedrehten Frisur trug sie es nun kurz geschnitten und auf den Punkt onduliert, jede Locke ordentlich und akkurat an ihrem Kopf platziert.

»Dottie«, neckte ich sie, als wir uns an den Tisch setzten. »Du hast zu mir gesagt, dass der Bubikopf gewagt sei.«

»Bei dir wäre er das«, antwortete sie mit der Überzeugung einer Frau, die sich eingeredet hat, um jeden Preis recht zu haben. »Bei mir ist er lediglich praktisch.«

»Es steht dir und sieht sehr modern aus, Mutter«, sagte Martin. Er trug seinen besten Anzug und eine Krawatte, sein Haar war glänzend frisiert. Obwohl er blass war, hatte er es endlich geschafft, Gewicht zuzulegen. »Das habe ich dir schon gesagt, als du es machen ließest.«

»Sei nicht albern, Martin«, ermahnte sie ihn, obwohl sie ihren Sohn in einem viel milderen Ton abkanzelte, als sie es bei mir getan hatte. »Das Eindrehen meiner Haare während meiner Genesung verursachte Schmerzen. Ich konnte sie auch nicht offen lassen, also musste ich sie einfach abschneiden.«

»Ist es an mir gewagt? Bin ich zu locker?«, fragte Cora von ihrem Platz neben Martin aus. Sie trug ein Kleid aus waldgrüner Seide, das im Licht schimmerte. Auch sie sah anders aus – glücklicher vielleicht, selbstbewusster. »Ich wusste nicht, dass so eine Frisur gewagt ist, und jetzt, wo ich es weiß, kann ich nicht wirklich sagen, dass es mich stört.« Sie warf Martin einen Blick unter ihren Wimpern hervor zu. »Liebling, du musst mich daran erinnern, welche Gabel ich benutzen soll! Du weißt doch, dass ich sonst schlicht die falsche nehmen werde.«

»Natürlich«, sagte Martin erfreut. Er wandte sich an Alex. »Du siehst so gut wie neu aus, Cousin.«

»Und du erst«, antwortete Alex. Er hatte seinen besten Winteranzug angezogen, aus dichter Wolle in tiefem Blaugrau, das zu seinen Augen passte. Er war beim Friseur gewesen, als wir in der Stadt ankamen, und sein Haar war so kurz, wie er es vor dem Krieg getragen hatte, sein Gesicht glatt rasiert. Trotz der schwachen Müdigkeitsfalten in seinen Augenwinkeln musste ich mich zwingen, ihn nicht anzustarren.

Dass Martin und Cora trotz allem, was geschehen war, so glücklich waren, hob die Stimmung. Dotties angestrengter, weit entfernter Blick entspannte sich etwas, und obwohl sie sich sehr verändert hatte, erkannte ich in der Leichtigkeit ihrer Stimmung die gleiche, die sie gehabt hatte, als wir durch Europa gereist waren. Es hatte etwas, in London zu sein, im Savoy mit einem zufriedenen, frisch verheirateten Paar zu sitzen und Champagner zu bestellen, das uns alle für eine Weile vergessen ließ, das die Schatten und die Erinnerungen in Schach hielt.

»Ich nehme an, dies ist ein ebenso guter Zeitpunkt wie jeder andere, um es euch zu sagen«, verkündete Dottie, als das Dessert serviert wurde. »Ich verkaufe das Haus.«

Am Tisch herrschte einen Moment lang Schweigen. Coras Augen wurden so groß wie die von Clara Bow.

»Das ist ein ziemlicher Schock«, sagte Martin schließlich.

»Blödsinn.« Dottie bemühte sich um ihren alten Tonfall, verfehlte aber ihr Ziel. Sie kramte in ihren Taschen nach ihrer Zigarettenspitze, dann überlegte sie es sich anders, vielleicht um die anderen Gäste im Savoy nicht zu stören. »Jetzt sind alle weg, und ich wäre dort allein. Ich werde mir eine Wohnung in London nehmen. Bis Ostern wird das Haus leer und meine Sachen werden gepackt sein, und ich werde wieder den Kontinent bereisen.« Sie warf mir einen schnellen Blick zu. »Vielleicht finde ich eine neue Gesellschafterin.«

»Was geschieht mit der Kunst?«, fragte ich sie.

»Mach dir darüber keine Sorgen, Manders. Ich werde Käufer finden. Und vielleicht erwerbe ich noch mehr, wenn ich wieder reise. Ich habe ein ausgezeichnetes Auge.«

»Ich weiß nicht, Mutter.« Martin klang zweifelnd.

»O doch, Liebling«, sagte Cora. »Es wird ein Abenteuer für sie sein.«

Überraschenderweise sah Dottie mich an. »Was denkst du?«

In ihrer Stimme war nur ein leises Zittern zu hören. Alex war still neben mir, aber ich wusste bereits, dass er dem, was ich sagen wollte, zustimmte. »Ich finde, es klingt wunderbar«, sagte ich leise.

»Du warst schon immer ein rührseliges Mädchen«, sagte Dottie und schaute weg.

»Ja, Dottie«, sagte ich, und wir wandten uns wieder den anderen zu und sprachen nicht mehr darüber.

43

ZWEI MONATE SPÄTER – FEBRUAR 1922, KRETA

Die Sonne war noch nicht ganz aufgegangen, als ich erwachte. Es war früh, vielleicht sieben Uhr, und das Licht war klar und fiel gelb durch die dünnen Vorhänge. Irgendwo in der nahen Ferne krähte ein Hahn und begrüßte laut den Morgen.

Alex war bereits aus dem Bett verschwunden. Das war er meistens; er war schon immer ein Frühaufsteher gewesen, ruhelos und voller Gedanken, wenn der Morgen graute, und jetzt war er es noch mehr. Ich glitt aus dem Bett, wusch mich schnell, drehte mein Haar nach hinten ein und zog mir einen Morgenmantel an, bevor ich das Schlafzimmer verließ, um ihn zu suchen.

Er saß auf der vorderen Terrasse in einem Korbsessel. Der Morgen war kühl, und von der heißen Tasse Kaffee auf dem kleinen Tisch stieg Dampf auf. Als ich mich der Tür näherte, konnte ich sehen, dass er mit einem Fuß über dem anderen Knie dasaß, völlig reglos, sein Getränk nicht angerührt, den Kopf gebeugt, während er auf etwas schaute, das er in der Hand hielt und ich nicht sehen konnte. Er trug ein Hemd, das er sich hastig über den Kopf gezogen hatte, und eine weite Hose, und seine Füße waren nackt.

Meine eigenen nackten Füße zuckten auf den kalten Dielen, aber ich kam trotzdem nach draußen und setzte mich auf den Stuhl neben ihn, wobei ich meinen Morgenmantel über der Brust zuzog.

»Guten Morgen«, sagte ich zu ihm.

Alex sah mich an, und einen Moment lang flackerten seine außergewöhnlichen blauen Augen mit der schwarz umrandeten Iris über mich hinweg, ohne mich zu erkennen, bevor sie sich wie immer auf mein Gesicht konzentrierten. Ich merkte, dass er erschrocken war; er war in etwas vertieft gewesen.

»Mrs. Manders«, sagte er. »Die Post ist da.«

Ich warf einen Blick auf den kleinen Stapel Briefe auf seinem Schoß. »Die ist aber früh dran.«

»Sie kommt, wenn sie kommt«, sagte er.

Ich schenkte ihm den Anflug eines Lächelns, und er erwiderte es. So hatten wir in dem Monat, den wir an diesem Ort verbracht hatten, mit allem umzugehen gelernt: mit Bussen, Mahlzeiten, Fremdenführern, der Post. *Es kommt, wie es kommt.* Es war ein anderes Leben, aber kein schlechtes, auch wenn ich mich nach England sehnte, was ihm gegenüber zu erwähnen ich mich bisher nicht getraut hatte.

Ich drehte mich um und blickte über die Terrasse hinaus. Das Haus, das wir gemietet hatten, lag direkt am Meer, und obwohl es felsig und der Februar hier kühl war, wirkten der Anblick und das Geräusch der Wellen wie eine unaufhörliche Hypnose – ein Heilmittel, wie sich herausstellte, für alles, was einen plagte. Ich war in den vier Wochen zu neuen Kräften gekommen, und er ebenso. Weit draußen auf dem Wasser dümpelten

Fischerboote, die sich emsig bewegten, und Möwen kreisten in der Luft über uns.

»Willst du wissen, was die Post gebracht hat?«, hörte ich Alex sagen.

Ich blickte auf meine Füße hinunter und krümmte meine Zehen. Mein Körper war lebendig und funktionierte zu meiner vollkommenen Zufriedenheit, jedes Blutgefäß und jeder Nerv. Ich verspürte kein Bedürfnis zu zappeln oder zu zucken, nur gelegentlich streckte ich mich und spannte meine Muskeln an. Es ließ sich nicht leugnen, dass es mir so gut ging wie einer satten Katze, und der Mann, der neben mir saß, war ganz sicher der Grund dafür. Ich dachte, dass seine Haltung, kaum bekleidet in der Kälte und so reglos, dass er kaum atmete, vielleicht mein eigenes Gefühl widerspiegelte. Hier, unter vier Augen und weit weg von der Welt, brauchten wir nicht zu verbergen, wie verliebt wir offensichtlich waren. Die Post würde all das ändern. Das konnte ich am Klang seiner Stimme erkennen.

»Ich denke, schon«, antwortete ich.

»Ich habe einen Brief von einem Mann namens Chalmers erhalten«, sagte Alex. »Er arbeitet für das Innenministerium. Er schreibt, er habe eine Stelle für mich, für die ich bestens qualifiziert sei, aber da es sich um eine vertrauliche Stelle handele, müsse er persönlich mit mir darüber sprechen.«

Mir wurde flau im Magen. Ich hätte nicht gedacht, dass an diesem friedlichen Ort ein paar wenige Worte von seinen Lippen so plötzlich Angst in mir auslösen könnten. »Ein weiterer Auftrag?«, zwang ich mich zu fragen.

»Nein«, antwortete er. »Zu Hause in England. Ich habe in meinem letzten Brief deutlich gemacht, dass meine Bedingungen nicht verhandelbar sind.«

Ich schluckte und zwang mich, wieder auf das Wasser hinauszuschauen. »Ich verstehe.«

»Er legte einen weiteren Brief bei, dieser kommt von einem Makler in London. Es gibt ein Haus, das zu sehr guten Konditionen zu haben ist, in einer begehrten Lage. Da Chalmers seine Empfehlung ausgesprochen hat, ist er bereit, es frei zu halten, bis ich eine Entscheidung treffen kann.«

»Das war's also«, sagte ich, während der Wind vom Wasser herüberwehte, in meinen Haaren spielte und den salzigen Geruch des Meeres mitbrachte. »Wir müssen zurück.«

»Du wusstest, dass es früher oder später passieren würde, Jo«, sagte er sanft. »Es ist Zeit.«

»Ich weiß. Es ist nur … Ich weiß nicht, was als Nächstes kommt.«

»Ich weiß.«

Ich drehte mich um und sah ihn an. Er beobachtete mich; ich wusste nicht, wie lange er mich beobachtet hatte, während ich auf das Wasser gestarrt hatte. »Willst du es tun?«, fragte ich ihn.

Sein Blick wich nicht von mir, und in seiner Miene zuckte kein Muskel. »Ich will mit ihm reden, ja. Ich will sehen, was er zu sagen hat.«

»Du hast gesagt, du willst dein eigener Herr sein.«

»Und das war ich. Aber vielleicht kann ich meinem Land dienen und gleichzeitig mein eigener Herr sein.«

Ich biss mir auf die Lippe. »Und was ist mit mir?«

»Was möchtest du tun?«

Ich öffnete meinen Mund und schloss ihn wieder. Er wartete geduldig, weil er wusste, dass ich sprechen würde, wenn ich so weit war. »Ich habe das Fotografieren genossen.« Ich fragte mich, warum mir die Worte ein wenig peinlich waren. »Ich fand es befreiend. Ich würde es gern wieder aufnehmen.«

Sein Gesichtsausdruck war nicht eine Sekunde lang spöttisch. »Du willst Fotografin werden?«

»Nein«, antwortete ich und war überrascht, wie leicht mir die Antwort fiel. »Ich möchte es erlernen und ein Studio eröffnen, und dann möchte ich es unterrichten.«

Alex blinzelte, und sein Gesichtsausdruck entspannte sich auf diese Weise, die bedeutete, dass er etwas sah, das ihm gefiel. »Das könntest du sehr gut.«

Ich erwähnte nicht, dass jeder Gedanke, jeder Plan, den ich für die Zukunft hatte, von der Hoffnung auf ein Kind durchdrungen war, wie von einer Linse gefärbt; das wusste er bereits. »Ich nehme an, London wäre der beste Ort, um es zu versuchen«, sagte ich. »Aber das ist nicht der einzige Brief, den du erhalten hast. Da ist noch etwas anderes, nicht wahr?«

Sein Kiefer verhärtete sich, und die bittere Erschöpfung, die ich in ihm gesehen hatte, kehrte in seine Augen zurück. *Nein,* dachte ich und spürte einen Anflug von Panik. *Was auch immer es ist, nein, nein, nein.*

»Es gibt noch ein anderes Angebot«, sagte Alex.

»Sag es nicht«, bat ich. »Sag es nicht.«

Aber er nahm den Brief in die Hand, ein einzelnes, aufgefaltetes Blatt Papier. »Colonel Mabry hat mir geschrieben.«

»Und was will er?«

»Moskau.« Alex sah auf die schwarze Tinte des Briefes, sein Blick wurde kalt und ging ins Leere, in die Ferne. »Die Bedingungen sind sehr großzügig.«

»Du hattest ihm bereits erklärt, dass du kein Russisch sprichst«, wandte ich ein.

»Hans Faber, der deutsche Geschäftsmann, muss nicht fließend Russisch sprechen«, antwortete Alex. »Nur genug, um auf seinen Geschäftsreisen zurechtzukommen, und das kann ich laut Mabry leicht lernen.«

»Nein.«

»Nur für sechs Wochen, obwohl es natürlich vorher ein Training und danach eine Nachbesprechung geben wird.«

»Nein.«

»Bisher ist es schwierig gewesen, zuverlässige Informationen über Lenins Regierung zu erhalten. Und es gibt Gerüchte, dass er gesundheitliche Probleme hat. Es ist wichtig, dass wir die Wahrheit erfahren.«

»Nein«, sagte ich erneut.

»Ich könnte sehr viel Gutes tun, sagt Mabry.«

»Du hast bereits sehr viel Gutes getan. Und du kannst in London noch mehr davon tun.«

Er schwieg einen Moment, dann legte er den Brief auf den kleinen Tisch neben sich und stellte seine unangetastete Kaffeetasse darauf, damit er nicht weggeweht wurde. »Du hast recht. Was immer ich auch tue, es wird nicht für Mabry sein und es wird nicht im Feld sein.« Er stand auf und hielt mir die Hand hin. Ich nahm sie, und als ich ebenfalls aufstand, ließ er meine Hand fallen und trat zurück. »Ziehen wir uns an und gehen spazieren.«

Ich folgte ihm nach drinnen. Als wir einige Minuten später wiederauftauchten, überquerten wir die Terrasse, ohne einen Blick auf den Brief auf dem Tisch zu verschwenden. Wir stiegen die Stufen hinunter und gingen über den felsigen Strand zum Wasser.

Als ich stolperte, nahm er wieder meine Hand, und diesmal ließ er mich nicht los. Hinter uns zerrte der Wind an dem Brief auf dem Tisch. Und ich dachte nicht mehr daran, als wir die Kurve des Ufers umrundeten, mit dem Wind über uns, dem Strand unter unseren Füßen und nichts weiter zu tun, als zu sehen, wohin die Welt uns führen würde.

DANKSAGUNG

Vielen Dank an meine beiden Lektorinnen für dieses Buch. An Ellen Edwards: Fünf Bücher mit dir zu machen war eine große Ehre und ein Privileg. An Danielle Perez: Ich hoffe, dies wird der Beginn vieler großartiger gemeinsamer Bücher sein. Wie immer danke ich meiner Agentin Pam Hopkins dafür, dass sie mich in diesem verrückten Business berät. Ich bin jeden Tag dankbar für meine wunderbare Mutter, meinen Bruder und meine Schwester – ich liebe euch alle. Molly, Maureen, Tiffany, Sinead, Stephanie – ihr wisst gar nicht, wie sehr ihr mich regelmäßig bei klarem Verstand haltet. Meine Großfamilie hat mich von Anfang an unterstützt. Und, wie immer, Adam, ohne dich ist das alles nicht möglich.

Simone St. James bei FESTA:

Der Geist von Maddy Clare
Das Geheimnis von Wych Elm House

Infos, eBooks & Leseproben:
www.Festa-Verlag.de

Zuletzt erschienen in der Reihe HORROR & THRILLER:

168 Terry Goodkind: *Angela Constantine*
169 Simone St. James: *Der Geist von Maddy Clare*
170 Terry Goodkind: *Mädchen vom Mond*
171 N. Sansbury Smith & A. J. Melchiorri: *Dark Age - Buch 4*
172 Ambrose Ibsen: *Der Spuk im Rainier Asylum*
173 Ambrose Ibsen: *Der Spuk von Winslow Manor*
174 Alma Katsu: *Das Fieber*
175 Brian Keene: *Ghost Walk - Pfad des Unheils*
176 Tiffany D. Jackson: *Weißes Feuer*
177 Lisa Unger: *Die Rote Jägerin*
178 Elias Witherow: *Die Schwarze Farm*
179 Jonathan Janz: *Das finstere Spiel*
180 Dean Koontz: *Jonah und die Stadt*
181 Jeff Strand: *Allison*
182 Rebecca Netley: *Die Geisterflöte*
183 Goldy Moldavsky: *Der Mary-Shelley-Club*
184 Darcy Coates: *From Below - Die Toten warten*
185 Alma Katsu: *The Deep - Spuk auf der Titanic*
186 Isabel Cañas: *Die Hazienda*
187 Gretchen Felker-Martin: *Manhunt - Die Apokalypse der Geschlechter*
188 Dean Koontz: *Sündenlos*
189 Alexis Henderson: *House of Hunger*
190 Dean Koontz: *Der dunkle Himmel*
191 Darcy Coates: *Es spukt in Craven Manor*
192 A. M. Shine: *The Watchers - Sie sehen dich*
193 Jack Steen: *The Asylum Confessions - Beichten der Wahnsinnigen*
194 Ambrose Ibsen: *Das Haus der langen Schatten*
195 Darcy Coates: *Geister in Blackwood House*
196 Simone St. James: *Das Geheimnis von Wych Elm House*

Festa: If you don't mind sex and violence and lots of action

Niemand veröffentlicht härtere Thriller als Festa. Werke, die keine Chance haben, in großen Verlagen veröffentlicht zu werden, weil sie zu gewagt sind, zu neuartig, zu extrem.

Statt der üblichen Matt- oder Glanzfolie haben die Bücher von Festa eine raue, lederartige Kaschierung. Sie symbolisiert die Härte und sexuelle Gewagtheit unseres Programms. Diese »Bücher im Ledermantel« sind auch sehr widerstandsfähig – die Bücher wirken nach dem Lesen noch wie neu.

Unsere erfolgreichsten Buchreihen:

HORROR & THRILLER – Moderne Meister des Genres

FESTA ACTION – Blockbuster zum Lesen

MUST READ – Große Erzähler. Muss man gelesen haben

FESTA EXTREM – Wenn Lesen zur Mutprobe wird ...

Wegen der brutalen und pornografischen Inhalte erscheinen die Titel ohne ISBN und werden nur ab 18 Jahre verkauft. Sie können nur direkt beim Verlag bestellt werden.

Festa steht beim Thema harte Spannung für viele Jahre bewährte Qualität. Darauf geben wir sogar eine Zufriedenheitsgarantie. Dieser Service ist für einen Buchverlag einzigartig.

Warum tun wir das?

Frank Festa: »Wir wollen, dass die Leser unsere Bücher lieben. Das geht nur mit Qualität. Und als Spezialist für Horror und Thriller aus Amerika können wir in dem Bereich diese Qualität garantieren – so einfach ist das.«